STAR WARS™

# A PRINCESA E O CAFAJESTE

BETH REVIS

# STAR WARS™

# A PRINCESA E O CAFAJESTE

São Paulo
2023

Disney · Lucasfilm

Grupo Editorial
UNIVERSO DOS LIVROS

*Star Wars: A princesa e o cafajeste* é uma obra de ficção. Todos os nomes, lugares e situações são resultantes da imaginação dos autores ou empregados em prol da ficção. Qualquer semelhança com eventos, locais e pessoas, vivas ou mortas, é mera coincidência.



**Diretor editorial**
Luis Matos

**Gerente editorial**
Marcia Batista

**Assistentes editoriais**
Letícia Nakamura
Raquel F. Abranches

**Tradução**
Felipe CF Vieira

**Preparação**
Jonathan Busato

**Revisão**
Guilherme Summa
Tássia Carvalho

**Arte**
Renato Klisman

**Ilustração de Capa**
Oliver Cuthbertson

**Design de Capa**
Ella Laytham

Dados Internacionais de Catalogação na Publicação (CIP)
Angélica Ilacqua CRB-8/7057

R348s

Revis, Beth
Star Wars : a princesa e o cafajeste / Beth Revis ;
tradução de Felipe CF Vieira. -- São Paulo : Universo dos Livros, 2023.
304 p.

ISBN 978-65-5609-610-0
Título original: *Star Wars: The princess and the scoundrel*

1. Ficção norte-americana 2. Ficção científica I. Título II. Vieira, Felipe CF

23-4862 CDD 813.6

Universo dos Livros Editora Ltda.
Avenida Ordem e Progresso, 157 — 8º andar — Conj. 803
CEP 01141-030 — Barra Funda — São Paulo/SP
Telefone: (11) 3392-3336
www.universodoslivros.com.br
e-mail: editor@universodoslivros.com.br

*Para o mal-ajambrado Corwin,*
*e Jack, o nerf que criamos*

*Há muito tempo, em uma galáxia muito, muito distante...*

# PRÓLOGO
# LEIA

AS FOGUEIRAS JÁ HAVIAM SE APAGADO, A FUMAÇA SE ERGUIA NO CÉU, DISSIPANDO muito antes de alcançar qualquer das incontáveis estrelas que cintilavam entre a cobertura das árvores. A mão de Leia percorria os capacetes brancos e pretos dos stormtroopers e soldados Imperiais que os Ewoks haviam transformado em um conjunto de bateria improvisado. Ela riu e dançou junto com todos quando as fogueiras estavam altas e as bebidas fluíam livremente.

Mas agora sua mão parou sobre os arranhões e amassados de um capacete que já exibiu uma cor branca imaculada.

Uma pessoa, um ser vivo estivera sob aquele capacete.

O inimigo.

Alguém que teria atirado para matar — qualquer rebelde, é claro, mas Leia sabia que sua morte seria o ponto alto da carreira de um stormtrooper. Alguém atirou naquela pessoa antes que pudesse atirar nela. E depois o capacete do soldado morto foi retirado de sua cabeça e batucado como um tambor.

Ela imaginou quem aquele soldado teria sido. Alguém doutrinado desde criança, talvez? Isso acontecia muito. Alguém de um mundo ocupado, pressionado para servir? Seria escolha daquele stormtrooper seguir o caminho que o levou à morte e ao escárnio em uma lua florestal, ou seria simplesmente falta de sorte?

Seus dedos deslizaram sobre a superfície arranhada do capacete, mas sua mão congelou antes de tocar o próximo.

Preto.

Não era o capacete *dele*, ela sabia. A noite fazia o verde-cinzento do capacete do operador do AT-ST parecer mais escuro do que era, e o formato era semelhante, mas ainda nitidamente diferente.

Uma mão caiu sobre o ombro esquerdo de Leia, os dedos firmes puxando-a para trás. Leia respirou fundo — o toque era familiar demais. A mão a puxou para trás com a mesma pressão de antes, o mesmo espaço entre os dedos, um deles dolorosamente sobre sua clavícula, e quando ela estremeceu sob o toque, veio o mesmo suave e quase gentil esfregar do dedão contra suas costas.

— Sou apenas eu — a voz de Luke disse, uma preocupação marcando seu rosto quando ela se afastou num sobressalto e virou na direção dele.

Apenas Luke. Seu irmão.

O filho de Darth Vader.

— Você está cheirando a...

— Fumaça? — Luke adivinhou. — Todos nós estamos. — Ele tentou sorrir, mas Leia não retribuiu. Porque o cheiro na túnica negra de Luke não era o mesmo da fumaça que ainda pairava sobre a vila Ewok da Árvore Brilhante. O cheiro fez seu estômago embrulhar; isso e a ideia de que, enquanto ela dançava, ele se retirou para dar a Darth Vader uma pira funerária.

Mesmo assim, quando olhou em seus olhos, ela viu apenas Luke. E ele estava triste.

— A galáxia inteira celebrou enquanto você estava de luto — Leia disse suavemente.

Luke sacudiu a cabeça.

— Não fui o único a ficar de luto.

Leia olhou para o capacete do stormtrooper.

— Não, acho que não.

— Como você está? — A voz de Luke veio sincera, mas Leia não sabia como responder. Aquilo era para ser um triunfo, mas tudo que ela realmente sentia era confusão. Não apenas sobre o que Luke havia lhe contado sobre sua descendência; a conexão entre eles foi algo que ela vinha sentindo há algum tempo, e foi fácil aceitar Luke como seu irmão. Mas ela se recusava a pensar sobre o que aquilo significava sobre seu pai biológico. Não, não era apenas aquilo.

— É a Força, não é? — Luke perguntou.

Leia assentiu. Ela havia dito a Luke que não entendia — que não conseguia compreender o poder que ele tinha, mas ele parecia estranhamente calmo e confiante de que ela *conseguiria* usar a Força como ele fazia. Leia não tinha nenhuma experiência real com a Força, mas não havia como negar o poder que Luke tinha... o poder que ela também sentia, como o bater de asas de um voaleve no limiar de sua consciência. Esperando para que ela o apanhasse.

— Ele me disse para dizer a você... — Luke começou a contar, mas Leia ergueu a cabeça de repente, os olhos ferozes ao encará-lo.

— Não — ela o deteve.

— Foram suas últimas palavras. Ele queria que eu dissesse a você...

— Não quero saber.

— Ele *era* bom — Luke insistiu. — Ainda havia bondade nele, mesmo depois de tudo...

*O meu pai era bom*, Leia pensou, mas em sua mente ela visualizou Bail Organa, não Darth Vader. Pensar em Bail a fez pensar em Breha, sua mãe. Em seu lar. Em tudo que havia perdido.

Quando conversara com Luke mais cedo naquela noite, Leia disse a ele que se lembrava da mãe que compartilharam, sua mãe biológica. Eram imagens vagas, sensações, na verdade, e nada mais. Mas ela *tinha* uma lembrança — de amor, de proximidade, de coisas que não conseguia descrever. Era impossível traduzir suas emoções em palavras, mas não havia como negar que fossem reais. Parecia como... uma conexão, uma ligação feita de luz.

Por outro lado, Luke, que era um Cavaleiro Jedi, poderoso com a Força, não tinha lembrança da mulher que havia dado à luz os dois.

Será que ele tinha lembranças de seu pai? Será que era por isso que ele foi capaz de perdoar o monstro que foi Darth Vader? Eles foram separados no nascimento, não apenas um do outro, mas de seus pais biológicos. Talvez Leia tivesse uma conexão com sua mãe, e Luke uma conexão com seu pai.

Leia segurou uma risada amarga. Talvez não fosse uma coisa tão profunda assim. Talvez fosse apenas porque Luke nunca foi torturado por seu pai biológico como ela havia sido.

— E o que vai acontecer agora? — Luke perguntou.

Leia olhou para ele. Desde que se tornou um Cavaleiro Jedi, ele sempre parecia tão calmo, tão seguro de sua direção.

Mas agora ele não parecia seguro. Os olhos dele buscavam algo nos olhos dela. *Ele está esperando que eu escolha meu destino antes de escolher o seu próprio*, Leia percebeu. Os laços de sangue entre eles podiam ser um fato novo, mas ele também era seu amigo. As tramas do destino que os levaram em direções separadas podiam ser tecidas novamente.

Atrás de Luke, em meio às sombras, Leia viu o contorno de outra pessoa. Han estava iluminado por trás por uma tocha ainda acesa, mas ela reconheceu seus ombros, sua postura. Cheio de si, mesmo quando ninguém estava olhando. Quando os olhos dele pousaram sobre ela, ele andou diretamente em sua direção, os pés fazendo barulho nas tábuas da ponte que ligava as moradias no topo das árvores.

Leia não tinha ideia do que aconteceria amanhã ou no dia seguinte ou no próximo. Mas ao deixar Luke nas sombras e se juntar a Han na ponte, ela sabia exatamente o que aconteceria mais tarde naquela noite.

# CAPÍTULO 1

# HAN

## Dois dias depois

— AINDA NÃO ACABOU.

Foi isso que Han dissera para os Pathfinders rebeldes depois de deixar a base Imperial que eles haviam descoberto do outro lado de Endor. Enquanto a Estrela da Morte fora construída em órbita ao redor da lua florestal, uma base de comunicações separada fora erguida na superfície, e não sofrera danos após a destruição da Estrela da Morte — até a chegada de Han e suas tropas. Os agentes da inteligência haviam decifrado algumas das mensagens que a base vinha transmitindo através da galáxia. Explodir a Estrela da Morte foi divertido, mas não era suficiente. Os Imperiais ocupavam incontáveis mundos e não estavam simplesmente se entregando. Os Pathfinders entraram atirando, mas não foram rápidos o bastante para impedir a transmissão do sinal.

Dados, comunicações, planos. Todas essas informações foram espalhadas pela galáxia. E tudo graças ao Imperador Palpatine ainda dando ordens, apesar de ter se transformado em cinzas e destroços no espaço. Ele havia planejado para que seu legado sobrevivesse mesmo se ele se desintegrasse no espaço, e foi exatamente isso que chegaram tarde demais para impedir.

Uma noite. Eles tinham apenas uma noite para celebrar e fingir que a guerra havia acabado. Mas...

Ainda não tinha acabado.

Han praguejou. O relatório com os generais — os outros generais, porque agora ele também tinha essa patente — foi curto e grosso, apenas um repasse de informações seguido dos outros se espalhando por várias direções e fazendo novos planos. Era hora de o pessoal inteligente trabalhar. Ninguém convidou Han para ficar e ajudar a criar uma estratégia para prender os Imperiais que ainda restavam e não receberam o recado de que tinham perdido. Que seja. Eles só precisavam dizer a ele para onde voar e no que atirar. Ele era bom nisso. O melhor. Claro, ele teve algumas ideias decentes no passado. Mas agora que o tiroteio havia acabado, fazia sentido que os outros...

Ao seu lado, Chewbacca grunhiu.

— Sim, já entendi — Han murmurou. Parecia nunca ter fim. Então ele parou, virando-se e olhando para seu velho amigo. — Mas não esqueci, você sabe disso, não é? Vamos voltar a Kashyyyk assim que possível e chutar os Imperiais para fora do seu planeta. Você tem uma família para cuidar.

Chewie começou a resmungar, mas Han o interrompeu.

— Não. Vamos manter o *nosso* plano, e sempre foi que você voltaria para casa assim que a gente tivesse uma pausa.

Han agarrou o degrau de uma das escadas que levavam para a vila no alto das árvores. Embora os líderes da Rebelião tivessem estabelecido uma base na superfície para ficarem mais perto das naves na clareira e da ação imediata que esperavam, essa base não passava de uma grande tenda com algumas menores ao redor para atender o excesso de pilotos e tropas. As cabanas dos Ewoks eram alojamentos muito mais confortáveis. Abaixo dele, a escada balançou quando Chewie seguiu Han subindo pelos degraus, seu peso o desequilibrando por um momento antes que pudesse se ajustar.

Leia não estivera na reunião após a batalha.

Han sabia que ela esteve em outro lugar gravando mensagens para os aliados, e ele sabia que os outros a atualizariam. Mas...

Ele queria vê-la.

O histórico amoroso de Han não era necessariamente um mar de rosas. Mas aquela coisa com Leia — parecia mais... Ele não conseguia definir. Simplesmente parecia *mais*. Ele tentara se afastar, mais de uma vez. Talvez se tivesse conseguido deixar Hoth quando planejava...

Han estava falando sério quando dissera a Leia que sairia de sua vida se ela quisesse. É claro, isso foi antes de saber que Luke e Leia eram irmãos, antes de saber de muita coisa. Mas estava sendo sincero. Ele teria partido, não para benefício próprio, mas para o dela. Em todas as outras vezes na vida de Han, quando deixou tudo para trás, fez isso por interesse próprio. Mas não daquela vez.

Em vez de deixá-lo partir, porém, ela se aproximou dele.

E Han não sabia se conseguiria desistir dela outra vez.

Principalmente não depois de tanto tempo perdido. Ele ficou congelado em Bespin, e quando acordou de novo — cego e desorientado, sofrendo com enjoo de hibernação —, muito tempo havia passado. Leia o amara por quase um ano inteiro, e Vader roubara esse ano dele. Han não deixaria que mais tempo lhe fosse tirado.

Ao longe, percebeu que Chewie estava tentando falar com ele. Han enlaçou a perna sobre o topo da escada e aterrissou com um baque das botas sobre a passagem de madeira da vila.

— O que foi, companheiro? — ele perguntou.

Chewie se impulsionou para cima, seus grandes braços o equilibrando antes de aterrissar totalmente. Ele rugiu, meio que por divertimento, meio por descontentamento por ter sido ignorado.

— Desculpa! — Han disse, jogando as mãos para cima. — Tenho muita coisa para pensar.

— Ah, então sou só uma coisa? — a voz de Leia cortou através do cérebro de Han.

— Ei, não é bem assim, você não ocupa *todos* os meus pensamentos, princesa — Han retrucou, mas o caloroso sorriso em seus olhos traía aquela afirmação.

— Tem certeza disso? — ela perguntou, com um leve sorriso no canto da boca, seus lábios rosados implorando para serem beijados, e um branco tomou a mente de Han por vários momentos, tornando-o incapaz de fazer qualquer coisa além de piscar de perplexidade diante dela.

Chewie riu levemente.

— Tá, tá — Han resmungou, recompondo-se.

— Eu estava procurando você — Leia disse. O tom de sua voz passou de divertido para sério. — Mon me contou sobre os planos descobertos na base Imperial, e eu queria checar com o general que fez a descoberta.

Certo. Esse general era ele.

Leia continuou falando, sem saber que Han não estava se concentrando em suas palavras.

— O momento da comunicação da base, mesmo se ainda não tivéssemos desvendado seu conteúdo, indica que há muito mais em jogo do que pensávamos originalmente.

Resmungando, Chewie deixou os dois sozinhos, seguindo para dentro da vila. Mas Han estava focado demais em Leia para registrar seu amigo indo embora. Sua mente acelerava com a impossibilidade de seus pensamentos — ele e uma *princesa?* Era impossível isso dar certo a longo prazo.

— Estamos monitorando muito tráfego no sistema Anoat em particular, e eu queria saber se alguma das transmissões que você interceptou indicava isso — Leia continuou. — Ou talvez você tenha visto algo na base; nem tudo precisa estar on-line, o transporte físico de códigos setoriais poderia indicar...

E desde quando Han se importava com o longo prazo?

— Han? — Leia perguntou, sua cabeça inclinada em sua direção.

— Eu quero você — Han afirmou com toda sua franqueza.

— Eu? — Ela olhou ao redor. Embora a base lá embaixo estivesse a todo vapor, aquela parte da vila estava notavelmente silenciosa. — Para quê?

— Para sempre — Han disse.

A confusão de Leia se transformou em algo mais, algo que ele não conseguia identificar. Han nunca conseguia desvendar nada do que se passava na mente dela, e ele amava isso nela.

Ele a amava.

Leia era uma princesa, o rosto da Rebelião, a maior esperança do novo governo, um símbolo mais do que uma pessoa. Mas ela também era apenas Leia.

E ela era dele. Han precisava dela da mesma forma que precisava da *Falcon* — claro, ele podia voar sem ela, mas por qual razão?

— Case comigo — Han disse.

Leia, geralmente tão calma e controlada, com a capacidade de enfrentar o próprio Vader, não conseguiu disfarçar sua surpresa naquele momento. Seus olhos se arregalaram, os lábios se abriram e a surpresa congelou o restante de seu corpo. Han sentiu o canto de seus próprios lábios se curvando para cima enquanto observava Leia nem tentar esconder seu choque. Ela também não escondia seu desejo. Ele também era dela.

Mas ela estava destinada a algo maior do que ele podia compreender. Mergulhada até o pescoço na política e alguém que estava sempre fazendo, fazendo, fazendo. Mesmo agora, apesar de nenhum dos dois ter fisicamente se movido, Han podia ver Leia se afastando dele, saindo de seu alcance.

Então ele a alcançou. E tomou sua mão. Acariciou o lugar em seu dedo onde um anel ficaria.

Han tinha certeza de que as mesmas questões povoando sua mente também corriam na mente dela. Quantas pessoas já começavam a discutir casamentos e planejar uma vida juntos com gente que apenas conheciam em combate? Era uma coisa comum — as emoções ficam à flor da pele após uma batalha, as pessoas sentem a necessidade de se apegar à vida quando se deparam com a morte na guerra. O oposto de lutar era amar, e havia muita energia que precisava ser redirecionada para algum lugar.

Aquela era a parte em que Han deveria erguer o queixo e rir, dizendo que tudo era apenas uma piada.

Mas ele não fez isso.

Ele não pestanejou enquanto observava a dúvida enevoar a expressão de Leia. Ele continuou ali e esperou que ela percebesse a mesma verdade que ele já sabia.

Eles eram melhores juntos.

E casamento? Bom, era uma formalidade. Mas também era uma promessa.

Uma promessa que ele pretendia cumprir.

— Sim — ela disse. Apenas essa palavra, mas junto com um sorriso que iluminou toda a galáxia.

Algo dentro de Han se acalmou, um aperto invisível ao redor dos pulmões que pareceu relaxar. Os dias seguintes não seriam fáceis; o Império se certificaria disso. Ele e Leia *teriam* que eventualmente se separar — haveria batalhas das quais ela não poderia participar, maquinações políticas em que ele não teria um papel, mundos e julgamentos e questões que os dividiria.

Mas...

Ainda não havia acabado.

# CAPÍTULO 2
# LEIA

LEIA DEVERIA ESTAR QUESTIONANDO AQUILO, ELE, TUDO. MAS ELES JÁ HAVIAM ROUBADO uma noite — por que não roubar mais uma vida inteira? Por mais caótica que fosse, ela sabia que nunca se arrependeria daquela decisão. Estava fazendo sua felicidade uma parte indelével de sua própria história, e esse risco valia a pena.

Quando Han gritou de alegria, a agarrou nos braços e a girou no ar ao redor da plataforma de madeira no topo das árvores, Leia não pôde fazer nada além de rir em sua alegria. Tanto de sua vida sempre fora planejado. O que vestir, o que dizer, quando trabalhar, como pentear os cabelos, até mesmo as refeições que comia. Ela nunca gostou de ruica, mas comia mesmo assim, como uma boa princesa de Alderaan deveria.

Por tanto tempo, tudo em sua vida fizera parte de um plano maior, mas o amor nunca entrava na agenda.

Han baixou Leia outra vez, seu sorriso mais largo do que nunca.

— Espera só até eu contar ao Chewie — ele disse, rindo tristemente. — Ele sempre disse que eu sossegaria algum dia.

Leia ergueu uma sobrancelha.

— Por que um casamento significaria sossegar?

— Viu? — Han disse, apontando o dedo para ela de brincadeira. — É por isso que vou me casar com você.

*Preciso contar a Luke*, Leia pensou. Ele era a única família que lhe restava. Ela prendeu a respiração, mas Han, ainda nas alturas, não percebeu. Leia exibiu seu sorriso mais uma vez, uma máscara.

Han congelou.

— O que foi? — ele perguntou.

Uma bolha de emoção escapou dela.

— Sou tão fácil assim de decifrar? — Ela sacudiu a cabeça, desviando os olhos dele.

— Já está pensando duas vezes sobre o seu cafajeste? — Han perguntou gentilmente.

— Não, é que... — A voz dela sumiu. Han pousou um dedo em seu queixo, puxando seu olhar de volta para ele. — Gostaria que minha família pudesse conhecê-lo.

— Ah, não preciso da desaprovação deles. — Foi uma piada, fraca, mas Leia até agradecia a intenção. O olhar dele escureceu e seu sorriso maroto se transformou em uma expressão preocupada. — O que você não está me contando?

A respiração de Leia saiu trêmula. Se ele se casaria com ela, precisava saber a verdade. Ela não o envolveria em mentiras.

— Quando digo família, quero dizer minha mãe Breha e meu pai Bail.

— Eu sei...

Leia ergueu as mãos para que ele parasse; se não falasse agora, ela achava que nunca mais reuniria a coragem para contar.

— Eles me adotaram. Eles são meus pais. Eu os amo. Mas o meu sangue é...

— Luke — Han disse, assentindo, claramente ainda confuso.

— Não apenas Luke — Leia disse suavemente. — Ele descobriu nosso pai biológico. — A sobrancelha de Han se curvou em confusão. — Vader. — Ela sussurrou a palavra como se fosse uma confissão.

Han piscou várias vezes, perplexo, a única reação que revelou que ele a havia ouvido. Ele engoliu em seco e Leia observou o nó em sua garganta subir e descer.

— Bom — ele finalmente disse, balançando a cabeça. — Ainda bem que ele já morreu.

— Você... — O coração de Leia titubeou. — Você não se importa?

— Por que me importaria?

Os olhos de Leia se arregalaram em descrença. Han cerrou os olhos para ela.

— Você se importa — ele disse em uma voz tão baixa que Leia não sabia se era uma afirmação ou uma pergunta.

— É claro que sim.

Han fez uma pausa, claramente pensando naquilo que diria em seguida. Finalmente, decidiu dizer:

— Você está bem?

Ela não estava. Leia não achava que algum dia se sentiria bem sabendo de sua linhagem. Mas ela também não queria mais estragar o momento com a sombra da memória dele.

— Eu ficarei — ela disse.

Quando olhou para ela, Han parecia saber tudo que ela não conseguia colocar em palavras.

— Certo, então — ele disse, assentindo uma vez, com aquele sorriso malandro curvando seus lábios. — Nós vamos nos casar.

— É o que parece.

— Preciso contar a novidade para o Chewie. E você precisa contar para... — Han acenou com a cabeça para alguém atrás de Leia. Ela se virou e viu Luke se aproximando, com um meio-sorriso no rosto, mas linhas de preocupação entre os olhos.

Han sorriu com ironia.

— Mal posso esperar para contar a Lando. Tenho certeza de que temos uma aposta antiga que agora posso cobrar... — Ele parou de falar, tocando o ombro de Luke quando ele se aproximou, deixando as explicações para Leia.

— Você e Han, hein? — Luke disse.

Leia sentiu um aperto de nervos no estômago enquanto esperava a resposta dele. E se ele não aprovasse, e se isso azedasse sua amizade, e se...

— *Finalmente!* — Luke gritou, com uma alegria se espalhando no rosto.

— Sério? — Um alívio inundou seus sentidos.

Luke a puxou para um abraço.

— Você deveria saber — ele disse com uma risada na voz — que Chewie já estava ameaçando sequestrar e abandonar vocês dois em algum planeta deserto até perceberem o quanto são certos um para o outro.

Os ombros de Leia sacudiram com sua risada.

— Wookiees realmente não são conhecidos por sua sutileza.

— Nem um pouco. — Luke deu um passo para trás, seus olhos brilhando. — Mas falando sério, estou feliz por vocês dois.

— Eu contei para ele — Leia disse. — Contei aquilo que você me contou, e ele não se importou.

— É claro que não. Han é um dos mocinhos.

*E nós somos?*, Leia quis perguntar. Como o conhecimento de sua linhagem não perturbava Luke igual perturbava a ela? E como a reação de Han foi tão calma? Ele deveria ter ficado enojado; deveria ter...

Uma preocupação varreu as feições de Luke, mas Leia o ignorou, envolvendo seu próprio corpo com as mãos. Parte dela desconfiava de quão rápido Luke havia aparecido naquela plataforma deserta. Ela havia procurado Han com a intenção de encontrá-lo após sua missão com os Pathfinders. Mas Luke parecia ter chegado assim que ela pensou nele. Será que ela havia, de alguma forma inconsciente, o chamado até ali — ou será que ele controlava a conexão entre eles? Leia não sabia como se sentia sobre isso. Luke dissera que ela poderia ter o mesmo poder que ele, mas...

Os olhos de seu irmão buscaram os dela. Leia sabia que ele não precisava da Força para ver as emoções conflitantes que corriam dentro dela.

— Como você se sente? — ele perguntou.

Ele estava tão diferente agora de quando ela o conhecera. Anos se passaram, é claro, mas o garoto que ela encontrou na Estrela da Morte, proclamando que viera para salvá-la, era cheio de entusiasmo, otimismo e oportunidades. O homem diante dela agora era o mesmo Luke, só que... mais calmo. Ele se movia com propósito, em vez de esbarrar em tudo por aí, derrubando portas por toda a galáxia. Leia quase lamentava a mudança. Ela já testemunhara isso antes, é claro, durante os anos da guerra — jovens esperançosos que se tornavam amargos quando percebiam que não estavam mais atirando contra alvos inanimados.

Luke tinha uma calma mais profunda dentro dele, como uma árvore crescendo em uma lua sem ar e sem vento para balançar seus ramos.

Leia se afastou dele e pisou na beira da plataforma. Havia uma proteção ao redor, mas era feita para a estatura diminuta dos Ewoks. Um ou outro piloto bêbado de suco de jato na celebração após a destruição da Estrela da Morte já tinham tropeçado nas barreiras que os atingiam na altura dos joelhos. Agora Leia deixou a barreira firme pressionar contra suas pernas enquanto os dedos dos pés, cobertos por sandálias de couro, se curvavam sobre a beira do chão de madeira.

— Sinto que estou à beira de um abismo — Leia respondeu a Luke enquanto forçava a si mesma a olhar para baixo, através dos ramos das árvores até o distante chão lá embaixo.

Ela olhou sobre o ombro.

— Sinto isso sobre nós três. Você, eu, Han. Neste momento, agora mesmo, parece como... — Ela voltou para a barreira, dessa vez seus olhos pousaram sobre o horizonte de copas de árvores. — Parece que estamos a um passo de nos separarmos seguindo direções diferentes. No momento, estamos juntos. No momento, estamos seguros.

*E eu só quero fazer com que esse momento dure para sempre*, ela pensou, embora soubesse que Luke entendia o sentimento.

Luke não se moveu na direção dela; ele permaneceu no centro, perto do lugar onde as fogueiras queimaram.

— Quando você pensa sobre o futuro...

— Não quero pensar nisso — ela disse, com uma súplica no tom de voz. — Quero que *este* momento dure. Quando vencemos. Quando estamos todos juntos. — E, se fosse honesta consigo mesma, casar-se agora daria uma permanência ao momento. Ao menos para ela. Endor não era apenas o lugar onde a guerra acabou... porque, afinal de contas, a luta ainda não tinha chegado ao fim. A guerra ainda não tinha acabado. Podia nunca acabar, não se o Império continuasse operando apesar da morte do Imperador. Mas casando-se agora, aqui, transformaria a batalha-que-não-era-realmente-o-fim no dia em que ela deixou a guerra de lado e escolheu o amor.

— Eu acho... — A voz de Luke sumiu. Leia olhou em seus olhos. Sua sobrancelha se curvava em um sorriso que traía a seriedade do momento. — Acho que você está se esquecendo que o fim da guerra não trouxe paz apenas para a galáxia. Também trouxe tempo para você.

Leia sacudiu a cabeça, confusa. Em resposta, Luke tomou sua mão, puxando-a para longe da beirada.

— Você *está* certa — ele concedeu. — Nós três temos caminhos muito diferentes que podemos seguir. E este é um momento decisivo. As escolhas que fizermos agora vão... perdurar. — Ele fez uma pausa. — Mas seguir esse caminho não significa que não possa seguir outros. Agora você tem liberdade para perseguir qualquer rota que quiser explorar.

— Não sei se quero... — Ela parou de falar. Leia sabia o que Luke estava oferecendo, mas por mais curiosa que estivesse sobre o que a Força poderia oferecer, ela também sabia que cada passo nessa direção era um passo na direção do poder que havia corrompido Darth Vader e o transformado em um monstro.

Um lampejo de dor passou pela expressão de Luke e Leia percebeu que não havia entendido seu argumento. Ele não estava pensando sobre poder. Estava pensando sobre ela. Leia não era a única que perdera uma família. Luke também tinha perdido. Ele contara a ela sobre seu tio e tia. O coração de Leia teve um sobressalto — eles também foram *seus* tio e tia? O lar de Luke foi incendiado e, junto com ele, tudo que representava seu passado. Tatooine ainda existia, mas, para Luke, havia desaparecido tanto quanto Alderaan.

Leia chegou mais perto, arrumando uma mecha do cabelo de Luke atrás de sua orelha. Sempre desarrumados, esses garotos.

— Posso ajudar você a aprender — Luke disse, considerando o movimento dela como uma aceitação. — Depois de passar algum tempo com Han, você e eu podemos começar o treinamento. Ouvi falar sobre lugares onde posso encontrar mais ensinamentos Jedi. Yoda se foi, mas posso treiná-la assim como ele me treinou. E ainda há tanta coisa que eu não sei. Yoda me chamou de Cavaleiro Jedi, mas sei que, no passado, os Jedi treinavam desde a infância. Há muito que também preciso aprender. Podemos fazer isso juntos.

Leia sacudiu a cabeça.

— Não me importo com a Força — ela disse suavemente. — Eu me juntaria a você porque quero estar com *você*. Gostaria de conhecer meu irmão como meu irmão.

Luke continuou dizendo que ela tinha tempo para decidir, que não era uma ou outra coisa. Mas ela *sentia* como se tivesse uma escolha a fazer. Seguir com Luke e escolher uma família de um par de irmãos, explorando os elementos desconhecidos da galáxia, descobrindo a Força e tudo o que significava. Ou seguir com Han e escolher uma família de sua própria criação, descobrindo nada mais do que a si mesma.

— Poderíamos fazer tantas coisas grandes juntos — Luke disse, seus olhos perdendo foco, como se pudesse enxergar um futuro diferente daquele que Leia visualizava.

*Como deve ser solitário*, ela pensou. Ela estava entre os últimos Alderaanianos, mas ele *era* o último Jedi.

— Você poderia vir conosco — ela ofereceu.

Luke riu.

— Na sua lua de mel com Han?

— Não. — Leia riu de volta. — Quer dizer, podia nos ajudar a formar o novo governo. Meu pai me contou como os Jedi serviam junto ao Senado, como também faziam parte da política. Quando a nova república estiver totalmente formada, você poderia trabalhar comigo na capital. Poderíamos construir algo juntos. — *Você não precisa ficar sozinho.* Por um momento brilhante, Leia se permitiu fantasiar com uma nova capital iluminada e um glorioso Senado. Ela poderia defender e trazer a paz por meio da política, e depois voltar para casa e encontrar seu marido e — talvez — um ou outro filho. Jantar com o tio de seus filhos. Um lar para que servisse como um centro para todos eles.

Ela não precisava planejar cada momento de sua vida como fazia em Alderaan, mas aquela estabilidade havia permitido que o amor e famílias prosperassem juntos. Seria uma coisa boa.

— Ainda há tanta coisa para aprender e descobrir — Luke disse, suas palavras interrompendo a fantasia dela. — Não sei para onde vou, mas sei que vou partir. — Era como quando ele desapareceu depois de Hoth, procurando por Yoda em um planeta distante, incapaz até de usar o comunicador para avisá-los de que estava bem. Ele analisou os olhos dela, tentando mais uma vez: — Você podia vir comigo.

— Não acho que posso — Leia respondeu gentilmente. Luke podia acreditar que ela poderia escolher múltiplos caminhos, mas Leia não tinha tanta certeza. Seguir com ele significaria perseguir o poder, e esse poder poderia ajudar a moldar o tipo de galáxia que ela trabalhara sua vida inteira para construir. Mas se ela precisasse escolher entre poder e felicidade, ela escolheria a felicidade.

Porque essa era realmente a escolha a fazer. Seguir com Luke, tornar-se uma Jedi — seria uma aventura. Podia lhe dar o poder que ele vinha oferecendo.

Mas ela havia entregado toda a sua vida ao poder.

E estava pronta para escolher, pela primeira vez, aquilo que queria para a sua vida.

# CAPÍTULO 3
# HAN

A VILA DOS EWOKS ERA UM LABIRINTO DE PONTES E CABANAS. APESAR DE HAN TER encontrado Chewie e contado as boas novas, depois de mais de uma hora ele ainda não tinha encontrado Lando. Quando os líderes rebeldes convocaram uma reunião, entretanto, Han entrou na tenda e imediatamente viu seu velho amigo.

— Do que se trata tudo isso? — Lando perguntou quando Han se sentou no banco ao seu lado. — Os dados que os Pathfinders encontraram?

— Provavelmente — Han disse. A rápida reunião após a missão agora precisava ser minuciosamente analisada e destrinchada em detalhes excruciantes. — Ei, preciso te contar uma coisa. Mais tarde. — Han olhou para Lando, cuja sobrancelha se curvou em curiosidade.

Antes que um deles pudesse dizer alguma coisa, um raio de luz cortou através da tenda e Mon Mothma, seguida por Leia, entraram. Os olhos de Han voltaram-se para Leia. Ela vestia uma simples roupa verde, mas havia refeito as tranças no cabelo, cuidadosamente prendendo os fios por onde ele havia passado os dedos na noite anterior. Ele estremeceu. Han a pedira em casamento com total ciência de que a guerra não havia terminado e era importante agir agora, antes que o Império voltasse a se fortalecer. Em algum ponto durante os anos, a guerra dela havia se tornado a guerra dele, e Han estava tão determinado quanto ela a pôr um fim no conflito.

Leia ergueu os olhos e seu olhar recaiu sobre o dele. Han sorriu, profundamente ciente de que ela estava profundamente ciente da presença dele. Ela revirou os olhos, mas isso apenas fez os lábios de Han se curvarem ainda mais. Eles podiam estar no meio de uma sala de guerra improvisada com os maiores generais da florescente nova república, mas ele tinha um bom palpite de que o rubor marcando o rosto dela não tinha nada a ver com o Almirante Ackbar.

Mon limpou a garganta, chamando a atenção de todos sobre ela, até mesmo, eventualmente, a de Han.

— Precisamos discutir nossos próximos passos — ela anunciou, olhando ao redor da tenda. Outros haviam se juntado via holo. Han reconhecia alguns deles, mas não todos. Então aquela era a reunião de todos os figurões, ele pensou.

— Nós sempre soubemos que dissolver o Império significava muito mais do que simplesmente eliminar o Imperador e suas armas — Leia declarou.

— O Império é uma drangea — o Almirante Ackbar interveio. — Você pode cortar sua cabeça, mas vai continuar vivendo desde que continue se alimentando.

Han nunca viu uma drangea em pessoa, mas era uma lenda conhecida. Se conseguisse matar uma das criaturas enormes parecidas com lulas, você poderia vender suas ovas como uma iguaria entre pessoas com créditos para queimar e viver tranquilo por pelo menos um ano. Mas conseguir matar uma era o problema — a criatura tinha dois cérebros, um em sua crista e um que flutuava livremente ao redor do corpo. Cortar a cabeça já era difícil, já que a criatura vivia nas águas mais profundas e frias de Mon Cala. Mas, mesmo se um caçador fosse bom o bastante para fazer isso, os longos tentáculos venenosos da drangea ainda poderiam facilmente continuar atacando enquanto o caçador golpearia cegamente na esperança de atingir algo que incapacitasse o monstro.

Havia muitos caçadores mortos no fundo dos oceanos de Mon Cala e muitas drangeas sem cabeça que se alimentavam dos cadáveres.

— Exatamente — Mon disse. — Mas demos um golpe no Império que ainda pode se provar fatal. Obviamente, a morte do Imperador Palpatine e a destruição da Estrela da Morte foram vitais para nosso sucesso, e esses fatos sozinhos trouxeram a maior parte da galáxia para o nosso lado. Mas aquilo que resta do Império parece não estar disposto a largar o poder. Embora os Pathfinders tenham conseguido destruir a base de comunicações do outro lado da lua, não conseguimos impedir que os dados fossem transmitidos. Nosso pessoal está trabalhando para decifrar as informações enviadas e vamos usar isso para avançar em nosso objetivo de paz.

Um assessor passou um datapad para Mon.

— Mas existem vitórias para celebrar — ela continuou enquanto lia a tela. — É meu prazer relatar as primeiras comunicações com alguns mundos-chave. — Uma tela atrás de Mon se iluminou, mostrando uma série de planetas, aqueles já aliados com o novo governo e aqueles ainda considerando. Han notou que a maioria era do Núcleo e da Orla Média. Ele lançou um olhar para Lando e seu amigo assentiu discretamente. Qualquer governo que preenchesse o vácuo deixado pela morte do Imperador teria que lidar com a Orla Exterior. Ignorar aqueles planetas levaria ao caos.

A Orla Exterior precisaria de mais do que conversas diplomáticas. E aqueles mundos mais afastados — Han achava que eram exatamente o tipo de lugar que o Império procuraria. Ele fechou o rosto. Mon poderia planejar o quanto quisesse para ter agradáveis jantares com políticos em Coruscant ou qualquer outro planeta, mas ele apostava todos seus créditos que a ação de verdade aconteceria na Orla Exterior. E seriam soldados como os Pathfinders que ele liderou que arriscariam seu pescoço.

— Nossos planos para a Orla Exterior ainda não se solidificaram — o General Madine prosseguiu quando Mon indicou para ele assumir a apresentação.

— Mas vamos manter naves de transporte aqui, prontas para zarparem assim que decidirmos qual será nosso primeiro alvo.

Uma pontada atingiu o peito de Han quando olhou do outro lado da tenda lotada para onde Leia estava. Ele viu a mesma preocupação nos olhos dela que ele sabia também estarem nos seus. Tempo. Eles precisavam de tempo para ficarem juntos. Mas Mon já estava falando em missões e para onde ir. Obviamente, era importante usar sua vantagem e atingir o Império enquanto estava abalado e ferido, mas... Han achava que, depois de uma cerimônia rápida, ele teria uma ou duas semanas com sua nova esposa antes do inferno começar outra vez.

— ... e existem aspectos cruciais para a independência que estão sendo restaurados — Mon continuou, passando o datapad de volta para seu assessor. — Muitas instituições e negócios que foram forçados a operar para o Império agora estão liberados.

Vários logotipos apareceram na tela atrás de Mon, a maioria dos quais Han não reconhecia. Lando chegou mais perto, apontando para um.

— Aquela é uma linha estelar que costumava ser uma empresa de fretamento — ele disse a Han com um tom de voz baixo.

— Aquela que os Hutts tomaram o controle?

— A própria. — Lando se endireitou e ergueu a voz. — Nenhuma nave vai a lugar algum sem combustível — ele disse. — O que vocês estão fazendo sobre Bespin?

Mon assentiu.

— Estamos muito cientes de que o Império está influenciando o setor Anoat.

Lando fez um ruído descontente no fundo de sua garganta.

— O que está acontecendo por lá? — Han perguntou a ele enquanto Mon respondia a uma pergunta de um tenente na primeira fila.

— Tentei falar com alguns dos meus contatos. O governador sempre foi um simpatizante do Império, mas agora ele resolveu mentir descaradamente, afirmando que o Imperador não morreu e coisas do tipo.

— É uma mentira fácil de desmascarar — Han afirmou. — Não é como se o governador pudesse montar no Palpatine como um orbak e provar o que está dizendo.

— Isso não faz diferença — Lando retrucou. — Quantas pessoas chegaram a ver Palpatine em pessoa? Ele foi um homem só na galáxia inteira e se segurou no poder por um longo tempo. É mais fácil acreditar que ele ainda está vivo do que aceitar a palavra dos rebeldes de que ele está morto.

Han abriu a boca para protestar, mas Lando já tinha voltado a prestar atenção em Mon.

— Não é só com o Império que vocês têm que se preocupar — ele disse, levantando-se e interrompendo-a. — Os senhores do crime enxergam qualquer confusão como uma oportunidade. Enquanto vocês gastam tempo provando para o Governador Adelhard e as pessoas do meu setor que o Imperador foi transformado em cinzas, as organizações criminosas vão enxergar isso como uma brecha para agirem.

— Nós sabemos — Mon disse, sua voz soando com tanta autoridade que Lando voltou a se sentar. — Não apenas os senhores do crime irão colher os benefícios das mudanças que devem ocorrer, como eles também devem estar escondendo outros apoiadores do Império. Sabemos que o Império já trabalhou com organizações criminosas antes.

Han não se deu ao trabalho de esconder sua bufada de desgosto. Boba Fett vinha trabalhando com Darth Vader e Jabba, o Hutt. Han sabia por experiência própria como era fácil para os dois grupos se unirem.

Mon olhou atrás dela, para Leia. Não disse nada, mas Han percebeu que estava pensando o mesmo que ele. De todas as organizações criminosas, os Hutts, em particular, guardavam rancor de Leia, em quem depositavam toda sua raiva. Han tinha visto a recompensa por sua cabeça, oferecida pelos herdeiros Hutts como retribuição pelo assassinato de Jabba.

Han estava acostumado a fazer inimigos — ora, o próprio Jabba não tinha lá uma relação muito amigável com ele quando o exibiu em sua sala em um bloco de carbonita. Andar por aí marcado para morrer não era fácil e ele acabou sentindo isso na pele. Mas Leia... Han não estava muito atualizado com a política de Alderaan, mas certamente nem todos no planeta amavam os líderes políticos. E Leia se juntara ao Senado Galáctico ainda muito jovem — nenhum político na galáxia era universalmente amado. Ela fazia inimigos apenas por estar viva. Han nunca realmente pensou sobre o que isso significava, mas agora? Agora ele enxergava as recompensas pairando sobre a cabeça de Leia tão claramente quanto se fossem holoprojeções. Os Hutts, o Império, oponentes políticos, sobreviventes descontentes, empresas arruinadas após o fim da guerra, dissidentes do lado oposto...

Enquanto ele observava, Leia se aproximou de Mon para começar a falar.

— Nosso primeiro objetivo é fortalecer as alianças com os mundos que são simpáticos à nossa causa, assim como avaliar quão bem armados cada um desses mundos está em preparação para defender qualquer tipo de nova república que formarmos — ela declarou. Não havia nenhuma titubeação em sua voz, nem um pingo de medo. Talvez ela não enxergasse os alvos em suas costas, ou talvez já estivesse acostumada demais a eles.

— Estou tentando dizer a vocês que ninguém vai a lugar algum sem combustível — Lando interveio. Leia fez uma pausa e nem sequer deu uma rápida olhada em Han, que estava ao lado de Lando enquanto dizia o que precisava dizer, explicando o perigo. — Bespin e os outros sistemas do setor Anoat são uma fonte significativa de gás tibanna. O Império sabe que a galáxia inteira funciona com gás tibanna. Se controlarem o combustível, eles controlam a galáxia. E não importa quantos imperadores vocês possam explodir. Enquanto tiverem isso, eles não estarão derrotados.

— Estamos cientes das suas preocupações — Leia disse com uma voz calma.

— Estão mesmo? — Lando murmurou para si mesmo, baixo demais para qualquer um que não estivesse perto ouvir.

— Eles estão — Han grunhiu.

Lando lançou um olhar a ele, mas manteve a boca fechada.

— O controle Imperial de recursos com certeza pode prejudicar nossos esforços — Leia continuou. — Mas vai parecer diferente de antes. Anteriormente, o Império podia e destruía mundos inteiros em seus esforços para retirar todos os recursos que eles queriam. O solo fértil de Pyra agora é um deserto, Cynda foi escavada para a retirada de torilida até quase ficar instável e, é claro, estamos de olho no setor Anoat, incluindo alguém disfarçado trabalhando na Estação Chinook por vários anos.

Han olhou para Lando, que ergueu uma sobrancelha. Então, seu velho amigo não sabia de *tudo* que acontecia em seu mundo.

— O Império terá como alvo combustível e comida. Precisamos encontrar maneiras para assegurar que esses recursos fiquem protegidos para que as pessoas não se desesperem — Leia continuou.

Mon tomou a frente.

— Será um esforço enorme. Se impedirmos que o Império consiga o gás tibanna, eles poderão se voltar para outro setor em busca de carnium. Sabemos que uma estação Imperial esteve negociando por meses na lua de Madurs dentro do sistema Lenguin. Nosso pessoal diz que as negociações avançaram, mas um contrato nunca foi assinado...

— Mesmo se fosse — Lando disse —, não é como se o Império fosse se importar em segui-lo.

Han considerou que Lando tinha razões suficientes para se sentir amargo. Ele duvidava que Lando quisera que o Império se metesse em seus assuntos, independentemente das ofertas lucrativas que eles oferecessem, e ele sabia sem dúvida alguma que Lando nunca originalmente concordara com as demandas que Darth Vader depois exigira dele.

Mas era mais do que apenas negócios, Han suspeitava. Lando se importava com os lucros da refinaria, claro, mas ele também parecia genuinamente se preocupar com seu pessoal. Ele tentara evacuá-los quando o Império tomou o controle total de sua refinaria. Han sacudiu a cabeça. Com Lando, podia ser que ele se importava tanto com o lucro quanto com as pessoas, e era impossível dizer com qual se importava mais. Mas seu ódio pelo Império era algo de que Han não duvidava nem um pouco.

— A batalha mudou — Mon afirmou com um tom sinistro. — Mas não se enganem: ainda estamos em guerra. Não enfrentaremos mais batalhas abertas com blasters e poder de fogo. O Império vai trabalhar em segredo para nos desestabilizar antes que possamos realmente estabelecer nossa nova e grande república. Eles vão atacar nossos sistemas, vão tentar fazer nosso povo passar fome e vão tentar limitar nosso combustível. — Ela fez uma pausa, olhando para Leia. — Em vez de guerra aberta, eles vão contratar assassinos para eliminar indivíduos-chave e diminuir a esperança da galáxia por paz.

— Isso inclui você também — Leia disse a ela com um tom de voz baixo, sem tirar os olhos de Mon.

Han sentiu o coração apertar em seu peito e pontos pretos embaçaram sua vista momentaneamente. Ele só queria empurrar Lando para longe, abrir caminho na multidão, agarrar Leia pela cintura e carregá-la até a *Millennium Falcon*, para então levá-la até o planeta mais remoto que pudesse encontrar (de preferência um com praias ensolaradas) e viver o resto de suas vidas longe de tudo aquilo.

A única coisa que o impedia de fazer isso era saber que Leia nunca o perdoaria.

E que ela provavelmente atiraria nele antes que pudesse arrastá-la para longe.

— Bryn, Kelan e Maxx, continuem aqui para receber mais informações — Mon determinou e três pessoas se destacaram da multidão, chegando mais perto de Mon e Leia enquanto o restante se dispersava. Han ainda viu Leia passar um datapad a cada um dos três antes de se abaixar para sair da tenda. Lando desapareceu antes que pudesse puxá-lo de lado para uma conversa.

Missões secretas, espiões em lugares cruciais e cadeias de suprimentos em perigo. Han nunca diria que sentia falta das batalhas espaciais — ele *não* sentia —, mas ele também não era fã desse tipo de coisa. Han nunca quis fazer parte de qualquer força militar, muito menos com a patente de general, mas se era assim que a luta estava mudando, talvez ele precisasse encontrar uma forma de se adaptar.

Saindo da tenda, Han viu um dos líderes de seu esquadrão.

— Kes — ele disse, cumprimentando o homem.

— O que você acha de tudo isso? — o sargento perguntou.

Han deu de ombros.

— Parece que encontraram um jeito de usar aquelas informações que nós recuperamos para eles.

Kes Dameron assentiu.

— Parece que sim.

— Ei, não me venha com essa de ficar desapontado, garoto — Han disse.

Kes sacudiu a cabeça.

— Não, senhor! Mas... parece que vamos ficar presos na Orla Exterior, não é mesmo?

Han esteve tão concentrado em como o subterfúgio afetaria os novos comandos — sobre como Leia agora estava sob uma ameaça ainda maior do que quando estava no meio de um tiroteio — que ele se esqueceu daquilo que Mon havia informado no começo da reunião. O Império iria se esconder nas sombras da Orla Média e dos Mundos do Núcleo. Mas eles estariam estabelecendo uma base na Orla Exterior.

E seus Pathfinders eram tropas terrestres.

— Parece que sim — Han concordou. Então, nada de praias ensolaradas em seu futuro.

Kes assentiu, com uma expressão séria.

— E sem comunicadores em campo, não para operações especiais.

Han praguejou para si mesmo.

— Sim. — Ele notou como Kes torcia suas luvas com ansiedade. — Ainda não temos uma missão. Vá para sua esposa.

— Ela provavelmente vai se voluntariar para nos levar até onde eles nos enviarem — Kes comentou, com partes iguais de orgulho e preocupação com a pilota que ele amava.

— Sim, bom, *até lá*... — Han disse, imaginando se Kes entenderia o que ele quis dizer.

— Ah. Certo! Não precisa dizer duas vezes! — Kes fez uma saudação de brincadeira antes de voltar correndo para sua tenda, onde Shara Bey com certeza estaria esperando por ele.

Apesar de Kes ter uma esposa e filho, Han sabia muito bem que, desde que houvesse uma missão, ele lutaria, assim como Shara. Mesmo em locais não revelados, sem comunicação e sem cronograma.

E sem promessas.

Han nunca foi um amigo do Império. Mas, diferente de Kes, ele não se tornara um combatente na República por causa de alguma causa nobre.

Por muito tempo, as únicas pessoas por quem Han vinha lutando eram seus amigos — e por Leia.

Mas por que lutar se isso os afastava cada vez mais?

# CAPÍTULO 4
# LEIA

ALGUMAS PESSOAS PERMANECERAM DENTRO DA TENDA APÓS O FIM DA REUNIÃO principal. Depois de explicar as missões aos três rebeldes que Leia e Mon selecionaram para se infiltrar no setor Anoat, uma mulher alta de pele escura e cabeça raspada se aproximou.

— Major — Mon cumprimentou, assentindo para a mulher. Ela se virou para Leia. — Esta é Nioma, ela trabalha na Inteligência.

Leia ofereceu a mão e a outra mulher a apertou calorosamente.

— O General Draven falou de você. É uma honra conhecê-la.

— Ele foi um bom homem — a Major Nioma declarou, baixando a cabeça respeitosamente antes de voltar seu olhar para Mon. Ficou claro que Nioma era o tipo de mulher que preferia se concentrar na tarefa em questão.

— Pedi para a major falar com você sobre possíveis ameaças à sua segurança — Mon disse a Leia gentilmente. — Um membro da Inteligência vai se encontrar com cada figura pública da Aliança nos próximos dias.

Então Leia não estava recebendo tratamento diferencial, mas provavelmente estava entre os primeiros a ter a tal conversa. Ela se perguntou quando Mon tivera a reunião sobre as ameaças contra sua própria vida.

— Você é o rosto da Rebelião — Nioma disse a Leia. — Isso faz de você ferozmente amada por alguns... — Sua voz sumiu. Não havia necessidade de apontar as maneiras como o ódio corria mais forte do que o amor pela princesa em alguns círculos.

— Já sobrevivi a muitas tentativas de assassinato — Leia afirmou. — Agradeço a preocupação, mas...

— A Major Nioma preparou um arquivo para você — Mon avisou, e Nioma passou um datapad para Leia. — Sei que você conhece as ameaças mais comuns, mas isso vai ajudá-la a se preparar.

— Posso destacar uma força de proteção — a Major Nioma começou a dizer.

— Posso cuidar de mim mesma — Leia interrompeu.

— As ameaças estão mudando, Leia — Mon alertou. — Você foi uma prisioneira política, mesmo na guerra. Havia limites que não podiam ser cruzados sem que o Império admitisse a ameaça da Rebelião, algo que eles tacitamente tentaram evitar. Mas agora o Império está encurralado. Um animal enjaulado acaba atacando. De modo letal.

Leia usara sua condição de embaixadora para evitar ser capturada mais de uma vez e sempre funcionara — até não dar certo. Darth Vader não se importou quando Leia afirmou estar em uma missão diplomática quando ele a capturara, e sua condição de senadora e figura popular entre os Mundos do Núcleo não adiantou nada para evitar sua tortura ou impedir que Tarkin punisse aqueles que ela amava.

— Sei muito bem das ameaças que enfrento — Leia assegurou. — Não posso deixar que outras pessoas me impeçam de fazer aquilo que preciso fazer.

— Não é apenas você — Nioma disse. Ela chegou mais perto de Leia e acessou o datapad. Arquivos de dossiês apareceram na tela. Luke, Chewie, Han. — Todos que você conhece são um alvo. Cada conexão que faz se torna um caminho até você.

Leia manteve seu rosto calmo, mas por dentro ela sentia como se tivesse mergulhado em água gelada. Ela ainda podia sentir a maneira como Han a abraçava. Que tipo de ameaça ele enfrentaria se — quando — eles se casassem? Mesmo se o casamento acontecesse longe do Núcleo, seria impossível manter a união em segredo.

Ela já havia provado que conseguia aguentar a tortura, mas não conseguia suportar a ideia de seus entes queridos sofrendo por sua causa.

— Em particular, eu gostaria de avaliar as recompensas por sua cabeça — Nioma disse, passando pelos dossiês de quem era próximo de Leia e seguindo para capturas de imagens de vários cartazes. — Nem todas as recompensas têm fontes óbvias, mas está claro que existem múltiplas ameaças.

Nada daquilo era novidade para Leia. O Império a queria morta. Os Hutts. Vários dissidentes políticos. Ela parou, lendo um arquivo em particular.

— Quem é essa?

A Major Nioma olhou para o datapad.

— Ah. Essa é a chefe de operações de uma das maiores fábricas de Coruscant — ela respondeu, batendo com o dedo na imagem da mulher. — Você legislou por mais direitos para os refugiados trabalhadores e isso a fez perder bilhões.

— E ela quer me matar. Porque apoiei uma lei que não permitia que ela explorasse refugiados. — Leia nunca encontrou aquela mulher pessoalmente, ao menos não que se lembrasse. Ela nem mesmo escreveu a lei em questão; apenas discursou a favor no plenário do Senado.

— Se faz você se sentir melhor, ela também me incluiu na recompensa — Mon avisou.

— Pelo menos estou em boa companhia — Leia murmurou.

— Acrescentamos várias ameaças em potencial de donos de empresas aqui no fim — Nioma continuou. — A maioria dependia muito de contratos com o Império para permanecer operando.

— E vão culpar a mim porque não há mais necessidade de Destróieres Estelares ou armaduras para stormtroopers. — A voz de Leia saiu sem emoção alguma.

— Exatamente — a Major Nioma disse, claramente satisfeita por Leia entender a gravidade da situação.

— É um absurdo — Leia criticou, jogando o datapad de lado. Ela não havia vencido a guerra sozinha; por que, então, teria que carregar o maior peso da culpa daqueles descontentes que foram derrotados?

— Mesmo assim, essas são as ameaças viáveis que detectamos — Nioma disse. — Até agora.

— Que seja — Leia retrucou. — Metade da galáxia me odeia e quer me matar.

— Não apenas você — Nioma acrescentou. — Também os seus entes queridos e seus colaboradores mais próximos.

Leia congelou, cerrando os dentes e segurando todos os xingamentos que queria gritar para os céus. A Major Nioma abriu a boca para continuar falando, mas Mon levantou a mão.

— Já chega por enquanto. Vamos continuar mais tarde.

A Major Nioma assentiu e se virou para ir embora. Leia agarrou seu cotovelo, segurando-a ali.

— Vamos manter o General Calrissian informado sobre tudo que acontece em Bespin. Posso cuidar dos outros mundos com recursos ricos em energia. Você poderia me enviar dados sobre Hofsgut, Madurs, Inusagi, vejamos...

— Lechra tem uma refinaria de gás tibanna de propriedade privada e encontramos muitos cargueiros classe *Aurore* da Guilda dos Mineradores saindo do setor Lixal — Mon acrescentou.

— Tenho olheiros em Lixal, nada ainda — Nioma disse.

— Você pode me trazer mais sobre Lechra? Ah, e também sobre Forrn. Acho que me lembro que eles tinham uma lua com carnium também.

A Major Nioma concordou em levar a informação para Leia assim que possível e saiu. Momentos depois de ir embora, o General Madine se aproximou.

— Agora é uma boa hora para conversarmos sobre a Orla Exterior? — ele perguntou.

O olhar de Mon saltou sobre Leia, mas Leia focou no general.

— Sim — ela respondeu com firmeza. O General Madine estava certo em se preocupar que a Orla Exterior fosse abrigar os remanescentes do Império ou, pior, que potencialmente já tinha bases secretas de operações.

— Sterdic Quatro é uma escolha óbvia — Madine afirmou, indo direto ao ponto —, mas também estou de olho em vários outros mundos.

A equipe de reconhecimento de Leia já tinha lhe dito a mesma coisa. Embora não ficasse tecnicamente na Orla Exterior, Sterdic IV ficava no limiar.

Com uma capital bem povoada e uma presença Imperial preexistente no distrito industrial, o planeta não abriria mão facilmente dos lucrativos créditos que o Império trazia.

— Qual seria a melhor abordagem? — ela perguntou ao general.

— Bombardeios aéreos na Cidade de Cawa, acho, no distrito industrial e longe das áreas civis — Madine respondeu, indo direto ao ponto.

— A imagem seria boa — Mon acrescentou. Aquelas palavras deram um nó no estômago de Leia. Ela sabia o que Mon queria dizer: a Cidade de Cawa era grande o bastante, com uma rota comercial muito agitada, para que uma vitória ali parecesse uma excelente mostra de força. Isso enviaria uma mensagem para aqueles que ainda apoiavam o Império e aos que discutiam se deveriam ou não se juntar ao novo governo.

Mas ela não deixou de notar que, para um ataque como aquele, talvez fosse preciso empregar as forças especiais da unidade de Han.

Leia cerrou os dentes. Ela não podia deixar seus sentimentos ditarem suas diretivas, colocando ou não Han de volta na batalha. Mas, por mais que tentasse, ela não conseguiu encontrar as palavras para dizer aquilo. Ouviu em silêncio enquanto Madine e Mon discutiam a possibilidade de enviar uma frota para a Cidade de Cawa, assentindo quando trouxeram o Almirante Ackbar para dar sua opinião sobre quais naves enviar.

— Quanto às forças terrestres — Madine continuou —, será mais difícil identificar para onde enviar as tropas nos mundos espalhados pela Orla Exterior.

Leia soltou um suspiro.

— Você precisa de quanto tempo? — Mon perguntou.

Os olhos de Madine se distanciaram enquanto pensava. Leia tinha muito respeito por sua opinião. Ele originalmente liderara uma unidade de comando dentro do Império antes de desertar, então conhecia as estratégias do Império intimamente. Ele esteve entre os primeiros a apoiá-la quando Mon revelou os planos para a segunda Estrela da Morte e Leia propôs uma missão arriscada como distração para que pudessem preparar o ataque em Endor. Ela ainda se lembrava da maneira como ele considerou cuidadosamente a Operação Lua Amarela antes de oferecer de modo firme e inequívoco a sua aprovação.

— Deixe-me conversar com Solo — Madine disse finalmente. — Mas acho que... uma semana, talvez? Ou duas. Então saberei os locais com mais segurança.

Uma semana ou duas. Todo o tempo que ela teria com Han antes que ele fosse enviado para alguma batalha na Orla Exterior. E antes que ela fosse...

— Para onde serei enviada? — Leia perguntou a Mon depois que os outros oficiais haviam se retirado. A tenda parecia lotada demais antes, mas agora era cavernosa. Mon se sentou em frente ao quadro estratégico, uma luz verde refletindo sobre seu vestido pálido.

— Você é uma das nossas melhores diplomatas — Mon afirmou, sorrindo para ela. Leia se sentou ao seu lado no banco. — Mas a Estrela da Morte acabou de ser destruída. Acho que temos direito de uma pequena folga.

A risada de Leia saiu amarga.

— Você estava na mesma reunião que eu.

— Sim, a situação é ruim — Mon concedeu. — Nós duas sabíamos que não seria simples, mas...

Leia assentiu silenciosamente. Seus olhos seguiram até o quadro estratégico.

— Então, temos algumas semanas, na melhor das hipóteses. Matar o Imperador nos deu esse tempo, pelo menos. — Leia voltou a olhar para Mon. — Tempo suficiente para um casamento, eu acho.

Os olhos de Mon se arregalaram e um raro sorriso cheio de felicidade genuína tomou conta de seu rosto.

— Um casamento? — Ela buscou as mãos de Leia, puxando-as para seu colo. — Você vai se casar com aquele malandro?

— Você vai tentar me fazer desistir? — O tom de Leia foi jovial, mas seu coração acelerou com aquela ideia. Ela gostava muito de Mon, mas sabia que sua amiga a considerava uma irmã mais nova, quase uma filha. Leia faria aquilo que queria; ela não precisava da aprovação de Mon. Mas gostaria de tê-la.

— Nunca — Mon disse e um calor inundou Leia. Mon acariciou os dedos de Leia. — Meu único pesar é que Bail e Breha não possam estar aqui com você.

Uma dor cortou Leia com aquele pensamento. Casamento foi algo discutido com ela antes — seus tios, em particular, sempre quiseram vê-la casada vantajosamente, apesar de que um arranjo desses nunca foi algo em que Leia tivesse interesse. Ela soube ainda muito jovem que sua vida seria dedicada ao serviço público, e não tinha problemas em se conformar com longas cerimônias ou dedicar seu trabalho a ajudar outras pessoas. Mas — apesar de jornalistas sensacionalistas ou membros da família bisbilhoteiros — Leia sempre considerou que, qualquer coisa que acontecesse na privacidade de seu quarto, seria dela e apenas dela. Leia não podia dar *tudo* de si para todo mundo, ou nada sobraria para entregar.

Sua mãe havia conversado muito com ela sobre amor e dever antes do Dia da Reivindicação de Leia, quando foi nomeada herdeira aparente do trono de Alderaan. Breha trouxera com ela a Espada Rhindon e a colocara na cama de Leia enquanto conversavam.

O Dia da Reivindicação requeria que Leia provasse seu valor para o povo de Alderaan através de três desafios, um para o corpo, um para a mente e um para o coração.

— Você sabe — Breha dissera para sua filha — a importância dessa espada para nosso povo.

Leia confirmou solenemente.

— Você carregará esta espada quando enfrentar seus desafios — Breha continuou. — E você a erguerá diante de toda a corte quando vencê-los. Mas — ela acrescentou com um tom mais suave — você também usará essa espada quando se casar.

Leia, que estava totalmente concentrada nos desafios e rigores do Dia da Reivindicação, piscou de surpresa, não esperando discutir algo que estaria tão longe no futuro.

— A espada é um símbolo da monarquia — Breha continuou —, e uma lembrança de que não é o sangue que escolhe o regente de Alderaan. É uma escolha. O seu pai e eu, nós escolhemos você. Para ser nossa filha e futura rainha. E quero que saiba, meu amor, que mesmo fazendo parte de uma família que tem muitas obrigações e muitos deveres que vêm junto com nossos privilégios, você *sempre* terá o direito de escolha. Seja com quem você se casar, será a sua escolha. E quando se casar, vou prender a espada em sua cintura antes de você se encontrar com seu marido ou esposa. É isso que a Espada Rhindon representa para toda Alderaan, mas para os governantes em especial: que nós temos a liberdade de escolher nosso próprio destino e temos a habilidade e as armas para defendê-lo.

As mãos de Leia agora se apertavam sobre o colo de Mon. Ela viu seu mundo ser destruído, sabia que seus pais estavam na superfície quando explodiu, mas o tamanho daquela perda, mesmo depois de tanto tempo, ainda era difícil de processar. Isso lhe atingia em afiadas pontadas — ela podia nunca ser capaz de processar completamente a magnitude da perda de seu planeta —, mas a lembrança da Espada Rhindon, que estava pendurada na parede do castelo por gerações, e a perda dessa relíquia fizeram a bile subir pela garganta de Leia. Ela não conseguia compreender totalmente que seu planeta inteiro não existia mais. Sua dor vinha em cacos — a espada, o Monte Appenza, o aroma das flores no pátio, seu velho droide de brinquedo Lola, seu droide babá WA-2V, aquela pedra lascada em seu terraço quando ela se empolgou demais em um treinamento, os pequenos bolinhos que eram enviados a seu quarto como um mimo quando ela era jovem demais para participar das solenidades formais de seus pais —, eram os detalhes que a torturavam, as pequenas lembranças que nunca poderiam ser recriadas ou repassadas.

Tarkin roubara seu passado, presente e futuro quando ordenou o ataque em Alderaan. Leia nunca poderia voltar, e Breha nunca prenderia a Espada Rhindon em sua cintura, e Bail nunca conheceria Han, e seu casamento seria em uma lua longínqua e não em um palácio, e...

Mon apertou sua mão, adivinhando pelo menos alguns dos pensamentos de Leia.

— Eles estariam orgulhosos de você — ela disse gentilmente.

A emoção se acumulou nos olhos de Leia.

— Você acha mesmo? — ela perguntou, com a voz embargada.

Mon assentiu.

— Sei que sim. — Ela sorriu tristemente. — Bail se preocupava com você. Ele sempre ficava admirado com a maneira como você assumia suas responsabilidades. Você é tão generosa, Leia, e ele adorava isso em você. Mas ele se preocupava que você fosse sacrificar muito de si mesma ajudando aos outros. Então, eu sei, sem dúvida alguma, que ele estaria orgulhoso de você escolher celebrar essa alegria agora, neste momento.

Leia soltou o ar que vinha prendendo. Aquela foi uma manhã emocional, em mais de um aspecto.

— Obrigada — ela agradeceu, esperando que Mon pudesse ouvir toda a sinceridade por trás de uma simples frase. — Han e eu podemos nos casar aqui. Vou pedir que C-3PO pergunte ao Chefe Chirpa se existe algum local cerimonial para nos reunirmos, ou talvez possamos simplesmente ficar debaixo das árvores...

— Temos muito a planejar e pouco tempo para isso — Mon disse, sorrindo indulgentemente.

— Tempo! — Leia bufou com ironia. — Nunca temos o suficiente. Mas não se preocupe — ela acrescentou. — Não queremos que seja algo grandioso e certamente não vamos ter uma lua de mel ou qualquer coisa do tipo. Uma simples cerimônia antes que... — Antes que precisassem se separar. Só agora ela começou a entender quão abrupto seria. Leia não queria prolongar a espera, mas, ao mesmo tempo, era mais do que frustrante saber que teriam de seguir em direções opostas tão cedo.

— O que foi? — Mon franziu as sobrancelhas.

Leia se concentrou no cronograma.

— Han para a Orla Exterior com as tropas terrestres. Eu em uma missão como embaixadora. — Ela bufou outra vez, com um som mais suave, mais amargo. — Terei de seguir para o Núcleo, talvez para a Orla Média. Mundos de distância. Em questão de semanas. Acho que os Ewoks não vão se importar se continuarmos acampados aqui por todo esse tempo, antes de zarparmos.

— Não, espere — Mon disse, erguendo a mão diante dos cálculos de Leia. — Com certeza o General Madine pode liderar uma missão com os Pathfinders no lugar de Han se houver necessidade. — Ela deu a Leia um olhar sardônico. — Você sabe que temos planos de contingência para o caso de ele abandonar seu posto outra vez.

— Os Hutts tinham colocado sua cabeça a prêmio quando ele abandonou Hoth.

— Você vai defendê-lo agora? Que coisa é o amor, que faz você rapidamente esquecer as coisas. Eu me lembro quando ele comunicou sua saída. Você ficou furiosa, se me lembro bem. — Mon sorriu.

— Eu nunca fico furiosa — Leia disse com uma certa insolência, mas suas palavras foram traídas por uma risada.

— De qualquer maneira, temos *sim* tempo para uma lua de mel — Mon afirmou. — Se alguém em toda a galáxia merece um descanso para celebrar, esse alguém é você.

Leia sacudiu a cabeça. Ela não queria nenhum tipo de tratamento especial. Todos se sacrificaram, todos trabalharam. Na guerra, não havia régua para calcular o seu valor em relação a outros, e nem o seu pesar. Era tanto sobre ter boa pontaria quanto ter sorte. Além disso, havia trabalho demais que precisava ser feito. Mon foi graciosa ao sugerir que ela tomasse um tempo para si mesma, mas isso era impossível.

# CAPÍTULO 5
# HAN

Foi Lando quem sugeriu uma festa para celebrar o fim dos dias de cafajeste de Han quando ele contou a novidade. Apesar de Han protestar dizendo que isso não significava que ele estava se tornando respeitável, quem era ele para dizer não a uma festa? Aquilo que começou como uma pequena reunião de amigos em uma das maiores cabanas da Vila da Árvore Brilhante cresceu cada vez mais quando a notícia do casamento se espalhou pelo acampamento. Todos pareciam ansiosos para um pouco de diversão agora antes de se dispersarem e se separarem na próxima fase da guerra. Era um sentimento que Han podia mais do que compreender — assim como uma criança com fome aceitaria qualquer comida em que pudesse pôr as mãos, a Rebelião estava faminta por alegria e pronta para devorar qualquer quantidade oferecida.

Lando assumiu o cargo de porteiro na cabana, um papel que cumpriu tão graciosamente quanto o de anfitrião, gentilmente dispensando aqueles que apenas queriam bebidas mais do que camaradagem, um método eficaz para manter a festa o mais fechada possível.

Quando a Estrela da Morte foi destruída e a derrota tácita do Império foi aceita, a primeira noite de dança e bebidas foi uma liberação caótica das pressões que a guerra colocava em todos — a adrenalina correu tanto quanto o álcool já que, pela primeira vez em anos, eles não mais viviam em um constante estado de alerta. A cabana de Han estava lotada agora, mas não era nada como a festança que tomou toda a vila depois da explosão da Estrela da Morte. Han preferia assim — a festa hoje era grande demais para ser considerada privada, mas pequena o bastante para ele reconhecer cada rosto sorridente.

Lando foi até a porta quando ela se abriu e uma mulher Mikkiana alta e cor-de-rosa entrou com passos decididos e um brilho de confiança nos olhos.

— Desculpe, querida — Lando disse, suas palavras enfatizadas com um sorriso sedutor —, mas esta é uma festa particular. — Ele baixou a cabeça levemente.

A mulher ignorou Lando totalmente e apanhou um tsiraki servido em uma caneca de madeira, tomando toda a bebida como se não fosse nada. Ela limpou uma mancha de líquido azul com a mão antes de servir a si mesma outra dose.

Lando piscou atônito, preso entre apreciação da ousadia da mulher e o desejo de manter algum controle sobre a lista de convidados.

— Ah, Sakas é demais — Han afirmou, jogando um braço sobre o ombro de Lando e sorrindo para a mulher.

Lando se afastou da porta e de seus deveres.

— Não acredito que você vai se casar — ele confessou.

— Estou só seguindo o exemplo de Chewie.

Chewbacca rugiu com uma orgulhosa vibração no som.

— E Malla é uma mulher de sorte — Lando disse, oferecendo um brinde com sua taça de vinho para Chewie. O Wookiee concordou e um prazer convencido se espalhou por seu rosto peludo.

— Onde você conseguiu essa taça de vinho? — Han perguntou enquanto Chewie foi até a mesa com vários tipos de pães, carnes e queijos que Lando havia arranjado. — Quer dizer, o vinho eu entendo, mas você tem uma taça de cristal que parece feita em Inusagi e o resto do pessoal está bebendo em canecas de madeira esculpidas por essas bolas de pelo.

— Bolas de pelo muito hospitaleiras. — Lando ergueu sua taça no ar, mesmo não havendo nenhum Ewok presente para brindar.

— Você simplesmente leva um bar inteiro para onde vai? — Han perguntou. Ele puxou a capa de Lando. — E um guarda-roupa?

— Algumas pessoas gostam de variedade — Lando declarou. — E falando nisso, meu amigo, você tem que me deixar emprestar para você algumas... roupas respeitáveis para o seu casamento. Se existe um bom momento para alguém trocar seu colete por algo que foi lavado ainda nesta década...

Han levantou um pedaço do colete e cheirou.

— Está limpo!

— Mas poderia estar mais limpo.

— Escuta aqui, *amigo* — Han começou, mas Lando imediatamente levantou a mão e recuou. — O que foi? — Han perguntou.

— Da última vez que me chamou de amigo, você deu um soco na minha cara.

— Da última vez, você mereceu.

— É justo. Mesmo assim, vamos arrumar pelo menos um casaco para você — ele disse. — Tenho algo que vai servir. Na verdade, feito em Alderaan.

Isso fez Han pensar. Leia gostaria de algo assim.

— Talvez — ele concedeu. Se não fosse muito vistoso. Mas ele duvidava que Lando tivesse algo que não fosse.

Lando olhou ao redor do lugar e avistou um grupo jogando cartas contra a parede.

— Sabacc?

— Absolutamente não — Han disse, sorrindo, apesar das palavras. — Tenho tudo que quero, o que significa que não preciso mais apostar nada.

— Falou com muita sabedoria! — Lando saudou Han com sua taça vazia. — Nesse caso, você pode simplesmente assistir seu velho amigo depenando seus novos amigos. — Ele piscou e Han sorriu.

Mas antes de chegarem no círculo de jogadores, a porta se abriu com força. Meia dúzia de Ewoks entraram correndo na cabana, com os braços erguidos e as vozes agudas com urgência.

— O que está acontecendo? — Han gritou, mas a cacofonia abafou sua voz.

— *Yip! Yip!* — gritou o menor dos Ewoks, agarrando a mão de Han e arrastando-o na direção da saída. Era aquele de que Leia gostava, Wicket. — *Yub, nub! Yub, nub!*

— Calma lá, amigão — Han ordenou, puxando-o de volta. Ao longe, ele ouviu o bater de um sino, profundo e ressoante, ecoando através da floresta. — O que está acontecendo? — Ele se voltou para Lando. — Você pode ir buscar C-3PO?

Um lampejo de metal dourado chamou a atenção de Han. Em vez de se desvencilhar do Ewok, Han agarrou a pata de Wicket e se dirigiu para a porta, com o pequenino se esforçando para acompanhar o ritmo das pernas longas de Han.

— Ei, Douradinho! — Han gritou no meio do barulho.

— Ah, estou tão feliz em vê-lo, General Solo! — C-3PO declarou, aproximando-se dele. — Os Ewoks avistaram um dragão condor.

Han estranhou, sem saber que criatura era aquela, mas se os Ewoks mantinham guardas de olho nelas e tinham um sistema de alerta, seria melhor investigar. Ele olhou ao redor e avistou Luke emergindo da festa, uma das poucas pessoas totalmente sóbrias.

— O que você acha que devemos fazer? — ele perguntou.

Luke acenou com a cabeça na direção de um dos Ewoks, um sujeito mais velho de pelo cinzento, olhos cansados e um casaco de couro com capuz enfeitado com dentes e ossos.

— Perguntar ao Chefe Chirpa — ele disse. — C-3PO, você pode nos ajudar a entender a situação? — O som do sino havia parado, substituído brevemente por uma claque de tom agudo e depois por silêncio, mas os Ewoks pareciam ter se reunido todos dentro da cabana. Han podia ouvir Lando gritando com eles para que não comessem toda a comida.

— *Yub, nub!* — Wicket disse, libertando-se de Han e correndo de volta para dentro da cabana.

C-3PO se aproximou do Chefe Chirpa. O líder do Conselho dos Anciãos bateu com um cajado no chão de madeira, girando o longo bastão para apontar Han enquanto falava com o droide de protocolo com um tom raivoso. C-3PO levantou as mãos, falando na língua dos Ewoks. Ele voltou depois de um momento para Han. O Chefe Chirpa o seguiu com uma expressão nada contente.

— Então? — Han indagou. — Precisamos juntar algumas tropas para cuidar desse dragão condor?

— O Chefe Chirpa me informou que a ameaça acabou, o dragão condor voou em uma outra direção.

O Ewok se aproximou ainda mais, olhando feio para Han.

— *Yip-yar, nub bree mah!* — ele rosnou, balançando o cajado no rosto de Han.

— Então por que esse cara está bravo comigo? — Han perguntou a C-3PO.

C-3PO inclinou a cabeça para o lado. Han podia quase sentir a indignação irradiando do droide. Que ótimo. Agora a lata velha *e* o Ewok estavam bravos com ele.

— Senhor, parece que os Ewoks descobriram que você pretende fazer uma celebração? Sem eles?

— Ah, não — Han grunhiu e voltou para a tenda. Estava completamente tomada por Ewoks agora. As portas e janelas foram escancaradas e havia mais bolas de pelo lá dentro do que qualquer outra coisa.

Havia Ewoks em cima da mesa, comendo a tábua de frios com as duas mãos; eles jogavam cartas de sabacc no ar como se fossem confetes, dançando com as cartas coloridas caindo sobre eles; as paredes serviam de tambores para que outros Ewoks pudessem dançar. Nesse momento, metade dos convidados havia se juntado à algazarra dos Ewoks, enquanto a outra metade havia se retirado em busca de celebrações menos caóticas. Dois bebês Ewoks escalaram Chewie, balançando em seus braços estendidos. Chewbacca rugiu e os Ewoks gritaram, e apesar de ambos os sons serem de alegria, quase como uma risada, também eram ensurdecedores.

— Parece que a festa saiu de controle — Luke disse placidamente, observando a barulhenta cacofonia mal contida dentro das paredes.

— C-3PO, diga a eles para irem embora — Han exigiu.

— Tecnicamente, é a cabana deles, dentro da vila deles — C-3PO o informou.

— É uma festa para celebrar o meu noivado — Han retrucou.

— Que sorte — C-3PO disse. — O grupo de vigias do dragão condor é formado por Ewoks solteiros, que me informaram que possuem tradições celebratórias semelhantes antes do casamento.

Han apertou seus olhos, estressado.

— A questão não é essa.

— E seria considerado um insulto pessoal ao Chefe Chirpa se você não o incluir na celebração.

O velho Ewok bateu com o cajado na plataforma de madeira com animação e entrou na tenda, indo diretamente para a mesa de comida.

Antes que Han pudesse dizer qualquer coisa, C-3PO voltou para sua linha de visão, exigindo atenção.

— E se me permitir acrescentar, senhor, tenho sido parte integral das suas jornadas e tenho estado ao seu lado desde Tatooine. Fiquei chocado em saber do seu casamento por meio de terceiros.

— O seu convite especialíssimo já foi enviado — Han grunhiu.

C-3PO pensou por um momento enquanto R2-D2 rolava pela ponte de madeira na direção deles, emitindo bipes alegres.

Luke, que entendia o astromec melhor do que Han, fez um gesto na direção da cabana lotada.

— Ah, vai entrando — ele disse. — Todo mundo está fazendo isso mesmo.

— Ei... — Han começou a falar, mas R2-D2 emitiu mais sons animados, balançando suas pernas traseiras.

C-3PO apenas tinha sensores óticos sem emoção, mas Han podia jurar que o droide estava olhando feio para ele.

— Imagino que você pretende me convidar também para esta festa? Eu esperaria ser incluído. Como um droide de protocolo, está dentro do meu domínio de capacidades servir como parte essencial de qualquer reunião social.

— Essencial? — Han questionou, mas antes que pudesse impedi-lo, C-3PO entrou na cabana.

— Isso está indo muito bem — Luke observou.

R2-D2 soltou um bipe enquanto seguia atrás de C-3PO, girando no centro da cabana para o divertimento dos mais de uma dúzia de Ewoks batendo os pés no chão ao seu redor. Quando R2 parou de girar, os Ewoks se voltaram para C-3PO, celebrando sua chegada e levantando seus cajados no ar, entoando "*Yub! Nub!*". Um deles, vestindo um capuz laranja e empunhando um cajado enfeitado com uma vinha feita de delicadas folhas verdes e frutas brancas, parecia estar na frente da fila, liderando os outros.

— Precisamos tirar o comandante yub-nub daqui — Han resmungou.

Luke riu.

— Eles até que são bonitinhos.

— Você não viu quando eles atacaram os stormtroopers? Esses carinhas são brutais.

— Adoráveis, mesmo assim.

— Chewie pode arrancar os seus braços e bater em você com eles, mas não vai fazer isso, provavelmente. Ewoks fariam, mas não conseguem. Isso não é *bonitinho*.

Luke lançou um olhar analítico sobre a festa dentro da cabana.

— Então, qual é o nosso plano aqui? Simplesmente considerar isso uma causa perdida?

— Ah — Han resmungou, analisando suas opções. — Se não consegue vencê-los...

— Junte-se a eles?

Han assentiu e se dirigiu de volta para a batida ensurdecedora dentro da cabana, Luke rindo atrás dele. Mas logo antes de entrarem, Luke tocou o ombro de Han, fazendo-o parar.

— Então... casamento?

Han deu um sorriso torto.

— E qual é... hum, qual é o plano aqui? — Luke analisou os olhos de Han. — Não pensei que você fosse do tipo que iria sossegar.

Foi a mesma pergunta que Luke tinha acabado de fazer sobre a festa, e parte de Han queria dar a mesma resposta — ele encontrou alguém à sua altura e isso fazia de Leia a mulher perfeita para ele. *Mas Luke é irmão dela*, Han lembrou a si mesmo. Uma resposta irreverente não serviria.

Ele ficou encarando Luke, tentando encontrar semelhanças entre ele e Leia. Eles não eram apenas irmãos, mas gêmeos. Mas ele não conseguia enxergar Leia no rosto de Luke, não até seu olhar pousar nos olhos dele. Antes, quando encontrou Luke pela primeira vez naquela cantina em Tatooine, ele nunca imaginaria que aquele garoto ingênuo fosse irmão gêmeo da princesa de Alderaan. Mas agora... estava nos olhos dele. Não tinham a mesma cor, é verdade, mas tinham a mesma profundidade, calma e segurança.

Essa era a diferença. Quando Han encontrou Luke pela primeira vez, o garoto ainda não sabia quem ele era. Não a parte sobre ser o irmão perdido de Leia ou algo do tipo. Ele não sabia seu propósito.

Mas agora sabia.

Han se perguntou: se olhasse no espelho agora, será que seus olhos refletiriam a mesma certeza? Como se soubesse ao mesmo tempo que estava no caminho certo e que nada nunca poderia desviá-lo.

Luke pareceu enxergar algo na expressão de Han que satisfez sua pergunta original. Ele assentiu e os dois entraram na cabana.

E pensar que apenas alguns dias antes Han sentiu ciúme da conexão de Luke com Leia. Han nunca foi ciumento; ele tomava o que queria, e se não pudesse ter, então ele não queria. Mas não conseguia se lembrar de não querer Leia, principalmente depois de...

— O que foi? — Luke perguntou no meio do som dos tambores e das batidas dos pés.

Han sacudiu a cabeça, tentando dispensar a imagem em sua mente.

— Em que estava pensando? — Luke insistiu. — O seu rosto ficou estranho.

— Nada, só estava... lembra daquela vez? Depois do ataque do wampa?

Han observou quando a exata lembrança atingiu Luke — quando Leia tentou fingir que não estava apaixonada por Han e acabou beijando Luke. Só que naquele momento, nenhum deles sabia...

— Nunca mais vamos falar sobre isso de novo — Luke ordenou.

— *Nunca* — Han concordou.

R2-D2 passou por eles, emitindo vários bipes e empurrando Han em seu caminho. Han se virou e viu o astromec saindo da tenda, e quando virou de volta, C-3PO estava colado em seu rosto. Han deu um passo para trás quando C-3PO disse:

— Senhor, creio que esta festa está saindo de controle.

— Você acha?

— De fato. Creio que foi um erro convidar tantos Ewoks.

Atrás dele, sombras se moviam enquanto um grupo de Ewoks acendia tochas e começava a girá-las ao redor, lançando fagulhas no meio da escuridão. Outro apareceu com uma caneca de madeira cheia até a boca com tsiraki azul-brilhante. Han apanhou a caneca do pequeno Ewok, que imediatamente começou a gritar em protesto.

— Tanto álcool assim derrubaria até um homem adulto — ele tentou explicar, mas o Ewok saltou sobre ele, agarrando a caneca. A maior parte do tsiraki se derramou, felizmente, e quando o Ewok tomou o resto, ele fez uma careta de desgosto, jogando a caneca no chão e limpando a língua com suas patas.

— Eu avisei — Han murmurou para o Ewok mal-agradecido. A única coisa que Han podia pensar que seria pior do que Ewoks bêbados era Ewoks de ressaca. — Precisamos acabar com isso — Han disse a Luke. — Você não consegue fazer alguma... — ele mexeu os dedos no ar — ... e fazer eles irem embora?

Luke ergueu uma sobrancelha.

— Você quer que eu use a Força para acabar com a festa?

— Sim. Você consegue?

— Eu provavelmente conseguiria...? — Luke não conseguiu esconder a dúvida em sua voz.

— Mas não vai nem tentar.

Luke sorriu. Han se virou para C-3PO.

— Certo, bom, eles acham que *você* é um deus, então se eu chutar você para fora, talvez os seus fiéis seguidores vão... te seguir — ele concluiu, meio pateticamente.

C-3PO ficou indignado.

— Seria uma grande ajuda — Luke pediu, algo mais palatável para o droide. — Apesar de você saber que existe uma chance de os Ewoks se voltarem contra você para se vingarem de sua divindade, certo, Han?

Aquilo não havia, de fato, ocorrido a Han. Mas então um dos Ewoks girando as tochas levou o fogo perto demais da mesa de bebidas e uma tigela de ponche com algum líquido que absolutamente incluía algo feito em casa e poderia ter um toque literal de fluido de motor a jato foi atingida por uma fagulha e pegou fogo. Os Ewoks mais próximos gritaram, correndo para o outro lado da cabana enquanto alguns dos convidados da festa se apressaram para apagar as chamas que se alastravam sobre a tigela de madeira em cima da mesa de madeira no canto da cabana de madeira que ficava muito alto no topo de uma floresta inflamável cheia de outras habitações que eram basicamente lenha de fogueira.

— Some logo daqui! — Han rugiu para C-3PO.

— Ora, nunca! — C-3PO disparou de volta, mas ao menos quando o droide dourado saiu da cabana, metade dos Ewoks o seguiram.

Chewbacca passou correndo por Han e voltou para dentro alguns momentos depois, trazendo um enorme barril de água da chuva sobre a cabeça. Ele despejou o conteúdo sobre a mesa de bebidas incendiada e uma cachoeira de cinzas, bebidas alcoólicas e água da chuva se derramou para os lados, molhando todo mundo. Não demorou para Han descobrir que um Ewok molhado cheirava ainda pior do que um seco.

Lando se aproximou. Ele estava imaculado, como sempre, com sua taça de cristal cheia com vinho de algum lugar desconhecido. Ele a inclinou na direção de Han, como se brindasse contra uma taça imaginária que Han não tinha.

— Excelente festa, Han, a melhor desde aquela vez em que encontramos as irmãs Tonnika naquela nave cassino na Via Hydiana.

— Engraçado — Han disse. — Agora que toda a bebida foi jogada fora é exatamente quando preciso de uma bebida.

Lando tomou um gole do vinho.

— É sempre assim.

# CAPÍTULO 6
# LEIA

— Você estava aqui o tempo todo? — A voz de Mon cortou no meio da tenda escura.

Leia se ajeitou, arqueando as costas. Ela ofereceu um sorriso culpado para sua amiga.

Mon sacudiu a cabeça.

— Quando ofereci para ajudar a planejar seu casamento com o Conselho Ancião dos Ewoks, a ideia era que você tivesse um tempo para si mesma, um momento de paz antes de se casar.

— Eu sei — Leia disse, quase rindo. Acontece que, assim que Mon saiu, Leia foi encurralada por todas as pessoas que precisavam de Mon ou de alguém do Alto Comando da Aliança para seguir com suas próximas tarefas. A General Forell foi a primeira a puxá-la de lado, para que gravasse uma mensagem para o setor Anoat, assegurando às pessoas que o Imperador estava morto e que a nova república unificada se mobilizaria para ajudá-las. Assim que isso foi feito, o General Cracken pediu que outra unidade fosse acrescentada a suas reservas e pediu a opinião de Leia. Depois disso, ela ajudou a equipe de apoio a planejar um sistema mais eficiente de distribuição de comida entre as tropas que ainda estavam em Endor ao mesmo tempo em que dava permissão para outra unidade se dispersar e partir antecipadamente da lua florestal.

Leia passou o restante do dia em uma adorável solidão, compondo mensagens para os cinco mundos sobre os quais a Major Nioma havia lhe passado informações. Quatro deles eram planetas que ela já havia visitado antes e cujos líderes políticos eram pessoas com quem ela já tinha uma conexão. Leia pôde falar em um nível pessoal em suas holomensagens para o presidente de Hofsgut, a chefe de Inusagi, o vice-rei de Lechra e a Imperatriz Eliaora de Forrn. Cada um deles permaneceu independente ou foi forçado a ao menos uma aliança econômica com o Império, e Leia estava razoavelmente confiante de que conseguiria convencê-los a apoiar a nova república que estava se formando no vácuo deixado pelo controle Imperial. Ela conhecia as necessidades e os desejos de cada governante e de cada mundo, oferecendo ajuda específica ou favores pessoais que podiam ser trocados pela entrada dos mundos em uma união maior.

O primeiro-ministro de Madurs, entretanto, era outra coisa. Leia leu o dossiê que a Major Nioma preparara. Dreand Yens era um servidor público eleito de longa data, claramente amado por seus cidadãos para ter permanecido no cargo por tanto tempo. Madurs experimentara uma explosão de popularidade antes da tomada do Império; o próprio Imperador Palpatine visitara a lua durante uma exposição de belas artes que aconteceu por lá, nos primórdios da criação do Império. Enquanto a lua de Madurs era conhecida primariamente por seus palácios de gelo e criações cristalinas, de que o Imperador Palpatine parecia gostar muito, julgando pelos hologramas registrados, Leia suspeitava que o Imperador tivera segundas intenções em sua visita. Logo depois, começaram os pedidos ao primeiro-ministro por acesso ao carnium da lua. Mas o primeiro-ministro não concordou com um contrato com o Império e os registros oficiais claramente mostravam que o carnium se encontrava debaixo do solo do oceano, difícil de adquirir e potencialmente perigoso para a estabilidade do núcleo da lua.

Leia escreveu sua carta inicial ao Primeiro-ministro Yens cuidadosamente, optando por compor uma missiva eletrônica que mostrava sua apreciação tanto pelas artes da lua quanto pela resistência do primeiro-ministro em relação ao Império. Ela sabia que buscar o contato com o Primeiro-ministro Yens daria a aparência de ganância da nova república pelos recursos da lua, mas ela esperava que sua promessa de proteger as reservas de carnium seria recebida como a verdade que era. Leia se preocupava mais com a unificação dos mundos do que sua exploração, e podia apenas torcer para que sua reputação reforçasse sua determinação de embaixadora em se aproximar de Madurs.

Ela não sabia quanto tempo havia se passado quando Mon Mothma a interrompeu. Quando Leia se espreguiçou, suas costas estalaram.

— O seu futuro marido está dando uma festa e tanto nas árvores — Mon disse.

Leia riu.

— Fiquei sabendo. — Os rumores haviam se espalhado rapidamente, e se apenas metade do que ela ouviu fosse verdade, essa reunião de Han certamente se tornaria lendária.

Mon sacudiu a cabeça.

— Tire o resto da noite de folga, eu lhe imploro. Junte-se à festa, se você quiser.

Essa era a última coisa que Leia queria, mas aceitou o conselho de Mon. Ela saiu da tenda, puxando o capuz enquanto atravessava o acampamento. Sua roupa bege com acabamento em couro marrom era simples o suficiente para que quase pudesse passar despercebida, especialmente com o cabelo preso. Perto do quartel-general, ela passou por trabalhadores e guerreiros rebeldes na maioria, mas também havia cabanas de Ewoks ali para os machos solteiros que ainda não tinham, de acordo com a tradução de C-3PO, ganhado um lugar em um lar familiar no topo das árvores. Essas cabanas menores, salpicando o chão sob as árvores, pareciam praticamente vazias. As sombras se alongavam conforme a tardinha se transformava em noite. Leia agradeceu pelo casaco quente feito com a pele de algum animal que os Ewoks haviam lhe presenteado por ser uma "dama da lança", de acordo com a tradução de C-3PO.

Ela foi alertada para não se distanciar muito da Vila da Árvore Brilhante, então ficou onde ainda podia ver o contorno das cabanas nas árvores e a luz das tochas acesas. Andou sem nenhum propósito que não fosse a chance de ficar sozinha. Ela não gostava de ficar parada, mas era bom não ter nenhuma companhia, com exceção de seus próprios pensamentos e o sussurro do farfalhar das folhas e o gentil vento passando entre as árvores.

Estava frio, e esfriando cada vez mais, e Leia apertou o casaco forrado de pele. Embora fosse largo o bastante para cobrir seus ombros, o comprimento curto do agasalho não o fazia passar dos joelhos. Suaves samambaias raspavam contra sua saia e lama manchou suas sandálias de couro.

Quando ela gravara a mensagem para o setor Anoat, um dos tenentes do General Cracken sugeriu que Leia fizesse outro anúncio, dessa vez celebrando seu casamento. Ela se recusara, apesar da insistência do jovem rapaz de que as pessoas adorariam saber de seu romance.

— Pense na imagem que isso criaria! — o tenente dissera, emoldurando o rosto de Leia com as mãos. — A nova república acabou de começar e esse casamento se tornaria simbólico. *Você*, princesa, está literalmente encarnando a unificação. O Império adora coisas fraturadas, mas esse novo governo irá juntar...

— Não — Leia retrucara, um pouco forçosamente demais. O entusiasmo do tenente sumiu. — É que... é muita coisa ao mesmo tempo — ela continuou, pousando a mão gentilmente em seu ombro. — Pergunte outra vez mais tarde.

Aquilo foi parcialmente verdade. Gravar a mensagem para o setor Anoat havia martelado a ideia de que a guerra ainda não tinha acabado; a ameaça do Império ainda era viável. E, mesmo assim, apesar das notícias sobre comunicações do Império claramente correndo soltas, com todos os dados criptografados apontando para aquele setor e a quase certeza de que mais problemas estavam no horizonte, Leia havia se forçado a permanecer calma e impositiva, sem deixar brechas para que a força da nova república naquela mensagem fosse questionada.

Não que ela mesma questionasse a força da nova república que se formava.

Ela estava apenas... tão cansada de ser forte.

Enviar mais mensagens, mais esperança para pessoas que seriam forçadas a enfrentar mais conflitos, a havia deixado esgotada.

Mas também havia parte dela que não queria gravar uma segunda mensagem, uma que fosse sobre seu casamento, para toda a galáxia.

Agora, sob a copa das árvores daquela lua, seu amor era só dela, não da galáxia. E ela sabia que seria impossível mantê-lo privado para o resto de suas vidas. Mas... ela se apegaria pelo máximo de tempo possível. Aquele pequeno pedaço de seu coração não era para exibição pública. Ainda não.

Leia parou. Ela se afastou mais do que pretendia, mas seus pés se moviam com uma graciosidade imerecida. Não havia caminho ali; os arbustos cresciam altos demais, as raízes e vinhas arranhavam seus tornozelos, esperando para derrubá-la. Ela tinha se distraído tanto que nem percebeu que mal podia enxergar o cintilar das luzes da Vila da Árvore Brilhante.

Apesar de estar tão longe, entretanto, sentia o cheiro de fumaça.

Leia parou, seus sentidos se aguçando. Não era fumaça nova, mas cheirava... estranho. O aroma no ar era de terra úmida, o cheiro característico de qualquer floresta fértil, mas um cheiro de fumaça e cinzas permeava aqueles aromas familiares, chamando sua atenção como se estivesse atraindo-a.

Não deveria haver uma fogueira tão longe da vila.

O suor frio fez sua pele se arrepiar. Havia uma tensão entre curiosidade e medo naquele momento, já que parte dela queria fugir e parte queria descobrir a fonte do cheiro mais do que qualquer coisa. Leia experimentou essa sensação apenas uma vez antes, quando sentiu a presença de Luke em Bespin. Seu corpo quisera escapar da cidade nas nuvens, saltar da órbita e desaparecer no hiperespaço, longe da ameaça de Vader. Mas sua alma a chamou de volta, levando-a para o lugar onde ela sabia que Luke estava, mesmo sendo impossível que soubesse que Luke estaria ali.

— Luke — ela disse em voz alta e com um tom agudo. Ela não o sentia agora, não exatamente, mas... aquela atração a lembrava da maneira como ele havia chamado por ela. Ele quase morrera. Talvez fosse isso que estava acontecendo agora, ele precisava dela! Leia ignorou o medo que fazia seu coração acelerar, por mais irracional que fosse, e correu pela floresta, certa de que estava indo na direção que precisava seguir. Ela salvaria Luke; encontraria seu irmão, descobriria o que o mantinha preso na escuridão da floresta longe da vila. Leia apalpou a cintura e o quadril, checando suas armas enquanto corria no meio do mato. Ela não se preocupou em correr silenciosamente; precisava ser rápida. Não havia tempo para pedir ajuda. Ele precisava dela... *agora...*

Leia parou de repente.

Ali estava a fonte do cheiro de fumaça que ainda pairava em uma névoa repugnante ao redor da área.

Uma pira funerária.

Luke não a chamou. Se fosse real ou apenas imaginação, não foi Luke quem a atraíra naquela direção para descobrir o que estava oculto na escuridão das sombras das enormes árvores.

Cinzas e fuligem manchavam o verde e o marrom do solo florestal. Bile subiu pela garganta de Leia. Aquilo não foi uma simples fogueira. Ela sabia, mesmo não vendo nenhum osso carbonizado. Ela sabia.

A emoção fechou sua garganta e por um momento não conseguiu respirar. Seus olhos se encheram com lágrimas não derramadas, mas ela virou o rosto, forçando-as a cair.

Ela não choraria por *ele*.

Leia olhou para baixo. Ela havia parado na fronteira entre as cinzas e a terra. Decidida, ergueu o pé e cruzou das relvas esverdeadas para a fuligem cinzenta. Um pó suave se levantou enquanto ela atravessava os restos da pira funerária. Ela ainda podia ver a madeira carbonizada que formava a base, mas o fogo havia reduzido quase tudo a cinzas.

*Ótimo*, Leia pensou. Seu pai *de verdade*, Bail, também havia virado pó. Mas ele havia morrido em Alderaan, que explodira entre as estrelas. Não era um conforto, de jeito nenhum, mas a deixou satisfeita saber que Bail agora era poeira estelar e Vader não era nada além de lama e fuligem. Seu pai flutuaria nos céus para sempre e seu torturador era escória na sola de seus sapatos.

*Ainda havia bondade nele*, Luke dissera.

Mas ele não havia sentido a mão de Vader em seu ombro no momento em que seu planeta natal fora destruído.

Os dedos de seus pés tocaram algo pesado e sólido. E não era madeira. Leia olhou para as cinzas.

O capacete de Darth Vader estava retorcido e desfigurado, derretido e deformado, mas ainda absolutamente reconhecível. Havia um tipo de fascinação misturada com horror na maneira como Leia se dobrou na cintura, alcançando o capacete coberto de cinzas. Haveria restos de sua carne lá dentro? Ossos? Seu crânio apareceria?

Mas estava vazio.

Leia soltou o ar, estranhamente desapontada pelo vazio do capacete. Ela se perguntou o que Luke teria visto. Ele dissera a ela naquela primeira noite que Vader havia retirado a máscara e o capacete, desejando morrer com seus olhos verdadeiros sobre seu filho. Luke o chamava de Anakin, não Vader. Dissera que Vader havia morrido com esperança. Com orgulho. Por seu filho.

Leia não presenciou aquilo.

— Orgulho. — Ela cuspiu a palavra com amargura, olhando no olho derretido e vazio na frente do capacete. *Orgulho.*

Quando Darth Vader foi destacado para encontrar a localização da base rebelde, ele empregou uma sonda mental. Apesar daquela tortura, Leia não cedeu. O droide de interrogação IT-O injetou em Leia um soro da verdade pior do que qualquer tortura física. Aquilo fez o corpo de Leia se sentir desconectado, mas também causou alucinações. Amigos imploravam para revelar a localização da base. Suas emoções foram manipuladas. Pessoas que ela amava morriam na sua frente quando ela se recusava a falar. Seus piores pesadelos se tornavam realidade.

E quando acabou — seu coração exausto de tanto bater, seus olhos vermelhos e secos, os pulmões doendo de tanto gritar —, tanto sua mente quanto seu corpo estavam em pedaços, mas seus segredos não foram revelados...

Darth Vader deixou a cela de detenção, e mais tarde falou com orgulho de como ela havia resistido.

Ele tinha ficado impressionado por Leia ter sobrevivido à tortura que havia feito com ela.

Era isso que o orgulho de Vader significava para ela.

Era isso que Luke não entendia.

— Estou feliz por você estar morto — Leia sussurrou para a máscara. Não havia raiva em sua voz, apenas uma verdade silenciosa. — Nunca vou perdoá-lo.

Algo se contorceu dentro dela, subindo como fogo, queimando e apertando sua garganta.

— Eu te *odeio*! — Leia rosnou e jogou o capacete nas cinzas. Seus olhos queimaram, as narinas dilataram, por um momento ela sentiu apenas a raiva tomando conta. Foi algo selvagem, algo *poderoso*.

Ela sentiu o gosto de cinzas no fundo da garganta, e de sangue.

— Você *não* é meu pai! — Leia gritou. A palavra ecoou ao redor da floresta silenciosa.

E foi no silêncio que Leia aceitou a verdade daquelas palavras. Sua mente clareou, seu ódio sumiu. Não importava o que Luke dissesse, não importava o que seu próprio sangue provava, Vader não era seu pai.

Uma família se escolhe, não se nasce com ela.

Bail e Breha haviam escolhido Leia.

Ela escolheu Mon, Luke, Chewie e todos os seus amigos.

E ela escolhia Han.

# CAPÍTULO 7

# HAN

— NERVOSO? — LANDO PERGUNTOU, ARRUMANDO O COLARINHO DE HAN.

— É claro que não.

— Não é todo dia que você se casa com uma princesa.

— Você está tentando me deixar nervoso?

Lando riu.

— Apenas mantendo a humildade do meu amigo.

— É só um título — Han disse, afastando a mão de Lando. — Títulos não significam muita coisa. Principalmente agora.

— É justo. — Lando passou os olhos avaliando a aparência de Han. — Me dê meia hora e eu posso deixar você quase apresentável.

— Já está bom. — Han ajustou a jaqueta que Lando emprestara. Provavelmente era a coisa menos chamativa que Lando tinha. Leve e com um tom marrom-escuro, a peça tinha uma fina faixa prateada correndo pela bainha, o único enfeite visível. Era apertada nos braços e Han precisava vesti-la aberta, mas ele tinha que admitir que não era nada mal. E se o estilo lembrava Leia de seu lar, Han estava disposto a usá-lo.

— Acho que vai servir — Lando disse.

— É bom mesmo.

— O que você acha, Chewie? — Lando perguntou.

O Wookiee estava olhando pela janela para a multidão que se reunia. Ele olhou para trás, ganindo uma nota aguda de aprovação que se transformou em risada com o sorriso presunçoso e satisfeito de Lando.

O templo era o maior edifício que Han tinha visto na vila Ewok. C-3PO o informara de que não era dedicado a nenhum deus em especial — os Ewoks pareciam adorar uma variedade de espíritos e divindades, alguns sazonais ou baseados em heróis lendários ou testemunhados pelos habitantes da vila. Enquanto a maioria das cabanas construídas nas árvores era redonda e seguia o fluxo da floresta, conectadas por passarelas, plataformas e pontes, o templo ficava em um local isolado. Para chegar até lá, era preciso descer das cabanas no topo das árvores, seguir em solo até a fronteira norte da vila e caminhar ao longo do pequeno rio que fornecia água fresca aos Ewoks.

A árvore onde o templo fora construído era chamada de a Grande Árvore, de acordo com a tradução de C-3PO, e ela própria era uma divindade para os Ewoks.

— A Grande Árvore faz parte de seu mito de origem — C-3PO explicara quando Han e Chewie chegaram ali naquela manhã. — Ela fornece vida e os conecta com sua terra. Eles dizem que as raízes de todas as árvores na floresta se entrelaçam com as raízes da Grande Árvore. Cada árvore em toda a lua é, ao mesmo tempo, um indivíduo único e parte da Grande Árvore. — C-3PO pareceu considerar sua tradução por um momento. — É mesmo bem confuso — ele reconheceu.

Mas era um ótimo local para se casar, Han tinha que admitir. Separada da vila principal, a Grande Árvore tinha um ar de solenidade que não existia em nenhum outro lugar da lua florestal. E os Ewoks se superaram na decoração. Guirlandas de flores permeavam todo o perímetro do templo construído no alto da Grande Árvore. C-3PO tentou explicar o que cada flor representava, mas Han não conseguia distinguir nem os diferentes tipos, muito menos que o botão amarelo enrolado no botão rosa significava uma bênção da floresta para muitos filhos. Ou muita comida. Um dos dois. C-3PO não foi exatamente claro nas distinções.

Mas aquelas bolas de pelo realmente se esforçaram, prendendo pequenos botões de flores entre cada degrau da escada que Han usou para subir até o templo. E lá dentro era ainda melhor.

Não apenas o templo era a maior construção de toda a vila, também incorporava a Grande Árvore em seu projeto. No centro do espaço aberto, os ramos da Grande Árvore se espalhavam amplamente. Abaixo do templo, chegando até o chão, havia um sólido tronco, mas, atrás das paredes, o tronco se dividia em três diferentes direções. Han não sabia se a árvore havia crescido daquela maneira naturalmente ou se algum Ewok com muita paciência havia dobrado os ramos para formar aquele desenho enlaçado. As três diferentes divisões se curvavam, entrelaçando e criando um espaço vazio no meio do tronco antes de se estenderem em três direções diferentes, formando as vigas principais que apoiavam o telhado do templo.

— As pessoas estão começando a chegar — Lando avisou, olhando por uma abertura no tronco da Grande Árvore. Bancos foram alinhados na lateral. Onde Han, Chewie e Lando esperavam, do outro lado da construção circular, havia uma plataforma para o Conselho dos Anciãos, relíquias sagradas e outros itens que Han não conseguia identificar. Ele apenas sabia que precisava aguardar ali até a hora chegar.

Algo amargo subiu por seu estômago, mas Han engoliu de volta. Ele sacudiu os braços e pernas, dispersando a energia nervosa crescendo dentro dele.

Lando lançou um olhar para Chewie.

— O que é aquilo? — Han perguntou, olhando não através do espaço vazio na árvore, mas na coisa que ficava no meio. Era grande, facilmente do mesmo tamanho que a cabeça de um Ewok, dourado, mas quase transparente.

— Um tipo de âmbar, eu acho — Lando respondeu.

Aquilo brilhava com faíscas douradas refletindo as tochas ao longo das paredes, mas o enorme globo âmbar parecia brilhar por dentro também. Han não conseguia entender como havia sido colocado dentro da gaiola feita de ramos de árvores, mas também parecia ter um formato perfeito demais para ser natural.

— Talvez seja por causa disso que eles acharam que C-3PO era um deus — ele comentou. — A mesma cor.

Lando deu de ombros.

— Parece que todos do acampamento estão chegando — ele disse, apontando atrás do âmbar na direção da multidão que se reunia no templo.

Han ajeitou seu colarinho. Tantas pessoas na mesma cabana fazia o ar ficar carregado.

— Você acha que este lugar é seguro? — ele perguntou. — Quer dizer, é um monte de gente. E os Ewoks não estão acostumados com tantas pessoas enchendo suas cabanas. Não seria nada bom se o chão de repente cedesse...

Lando riu.

— Não tem tanta gente assim.

— Tem um monte! — Han protestou.

— Não tem problema. — Lando deu um passo para o lado, onde uma cortina havia sido colocada para esconder o lugar em que eles estavam, fornecendo um pouco de privacidade. Ele olhou através da abertura na cortina. — Está quase na hora — Lando alertou.

— Você não acha que deveríamos impedir que mais pessoas entrem? — Han perguntou a Chewie. O Wookiee rugiu, dando de ombros para descartar a ideia.

— Última chance — Lando disse, virando-se para Han.

— Para o quê? — Han perguntou, mais alto do que pretendia. — Não estou me arrependendo, se é isso que você está perguntando.

Lando riu.

— Última chance para vestir algo menos mal-ajambrado.

— Estou usando a jaqueta, o que mais você quer? — Han resmungou.

— Calça passada? — Lando sugeriu. — Sapatos engraxados? — Ele cheirou. — Uma camisa limpa?

— Não vou trocar de roupa!

Lando reajustou a curta capa azul-escura em seus ombros, esfregando o polegar sobre o fecho dourado, fazendo-o brilhar.

— Você é que sabe. — Ele deu a Han uma saudação debochada. — Vejo você do outro lado — disse, antes de se abaixar sobre a cortina e se sentar em um dos bancos perto da frente.

— Está calor aqui, não é mesmo? — Han murmurou para Chewie. Por que tantas tochas? Ainda havia luz do dia, embora estivesse acabando rapidamente. Rápido demais. Eles deveriam ter se casado de manhã. Em algum lugar no meio da floresta, onde ninguém pudesse encontrá-los. Luke poderia celebrar a união e então eles poderiam simplesmente seguir em frente. Não precisavam de tudo aquilo. Era ridículo reunir todo mundo em um único lugar daquele jeito; não havia razão para fazer assim. E para falar a verdade...

Chewie rugiu no rosto de Han, finalmente arrancando a atenção de seus próprios pensamentos.

— O que foi? — Han perguntou.

Chewie rugiu outra vez.

— Já? — Han sentiu a cor deixando seu rosto. Como já podia estar na hora? Mas pelo buraco em espiral na Grande Árvore, depois daquele grande pedaço de âmbar, Han enxergou as pessoas se sentando e olhando para a frente. Ninguém mais conversava. Estavam esperando. Por ele. Que prosseguisse. Estava na hora.

Ele só precisava passar pela cortina e assumir seu lugar na frente do tronco da árvore.

Só isso.

Um pé na frente do outro. Todos estão aguardando. Ele só tinha que andar até lá. Ele só tinha que *prosseguir*.

Han não se moveu.

Chewie o cutucou, falando o mais suave que podia para perguntar o que havia de errado.

— Não tem nada de errado — Han disse rápido demais. — Nadinha.

Chewie o cutucou de novo. Han cambaleou um passo para a frente, mas então seus pés pareceram pesados demais para se mover. Ele ajustou a jaqueta leve, puxando na frente aberta.

— Está *mesmo* quente aqui, não é?

Chewie rosnou, agarrou o braço de Han e o puxou para a frente.

— Ei! — Han protestou, correndo para acompanhar as longas pernas do Wookiee. — Você não precisa me arrastar!

— *Arr-gryu* — Chewie resmungou de volta.

— Estou indo, estou indo, você não precisa ameaçar me carregar — Han retrucou, livrando seu braço das mãos de Chewie quando o Wookiee jogou a cortina de lado.

Todos os olhos do templo inteiro se voltaram para ele e sua entrada pouco graciosa. Han tentou sorrir, mas manteve os lábios fechados, só para o caso de seu café da manhã decidir se juntar à festa. Chewie o empurrou pelas costas e Han cambaleou para a frente, movendo-se na direção do altar e tomando seu lugar ao lado do tronco entrelaçado. Ele podia sentir a casca da árvore áspera em suas costas; se levasse as mãos entre os ramos, poderia tocar o âmbar que ficava no centro.

Por que todos estavam olhando para ele? Os rostos se misturavam em um só borrão — Ewok, humano, droide, várias outras espécies —, todos voltados para ele. É claro, Han estava sozinho na frente do templo, então fazia sentido que olhassem para ele, mas mesmo assim...

E então a porta do outro lado se abriu.

Houve um segundo — um mero piscar de olhos — quando todos estavam olhando na direção de Han, mas Han estava olhando para a porta. E naquele piscar de olhos, Leia entrou.

Não havia mais ninguém em toda a galáxia, apenas Leia e Han.

Os olhos dela se encontraram com os dele, e o sorriso de Leia se abriu mais brilhante do que qualquer estrela.

E foi apenas para ele.

Han agora estava enraizado no chão, mas era diferente de quando Chewie teve que empurrá-lo para tomar seu lugar no templo. Antes, o que ele realmente queria fazer era ir para algum lugar privado. Mas Han não conseguiria se mover agora, mesmo se quisesse — e ele nunca faria isso. Não com ela andando entre os bancos em sua direção.

Leia usava um vestido feito com um suave verde como a grama, bordado com flores semelhantes àquelas enfeitando o templo. Ficava solto sobre seu corpo, mas não era sem forma. As laterais eram abertas, dando espaço para mover suas pernas e expor os cadarços de suas botas de pele branca que subiam até os joelhos. Ela segurava um buquê de flores silvestres amarrado com o mesmo tipo de laço que envolvia seus cabelos, e Han suspeitou que Leia havia colhido as flores pouco antes de subir a escada para o templo.

O longo cabelo de Leia caía sobre suas costas em ondas soltas, com duas pequenas tranças emoldurando seu rosto para manter as mechas fora do caminho. Ela usava flores, mas não joias. Ela parecia mais ninfa do que princesa.

Han mal podia respirar enquanto ela se aproximava, com uma alegria nos olhos. Leia nunca pareceu tanto consigo mesma quanto naquele momento. Ela não parecia majestosa ou nobre. Não era a epítome da graça ou o rosto da Rebelião.

Naquele momento, Leia não era mais a princesa do povo. Ela estava ainda mais linda porque era apenas ela mesma. Apenas Leia.

# CAPÍTULO 8
# LEIA

HAN SEGUROU SUAS DUAS MÃOS, ACARICIANDO SEUS DEDOS COM OS POLEGARES CALEjados enquanto olhava em seus olhos.

— Ei, nós estamos mesmo fazendo isso — ele sussurrou.

— Eu sei.

Os olhos dele enrugaram enquanto sorria. Ele manteve o foco sobre ela, mas Leia percebeu uma movimentação ao redor. Em sua breve estadia em Endor até então, Leia havia aprendido um pouco sobre a hierarquia dos Ewoks. Então, não ficou surpresa quando o Chefe Chirpa se aproximou, batendo com seu cajado no chão de madeira a cada passo, o som que reverberava exigindo total atenção. Ele passou por Han e Leia, dirigindo-se até o coração da Grande Árvore e se virando para que uma pata entrasse lá dentro, pousando uma mão no globo de âmbar enquanto o outro braço ergueu o cajado no alto. Um iguana se segurava em seus pelos, a cauda enrolada ao redor de seu punho enquanto olhava para o cajado com olhos preguiçosos.

Quando o Chefe Chirpa entoou um canto na língua Ewok, Leia se virou — sem tirar as mãos de Han — para encontrar C-3PO. Ele estava sentado ao lado de Mon, que segurava o buquê de flores silvestres para ela. O droide de protocolo se ajeitou no banco quando percebeu a atenção de Leia e se agitou quando ela acenou com a cabeça.

— Uma tradução? — ela pediu. — Para todo mundo.

— Sim, Vossa Alteza — C-3PO respondeu. Ele se voltou para os convidados, uma mistura de rebeldes e Ewoks, sentados e de pé nas laterais do templo. C-3PO ergueu a voz. — O chefe pede que a Grande Árvore abençoe a união do feliz casal, que eles nunca passem fome no estômago ou no coração.

Han riu levemente, seus dedos apertando os dedos de Leia.

— O chefe também pede por fartura na... — C-3PO olhou para Leia. — Fartura na cama, e...

— Certo, já chega — Han disse e, felizmente, o chefe pareceu concordar, batendo com o cajado no chão por três vezes. Leia notou que estava decorado com as mesmas plantas e flores que adornavam o templo lá fora, a bonita flora contrastando com o longo osso que formava o cajado. Uma vinha delicada descia em espiral por toda sua extensão, em verde pálido e uma penugem branca por fora, com flores presas em cada volta ao redor do cajado. Quando o Chefe Chirpa andava, as pétalas balançavam, mas a vinha as mantinha no lugar.

Luke se levantou de seu lugar no banco da frente. Leia havia pedido que ele celebrasse a união e, embora parecesse um pouco hesitante, ele assentira com uma expressão séria, aceitando a importante tarefa.

Mas, antes que pudesse abrir a boca ou mesmo tomar seu lugar, outro Ewok apareceu correndo. O ancião, chamado Logray, era algo como um líder religioso para os Ewoks. Ele tinha pelos listrados, alternando entre um marrom acinzentado e um bege acinzentado, e seu rosto mostrava mais idade do que a maioria dos outros Ewoks. Ele vestia um chapéu decorado com o crânio de um dragão condor bebê, seu bico formando um ponto sobre os olhos de Logray. Havia flores enfiadas nos olhos vazios do crânio, dando uma aparência mórbida, mas bonita — grandes flores amarelas com muitos pequenos botões salpicados entre as pétalas. A mesma vinha verde-clara permeada com uma penugem branca se enrolava ao redor do bico do dragão condor, e o cajado de Logray, que tipicamente era adornado com penas e ossos, agora parecia um enorme buquê de flores se derramando nas laterais e pela extensão do cabo de madeira.

— *Yub, nub!* — Logray gritou, batendo o cajado com tanta força que as pétalas se soltaram ao redor, flutuando como flocos de neve até o chão do templo.

Cada Ewok no templo gritou o refrão de volta:

— *Yub, nub!*

— O que está acontecendo, C-3PO? — Han indagou através de um sorriso forçado.

— Tudo bem — Leia disse, tentando confortá-lo. Ele queria perfeição para ela, e isso era encantador, mas desnecessário.

— Parece que o líder religioso, hum, tomou o controle — C-3PO declarou.

Assim que o droide falou, Logray parou seu cântico de chamada e resposta. Ele apontou para C-3PO com seu cajado cheio de flores, entoando em uma voz profunda.

— E agora? — Han disse. Ele apertou as mãos de Leia ainda mais.

— Logray disse que ele não deveria conduzir a cerimônia de casamento e que vai se retirar...

— Ótimo! — Han disse.

— ... para que eu tome seu lugar. — Os ombros de C-3PO tremeram de ansiedade quando se levantou. — Já que eu sou uma divindade abençoada, o líder do templo me apontou como a voz da Grande Árvore, e ele declarou firmemente que eu serei aquele que vai casar vocês dois.

— Não — Han disse secamente.

— Não posso negar aquilo que o ancião decretou — C-3PO disse. — Sou apenas o mensageiro. Mas ficarei feliz em assumir e realizar uma função tão importante.

Luke deu um passo hesitante para a frente. Logray apontou o cajado em sua direção, gritando e mexendo os braços.

— Ele disse que vai defender seu deus contra o usurpador — C-3PO disse.

— Meu casamento não vai ser celebrado por esse droide — Han disse com os dentes cerrados, um sinal de pânico de que aquilo também estava saindo de seu controle.

— C-3PO, por favor, diga a Logray que você não vai se dignar a intervir em assuntos humanos — Leia disse.

Luke entendeu o que ela queria dizer.

— Diga a ele que você vai apontar um humano para realizar a cerimônia. Diga que é a vontade da Grande Árvore.

— Vou tentar — C-3PO disse, mas parecia relutante. Ele se virou para Logray para repetir aquilo na língua dos Ewoks. Enquanto falava, Luke moveu a mão na direção do globo de âmbar. Um brilho dourado surgiu dentro da joia. Todos os Ewoks se surpreenderam e Logray ergueu seu cajado, gritando. C-3PO se curvou na direção de Luke, permitindo a ele que tomasse o lugar na frente do globo de âmbar.

Luke olhou entre Han e Leia para os convidados reunidos no templo, depois se virou para Leia.

— Prontos? — ele perguntou suavemente.

Ela assentiu, e então Han fez o mesmo.

Luke começou a falar. Suas palavras saíam suaves, mas todos no templo o ouviam. Foi um discurso simples — sobre amor, união e confiança. Mas a verdade mora na simplicidade. Ele falava com sinceridade, e Leia sentiu tudo desaparecer enquanto as palavras de seu irmão envolviam a ela e a Han, uma promessa reconfortante de que eles — todos eles — eram uma família, e que aquele momento duraria muito além daquele dia.

— Quando vi Leia pela primeira vez, ela falou sobre esperança — Luke disse. — E é isso que ela sempre representou para mim.

Leia quase riu alto. Aquela mensagem fora enviada para Obi-Wan, um apelo formal, quase desesperado, lançado ao vazio e que ela não tinha ideia de que seu irmão gêmeo perdido encontraria. Ele a rotulou como símbolo da esperança? Não — ela não encarnava isso.

Ela estava em busca de esperança.

E, de algum jeito, ela foi ouvida.

As mãos de Leia se apertaram nas mãos de Han, e ele a olhou nos olhos. *Tudo bem?*, ele disse apenas movendo os lábios. Ela assentiu silenciosamente, sorrindo.

Talvez Luke estivesse certo. Talvez, para ser a encarnação da esperança, tudo que ela precisava fazer era buscá-la.

O discurso de Luke mudou para Obi-Wan.

— Ele me disse — Luke continuou — que aqueles que nós amamos nunca realmente se vão para sempre.

Os olhos de Leia se voltaram para ele, mas Luke estava olhando para os convidados. Ele não disse isso com um tom conciliador, mas com uma certeza que mostrou a Leia que aquilo não era uma falsa platitude, mas sua crença real.

— Nenhuma das pessoas que amamos realmente se vão para sempre. Você vai senti-las de novo. Sua presença existe em momentos de amor e alegria, de quietude e paz. E então, eu peço por um momento de silêncio — ele continuou com uma voz que, embora suave, preenchia todo o espaço. — Vamos nos lembrar daqueles que não podem estar aqui, por mais que desejassem participar das celebrações deste dia.

Han fechou os olhos e Leia brevemente tentou imaginar sobre quem ele estava pensando. Havia tantas pessoas que ambos conheceram, por meio da guerra, que pereceram. Mas havia toda uma história de sua vida antes de eles se conhecerem, e ela tinha certeza de que essa vida teve suas perdas e tristezas. O rosto de Han estava aberto, suas emoções eram fáceis de ver, mesmo com os olhos fechados — triste, mas resignado.

Leia olhou para Luke — seus olhos também estavam fechados. Então Leia o imitou. Ela baixou a cabeça.

*Mãe*, ela pensou. *Pai.*

E ela... ela *sentiu* algo. Mais do que uma lembrança, mais do que uma sensação. Ela sentiu um peso ao redor da cintura. Puxava em seus quadris, como algo... como algo pesado? Era gentil, porém firme, definitivamente uma sensação de...

Leia puxou um suspiro pelo nariz. Era como se alguém estivesse prendendo algo em sua cintura. A Espada Rhindon. Ela conhecia muito bem seu peso, conhecia a sensação contra seu corpo com a mesma certeza de saber que suas mãos estavam nas mãos de Han.

Leia mudou de posição e o fantasma da espada sumiu. Nunca esteve ali. Mas, ao mesmo tempo, ela sentiu uma certeza de que sua mãe a havia prendido em sua cintura. E, logo quando estava começando a aceitar que aquilo — tudo aquilo — fora apenas imaginação sua, ela sentiu um beijo na testa. Ela sentiu o rosto de seu pai tocando sua pele. Era real...

Mas não era.

Leia abriu os olhos lentamente. Sua mãe não estava ajoelhada para lhe passar a espada herdada. Seu pai não estava de pé diante dela, abençoando-a com um beijo. Não foi real.

Mas foi.

— Aqueles que amamos nunca realmente se vão — Luke disse, e dessa vez ninguém o ouviu, apenas ela e Han.

# CAPÍTULO 9
# HAN

UM BAQUE ALTO ECOOU PELO TEMPLO.

— O que foi agora? — As palavras escaparam dos lábios de Han antes que pudesse impedi-las, mas apenas Luke e Leia ouviram, e ambos estavam sorrindo e achando graça.

O ancião religioso dos Ewoks — aquele que C-3PO chamava de Logray — se levantou de repente, batendo com o cajado no chão de madeira de um jeito que fez as pétalas amarelas das flores em seu chapéu feito de crânio tremerem. Ele se aproximou, seus olhos quase ameaçadores em seu movimento intenso.

— O que está acontecendo? — Luke perguntou a C-3PO.

O droide de protocolo se mobilizou, falando rapidamente. Logray manteve os olhos sob Han, mas ele respondia ao droide.

— Parece que os Ewoks têm uma tradição e o ancião não está disposto a abrir mão dessa parte da cerimônia — C-3PO explicou.

Antes mesmo de ele terminar de falar, Logray usou suas patas e arrancou as mãos de Han das mãos de Leia.

— Ei! — Han disse.

Logray rosnou para ele. Han olhou por cima do pequeno Ewok e viu a mistura de alerta e curiosidade na maioria dos rostos dos rebeldes — e os olhares intensos e profundos dos Ewoks. Independentemente do que aquela bola de pelo quisesse fazer, era claramente algo importante para seus anfitriões. De fato, o chefe, Chirpa, se aproximou e segurou o cajado para Logray.

Murmurando para si mesmo — maldições ou bênçãos, Han não sabia — Logray apanhou a mão esquerda de Han com sua pata áspera, separando seu dedo do meio. Han estremeceu, mas não protestou de novo; aquelas unhas eram afiadas. Se aquilo era uma tradição de casamento, talvez Logray estivesse acostumado com os dedos pequenos da mão de um Ewok e não com a maneira como dedos humanos se separam facilmente.

Logray usou a mão livre para apanhar seu cajado e o Chefe Chirpa o segurou mais perto, o iguana dormindo em seu braço. Logray puxou um longo ramo da vinha verde-clara e de penugem branca. Ele cuidadosamente enrolou a vinha três vezes ao redor do dedo de Han, entoando um cântico a cada rotação, sua voz criando uma melodia rítmica que combinava com a espiral. Han passou os olhos de Leia, que assistia com espanto, para Luke, que devolveu o olhar confuso e deu de ombros.

Com metade da vinha enrolada no dedo de Han, Logray ofereceu sua pata peluda para Leia, que chegou mais perto e colocou seus dedos na mão aberta para ela. Logray trouxe a palma de Leia contra a de Han e enrolou o resto da vinha ao redor do dedo de Leia, movendo cuidadosa e habilmente, mas com uma gentileza que o ancião não mostrara a Han. Quando terminou, ele olhou para sua obra por um momento. Um dedo em cada mão de Leia e Han estavam amarrados juntos pela fina vinha, apertado o bastante para ser necessário algum esforço para se separarem. Logray assentiu, satisfeito, e depois falou com uma voz solene.

C-3PO traduziu entoando o cântico.

— A Grande Árvore conecta a todos nós, mas une esses dois diretamente — ele disse, repetindo as palavras do ancião. Logray ergueu a mão e o Chefe Chirpa lhe entregou o cajado de volta. Ele arrancou a menor das flores amarelas do topo do cajado, não muito maior do que uma gota de orvalho, e prendeu o pequeno botão no topo do anel formado pela vinha de Leia. Flores semelhantes cercavam todo o templo, por dentro e por fora. Leia sorriu para as delicadas pétalas fechadas.

Logray se virou para os convidados e bateu o cajado de madeira contra o chão uma vez, gritando:

— *Yoo-ben!*

Cada Ewok no templo gritou de volta a resposta:

— *Nub-yoo!*

Han e Leia assistiam, impressionados e sem saber o que fazer em seguida.

Logray suspirou, passou o cajado de volta para o Chefe Chirpa, e depois colocou uma pata sobre o punho de Leia e outra no punho de Han.

— *Yoo-ben* — ele disse.

— *Nub... yoo?* — Leia respondeu.

Logray olhou para Han com expectativa.

— *Nub-yoo* — Han disse.

Assentindo, finalmente satisfeito, Logray separou os punhos de Han e Leia. A vinha que conectava seus dedos se rompeu e um néctar dourado se derramou das pontas partidas. Han ergueu a mão, maravilhado com o calor que a seiva da vinha causava em sua pele. Brilhava e cintilava, e a penugem branca na vinha verde absorveu o néctar dourado. Han dobrou os dedos — a vinha agora estava rígida e colorida com um dourado sólido. Não era tão firme quanto metal ou mesmo rocha, mas parecia forte, muito mais durável do que uma simples vinha flexível. Ele bateu com a unha no anel, que não arranhou; era como âmbar enrijecido.

Leia olhou para a própria mão — a seiva dourada também havia transformado a vinha em seu dedo em um anel, embora a pequena flor amarela estivesse solta e não conectada. O anel de âmbar refletia a luz que irradiava do globo no centro da Grande Árvore e Han entendeu que a vinha provavelmente viera do mesmo tipo de planta, e que Logray queria dizer que a bênção que a árvore deu sobre sua união era literal.

Logray e o Chefe Chirpa se voltaram para os convidados. A cerimônia estava encerrada, no que lhes dizia respeito. Eles ergueram os braços e gritaram:

— *Yoo-ben!*

Todos os Ewoks e a maioria dos rebeldes gritaram de volta:

— *Nub-yoo!* — os anciãos repetiram, e logo um canto de chamado e resposta pontuado pelos Ewoks batendo seus cajados ou seus pés no chão fez todo o templo ressoar.

— Bom, então acho que você pode beijar a noiva? — Luke disse, olhando para Han e Leia.

Han não precisava ouvir aquilo duas vezes. Em meio ao quase ensurdecedor cântico e batida, ele agarrou Leia e a girou nos braços. Ela riu, com uma alegria nos olhos enquanto olhava para ele, mas Han estava todo sério. Ela o olhou nos olhos com uma clara certeza, depois chegou mais perto, tomando seu beijo antes que ele tomasse a iniciativa. O beijo se aprofundou, o corpo dela se derretendo contra o dele enquanto eles selavam a promessa de seu amor no coração do templo.

O canto e a batida pararam, deixando apenas um silêncio para trás. A abrupta ausência de barulho fez Han e Leia se separarem.

— Já era hora — Leia murmurou, seus olhos entreabertos olhando para ele com alegria.

— Do quê? — A voz de Han veio grave.

— Você uma vez me prometeu um bom beijo — Leia disse. — Eu estava esperando.

Han soltou uma risada, mas o som foi perdido no meio de uma rajada de vento. Tirando os olhos de Leia, ele olhou ao redor.

Todas as flores amarelas que decoravam o templo não eram realmente flores — eram um tipo de inseto voador cujas asas pareciam pétalas delicadas. Os graciosos insetos de cor amarelo-clara pareciam ter acordado de seu descanso nas vinhas pela cantoria, e após uma inicial batida das asas, eles agora flutuavam preguiçosamente no ar, saltando como bolhas de pessoa em pessoa. Crianças Ewoks perseguiam os insetos amarelos e até os generais mais estoicos se maravilhavam com as asas impossivelmente finas flutuando pelo templo.

Leia se surpreendeu e Han olhou para baixo. O pequeno botão que Logray havia prendido no anel de Leia antes de romper a vinha desabrochou em seu dedo. Asas giraram como camadas de saias enquanto o inseto se libertava. Ele empurrou suas pequenas asas para fora, cada uma ondulando no ar enquanto gentilmente se erguia no dedo estendido de Leia, flutuando junto de correntes de ar invisíveis. Han percebeu fios de seda que se estendiam — pernas, ele pensou, ou talvez antenas —, mas eram tão translúcidos que ele mal podia enxergar.

— O Chefe Chirpa disse que são uma parte tradicional da cerimônia de casamento dos Ewoks — C-3PO afirmou. — Elas se alimentam da seiva da Grande Árvore e acordam com as vibrações do cântico. Seu nome se traduz como... — Ele fez uma pausa, pensando. — Voa-flores.

— Isso é bem literal — Luke disse.

— São lindas — Leia disse, observando centenas de voa-flores flutuando e girando pelo templo. E ela estava certa, havia algo mágico sobre a graciosa dança das voa-flores, a maneira como circulavam entre as pessoas e os Ewoks, deixando para trás risadas e espanto diante de sua beleza. Anos mais tarde, certamente, lendas contariam sobre o dia em que a Aliança parou para observar centenas de voa-flores flutuando ao redor de um salão em um breve e lindo respiro entre batalhas.

Cada uma das pessoas observava aquele momento mágico.

Exceto Han. Ele só tinha olhos para Leia.

# CAPÍTULO 10
# LEIA

As VOA-FLORES, UMA VEZ ACORDADAS DE SUA HIBERNAÇÃO PELO CANTO DOS EWOKS e das batidas rítmicas, pareciam felizes por flutuarem entre os convidados quando os bancos foram postos de lado e a grande construção passou de um solene templo de adoração para um local próprio para uma reunião mais social.

Um grupo de crianças Ewoks correu até Leia, puxando-a para longe de Han, que por sua vez foi arrastado por seus amigos. Ela se abaixou, vários dos jovens Ewoks a puxavam pela mão para que pudessem olhar seu novo anel de âmbar, conversando entre si animadamente. Outros prenderam flores em seu cabelo, gritando de alegria quando Leia sorria para eles.

— *Totcher!* — A voz de um Ewok cortou entre o falatório das crianças. Empurrando os pequeninos de lado, Wicket, com uma coroa de flor de cerejeira em cima de seu capuz, agarrou o punho de Leia. Ele a ajudou a levantar e, apesar de seus protestos e risos para ficar com as crianças, marchou com determinação na direção das escadas de corda e cipós que desciam pelo terraço do templo. Wicket empurrou Leia em um balanço e depois se sentou ao seu lado, acenando para outro Ewok baixá-los até o chão.

— Eu deveria saber que você se importa mais com a comida do que qualquer outra coisa — Leia disse, rindo diante de seu pequeno amigo quando ele desceu e mostrou a ela o bufê. — Obrigada. — Ela o acariciou afetuosamente e Wicket sorriu.

A comida foi posta ao pé da Grande Árvore, enormes mesas cheias de pães e frutas, algum tipo de pasta cremosa que poderia ser queijo fresco, apesar de sua cor verde, e várias jarras de mel de ervas ou especiarias. Três fogueiras queimavam, cada uma assando diferentes carnes em espetos, soltando um cheiro defumado inebriante.

Não havia utensílios pessoais ou pratos. Leia apanhou um pedaço de pão de sementes, passou o queijo sobre ele e o molhou com o mel; ela estava mordendo um lado sob a sombra da árvore quando Han a encontrou. Ele arranjou dois espetos de carne para dividirem. Tudo era muito informal, forçando todos a rirem e trabalharem juntos para compartilhar a refeição no verdadeiro sentido da palavra — Han deu a Leia um espeto enquanto ela partia seu pão na metade para repassar a ele.

— Até que está sendo divertido — Leia disse, encostando em seu ombro enquanto Han separava a carne no espeto.

— Não é exatamente chique — Han disse. Ele falou com sua naturalidade de sempre, mas Leia achou que ele estava ao menos um pouco constrangido sobre quais seriam as expectativas dela por causa de sua posição social.

— Está tudo *perfeito* — Leia insistiu. — Mais do que eu poderia desejar. — Eles ficaram juntos em um raro momento de silêncio, parcialmente ocultos pela sombra da árvore, apenas os dois e algumas voa-flores que desceram pelo templo. O sol estava começando a se pôr, e na luz da tardinha, os filamentos de seda nos corpos das voa-flores brilhavam gentilmente.

A cerimônia não foi nada parecida com os casamentos de que ela participou no passado, mas foi muito mais especial por causa disso. Ela já tivera vários papéis cerimoniais em dezenas de casamentos para parentes e oficiais de alta patente. Alguns casamentos eram eventos que duravam vários dias com vestidos elaborados e papéis específicos para cada convidado individualmente. Alguns eram longos e solenes, com declamações memorizadas de passagens de textos religiosos. Leia respeitava eventos assim — havia uma grande possibilidade de que, se as coisas tivessem sido diferentes, ela teria se casado na catedral em Aldera, com um costumeiro vestido de rendas, uma hora dedicada para o badalar dos sinos, três refeições tradicionais diferentes com convidados importantes e muito mais.

Como ela poderia explicar a Han que aquele casamento não era o casamento de seus sonhos porque ela nunca tinha realmente considerado se permitir ter um casamento em primeiro lugar? Quando era apenas uma garota, ela não era capaz de sonhar além daquilo que conhecia, e cerimônias e tradições entediantes não lhe causavam fascinação como com os outros. Quando chegou o tempo em que ela teve que começar a seriamente considerar seu futuro e seu papel nele, Leia colocou de lado as noções de casamento. Era uma coisa esperada, certamente, mas não uma que ela particularmente estivesse ansiosa para experimentar — mas também não algo que temesse. Ela não odiava a ideia de se casar; acontece que havia coisas mais urgentes para considerar. Um casamento era, na melhor das hipóteses, algo que ficava em segundo plano em seus sonhos para o futuro.

Han nunca fez parte de seus sonhos. Endor e Ewoks e um anel de âmbar e voa-flores e carne no espeto sob a sombra da Grande Árvore — nada disso fez parte de seus sonhos.

Leia estava começando a perceber que seus sonhos eram míopes demais.

Um grupo de rebeldes que Leia reconhecia da unidade de Han passou por eles, parando quando notaram o casal feliz. Eles os saudaram e Leia sorriu tristemente — seu momento de paz tinha acabado. Han manteve o braço ao redor de Leia, mas ela viu Mon descendo em um balanço da Grande Árvore, seu vestido branco parecendo um ponto brilhante contra o marrom-escuro do tronco da árvore, então Leia se soltou de Han e seguiu até sua amiga enquanto Han se juntou aos soldados para uma rodada de bebidas.

— Obrigada — Leia disse a Mon com sinceridade. — Só posso imaginar o quanto você trabalhou para preparar tudo hoje.

— E mesmo assim acabou com os Ewoks tomando conta de tudo — Mon disse, rindo.

— Essa foi uma das melhores partes. Sinceramente, obrigada.

— Não tem de quê — Mon disse. — Você merece isso e muito mais.

Leia sacudiu a cabeça, sem saber como aceitar aquela graciosidade. Mon apanhou uma caneca de madeira com vinho de uva-do-sol para beber, mas ignorou as mesas de comida. Juntas, elas caminharam ao redor da Grande Árvore de braços dados. Uma pequena voa-flor — talvez a mesma que estivera em seu anel — flutuou até o ombro de Leia, os filamentos cintilantes brevemente fazendo uma mecha de seu cabelo brilhar como âmbar antes de seguir seu caminho no ar. Várias outras flutuaram perto das canecas de mel, para a consternação de alguns Ewoks próximos dali que não estavam tão maravilhados com a beleza dos insetos para não espantá-los para longe da comida.

— É muito bom ter momentos assim. E sentir que podemos nos dar ao luxo — Leia comentou.

Mon ergueu a sobrancelha enquanto olhava para ela.

— Qual seria a razão de lutarmos contra o Império se não colhêssemos os benefícios da paz?

Leia não conseguiu impedir uma tristeza contagiando seu humor.

— Verdade — ela concedeu. — Então, o que temos na agenda para amanhã?

Mon parou. Ela olhou para Leia como se não soubesse exatamente o que fazer com ela.

— Para mim? O mesmo de sempre. Para você? A sua lua de mel.

— Minha o quê?

— Lua de mel. É bem tradicional tomar um tempo com o marido depois de se casar. Existem muitos termos diferentes para isso, mas geralmente todos concordam que depois de um casamento o novo casal deva passar um tempo juntos em vez de trabalhando.

— Eu conheço o conceito — Leia disse, batendo no braço de Mon.

— Conhece mesmo? Porque estou começando a suspeitar que você nunca tirou um dia de folga do seu trabalho durante a vida inteira.

— Eu... bem...

— Você vai sair em lua de mel.

— Não há tempo para isso! — Leia protestou. Mon abriu a boca para argumentar, mas Leia a impediu com um olhar. — Eu gravei aquela mensagem para o setor Anoat. Eu vi os seus planos para os contatos dos embaixadores com Madurs, Naboo, meia dúzia de outros. Nós duas sabemos que a preocupação de Lando é correta: o Império vai atacar nossas linhas de suprimentos e nós precisamos...

— Você sabe que "nós" envolve mais do que você, não é? — Mon perguntou gentilmente.

A boca de Leia se moveu por mais alguns segundos, mas nenhum som saiu.

— *Nós* podemos lidar com isso, principalmente por algumas semanas, sem a sua ajuda direta — Mon continuou. — E, além disso, se ajudar a tornar o conceito mais palatável, considere a imagem.

— Imagem?

— Conversei mais cedo com Janray Tessime. — Mon tomou um gole de seu vinho, observando Leia sobre a boca da taça. Janray era uma artista que sobreviveu à destruição de Alderaan e dedicou os últimos anos a fazer a propaganda da Rebelião e da Aliança. — Ela quer fazer um retrato de casamento de você e Han, começando uma nova campanha de "histórias da unificação" junto com aquela amiga jornalista. — Mon esticou os braços e abriu as mãos, imaginando o escopo da campanha. — Tem um apelo enorme.

— Podemos fazer isso sem uma lua de mel — Leia disse, mas seu estômago já estava revirando. Leia sabia o que seu rosto representava como parte da publicidade da paz, mas uma coisa era ser retratada em um cartaz incentivando outros a lutarem contra o Império, e outra diferente era ter sua vida privada explorada para promover a causa. Além disso, ela e Han não haviam conversado ainda sobre o que os limites de sua vida pública e privada incluiriam. Ela foi criada com a ideia de que haveria muito pouco que poderia manter apenas para si mesma, mas Han era o exato oposto.

— As pessoas da galáxia precisam ver que o Império foi derrotado e, portanto, a galáxia está voltando ao normal — Mon continuou, mais gentil desta vez, como se percebesse que Leia estava ficando inquieta. — Se a notícia de que você se casou e voltou direto ao trabalho se espalhar, vai parecer que não temos muita confiança de que o Império foi mesmo derrotado.

— Mas *não* temos confiança de que o Império foi derrotado — Leia protestou. — Na verdade, nós *sabemos* que as coisas estão piores do que antecipamos.

— Nós sabemos — Mon disse —, mas a galáxia não precisa saber.

Leia franziu as sobrancelhas enquanto digeria as palavras de Mon. Fazia sentido, de um jeito pouco ortodoxo. A melhor coisa a fazer seria promover a verdade da derrota do Império, e se o Império estivesse mesmo derrotado, então ela *celebraria* seu casamento. Era um golpe publicitário, claro, mas talvez Mon estivesse certa sobre aquilo ser necessário.

— E quanto a uma missão diplomática? — Leia propôs. — Precisamos confirmar a unificação e a cooperação de vários mundos cruciais, principalmente aqueles ligados à cadeia de suprimentos.

— O setor Anoat é muito perigoso — Mon disse imediatamente.

Leia lembrou da reunião.

— E quanto ao sistema Lenguin? Aquela lua com carnium?

— Leia, qualquer um pode seguir em uma missão de boa vontade para uma lua que tenha combustível — Mon disse. — Você é a única pessoa que se casou hoje e pode ir para uma lua de mel. A não ser que prefira enviar Han sozinho com Chewie?

— Eles já são próximos o bastante — Leia murmurou.

Mon sacudiu a cabeça.

— Você precisa disso, nossa nova república precisa disso, a galáxia precisa disso.

— A galáxia *não* precisa que eu saia em uma lua de mel. — Leia sacudiu a cabeça. — E para onde iríamos? Acho que um hotel isolado em um planeta tropical não se encaixa na sua ideia de golpe publicitário. — Ela não conseguiu deixar a amargura longe do tom de voz.

Mon mordeu o lábio, parecendo entender pela primeira vez o quanto Leia não se sentia confortável com a ideia.

— E quanto a um cruzeiro? — ela perguntou. — Com um período determinado. Você voltará ao trabalho em uma ou duas semanas. E seria boa publicidade tanto para você quanto para uma nova linha estelar independente...

— Você quer dizer a Linha Estelar de Chandrila — Leia disse, lembrando da imagem na apresentação de Mon durante a reunião que tiveram.

Leia tinha que admitir que era uma boa ideia. A independência da linha estelar que havia sido nacionalizada durante o Império fazia dela as férias ideais para chamar a atenção para a liberdade que a galáxia ganhou depois da mão de ferro do Império. Ela podia imaginar o ângulo da história que a jornalista, Corwi Selgrothe, usaria — enfatizando os benefícios para a indústria e para as pessoas em um nível pessoal.

E Chandrila era o planeta natal de Mon. Isso dava um peso para o apelo — seria uma declaração a favor de Mon e sua liderança, uma forma de trazer atenção e popularidade para a política em questão.

— Vou pensar no assunto — Leia concedeu.

Muito acima delas, no templo construído na Grande Árvore, o som de música desceu até o chão. Leia inclinou a cabeça para cima, tentando enxergar o templo na luz que diminuía.

— O que é isso? — ela perguntou.

— A próxima parte da festa — Mon disse com um sorriso.

# CAPÍTULO 11
# HAN

MON FEZ SEU MELHOR PARA ORGANIZAR UM BAILE CHIQUE NO TEMPLO DE MADEIRA de uma lua florestal na periferia da galáxia, Han tinha que tirar o chapéu. Ela conseguiu juntar uma banda de verdade com instrumentos reais dentre as várias divisões das tropas, e apesar de a música ser um pouco mais lenta do que ele estava acostumado, ainda era boa o bastante para fazer todos os convidados dançarem. Era isso, ou era o vinho. Han começava a suspeitar que os Ewoks tinham mais tolerância ao álcool do que ele pensava. Ou então eles eram tão naturalmente caóticos que um pouco de liberdade alcoólica não fazia muita diferença.

As voa-flores ainda no templo haviam se juntado ao redor do globo no centro da árvore, suas asas pulsando com a música, mas a maior parte delas parecia contente em pousar sobre o âmbar. Han girou o anel em seu dedo, imaginando quanto tempo a seiva enrijecida duraria. Ele precisava se certificar de oferecer algo melhor para Leia quando pudesse, um anel digno de uma princesa...

— Então, onde vai ser a lua de mel? — Lando perguntou. Sua testa estava úmida de suor; ele não havia parado de dançar desde que a música começara até agora. Ele se encostou na parede, mas em vez de aceitar uma caneca de Han, tirou um frasco prateado de um bolso escondido.

— Ah, sei lá — Han disse. — Pensei em pegar a *Falcon* e ir até algum lugar ensolarado. Nada muito requintado.

— Leia é uma princesa — Lando o lembrou. — Talvez ela queira algo requintado.

— É uma lua de mel — Han o lembrou. — Não precisamos de nada além de uma cama, e até mesmo isso é opcional.

Lando riu.

— Então, algum lugar ensolarado e as roupas são opcionais.

— Tudo que eu sempre quis na vida — Han disse, encostando na parede.

Seus olhos procuraram pelo templo transformado em salão de festa. Ele notou Leia imediatamente. Assim como Lando, ela mal tinha parado de dançar desde que a música havia começado e a festa foi transferida do chão da floresta de volta para o templo. Aquele mundo fazia de qualquer um um especialista em subir escadas.

Mas Leia não mostrava cansaço algum. Não havia uma gota de suor sobre ela, muito menos estresse nos olhos ou lentidão nos pés. Ela sorria com graça e calma para todas as pessoas que ofereciam a mão para ela. No momento, dançava com um jovem soldado rebelde — Kyrell, Han achava que era o seu nome. Ele usava uma faixa preta Jelucana no braço como sinal de luto, e quando a música terminou, Leia fez uma reverência diante dele se curvando e depois tocou o tecido, sussurrando algumas palavras de conforto que fizeram o rosto do jovem rapaz se encher de emoção.

A banda começou outra música, dessa vez mais agitada.

— Hora de voltar para a luta. — Lando olhou para um par de mulheres, uma engenheira Twi'lek e uma pilota humana, que faziam um gesto em sua direção. Ele abriu os braços, aceitando uma mulher de cada lado e levando-as para uma dança ousada que fez metade dos convidados parar para assistir com admiração.

Mas não Leia. Ela já tinha seguido para outra parceira, uma mulher Arthuriana com luvas brancas e cabelo preso. Han estava longe demais para ouvi-las, mas percebeu que Leia escutava com atenção enquanto a mulher contava algo bastante emocional. Han já tinha visto isso antes — a maneira como Leia permitia que os outros despejassem seus fardos sobre ela.

E ele entendeu uma coisa: ela estava usando a recepção do casamento para ajudar outros a processarem suas dores.

A tristeza era uma resposta natural diante da guerra. Han já tinha testemunhado há muito tempo como o desespero — e o que era a guerra se não os últimos atos de violência do desespero — fazia as pessoas tomarem decisões que não tomariam em outra circunstância, sacrificarem pessoas e coisas que de outra forma seriam cultivadas, criarem ligações que deveriam ser partidas ou quebrarem aquelas que deveriam ser fortalecidas. E com o fim tão próximo, se não ativamente aqui, fazia sentido para as pessoas começarem a processar aquilo que perderam no decorrer de tantas batalhas.

Mas não fazia sentido para Leia assumir o manto da responsabilidade de diminuir o fardo ou a dor de todo mundo que ela encontrava.

— Até aqui e agora — Mon disse, suavemente, seus olhos também sobre Leia.

Han olhou para ela. Ele não tinha percebido que a líder rebelde ainda estava na festa, muito menos que tinha tomado o lugar de Lando ao seu lado.

— Diga para mim que você planeja levá-la para uma excelente lua de mel onde ela possa esquecer de suas responsabilidades por uma semana ou duas — Mon disse.

— Definitivamente — Han disse com toda a confiança.

Mon sorriu.

— Onde?

— Não faço ideia — ele respondeu imediatamente.

Mon riu.

— Posso dar uma sugestão?

Han deu de ombros.

— Eu gostaria de dar a vocês dois uma lua de mel na Linha Estelar de Chandrila — Mon disse. — Meu presente para o feliz casal.

— Isso... é muito gentil de sua parte.

Mon fez um gesto com a mão.

— Não é nada. E eu também quero apoiar meu planeta natal.

Han não compartilhava aquele sentimento em particular; ele não tinha desejo algum de apoiar Corellia em nada que fazia. Por outro lado, Chandrila tinha tratado Mon melhor do que seu mundo o havia tratado.

— Estive em contato com a família Anzellana que retomou a posse da linha estelar — Mon continuou. — Eles haviam começado a reformar sua nave principal, desfazendo seu papel como veículo de guerra e restaurando sua glória assim que puderam, hum, remover a influência Imperial.

— São uns sujeitinhos muito capazes — Han disse.

— Eles estavam altamente motivados a manter o legado de sua família e são profundamente anti-Imperiais. E concordaram com a chance de promover a *Halcyon* em uma exibição de liberdade de grande visibilidade.

Ah, aí está. Mon queria que Leia — e um bando de jornalistas e droides--câmera — promovesse o lançamento da nave remodelada.

Mon notou o olhar cínico de Han.

— É o único jeito de convencermos ela a tirar umas férias — ela disse gentilmente.

Os lábios de Han se torceram.

— Onde vamos acabar no fim desse cruzeiro, em alguma reunião de comitê?

Mon levantou a mão e uma assistente apareceu ao seu lado com um datapad já mostrando uma página de informação. Han piscou de perplexidade diante da mulher Delphidiana, esbelta e baixinha para sua espécie; ele nunca a vira antes.

— A *Halcyon* tem um destino final em Synjax, senhora — a Delphidiana disse.

Bom. Isso era melhor. Synjax era conhecida por suas praias imaculadas, com casas de resorts flutuantes localizadas diretamente sobre as águas cor de lavanda, árvores com folhas amarelas decorando as praias de areia fina que eram acaricidas por ondas gentis.

— Certo — Han cedeu, lembrando-se de um cartaz promovendo o planeta que mostrava lagoas privadas com quedas-d'água cheias de flores. — Acho que isso seria... — Sua mente lhe deu uma imagem de Leia na lagoa. — Ótimo.

— Excelente! — Com a decisão tomada, Mon bateu as palmas das mãos. — E só para registrar, eu acho, sim, que isso é importante. Se não enchermos a holonet com imagens do sucesso da Rebelião, ela será preenchida com especulações sobre o ressurgimento do Império.

Han assentiu, concordando relutantemente com ela. Ele não gostava da ideia de que sua lua de mel seria qualquer outra coisa que não fosse um tempo sozinho com Leia, mas se ajudasse a florescente nova república, certamente isso deixaria sua esposa feliz. E ele também. Havia um apelo na ideia de que descansar em alguma praia também seria uma forma de cuspir na sepultura do Império.

Mon devolveu o datapad para sua assistente.

— Vou arranjar tudo. As pessoas em toda a galáxia estão ansiosas para comemorar, mas a *Halcyon* vai atrasar seu lançamento enquanto espera a chegada de vocês.

— Quando precisamos chegar lá?

A Delphidiana tocou na tela e a repassou para Mon.

— Eles já estão prontos.

O olhar de Han voltou para Leia, que estava abraçando a mulher Arthuriana. Pelo que Han sabia daquela espécie, eles raramente mostravam qualquer emoção ou se deixavam ser tocados; era uma marca da paciência, da graça e da natureza aberta de Leia que aquela mulher confiava o bastante para se deixar abraçar.

— Podemos partir hoje à noite sem problemas — Han disse. A única coisa melhor do que umas férias grátis era uma desculpa para acelerar a *Millennium Falcon* em uma corrida através da galáxia para chegar lá. — Não se preocupe — Han disse, com um largo sorriso no rosto. — Não vamos deixar aquela nave luxuosa esperando.

Mon se retirou para fazer suas preparações e Han foi procurar Chewie.

— Mudança de planos — ele disse ao Wookiee. — Eu e Leia vamos sair em nossa lua de mel, mas a boa notícia é que a *Falcon* será toda sua depois de você nos levar até lá.

Chewie grunhiu confuso e Han explicou a oferta de Mon. Ele assentiu, rugindo dessa vez com aprovação.

— Olha, quero que você use esse tempo para voltar para casa; você merece e a sua família precisa de você — Han disse. — Mas se tiver uma chance, talvez você podia, sei lá, acrescentar algumas atualizações à *Falcon*?

Chewie fez um som confuso.

— Algo para Leia — Han disse. — Sei lá! Somos só nós dois naquela nave por tanto tempo... ela vai gostar de ter algo dela, sabe? Talvez uma cozinha decente, talvez arrumar o dormitório...

Chewie gargalhou, zombando de Han.

— Eu *não sei*, tá? Só quero que ela se sinta em casa.

Com outra risada, Chewie bateu nas costas de Han, o movimento forte o bastante para fazê-lo cambalear para a frente.

— Ei! — Han protestou, mas Chewie o dispensou, já se retirando para preparar o voo da *Millennium Falcon*.

Agora só precisava contar para Leia.

Havia pelo menos duas dúzias de pessoas entre ele e ela, mas Han cortou diretamente pelo meio do salão. Alguém já estava se aproximando de Leia, mas

Han não disse uma palavra, não tentou ser educado — ele apenas tomou a mão dela e a puxou com ele.

— Eu prometi a ele! — Leia disse, acenando para o homem que ela abandonara, apesar do Togruta estar sorrindo de bom grado. Ninguém reclamaria de Han puxando sua esposa hoje.

— Prerrogativa do noivo — Han disse. — Você não se importa. — Foi parcialmente uma pergunta, porém mais uma afirmação, porque ele podia ver a resposta no rosto de Leia: um alívio.

— Bom, acho que eles vão me perdoar.

— E quem não perdoaria? — Han perguntou.

Leia se derramou em seus braços enquanto eles giravam pelo salão, sem perceber que Han a estava levando para a beira da pista de dança. Passaram pelas voa-flores que flutuavam no globo de âmbar. Riram de Lando, que agora tinha três parceiras e uma seção inteira da pista para si próprio. Leia acenou para Luke, que conversava com C-3PO. Eles ouviram o fim da conversa.

— Eu estava dizendo para R2 que eu estava certo, afinal de contas: este lugar realmente *é* muito bonito — o droide disse enquanto R2-D2 emitia bipes e balançava. Luke sorriu, claramente ouvindo só pela metade. Ele acenou com a cabeça para Han como se entendesse e aprovasse a intenção de seu amigo.

— O que acha de darmos o fora daqui? — Han sussurrou no ouvido de Leia. Antes que ela pudesse responder, ele fez um rápido passo de dança na direção da porta, girando-a até eles saírem do templo e pisarem na plataforma lá fora.

O ar fresco da noite os atingiu e Leia começou a se afastar, depois chegou mais perto de novo e permitiu que os braços de Han a envolvessem, esquentando-a.

— Não podemos simplesmente ir embora.

— É o nosso casamento — Han disse —, podemos fazer qualquer coisa que quisermos.

— E se eu quiser voltar lá dentro e dançar mais uma rodada com todo mundo?

Havia um brilho divertido nos olhos de Leia, mas Han sabia que essa era a última coisa que ela realmente queria.

— E se você guardasse sua energia para hoje à noite? — ele perguntou, com a voz profunda.

Leia deu um tapa brincalhão em Han, mas ele sabia que dissera a coisa certa.

— Vamos lá — ele disse, puxando-a na direção da escada. Eles ainda tinham que atravessar a vila, embarcar na *Falcon* e decolar antes que alguém tentasse tomar mais de seu tempo. — Essa é a nossa noite — ele disse a ela.

Os olhos de Leia refletiam a luz das estrelas. No alto do templo, eles podiam enxergar além da copa das árvores, para o infinito. Han não conseguiu se segurar: passou o polegar sobre uma mecha do cabelo castanho de Leia em seu rosto.

Ela se entregou ao seu toque, fechando os olhos, em um movimento carinhoso e cheio de confiança e amor. Han soltou um suspiro trêmulo.

— Ei — Leia disse, suas pálpebras se abrindo de repente. — Não fique todo sentimental comigo.

Qualquer resposta espertinha que ele geralmente tinha na ponta da língua sumiu. Han não tinha palavras para a profundidade das emoções que sentia por Leia naquele momento, com a música saindo do templo, a magia da lua permeando ao seu redor e os grandes olhos dela cheios de amor olhando para ele. Han *sempre* tinha alguma resposta. Mas não agora.

Então ele a beijou. E torceu para que fosse suficiente para ela saber tudo que ele queria dizer, mas não conseguia.

# CAPÍTULO 12
# LEIA

— ESPERA, PARA ONDE ESTAMOS INDO? — LEIA PERGUNTOU ENQUANTO HAN A conduzia ao redor da vila, na direção de onde as naves estavam atracadas em uma clareira.

— Mon... — Han começou.

Leia gemeu. Ela disse que *pensaria* no assunto da lua de mel. Não que queria partir em uma naquela noite.

Han parou. Atrás dele, Leia viu Chewie carregando caixas para dentro da *Millennium Falcon* — uma das quais era sua bagagem.

— Você não quer ir em um cruzeiro? — Han perguntou. — Porque você só precisa dizer uma palavra e vamos com a *Falcon* para qualquer outro lugar que quisermos. Eu estava mesmo meio desconfiado dessa coisa chique, pra falar a verdade.

— Não é isso, é que...

Han inclinou a cabeça para o lado.

— Ou você não quer sair em lua de mel comigo?

Leia estremeceu.

— O trabalho pode esperar — Han disse secamente.

— Pode mesmo? — Leia perguntou, odiando o tom de súplica de sua própria voz. — O Império não está nem aí com o nosso casamento. Eles vão atacar assim que possível.

— Você não está travando essa guerra sozinha — Han rosnou.

— Eu sei!

— Tem certeza de que sabe?

Leia fechou os olhos. Ela sabia que precisava ser capaz de tomar momentos para fazer uma pausa, celebrar, confiar nos outros para assumirem o fardo quando se tornasse pesado demais para carregar. Quando isso se tornou tão difícil?

— Você estava pensando que simplesmente... o quê? — Han disse, preso entre a frustração e a confusão. — Iria se casar e depois voltar ao normal? Como se nada tivesse acontecido?

Leia lançou um olhar triste para ele.

Han apanhou sua mão, o movimento tão repentino que Leia não teve tempo de reagir. Ele entrelaçou seus dedos com os dela depois girou seus punhos para que os anéis de âmbar brilhassem na pálida luz da escotilha aberta da *Falcon*.

— *Isto* muda as coisas — ele disse. — Não sei o que você esperava, mas se quer que *isto* signifique algo, isto *tem* que mudar as coisas.

A emoção se acumulou na garganta de Leia.

— É claro — ela disse. — É claro. Isso muda as coisas. — Tudo aconteceu tão depressa: a proposta, o sim, a cerimônia. Ela ainda não tinha parado para *pensar* sobre... qualquer coisa. Sobre o que aconteceria a seguir. Tudo parecia como um desfecho, como um tempo extra, desde a explosão da Estrela da Morte. A queda simbólica do Império, a morte do Imperador — esse foi o objetivo final por tanto tempo que, quando aconteceu, pareceu um verdadeiro *final*. Como se tudo se tornasse um felizes para sempre.

Ela podia ser uma princesa, mas não de um conto de fadas. Porque quando uma princesa de um conto de fadas conseguia seu felizes para sempre, a história acabava ali.

Mas Leia entendeu que aquela história, a *sua* história, não estava acabando. Estava começando.

Se pelo menos ela tivesse a coragem de escrevê-la.

— Não acredito que não estamos casados nem por cinco horas completas e já estamos tendo nossa primeira briga — Han resmungou, passando os dedos por seus cabelos.

Leia riu.

— Ah, eu posso acreditar nisso. Mas não estamos brigando.

— Ótimo. Agora vamos brigar sobre se estamos ou não brigando.

— Não sei de você — Leia disse, abrindo um sorriso para ele —, mas eu vou seguir na minha lua de mel. Se você quiser ficar aqui reclamando, fique à vontade. Posso levar o Chewie comigo.

Han se desconcertou e se recuperou rapidamente, correndo para não deixar a bola cair.

— Espere um pouco, vossa realeza! — ele chamou.

— Vossa realeza? — Leia atirou um olhar sobre ele. — A sua *esposa*.

A frustração de Han evaporou.

— Esposa — ele disse, concordando. O sorriso que se abriu no rosto dele era contagioso.

Juntos, eles subiram a rampa de embarque, depois seguiram para a cabine do piloto. Chewie já estava lá, e pela risada discreta em sua voz quando respondeu a Han sobre estar pronto, Leia percebeu que ele sabia que o casal já estava discutindo.

— Certo, certo — Han resmungou. — Vamos dar o fora desta lua. Já estou cansado de tanto subir e descer escadas de corda. — Ele se contorceu no assento para olhar Leia nos olhos. — Daqui pra frente é só céu de brigadeiro.

Chewie rosnou, acionando os propulsores. A *Millennium Falcon* zumbiu, ganhando vida. O coração de Leia acelerou — eles estavam mesmo fazendo aquilo. Ela estava fugindo na calada da noite com seu novo marido em uma viagem caótica para estender aquele momento efêmero de alegria o máximo possível. Leia prendeu a respiração.

... e então, o motor morreu. A nave sacudiu e o nível da bateria piscou.

— O que foi agora? — Han gemeu. Chewie retirou o cinto de segurança e se levantou, passando por Leia e se dirigindo para os painéis de controle no corredor que levava até a cabine do piloto.

— Céu de brigadeiro — Leia disse, sem conseguir se segurar.

— Dá um tempo pra ela — Han disse com um tom de alerta. — Ela sofreu alguns danos na batalha. Eu sei que a antena foi arrancada. Lando não teve cuidado nenhum...

Leia ergueu uma sobrancelha.

— Não precisamos da antena para voar — Han insistiu.

Algo grande e pesado bateu atrás deles, fora da vista no túnel de acesso, o som metálico quase perdido no meio do rosnado de frustração de Chewie. O sistema hidráulico, Leia pensou.

— Está tudo bem — Han disse com os dentes cerrados.

— Talvez a nave de cruzeiro de Mon possa nos apanhar aqui — Leia brincou. — Duvido que esta pequena lua fique longe do caminho de um cruzeiro luxuoso.

— Está tudo *bem*.

Chewie gritou algo do corredor e Han assentiu, dando um soco em um dos controles. A *Falcon* sacudiu e Chewie quase caiu em cima de Leia quando voltou para o assento do copiloto. O Wookiee se sentou e murmurou para Han.

— Certo, bom, então conserte isso também — Han disse, mantendo a voz baixa. — Nós temos o dinheiro, podemos pagar algumas atualizações, junto com... as outras coisas. Podemos provavelmente comprar outro catalisador no ferro-velho, você sabe, aquele em Xandros. Ele fica no caminho, não é?

Chewie confirmou.

— E talvez a gente possa comprar algumas partes civis, se for preciso. Uma parabólica para sensores ficaria mais barato do que substituir a antena...

Leia olhou além dos dois, na direção da janela enquanto a *Millennium Falcon* se inclinava para o céu e voava sobre Endor. A curva do horizonte foi sumindo, o contorno irregular das árvores contra as estrelas dando lugar ao brilho do céu e depois à escuridão fria do espaço.

— Cuidado — Han murmurou, ajudando Chewie com os controles quando a *Millennium Falcon* entrou no espaço orbital. Pedaços de naves, os destroços da última batalha, flutuavam por perto.

Os restos da batalha no céu. O metal retorcido estava danificado demais para identificar se pertencia à Estrela da Morte ou a naves da Aliança, mas, de um jeito ou de outro, representava a morte.

Um silêncio pairou entre eles.

Naquela primeira noite, o céu ficou repleto de estrelas cadentes. Leia sabia — todos eles sabiam — que não eram meteoritos caindo, mas destroços espaciais entrando em órbita, queimando pela atmosfera de Endor. Uma bonita exibição de luzes que custou caro demais. Mesmo com os fogos de artifício naquela noite, ainda foi possível ver os riscos luminosos e se perguntar se era um amigo ou inimigo retornando às cinzas e poeira estelar.

Além dos destroços na órbita, Leia podia ver os contornos das maiores naves da Aliança que não podiam atracar na lua. Uma delas emitiu um sinal para Han, que respondeu usando a liberação de Mon. Assim que puderam, Chewie conduziu a *Falcon* para longe dos detritos, assegurando que havia um caminho livre antes de lançar a nave no hiperespaço, na direção de Chandrila.

Leia desejou ter fechado os olhos quando a *Millennium Falcon* ascendeu. Desejou não ter visto a lembrança da batalha. Ela estava em solo quando a Estrela da Morte explodiu; viu as luzes, mas à distância. Fora da ação. Ela desejou que a primeira parte de sua lua de mel não envolvesse passar por um cemitério.

Mas quando as listras azuis do hiperespaço mancharam sua visão, Leia mudou de ideia sobre fechar os olhos.

Não olhar nunca mudou a verdade.

— Ei. — Han estava de pé na frente dela, de costas para o assento que ocupara antes. — Chewie está no comando. Não vai demorar para chegarmos em Chandrila.

Leia se levantou e o seguiu para fora da cabine. Ela conhecia bem a *Falcon*. Havia a mesa de dejarik onde Chewie jogava contra C-3PO. Havia o corredor que levava para a cápsula de escape, algo que ela procurou depois de sua primeira viagem a bordo da nave, só para ter certeza de que estava operável. E presente.

A *Falcon* era grande, mas havia relativamente pouco espaço privado. Luke frequentemente dormia no banco que se curvava ao redor da mesa de dejarik, e Leia buscava a cápsula do canhão quando precisava de um pouco de solidão. Ela havia passado o mínimo de tempo possível no dormitório, já que a lembrava muito de Han.

Han a levava para lá agora.

O dormitório tinha formato circular, seu contorno se curvando ao longo da extremidade arredondada da nave. Ficava perto dos motores e do hiperpropulsor — que ficava logo do outro lado da parede, e quando Leia tocou o metal polido, podia quase sentir o zumbido do sinal de vida da *Falcon*. Não era de admirar que Han tivesse tomado aquele como o seu espaço. Havia um banco parafusado na parede à esquerda de Leia, cheio com uma pilha de roupas sujas. À direita havia uma mesa e alguns armários. Leia avistou kits de comida pré-preparada e caixas de peças sobressalentes, tudo misturado: um contêiner de fluido hidráulico estava perto de uma garrafa de água aberta, que estava ao lado de uma caixa com manchas de graxa nos cantos que poderia ter saído de um kit de comida vazando ou de uma parte reciclada que seria reutilizada em algum lugar da nave. Ou poderia ser simplesmente lixo. Ela não sabia; apenas sabia que não estava disposta a abrir a caixa para checar.

Mas o que chamou sua atenção foi a cama.

Leia abraçou a si mesma. Uma coisa era roubar uma noite juntos, ilícita e eufórica depois da vitória contra o Império. Jogar as inibições para o alto e fingir que a lua florestal de Endor era um espaço escondido onde nada que fizessem juntos iria impactar seu futuro. Uma sensação completamente diferente era olhar para aquele quarto, aquele homem, e perceber que ela estava fazendo daquilo uma parte indelével de sua vida.

Mas ao mesmo tempo em que ela olhava para a cama, Han se moveu atrás dela. Seu corpo estava quente, seus braços fortes quando envolveram o corpo dela.

— Eu sei — ele disse. — É estranho.

Um alívio fez o corpo de Leia relaxar contra ele. Ao menos eles entendiam um ao outro. Ela se virou para encará-lo, olhando diretamente em seus olhos. Não encontrou respostas no olhar de Han. Mas encontrou amor.

De certa forma, parecia que conhecia Han por toda a vida. Leia tinha certeza absoluta do que ele faria ou diria em quase qualquer situação. Mas ainda havia muito dele que era um mistério. Ele guardava segredos e um passado no qual ela não estava envolvida. E por mais familiar que fossem, ainda havia uma leve reserva nele, um toque hesitante de quem ainda não se sentia totalmente seguro. Eles não compartilhavam um passado; era impossível saber se compartilhariam um futuro completo. Eles só tinham o agora.

Han estendeu a mão, passando o cabelo solto de Leia sobre o ombro. Seu toque foi gentil, quase hesitante. A mão dele permaneceu em seu ombro e ela sentiu o calor de seus dedos. Leia voltou os olhos para ele, adorando o jeito como o aperto em sua pele aumentou sob a intensidade de seu olhar.

Chegaria o dia, ela sabia, quando não haveria mais perguntas entre eles. Ela cairia e saberia, sem dúvida alguma, que ele a apanharia e ela sentiria seus braços embalando-a enquanto o vento passava ao redor. Ela saberia seus pensamentos antes mesmo que ele soubesse; ela conheceria seu corpo tão bem quanto conhecia o seu próprio.

Chegaria o dia quando não haveria mais nenhuma pergunta.

E até lá, ela encontraria todas as respostas dentro de si mesma.

A mão de Han seguiu de seu ombro para a parte de trás do pescoço, segurando seus cabelos e puxando-a para mais perto. Ela deslizou o corpo contra o dele.

Hoje à noite, pelo menos, não haveria necessidade de nenhuma palavra.

# CAPÍTULO 13

# HAN

HAN FICOU QUASE TRISTE AO VER LEIA FAZENDO AS TRANÇAS DE SEU CABELO NA MANHÃ seguinte. Ela usou o cabelo solto pela maior parte de seu tempo em Endor e ele gostava de como as mechas caíam sobre seus ombros, do arrepio nas costas dela quando ele passava os dedos entre seus cabelos. Mas eles já estavam quase em Chandrila agora e ela estava prendendo as tranças.

O cruzeiro não era uma boa ideia. Ele deveria ter seguido seus instintos. Ele não precisava de uma viagem luxuosa ou de um resort em uma praia ensolarada com tons de lavanda. Ele poderia parar a *Millennium Falcon* no meio do nada espacial e fazer tudo que queria fazer com ela em sua lua de mel sem sair de sua nave.

Mas eles teriam que deixar Chewie em algum lugar antes. E já estavam praticamente em Chandrila. Então, não custava nada checar o tal cruzador estelar.

Han deixou Leia no dormitório para terminar de se aprontar enquanto seguiu para a cabine. Chewie ainda estava no controle, e assim que Han se sentou, o Wookiee bufou para ele.

— Estou aqui agora, desculpa. — Han entendia por que Chewie estava nervoso. Chandrila era quase tão movimentada quanto Coruscant costumava ser; olhando pela janela, ele podia ver mais naves saindo do hiperespaço e entrando na fila para receber autorização para atracar. Mas Chewie sabia lidar bem com o tráfego.

Han checou o painel de comunicação. Mon havia fornecido seus próprios códigos pessoais de autorização que davam prioridade a eles e Chewie já estava direcionando a *Millennium Falcon* para fora da órbita. Era muito vantajoso conhecer a senadora de Chandrila.

— Parece que todo mundo quer festejar — Han murmurou. Um lado mais sombrio dele se perguntou quem estava ali apenas por publicidade; o Império havia nacionalizado bens e serviços e isso deixou um grande vazio no mercado.

Han e Chewie trabalhavam em silêncio, em perfeita harmonia, uma rotina de muita prática enquanto conduziam a nave na direção de Chandrila. O planeta azul e verde gentilmente entrou em foco, com suas montanhas ondulantes e costa sinuosa. À medida que se aproximavam da capital, a Cidade de Hanna, o horizonte de arranha-céus se erguendo do chão refletiu as linhas suaves do mundo — as torres não tocavam o céu como as árvores pontiagudas de Endor, mas tinham topos em forma de tigela, extensões semicirculares se projetando pelas laterais e pináculos que se inclinavam em vez de apontarem para o alto. A *Millennium Falcon* ainda deu um voo rasante sobre o Mar Prateado, as águas brilhando abaixo, antes de se dirigir para as docas.

Han sentiria falta daquilo — de voar com Chewie. Mesmo depois do cruzeiro, não seria mais exatamente a mesma coisa, seria? Adicionar uma terceira pessoa à sua pequena tripulação significaria uma grande mudança, e mesmo quando uma mudança é boa, ela torna as coisas... diferentes. Han sacudiu a cabeça ironicamente enquanto conduzia a *Falcon* na direção do raio trator da cidade. Eloquente como sempre.

Várias comunicações apareceram na tela quando eles passaram sobre a plataforma de aterrissagem na extremidade do mar e seguiram para uma plataforma muito maior e mais luxuosa que Mon havia arranjado para eles usarem, um pouco mais longe da cidade.

— Como é? — Han resmungou, olhando para a tela. — Estamos atrasados? Como assim?

Mon dissera que a nave estaria esperando por eles e a viagem até lá foi bem rápida. Pelo menos é o que ele achava. Han não esteve exatamente pilotando a nave durante a noite toda e checando o tempo. Ele vasculhou os canais de comunicação — havia uma notificação para por favor contatar o diretor do cruzeiro assim que possível, uma segunda notificação que lhe assegurava que eles esperariam a chegada de convidados tão importantes de Mon Mothma, e uma terceira que dizia que o droide de logística da nave estaria aguardando por eles na plataforma com um transporte para levá-los diretamente para o cruzador estelar.

Enquanto Chewie cuidava da aterrissagem da *Millennium Falcon* na plataforma, Han enviou uma mensagem para a *Halcyon* avisando que haviam chegado. Ele retirou o cinto de segurança e gritou para o corredor:

— Vamos lá, querida, temos que ir!

Leia o encontrou em frente à rampa de embarque. Ela usava o cabelo preso em tranças que se enrolavam sobre a cabeça, e seu simples vestido bege era complementado por um longo colete preso com uma fita vermelha que lembrava Han das jaquetas que os oficiais vestiam na Base Echo.

— Precisamos correr? — ela perguntou a ele.

— Aparentemente, estamos atrasados.

A rampa de embarque se estendeu e eles começaram a descer, Chewie carregando suas malas. Leia mal havia colocado o pé na plataforma quando uma droide correu até eles. Com um corpo feminino em tons de branco e bronze, a esbelta droide de logística mirou em Han e Leia, caminhando com passos determinados e o inabalável foco que apenas um droide podia ter.

— Princesa Leia Organa e General Han Solo? — a droide disse, olhando para os dois de cima a baixo com seus sensores ópticos amarelos, separados em sua brilhante cabeça em forma de domo.

— Sim — Leia disse.

— Eu sou D3-O9 — a droide afirmou. — Sou a droide de logística da *Halcyon*. O Capitão Oswin Dicto me pediu pessoalmente para transportá-los até a *Halcyon*.

— Obrigada — Leia disse graciosamente.

— Estou aqui para assegurar uma transferência eficiente da sua nave particular até a *Halcyon* — D3-O9 disse com uma voz animada. — Estamos muito contentes por vocês terem escolhido se juntar a nós nessa viagem. Tenho certeza de que vão adorar a *Halcyon*.

D3-O9 fez um gesto para alguns droides de serviço se aproximarem. Eles rapidamente apanharam as malas que Chewie carregava e se retiraram com elas.

Leia se virou para Chewie, dando ao Wookiee um grande abraço que ele retribuiu com tanto entusiasmo que Leia até saiu do chão. Leia sussurrou algo para Chewie que o fez tremer com uma risada, e toda a tensão que Han vinha sentindo sumiu.

— Sabe — ele ouviu Leia dizer a Chewie com uma leve risada —, eu não recusaria isso, se chegasse a esse ponto.

Chewie baixou Leia de volta ao chão. Ela tinha lágrimas nos olhos.

— Você esteve lá por mim quando eu não sabia o que fazer, quando não tinha ninguém para me ajudar — ela disse ao Wookiee com um volume tão baixo que Han quase não ouviu. — Nunca vou esquecer disso. Obrigada, meu amigo.

A mente de Han girou — quando foi que Chewie ficou com Leia sem ele? Desde quando ele passou de carpete ambulante para confidente?

Ah. Certo. Aquele maldito ano perdido no meio dos buracos de sua memória. Jabba adoraria saber — se não estivesse morto — o quanto assombrava Han saber que tinha perdido tanto tempo congelado na carbonita. Ele não havia simplesmente perdido o passado, ele também não tinha a mesma base para um futuro que os outros tinham. Ele se sentia sem chão de maneiras que não gostava nem de pensar.

— Tenho que dizer — D3-O9 disse para Han, atraindo sua atenção com uma bem-vinda distração de seus pensamentos sombrios — que estou particularmente feliz por vocês terem chegado em segurança depois de ver as circunstâncias de sua viagem. — A voz da droide era tão alegre que Han precisou de um momento para perceber que ela estava menosprezando sua nave.

— Não tem nada de errado com a *Millennium Falcon* — ele protestou.

— É claro, eu não poderia fazer mais do que analisar a aparência externa desse cargueiro leve YT-1300, mas tenho certeza de que você ficará contente com o conforto e a velocidade, com todo o luxo que encontrará em nossa amada *Halcyon*.

Talvez aquele cruzador estelar fosse melhor que a *Falcon* no quesito luxo, Han admitia isso. Mas em velocidade?

— As aparências enganam — ele disse. — A *Falcon* pode ganhar da *Halcyon* quando quiser.

— De acordo com os fatos, é impossível que a sua nave supere o brilhantismo da *Halcyon* — D3-O9 afirmou simplesmente.

Han sentiu os lábios se torcendo diante das palavras da droide.

— A *Halcyon* é equipada com uma configuração única de treze motores, hoje conhecida como a Configuração Drabor. É uma nave classe *Purgill*, a primeira do tipo, e foi projetada pelo melhor fabricante de naves em Corellia ou qualquer outro mundo.

— Ah, é mesmo? Bom, a *Falcon* uma vez... — Han parou quando Leia tocou sua mão e o puxou pelo braço.

— Podemos comparar o tamanho dos motores mais tarde — Leia disse gentilmente. — Agora, vamos sair em lua de mel.

Han abriu o punho, mas continuou olhando feio para a droide.

— Não importa o tamanho do motor — ele resmungou. — O que importa é a *velocidade*.

— A *Falcon* é muito rápida — Leia disse.

Han voltou sua careta para Leia.

— Você está me provocando.

— Sim, e está funcionando.

Han não conseguiu impedir um sorriso.

— Certo, *que seja*, então vamos logo.

Atrás dele, D3-O9 ficou com as mãos na cintura e a cabeça inclinada, não exatamente com impaciência, mas claramente esperando que eles terminassem antes de falar.

— A Linha Estelar de Chandrila possui suas próprias cápsulas de lançamento, projetadas especificamente para levarem passageiros para o cruzador estelar de luxo de sua escolha. — A droide fez um gesto na direção de uma plataforma diferente do outro lado da plataforma de embarque. Chandrila era um planeta muito bonito e a capital parecia determinada a exibir essa beleza, até mesmo para pessoas que estavam meramente fazendo escala de uma nave a outra. Sendo um cargueiro, a *Millennium Falcon* recebeu automaticamente uma ordem para atracar na plataforma de cargas, mas D3-O9 apontou para uma plataforma menor do outro lado do gramado e que continha transportes pessoais mais luxuosos. Han analisou as naves que conseguia enxergar do outro lado — uma brilhante corveta classe *Rol*, ao menos dois iates Drellianos e uma nave estelar Nubiana tipo K que se curvava em linhas sofisticadas.

Um dos cantos das baias de transporte mostrava uma placa luminosa com ao menos dois metros de altura que brilhava com luzes de cristal na forma de um círculo cortado por duas linhas paralelas, com um ponto no canto superior direito. Enquanto Han olhava, as luzes de cristal mudaram e o logotipo se transformou nas palavras LINHA ESTELAR DE CHANDRILA.

Leia seguiu D3-O9 quando a droide se dirigiu para o caminho pavimentado que cortava entre as duas plataformas. A trilha elegantemente curvada era alinhada com pedras brilhantes em um padrão que se repetia e flores ao longo de cada lado. Árvores frutíferas salpicavam o gramado bem cuidado; até havia música tocando, uma melodia alegre com muitos tons eletrônicos. O espaço entre as duas plataformas de aterrissagem era mais aconchegante do que metade dos mundos em que Han já estivera.

Antes de acompanhar Leia, Han se virou para se despedir de Chewie.

— Bom, parceiro, a *Falcon* é toda sua. Cuide bem dela.

Chewie assentiu, rugindo sua promessa de não apenas cuidar bem da *Falcon*, mas acrescentar mais reparos e as alterações que Han mencionara. Han se moveu para um abraço e o Wookiee o agarrou com um baque sólido que o fez engasgar enquanto recuperava o fôlego.

Chewie subiu a rampa de embarque, mas se virou, rosnando algumas últimas palavras.

— Ei, você sabe — Han disse. — Um cavalheiro nunca contaria.

Chewie riu, acenou e desapareceu dentro da *Falcon*.

Sacudindo a cabeça, Han se apressou para alcançar Leia e a droide da *Halcyon*.

— Aqui em Chandrila nos orgulhamos de ser o planeta natal de Mon Mothma — D3-O9 estava dizendo a Leia —, além de vários outros pilotos e soldados condecorados que defenderam a esperança da nova república.

Han notou que flâmulas interestelares laranja tremulavam por todo o gramado do pátio, enroladas ao redor dos troncos das árvores e pilares e presas ao longo das bordas externas das plataformas de aterrissagem. Era a mesma cor dos trajes dos pilotos de caças estelares — um gesto apropriado para honrar aqueles que lutaram na guerra, não apenas com a cor, mas também com a localização, entre as naves que agora voavam livres graças a seus sacrifícios.

O parque estava movimentado, mas D3-O9 cortou um caminho formidável entre as pessoas, conduzindo-os eficientemente por um grupo que se dirigia ao sistema de transporte público que levava para o coração da cidade, por um largo círculo de amigos fazendo um piquenique no gramado e depois virando por um trajeto menor que os levaria para as docas particulares de Chandrila. Leia e a droide de logística tinham quase a mesma altura, e Leia acompanhava seu ritmo graciosamente, embora a droide marchasse com tanta determinação que logo ela teria que começar a se apressar.

Um garotinho saiu de repente do meio de dois arbustos perto da curva do caminho, batendo em Han. Um segundo depois, uma nave de brinquedo amarela flutuou sobre as folhas. Sem olhar para Han, o garoto pegou o brinquedo e o jogou de volta sobre os arbustos antes de passar entre eles de novo, gritando para seu irmão mais velho para mirar melhor da próxima vez.

Do outro lado, uma mulher ergueu os olhos e acenou um pedido de desculpas para Han. A mãe dos garotos, ele pensou. Ela tinha cabelos castanhos e um sorriso fácil, mas antes que Han pudesse dizer que estava tudo bem, os garotos — que só tinham olhos para a nave de brinquedo — trombaram um no outro, caindo no chão com um baque audível. A mãe correu até eles, mas os garotos se levantaram rapidamente, ansiosos demais para brincar para se preocuparem com galos na cabeça. Os garotos estavam cheios de alegria de um jeito que apenas crianças conseguem, seus gritos animados alcançando tons agudos ensurdecedores sempre que a nave voava entre eles, aquele simples brinquedo fornecendo mais entretenimento do que Han achava possível.

Até mesmo as crianças podiam sentir, Han pensou. A pressão do Império pairando sobre cada mundo na galáxia havia sumido. Todos pareciam explodir de alegria.

Han tocou o anel de âmbar em seu dedo. Além da família brincando no parque, sobre as plataformas de aterrissagem, o contorno da Cidade de Hanna com suas gentis curvas e suaves linhas combinava muito bem com as nuvens fofas do horizonte. Tudo ali era tão... *agradável.* Ele se acostumara com a vida na *Falcon*, até mesmo com a guerra, mas será que poderia se acostumar com um lar como aquele? Ou, se não fosse em Chandrila, algum outro planeta agradável, em algum lugar... algum lugar decente.

O garoto mais jovem deu um grito agudo de estourar os tímpanos e Han precisou de um segundo para entender que fora um grito de alegria, e não uma resposta à tortura. Ele piscou de surpresa, depois percebeu que, apesar da cacofonia que os garotos produziam, ele estava sorrindo.

Porque, pela primeira vez em sua vida, não apenas ele estava considerando como seria ter um lar em um planeta agradável mas também estava considerando *quem* estaria nesse lar com ele. Leia, sim, mas talvez também...

— Você e a Princesa Leia pretendem ter filhos? — a droide perguntou educadamente quando ela se juntou a Han.

— Filhos? Eu... como é? Por quê? — Isso era algo que ele deveria ter conversado com Leia, certamente não uma conversa que ele queria ter com D3-O9.

— Sentimentalismo talvez explique por que você decidiu parar no meio do caminho e ficar olhando para o vazio — D3-O9 explicou com uma voz bondosa, como se estivesse simplesmente tentando entender a lógica de Han. — Estou meramente curiosa sobre a sua falta de urgência em chegar a seu destino. A *Halcyon* está esperando.

— Minha falta de... não estou, ah! — Han rosnou. Ele empurrou a droide e se dirigiu para a plataforma onde Leia estava, longe o bastante para não ouvir a conversa.

— Por que a demora? — ela perguntou suavemente quando Han passou por ela.

— Nada, vamos — Han resmungou.

— Por aqui, por favor — D3-O9 disse, conduzindo-os para um sofisticado transporte prateado com o logotipo da *Halcyon* estampado na lateral, o mesmo círculo curioso com as linhas e o ponto. — Este é o transporte particular do Capitão Dicto — a droide de logística continuou, com um claro tom em sua voz modulada para indicar que eles deveriam ficar impressionados.

E, para ser honesto, Han ficou mesmo. Havia um eficiente sistema de atracagem projetado em um dos lados do transporte que se encaixaria automaticamente na *Halcyon*, e os propulsores de íons prometiam uma viagem suave, mesmo para uma nave tão pequena. Quando ele e Leia entraram, Leia passou as mãos sobre as paredes marrons acarpetadas que se curvavam no formato cilíndrico do transporte. Havia apenas alguns assentos, posicionados em ângulo para que os passageiros pudessem conversar mais facilmente. Havia pequenas janelas circulares entre os assentos, o transparaço emoldurado em um cromado brilhante.

D3-O9 digitou no controle da nave.

— Preparando a partida — a droide disse. — Nossa jornada até a *Halcyon* não levará mais do que dez minutos. Em caso de alguma emergência que necessite evacuar a nave, vocês encontrarão trajes com discos térmicos e aparatos de respiração atrás deste painel. — Ela fez um gesto na direção da parede, depois chegou mais perto, claramente insinuando um pensamento particular para Han. — Eu gostaria de assegurá-lo que é *altamente* improvável que uma emergência assim seja necessária. Vocês estão sob os cuidados da *Halcyon* agora e podem confiar em nós não apenas para uma viagem segura, mas para um conforto de última geração. Vocês estão em boas mãos conosco.

Han cerrou os dentes, mas manteve a boca fechada quando Leia tocou seu ombro. O pior de tudo era que a maldita droide parecia estar passando aquela informação por *preocupação*, não para irritá-lo, o que, é claro, o fez querer chutá-la para fora da escotilha de emergência. A *Falcon* era perfeitamente segura e confortável, dane-se tudo mais.

O transporte começou a se mover da plataforma e subir, disparando para longe de Chandrila, o horizonte passando por eles até estarem, mais uma vez, entre as estrelas.

— COMO PODEM VER — D3-O9 AFIRMOU QUANDO O TRANSPORTE SE APROXIMOU da *Halcyon* —, o cruzador estelar é uma elegante combinação de poder e graciosidade. — A droide olhou para Han como se o desafiasse a dizer alguma coisa. Han não se deu ao trabalho. Ela podia ficar com seus preconceitos, ele pensou. Ela provavelmente era programada para pensar assim.

Embora ele ainda apostasse cada crédito que tinha na *Millennium Falcon* vencendo qualquer corrida contra aquele colosso, a *Halcyon* era mesmo uma obra de arte. Han silenciosamente contou os corredores de exaustão na parte traseira da nave. E, realmente, havia treze. Era raro ver uma nave tão grande criada apenas para o lazer. A maioria das naves colossais eram de guerra.

O transporte desacelerou e inclinou, dando a eles uma visão de todo o cruzador, pairando suspenso no espaço, com Chandrila ao fundo. A *Halcyon* estava longe do tráfego movimentado, além do alcance da órbita, e isso a fazia parecer ainda maior, como se as outras naves fossem apenas abelhas polinizadoras em comparação. A *Halcyon* era longa e elegante, com janelas refletindo a luz ao longo de todo o casco. A cabine de pilotagem se estendia para fora do corpo principal perpendicularmente, mas as longas linhas na popa e os estabilizadores que se alongavam além das cabines lhe davam equilíbrio.

Enquanto D3-O9 listava vários detalhes sobre a nave, com um tom de orgulho em sua voz, Leia chegou mais perto de Han.

— O que você acha? — ela perguntou.

— Até que não é nada mal.

Os lábios de Leia se curvaram em um sorriso.

— Obrigada pelo grande sacrifício que você está fazendo aqui.

— Quer dizer, não é a *Falcon*, mas...

Fosse o que fosse que ele diria em seguida, foi interrompido pela risada dela.

# CAPÍTULO 14

# LEIA

— BOA VIAGEM — D3-O9 DISSE QUANDO ELES DEIXARAM O TRANSPORTE E SE dirigiram para o Átrio. — Se precisarem de alguma coisa, ficarei feliz em ajudá-los pessoalmente. Vocês podem me chamar por meio do console em sua cabine.

— Obrigada — Leia disse, mas a droide de logística já tinha se virado na direção de um corredor diferente.

— Essa aí é bem prestativa — Han resmungou.

Leia bateu de leve nele.

— Comporte-se.

Han lançou um olhar sobre ela.

Apesar da urgência da droide em levá-los a bordo da *Halcyon* o mais rápido possível, o clima no Átrio era calmo quando Leia e Han entraram na área do grande salão. Um vinho cor de esmeralda efervescia nas taças dos convidados reunidos que conversavam em grandes salas. Assentos confortáveis em tons de azul-cobalto salpicavam a área, e Leia acenou com a cabeça na direção de um homem cuja túnica de seda bordada ocupava um banco inteiro que normalmente teria espaço para três ou quatro pessoas. Ele ergueu sua taça para ela antes de beber todo o conteúdo.

— Bebidas? — um garçom perguntou, segurando uma bandeja com taças na direção de Leia e Han. — O Capitão Dicto encomendou a melhor safra de seu planeta natal Tristall para celebrar a primeira viagem da *Halcyon* livre do controle do Império.

— Um brinde a isso — Han disse, apanhando uma taça.

Leia também aceitou uma, mas não a levou até os lábios. O vinho de Tristall era mais doce do que o vinho de Alderaan, embora ambos fossem feitos com uvas esmeralda. As bolhas e a efervescência também davam um sabor diferente do vinho seco que ela costumava tomar em casa. A última vez que compartilhou uma garrafa de vinho verde foi com sua família, em uma celebração particular de uma pequena vitória contra o Império — todas eram vitórias pequenas naqueles tempos, mas foram ainda mais celebradas por causa disso.

Não importava quão doce era o vinho de Tristall, Leia sabia que seria amargo em sua língua.

A taça de Han já estava vazia.

— Pegue — Leia disse, trocando com ele.

Han a olhou como se fosse questioná-la, mas então ele simplesmente deu de ombros e aceitou. Leia devolveu a taça vazia em uma bandeja por perto e depois enlaçou o braço com Han, gentilmente conduzindo-o na direção do centro do Átrio.

Um humano alto apareceu no mezanino, olhando para a multidão reunida abaixo. Ele vestia um uniforme de capitão, mas, mais do que isso, sua própria presença exigia respeito. Sua aparência geral — altura média, corpo robusto, cabelos grisalhos e olhos pálidos — faria dele um avô na melhor das hipóteses, mas ele se portava com tanta autoridade que ninguém ousaria ser tão informalmente presunçoso para tratá-lo dessa maneira. No entanto, ele não tinha o mesmo autoritarismo frio e severo de alguém do Império. Em vez disso, aquele homem parecia amar nada mais do que fazer seu trabalho e pender mais para o lado da nobreza convicta do que da cordialidade casual.

— Saudações, queridos convidados — ele disse, mantendo os braços abaixados, mas erguendo o queixo. — Serei o seu capitão nesta viagem, Capitão Oswin Dicto. Será uma grande honra servir a vocês enquanto a *Halcyon* desliza entre as estrelas.

Ele baixou a cabeça, claramente organizando seus pensamentos. Han se mexeu ao seu lado e Leia percebeu que estava agarrando seu braço com força. O Capitão Dicto havia capturado sua atenção. De fato, todos no Átrio haviam silenciado para ouvi-lo falar, e mesmo sem amplificadores para a voz, Leia acreditava que as palavras do capitão podiam ser ouvidas por todos.

— Vamos fazer uma pausa por um momento — o Capitão Dicto disse —, e considerar tudo o que foi sacrificado e tudo o que foi conquistado agora que a paz se espalha por toda a galáxia.

O silêncio que tomou a multidão no Átrio foi diferente do tipo de silêncio a que ela estava acostumada. Leia percebeu que, embora tivesse vivido e respirado a guerra por tanto tempo que nem podia imaginar *não* ser uma parte de sua vida, a maioria das pessoas no Átrio era o oposto. Ela fincou os calcanhares no chão e olhou ao redor para a multidão. Aristocratas abastados, mercadores ricos, celebridades influentes... enquanto ela esteve lutando contra o Império, muitas daquelas pessoas estiveram vivendo com o Império. Eles vinham fingindo que não havia nada de errado. E agora que o Império havia caído, pretendiam continuar fingindo que não havia nada de errado. Eles não sentiram a bota do Império pisando em seus pescoços, então não se importavam que pisasse nos outros. A Guerra Civil Galáctica foi meramente uma mudança de poder que não os afetava.

Estavam ali na *Halcyon* agora para alegremente festejar a paz, mas aquelas pessoas provavelmente também teriam participado de uma festa para celebrar a vitória do Império, se esse fosse o resultado. Leia concordara em se juntar ao cruzeiro mais por causa da insistência de Mon e de sua ideia da publicidade influenciando a visão da população sobre a vitória dos rebeldes. Havia outros ali que Leia reconhecia — simpatizantes dos rebeldes como Drelax Lossa, cujos bolsos fundos e créditos infinitos haviam ajudado Leia a comprar naves, e Rothy Trah, que havia repassado segredos do Império para espiões rebeldes —, mas enquanto o olhar de Leia se movia de rosto solene para rosto solene durante o minuto de silêncio proposto pelo capitão, ela se perguntou quantos realmente se importavam com o resultado da guerra. Quantos aproveitariam a viagem da *Halcyon* como umas férias sem preocupação depois de os rebeldes lutarem e morrerem por sua liberdade.

— Você está bem? — Han sussurrou em seu ouvido.

Ela olhou para ele, vendo a preocupação marcando seu rosto. Leia deixou a máscara cair, deixou suas verdadeiras emoções à mostra. Felizmente, apenas Han percebeu. Ela apertou o cotovelo dele em resposta e voltou sua atenção para o capitão.

— A *Halcyon* foi a principal nave da antiga Companhia de Transportes de Chandrila, e agora que estamos livres do Império, a nova Linha Estelar de Chandrila está determinada a honrar a sua viagem. — A voz do capitão se tornou áspera e Leia imaginou o que ele estava cuidadosamente escolhendo não dizer. Era isso que ser uma princesa havia lhe ensinado: que a verdade se encontra nas palavras não ditas. O Capitão Dicto claramente não era fã do Império; será que tinha sido forçado a servi-lo? Ou será que enfrentou dificuldades por se recusar a ajudar a tirania?

De qualquer maneira, ele também deveria saber que ao menos algumas pessoas hoje ali foram apáticas ou apoiaram o Império. Havia um risco sobre aquilo que disse do mesmo modo que havia um risco sobre aquilo que não disse.

— Esta é a primeira vez em muito tempo que a *Halcyon* está livre para voar com seu propósito inicial — o Capitão Dicto continuou. — Eu gostaria de aproveitar o momento para lembrar esse propósito. A Companhia de Transportes de Chandrila foi fundada por Shug Drabor com um princípio fundamental em mente: jornadas compartilhadas. Todas as nossas histórias se encontraram agora, aqui neste ponto. Todos somos parte da jornada compartilhada uns dos outros, unidos aqui neste momento.

Leia perdeu o fôlego. As palavras do capitão lembravam muito seus próprios pensamentos quando ela aceitou a proposta de casamento de Han.

Han mudou a posição da mão de Leia em seu cotovelo, puxando-a para que pudesse entrelaçar seus dedos. Ela sentiu o calor do anel de âmbar. Um momento capturado no tempo.

# CAPÍTULO 15
# HAN

O VINHO ERA BOM, MAS HAN QUERIA ALGO MAIS DO QUE SUCO DE FRUTA. ELE GIROU as bolhas restantes na taça e se perguntou onde encontraria a coisa boa de verdade.

Parecia que havia um holofote sobre sua esposa. Assim que todos os olhos saíram do capitão, eles seguiram para o centro do Átrio. Aparentemente, todos no saguão conheciam Leia, ou conheciam algum amigo dela, ou somente "tinham que dizer oi". Assim que ela educadamente cumprimentava uma pessoa, outra aparecia. Todos sorriam, e isso fez seu estômago revirar. Eram apenas sorrisos falsos, todos, exceto os de Leia. Eles se aproximavam dela por causa de seu título, sua fama, seu prestígio. Eles queriam compartilhar seu brilho, mas eles não a conheciam. Por que se davam ao trabalho?

Han apanhou outra taça de vinho.

Uma jovem mulher Pantorana de cabelos ruivos que contrastavam com sua pele azul se aproximou. Seu uniforme incrivelmente engomado da Linha Estelar de Chandrila estava imaculado, mal se dobrando mesmo com a pressa com que ela andava entre a multidão. Han tocou o braço de Leia para chamar sua atenção.

— Saudações, Vossa Alteza — ela disse, baixando a cabeça. — E você deve ser o novo marido. — Ela se virou para Han.

— Solo — ele disse, ainda não acostumado a ser reconhecido principalmente por seu relacionamento com Leia. Por outro lado, quando as pessoas o reconheciam por seu próprio mérito, elas tendiam a não parecer muito satisfeitas em vê-lo.

Mas, para seu crédito, a mulher se dirigiu aos dois, não apenas a Leia.

— Eu sou Riyola Keevan, a contramestre da nave.

— Tem algo errado? — Han perguntou, franzindo as sobrancelhas.

Os olhos da Pantorana se arregalaram um pouco.

— Não, é claro que não! — Ela sacudiu a cabeça. — Perdoe-me, eu não quis... Fui designada para ser sua assistente pessoal durante a viagem.

Han ergueu as sobrancelhas para Leia e moveu os lábios como se dissesse *assistente pessoal*. Ele estava começando a achar que o único lugar onde as coisas seriam normais para eles seria a bordo da *Falcon*.

— Meu trabalho é assegurar que esta viagem realmente seja uma experiência única para vocês — Riyola continuou. — Existe algo que eu possa fazer por vocês?

— Tudo está maravilhoso — Leia começou.

— Onde fica nossa cabine? — Han interveio.

Riyola acessou os detalhes da estadia em um datapad.

— Vocês ficarão em uma das melhores suítes da nave — ela disse. — Tenho certeza de que vão gostar de suas acomodações, mas, claro, não hesitem em me chamar se houver alguma coisa a mais que eu possa fazer por vocês.

Uma suíte? Han gostou da ideia. Ele olhou ao redor do Átrio, procurando pelos elevadores que os levariam para sua cabine enquanto Leia jogava conversa fora com Riyola.

— Vamos dar o fora daqui — Han disse a Leia com a voz baixa depois que Riyola os deixou.

— Princesa Leia, um momento? — um homem esbelto com grandes olhos disse.

— Sim? — Ela se virou para ele, e então seu olhar recaiu sobre a garotinha que se agarrava na mão do homem. Vestida de azul com um cabelo marrom encaracolado no topo da cabeça, a pequena garota olhava para Leia com uma clara adoração. Han não conseguiu não se derreter um pouco vendo aquilo. Ali estava uma fã de Leia que era realmente sincera.

— Você se importaria? — o homem perguntou. Ele ergueu uma câmera fina com uma mão.

— Continue sem mim — Leia sussurrou para Han antes de se ajoelhar para ficar no mesmo nível da garota. Seu pai apertou um botão na câmera, capturando o momento, e Leia se virou para conversar com a criança.

— Minha mãe estava em Yavin — ela sussurrou, sua voz quase inaudível. Han sentiu um aperto no coração, notando o uso do verbo no passado e a falta de uma mulher junto ao homem. Leia mudou o peso do corpo, ajoelhando totalmente na frente da garota, ignorando o jeito como os outros convidados olhavam para ela no chão, sua atenção completamente focada na criança.

Han acenou com a cabeça para o pai, tentando passar algum sentimento. O homem não notou, seus olhos estavam sobre sua filha.

Era hora de sair. Ninguém queria ouvi-lo falar — e ele não os culpava, aquela não era sua turma, não as elites ou aqueles que buscavam condolências. Ele passou pelos grupos de pessoas sem ser notado por ninguém e encontrou um elevador.

Enquanto esperava sua chegada, entretanto, o olhar de Han seguiu para a esquerda. O Saguão Subluz era conectado com o Átrio, e música e risadas escapavam de lá. Embora a recepção do capitão tivesse acabado de terminar, as pessoas já estavam seguindo para o saguão para encontrar algo um pouco mais forte do que suco verde e um pouco mais de ação do que sorrisos falsos.

Não era uma ideia ruim. Leia apertaria cada mão oferecida na frente dela, e quem sabe quanto tempo isso levaria. Era melhor esperar por ela no saguão, com certeza. Os turboelevadores emitiram um bipe suave quando as portas se abriram, mas Han deu meia-volta e começou a seguir um casal vestido com túnicas iguais verde-claras com detalhes dourados. Uma das mulheres parou abruptamente e Han quase trombou nela.

— Desculpe — a mulher riu. — Mas é uma tradição!

Han observou com curiosidade quando a mulher levou a mão até o lado da porta, onde uma garrafa de algum tipo de vinho havia sido posicionada para decoração.

— É para dar sorte — a outra mulher disse quando sua parceira esfregou a garrafa de vidro.

— Se é o que você diz — Han respondeu.

As mulheres entraram no saguão, seguindo diretamente para uma mesa no centro onde uma tela holográfica iluminava um tabuleiro de sabacc. Han se virou para o bar.

Luzes azuis irradiavam sobre o bar e havia uma impressionante seleção de bebidas de toda a galáxia sobre as prateleiras. Um bartender com tranças ao estilo Ming Po veio atendê-lo.

— O que posso lhe oferecer? — ele disse.

— Você escolhe.

O bartender apanhou uma garrafa e começou a preparar uma bebida em uma coqueteleira. Han tentou acompanhar, mas os movimentos eram rápidos, acrescentando diferentes bebidas, jogando gelo, triturando ervas e salpicando um punhado de algum tipo de semente de pimenta antes de fechar a tampa, sacudir tudo e servir o líquido púrpura cintilante em uma taça. Ele deslizou a coqueteleira para longe sem uma palavra.

Duvidando de que gostaria da bebida brilhante, Han experimentou um gole. O sabor explodiu em sua língua, cítrico, mas com uma pegada quente. Era muito diferente do que Han esperava, mas era bom. O bartender sorriu com o canto da boca percebendo a reação de Han.

— Saúde — Han disse, erguendo a taça antes de seguir para o interior do saguão. Não havia janelas ali, mas o lugar era bem iluminado.

— Junte-se a nós! — uma das mulheres que ele seguiu para dentro do saguão chamou no meio da mesa. Com a taça na mão, Han se aproximou.

— É holo-sabacc — a mulher disse. — Você joga?

— Eu sei jogar cartas — Han confirmou. Ele observou quando os dedos da mulher dançaram sobre as cartas feitas de luz, o computador embaralhando e distribuindo. — Tem algum jogo de verdade em algum lugar?

— Isso é um jogo de verdade.

— Valendo o quê? — Han perguntou. Diante do rosto sem expressão dela, ele acrescentou. — A aposta. Quanto você está apostando?

Ela riu.

— Ah, não estamos jogando por créditos! É apenas diversão.

Han tomou um gole da bebida.

A outra mulher chegou mais perto.

— E é sim, na verdade. Divertido — ela esclareceu.

— Vou só assistir, se vocês não se importarem — Han disse.

Elas não se importaram e logo a mesa ficou cheia com jogadores e observadores. Han entendeu o apelo do holo-sabacc. Sem a necessidade de embaralhar — ou observar quem estava contando as cartas ou qual era a aposta duvidosa —, o foco ficava sobre o jogo em si. As cartas piscavam rapidamente quando eram selecionadas, jogadas, separadas em mãos vencedoras. Ficou claro que aquelas mulheres e os outros jogadores eram excelentes no jogo.

Mas esse era o problema — era um jogo. Ele queria algo com um pouco mais de ação. Ele terminou seu drinque e girou a taça vazia na mão. Talvez o problema fosse ele próprio. Han estava acostumado a voar com sua própria nave, não a ser transportado por aí como um turista. Estava acostumado a ter que apostar algo de verdade, não apenas por diversão. Era rústico demais para um lugar como aquele. Ele não se encaixava.

E não sabia se realmente queria se encaixar.

# CAPÍTULO 16
# LEIA

Leia olhou ao redor do Átrio, notando cada grupo de pessoas ainda ali bebendo seu vinho. Havia estratégia na guerra, mas também havia estratégia naquilo, a política da vida social, a nuance das interações, as sutis alianças feitas no meio de brincadeiras e conversas. Não fosse o risco de vida ou morte, Leia preferiria uma batalha de verdade a costumes sociais. Eram mais diretas, no mínimo.

O Átrio estava lentamente esvaziando à medida que os convidados seguiam para suas cabines ou buscavam outros entretenimentos a bordo da nave. Leia estava muito ciente de que, embora a viagem fosse sua lua de mel, ainda era um golpe publicitário. Durante a recepção do capitão, havia um punhado de unidades X-0X espalhadas no meio da multidão. Esses discretos droides de gravação eram usados por jornalistas para conseguir um olhar mais espontâneo de grandes eventos. Estavam ali mais para celebrar o lançamento da principal nave da Linha Estelar de Chandrila depois do controle do Império, mas Leia sabia muito bem que pelo menos alguns deles haviam focado nela.

Seus olhos notaram um rosto familiar e Leia seguiu para um grupo de pessoas com um sorriso no rosto.

— Zohma — ela disse, oferecendo a mão para uma mulher em particular. Zohma tivera um rápido caso com uma das garotas das Casas dos Anciãos, e por alguns meses ela aparecia nos mesmos eventos de Leia. Rapidamente, Leia se lembrou dos detalhes de Zohma — rica, a única herdeira de uma refinaria de cinzas veri. As plantas veri criavam uma cinza fina que podia ser acrescentada a uma variedade de adesivos, dando a eles um poder de ligação mais forte do que uma solda de aço. A raridade da planta e o método preciso em que precisava ser queimada para criar as cinzas faziam dela um negócio muito lucrativo.

Leia percebeu que se aproximar foi a coisa certa a fazer — pela maneira como o grupo de Zohma se virou, Leia teve certeza de que sua amiga estava falando sobre ela, sobre sua conexão. Cumprimentar Zohma primeiro deu a ela um bom crédito social.

— Como você está, minha querida? — Zohma disse, beijando Leia nos dois lados do rosto. — Eu estava contando aos meus amigos sobre o quanto você foi corajosa para se envolver com a guerra de modo tão pessoal.

— Foi a... — As palavras de Leia sumiram. Se ela dissesse que foi a coisa certa a fazer, isso insinuaria que todas as pessoas ao seu redor, uma coleção de filhos ricos de famílias ricas, não fizeram a coisa certa. Mas Leia sabia que isso era verdade. As fazendas de cinzas veri foram subsidiadas pelo Império; era um negócio tão pequeno que o Império não chegou a tomá-lo, mas era importante o bastante para se tornar seu maior cliente. Zohma havia lucrado muito com a guerra e não perderia nada com seu fim; os contratos passariam do Império para a nova república que se formaria porque ninguém mais vendia cinzas veri. A guerra provavelmente mal foi registrada como uma inconveniência para Zohma, cuja fácil cooperação com quem estivesse no poder havia ajudado a assegurar a proteção da empresa de sua família.

Felizmente, ninguém esperava que Leia completasse sua frase. Um deles, um jovem rapaz que Leia não conhecia, se colocou à frente.

— É mesmo verdade? Que o Imperador está *realmente* morto? Nós vimos as imagens da Estrela da Morte, mas meu tio sabe que o Imperador estava em Coruscant naquele momento.

Os outros riram levemente; aquilo era fofoca para eles, um divertimento.

— Ele está morto — Leia disse de forma direta.

O rapaz ofereceu um sorriso de quem entendia e até piscou para ela. Ele *piscou* para ela. Leia sentiu seu sorriso forçado ficar ainda mais rígido.

— É claro que você precisa dizer isso, e com certeza essa "nova" república vai... — Ele fez um gesto com a mão, sem completar o que realmente queria dizer.

Leia estreitou os olhos.

— O que você está sugerindo? — ela exigiu saber. A voz saiu com um tom incisivo que ela sabia que deveria controlar, mas simplesmente não conseguiu.

Zohma intercedeu.

— Ah, ele está brincando, minha querida. — Ela lançou um olhar sobre seu amigo, mas ele a ignorou.

— Estou falando sério — ele continuou, chegando perto demais de Leia para seu conforto. Ela se recusou a dar um passo para trás, apesar da falta de consideração do homem com seu espaço pessoal. — O Imperador não saía mais em público. Meu tio disse que...

*O seu tio está falando m...* Leia cortou o pensamento em sua mente antes de acidentalmente falar aquilo em voz alta.

— Ele está errado — Leia disse, um pouco alto demais. Mas ela não se importava, nem mesmo se os droides X-0X a flagrassem. — Havia testemunhas. Ele está morto.

Mas aquele *peedunkey* não queria ceder.

— Testemunhas rebeldes — ele disse, olhando sobre o ombro para seus amigos, com o tom de voz claramente indicando que não acreditava na veracidade dos relatos. Ele falou algo, obviamente esperando uma risada.

— Não somos mais rebeldes — a voz de Leia veio suave, mas todos a ouviram com atenção. — Você não ficou sabendo? Nós vencemos. — Ela não piscou nem desviou os olhos do rapaz, mas sorriu de leve quando ele deu um passo para trás.

— Certo, querido, viu só? — Zohma disse, puxando seu amigo para ainda mais longe. — Acho que ele tomou vinho demais. — Ela franziu o nariz para Leia. — Foi ótimo rever você, Princesa, como sempre.

Zohma e seus amigos se retiraram, criando um vácuo ao redor de Leia no meio do Átrio. Um reluzente lampejo de cromo chamou sua atenção; lá estava o droide X-0X, sua lente zunindo enquanto se aproximava dela. Um fantástico evento de publicidade. Leia praguejou contra si mesma silenciosamente, mas ela sabia que as transmissões das unidades X-0X seriam editadas depois. Seu sorriso não desapareceu. Não poderia desaparecer. Ela *precisava* ser o farol positivo e chamativo para as pessoas, mesmo quando quisesse tirar aquele sorriso convencido e meio bêbado da cara do amigo de Zohma com um soco. Ela respirou fundo, sua máscara cuidadosamente no lugar, enquanto atravessava o Átrio. Podia sentir os olhos sobre ela, tanto das pessoas quanto dos droides. Mas não havia droides X-0X perto de uma vitrine na parede.

Leia se inclinou, focando na vitrine para que tivesse algo para fazer, uma razão para não encarar ninguém. Ao chegar perto do vidro, ela sabia que ninguém poderia ver a dor cansada em seus olhos. Deixou sua máscara cair um pouco e permitiu que a mente fosse ocupada com nada além do lindo objeto que estava lá dentro.

Uma antiga bússola do hiperespaço, claramente não mais usada e agora exibida como obra de arte. As linhas astromeridianas esculpidas atrás da lente mostravam a precisão do artesão. A bússola inteira precisava de ajustes manuais, ao contrário dos sistemas de navegação totalmente automatizados por computador usados na maioria das naves, mas a simplicidade e a objetividade da bússola faziam parte do seu encanto. Indicava à nave qual direção tomar. Não podia fornecer detalhes sobre os obstáculos no caminho, as dificuldades ou a distância, mas se você soubesse para onde queria ir, a bússola mostrava o caminho. Leia apreciava aquilo, assim como a ironia da bússola atrás da vitrine, onde jazia como arte em vez de uma ferramenta útil.

Mas a joia real da bússola, literalmente, era uma pedra de supraluminita cravada sobre a base inscrita. Havia um brilho em seu interior, um azul cintilante que se tornava mais magnífico através da lente ajustável sobre ela.

— Dá pra acreditar nela?

A voz atrás de Leia foi sussurrada, mas a acústica no Átrio era particularmente nítida onde ela estava. Leia não se moveu, mas seus olhos mudaram de foco da bússola para o vidro — para o reflexo de dois indivíduos, ambos humanos, uma mulher mais velha e seu companheiro, um homem de meia-idade. O homem vestia um terno fino, azul-escuro e bordado com estrelas prateadas, enquanto a mulher vestia seda vermelha e uma túnica combinando com um enorme broche que tinha algum tipo de joia vermelha brilhante.

Foi o homem quem falou, mas a mulher respondeu, lançando o olhar sobre Leia, sem perceber que Leia podia ver seu reflexo e ouvir suas palavras de desdém.

— Como ela ousa agir como se nada tivesse acontecido? — disse a mulher, passando sua mão enluvada sobre o rosto. — Meu filho estava subindo na hierarquia da Estrela da Morte. Ele estava para receber uma promoção! *Tantas* pessoas morreram. Apenas alguns dias atrás! E ela simplesmente saiu de férias.

— Como você está? — o homem perguntou para a mulher, sua voz sincera.

A mulher sacudiu a cabeça.

— Eu estava melhor até ela aparecer. Meu Bierto, ele conseguiu reservas para o cruzeiro assim que possível, para me ajudar a superar minha dor. E agora descubro que *ela* está aqui.

Eles já não estavam mais se dando ao trabalho de sussurrar. Leia lentamente se endireitou, esperando que o movimento parecesse natural, mas não se virou. Não queria encará-los.

Leia sabia que não era adorada universalmente — longe disso, ela tinha muita ciência de que tinha feito muitos, *muitos* inimigos. Mas nunca tinha pensado em acrescentar uma mãe em luto para a lista de pessoas que a detestavam.

Ela engoliu a amargura que subia por sua garganta. Leia entendia por que o Imperador era do jeito que era — um homem ganancioso tentando controlar tudo, faminto por poder, um ditador e um tirano. Era uma pessoa fácil de odiar, de enfrentar.

Mas também entendia por que aquela mulher vestida de seda vermelha era do jeito que era. E a morte de um filho? Essa era uma motivação que Leia podia entender.

Era uma culpa que ela aceitava. Ao menos em parte.

Os olhos dela desfocaram quando a dupla se afastou, o reflexo vermelho do vestido da mulher diminuindo cada vez mais. Leia se perguntou se a mulher queria que ela se virasse, que se defendesse. Talvez quisesse uma cena, e foi por causa disso que falou tão alto. Ainda havia droides X-0X ao redor. Por mais que Mon quisesse a publicidade de Leia em lua de mel naquela nave, teria gerado muito mais atenção se ela discutisse com uma mãe em luto. Mas não era o tipo de atenção que Leia desejava.

Então, voltou a focar na bússola. Embora não estivesse sendo usada, era uma lembrança para se manter no curso e encontrar um caminho no meio da escuridão.

# CAPÍTULO 17
# HAN

HAN DEIXOU SUA TAÇA VAZIA SOBRE O BAR, JUNTO COM ALGUNS CRÉDITOS COMO GORJETA em agradecimento pela bebida. O bartender se aproximou, apanhou a taça e a entregou para um funcionário que voltava para os fundos do bar.

— Não é a sua praia? — ele perguntou.

— Não exatamente — Han disse. — Prefiro cartas que eu possa tocar.

Ele olhou Han de cima a baixo.

— Você conhece Lyx?

Han se interessou.

— Não. Eu deveria?

O bartender deu de ombros como se não estivesse falando nada de importante.

— Lyx trabalha na ponte, mas às vezes você pode encontrá-la na Sala de Máquinas — ele disse.

— Obrigado, vou checar. — Han se dirigiu para a porta, passando entre o fluxo de pessoas que entravam vindas do Átrio. Ele se sentiu um pouco culpado por não resgatar Leia, mas ela provavelmente estava se divertindo. Só porque Han detestava conversa fiada não significava que ela também detestava. Ele a viu conversando com o capitão e tentou chamar sua atenção, mas ela estava distraída demais.

A Sala de Máquinas ficava dois andares abaixo do nível do Átrio, e Han desceu os degraus de dois em dois, seguindo para o lado esquerdo quando chegou no saguão. O grande salão de jantar era o que mais chamava a atenção.

— A Coroa de Corellia — Han disse, lendo a placa em voz alta.

Corellia. Quanta ironia. Mas ele deveria ter considerado a possibilidade — Corellia era conhecida por seus estaleiros, então, mesmo aquela sendo a nave principal da Linha Estelar de Chandrila, ela fora desenvolvida e construída em Corellia. Mas, Coroa? Han riu com desdém. Que belo título ligado ao nome de um planeta que não deu nada a ele a não ser problemas.

*E Qi'ra*, uma pequena voz dentro de sua mente o lembrou.

O que só provava seu argumento. Problema.

Han deu as costas para o salão de jantar e avistou outro corredor de acesso ao lado. Ele arriscou e, de fato, encontrou a Sala de Máquinas. Uma placa na porta dizia: APENAS CREDENCIAIS ESPECIAIS. Credenciais Han não tinha. Felizmente, a porta estava sendo mantida entreaberta com uma chave de fenda na base, o suficiente para uma abertura milimétrica. Han entrou, notando e ignorando os símbolos de perigo no interior do corredor.

O bartender dissera a verdade — havia um jogo em andamento. Não que houvesse muito espaço para isso. Han olhou ao redor da sala, um pouco surpreso por conseguir acesso tão fácil. O controle central do núcleo de energia dominava todo o ambiente, com reguladores de refrigeração tomando conta de um canto inteiro. Han contornou o distribuidor de combustível e avistou uma mesa improvisada montada entre os sistemas mecânicos e o painel de conexão dos sistemas.

O grupo era bem pequeno. Uma mulher Cereana estava sentada no melhor lugar, de costas para a parede, os cabelos para trás para que ninguém pudesse ficar atrás dela. Encostado contra o console de conexões de sistemas estava um homem Lasat, grande demais para o espaço apertado, seus olhos amarelos prestando atenção em tudo. O homem humano do outro lado tinha a idade de Han, com cabelos negros e pele marrom-clara, meio baixinho, meio inquieto.

— Como você chegou aqui? — a mulher perguntou secamente, tirando os olhos de suas cartas quando as botas de Han o anunciaram. Seu longo e pontudo crânio era equilibrado pelos cachos na parte de trás da cabeça, uma justaposição entre linhas afiadas e curvas suaves. Sua pele era macia, mas o cabelo era branco, então Han ficou incerto sobre sua idade.

— A porta estava aberta — Han disse.

— A porta...?

— Ah, eu fiz isso! — O humano na mesa brilhou de orgulho. — Caso alguém quisesse se juntar a nós.

— Eu cuido disso — o Lasat disse com um tom de voz irritado. Ele andou com passos pesados até a porta e chutou a pequena chave de fenda que a mantinha aberta.

— Quem é você? — a Cereana exigiu saber de Han.

— Han. Só estou procurando por algum jogo — disse. — Você é Lix?

A mulher revirou os olhos.

— Kimb enviou você.

— O bartender...

— Aham — Lyx vocalizou sem mover os lábios e Han suspeitou que o bartender teria problemas mais tarde. — Tem créditos?

O Lasat voltou e retomou seu lugar.

— Mezza — ele disse, apresentando-se.

Han apanhou uma cadeira vazia perto do computador da engenharia e a levou até a mesa. Ele não gostava de se sentar na ponta, mas pelo menos ali poderia ver se mais alguém aparecesse. Han enfiou a mão no bolso e tirou algumas fichas de créditos. Não era tudo que tinha, mas o suficiente para entrar no jogo.

— Então, o que o traz a *Halcyon*? — o humano perguntou a Han.

Han deu de ombros e olhou para as cartas que o Lasat passou para ele.

— É, eles também não são de muita conversa — o homem disse. — Meu nome é Kelad.

Han olhou para os outros jogadores. Mezza, o Lasat, claramente ficou descontente com sua mão, mas era cedo demais para Han tentar adivinhar se era um blefe ou não — certas pessoas faziam do sabacc mais um jogo mental do que um jogo de cartas. Lyx era uma tela em branco, completamente indecifrável, mas ela parecia a mais esperta de todos. O bartender dissera que Lyx trabalhava na ponte da *Halcyon*, e Han se perguntou se o Lasat também trabalhava lá. Nenhum dos dois vestia uniforme agora, mas ambos se portavam com uma calma relaxada que demonstrava que eles já tinham compartilhado outros jogos.

Han tinha uma mão boa, mas não perfeita. Ele bateu ritmicamente com a ficha na lateral da mesa enquanto pensava. Mezza parou para observá-lo. Lyx provavelmente também percebeu a deixa de Han, mas o homem, Kelad, continuou tagarelando, apenas acrescentando mais créditos quando a mulher exigiu.

— Vou descartar a sucata — Han disse, baixando a mão. Os lábios de Lyx se contraíram levemente.

Os outros três jogadores continuaram o restante da partida e Han os observou, tentando aprender seus hábitos, notar como jogavam. Mas, além disso, ele sentiu seus músculos se soltarem, seu corpo relaxar. Não importava se aquele jogo se transformaria em uma rodada de alto risco, aquele era seu território. O jogo não era divertido se fosse apenas um jogo. Ele não queria jogar com amigos; ele queria tratar estranhos como inimigos, ao menos por algumas mãos.

Na rodada seguinte, Han tinha cartas fantásticas, o suficiente para provavelmente ganhar. Ele fez questão de não aumentar a aposta, e eventualmente descartou aquelas cartas também. Na quarta rodada, estava pronto para jogar de verdade.

— Quer um pouco?

Han tirou os olhos de sua mão para ver Lyx oferecendo um pequeno cantil para ele. Era feito de argila marrom e marcado com um símbolo laranja que ele conhecia muito bem.

— Onde você conseguiu isso? — Han perguntou, fingindo desinteresse.

A mulher ergueu uma sobrancelha e Han teve certeza de que ela percebeu que tinha tocado num ponto sensível ao apresentar o cantil. Ele não se importava; não fazia parte do jogo.

— Isso é da língua dos Hutts — ele disse. À esquerda da mulher havia uma jarra marcada com o mesmo símbolo, seu longo pescoço fino próprio para servir boga noga.

— É bem forte — ela admitiu.

Han riu com desdém.

— Não serve para nada além de tirar a ferrugem de um escapamento ou limpar um sistema de motor. E só se você não se importar muito com o motor em questão.

O Lasat riu.

— Não pode ser tão ruim assim. — Ele apanhou o cantil que a mulher havia oferecido a Han e lançou a bebida na garganta. Um momento depois, Mezza arfou, seus olhos amarelos se esbugalhando, ambas as mãos batendo na mesa quando ele se curvou sobre ela.

Kelad riu nervosamente, os olhos se movendo inquietos. Ele parecia o tipo de sujeito que não sabia exatamente quando uma coisa era piada ou não, mas ria só para garantir, temendo mais parecer não ter entendido do que parecer um tolo.

— Onde você conseguiu isso? — Han perguntou a Lyx. Boga noga geralmente vinha engarrafado, mas aquele conjunto de cantil e jarra era igual aos que ele viu Jabba usando em seu palácio em Tatooine. Eram recipientes para servir.

A Cereana deu de ombros.

— Encontrei no depósito — ela disse, sem esclarecer nada. Ela ergueu a jarra e a inspecionou. — Você diz que isso é Huttês? Esta nave foi propriedade dos Hutts por um tempo. Bom, acho que você não pode ser pego em leis de jogos de azar quando joga no espaço.

Ah, aquele velho esquema. Os senhores do crime eram conhecidos por comprarem naves de cruzeiro e transformá-las em cassinos itinerantes, deixando as apostas acontecerem apenas no hiperespaço para evitar pagarem taxas ou impostos em algum planeta. Lembrando agora, Lando tinha mesmo mencionado isso.

Mezza tossiu e cuspiu, depois bateu no próprio peito com um baque sólido.

— Não precisamos dessa coisa — ele rosnou, sua voz mais grave do que antes. — Vamos apenas jogar.

— Certo, certo, a pureza do jogo, a integridade das cartas — Kelad disse rápido demais.

— Está ansioso para perder mais? — o Lasat disse. Ele riu, mas para alguém do seu tamanho, soou quase ameaçador. Kelad se contorceu em sua cadeira.

Han notou que Kelad vinha jogando com uma pilha menor de créditos do que os outros dois. Han havia pensado que talvez ele tivesse se juntado ao jogo com menos dinheiro, mas agora estava evidente que ele vinha perdendo consistentemente.

— Não sou muito bom — Kelad confidenciou a Han quando notou que estava olhando. — Eu me distraio muito!

Han não achou que fosse um blefe. O sujeito realmente era um péssimo jogador de sabacc.

— Mas veja onde estamos! — Kelad continuou enquanto Lyx embaralhava as cartas para um novo jogo. — Esta Sala de Máquinas... *nesta* nave!

— Não comece de novo — Mezza resmungou.

Lyx cortou as cartas, depois começou a embaralhar. Han olhou em seus olhos, e ela piscou. Mezza era um jogador decente, mas teve a sorte ao seu lado. Lyx era uma jogadora excelente, mas não teve particularmente muita sorte até agora naquela noite. Ao jogar conversa fora entre as mãos, ela esperava quebrar a concentração do Lasat, e também sua maré de sorte.

Han podia jogar esse jogo. Ele se virou para Kelad.

— O que tem de tão especial sobre esta nave? — ele perguntou.

Mezza gemeu quando Kelad jogou as mãos para cima.

— A *Halcyon* é lendária! — ele disse. — Estar a bordo desta nave... — Ele suspirou de prazer, depois se inclinou sobre a mesa na direção de Han. — E estar *nesta* sala. Eu estava querendo dar uma espiada aqui dentro. Foi assim que encontrei Mezza e Lyx!

Lyx começou a dar as cartas, deslizando-as sobre a superfície áspera da mesa de trabalho.

— Tentei descer nos níveis inferiores — Kelad continuou. — Eu queria muito chegar perto dos motores, checar a Configuração Drabor em primeira mão, mas não consegui passar pelos funcionários. Talvez você consiga... — ele começou, virando-se para Lyx.

— Não — ela disse categoricamente, sem tirar os olhos das cartas.

— Você apenas... gosta de motores? — Han perguntou. Ele se interessava sobre como as naves funcionam tanto quanto qualquer pessoa, mas por motivos mais práticos. Não para fazer turismo.

Kelad sacudiu a cabeça.

— Ah, não, não os motores. Não *apenas* os motores. Eu gosto de invenções. De pioneirismo. Gosto de ver como as pessoas fazem as coisas de um jeito diferente, sabe? Soluções que não são comuns. Mudança!

Lyx bateu de leve na mesa, onde as cartas de Kelad ainda estavam viradas para baixo. O homem piscou para elas, surpreso por já estarem ali, e juntou-as rapidamente, atrapalhando-se com as cartas de um jeito que todos viram que ele tinha a chamada "mão de banthas selvagens" — não era o melhor jogo, mas dava para ganhar com ele.

— Nada — Mezza resmungou, jogando suas cartas sobre a mesa. — Nem vale a pena tentar.

Han bateu com os dedos em seus créditos, olhando para Lyx. Ela olhou para a deixa fingida de Han e assentiu levemente — aquela era a rodada de Han.

— Não tenho nada de bom — ele disse. — Mas acho que... — Ele jogou mais alguns créditos no pote do jogo. Lyx o acompanhou, lentamente enchendo o pote enquanto Kelad ocasionalmente olhava para suas cartas, claramente considerando se valia a pena usá-las. Mas o começo forte foi tentação suficiente para continuar, até Lyx descartar sua mão e Han cobrir sua aposta com uma frota, ganhando facilmente.

— Eu nunca tenho sorte! — Kelad reclamou, mas riu sobre si mesmo de um jeito bem-humorado. Mezza começou a embaralhar e distribuir. — O mesmo com essa guerra — Kelad murmurou.

— Como é? — Han perguntou, talvez um pouco direto demais.

— Sou só um azarado — Kelad murmurou de novo. Quando percebeu que tinha, pela primeira vez, a atenção total de alguém, ele piscou como uma coruja. — Eu tinha um contrato para trabalhar com o Império, sabe. Bom, a empresa onde trabalho tinha. Eu estava indo bem na empresa!

— O que você fazia? — Quem perguntou foi Mezza, o deck de cartas empilhado em sua palma. Os Lasats, assim como os Wookiees, não eram amigos do Império, e se Kelad tivesse um mínimo de bom senso, ele tomaria muito cuidado.

Mas não tomou.

— Trabalhei mais com tecnologia de naves — ele tagarelou, praticamente brilhando com a atenção. — Coisas inovadoras! Minha divisão cuidava de manipulação gravitacional. Sabem o novo raio trator BCL-500? Eu trabalhei neles! Vejam bem, alguém no Império enviou uma reclamação de que uma nave rebelde havia escapado de um raio trator atrapalhando o sistema de mira quando eles se redirecionaram para um planeta. O raio trator não conseguiu entender onde deveria se concentrar, na nave ou no planeta. Eu *inventei* o novo sistema de mira! Fui eu que fiz!

Debaixo da mesa, as mãos de Han se fecharam em punhos. Aquele imbecil tinha orgulho de sua invenção, mas Han foi um desses que usou a gravidade de um planeta para escapar de um raio trator do Império. E isso salvou sua vida, a sua e a de Chewie, e aquela manobra havia salvado a *Millennium Falcon* também. E aquele ingênuo de olhos esbugalhados estava se gabando de ter melhorado a capacidade do Império de matar a ele e seus amigos e sua nave?

Mezza também ficou visivelmente irritado, e Han se perguntou quão perto o Lasat também chegou da guerra. Lyx não pareceu se importar, mas ela já tinha provado que era boa em esconder suas emoções.

— É claro, eu nunca recebi nenhum crédito por isso — Kelad murmurou. — O Império não dá crédito para invenções, eles só se apropriam delas. Eu *deveria* ter recebido um Prêmio Ashgad por meu sistema de mira, mas *não*, quem recebeu foi Erso.

Han estava tão concentrado nos murmúrios de Kelad que não percebeu quando outra pessoa entrou na Sala de Máquinas.

— O que vocês estão fazendo aqui? — o pequeno Ugnaught gritou com raiva. — Vocês precisam sair daqui, pronto-ronto! Aqui não é lugar para passageiros!

— Ah, sai fora — Mezza rosnou. Han olhou para o uniforme do Ugnaught e notou que era um engenheiro júnior. — Não estamos atrapalhando ninguém.

— Não pode ficar aqui — o Ugnaught insistiu, chegando mais perto, o tom de voz aumentando. Seus olhos recaíram sobre Lyx. — Você também não pode ficar aqui! Não importa onde você trabalha. Aqui é engenharia!

Mezza se levantou, sua cadeira se arrastando com um grande barulho no chão. O Lasat se agigantou sobre o Ugnaught. Ele o encarou com seus olhos amarelos, os lábios se contorcendo sobre um dente afiado.

O Ugnaught parecia estar seriamente considerando suas chances em uma luta pela honra de sua Sala de Máquinas. Suas mãos se fecharam em punhos, envolvendo a absolutamente pequenina ferramenta que ele segurava. Foi quase cômico.

— Não vale a pena — Han disse com uma voz baixa. O Ugnaught olhou para ele, mas então se retirou correndo, deixando-os sozinhos. Entre a ameaça de Mezza e a posição de Lyx na ponte, ele deve ter percebido que não podia ganhar.

— Vamos jogar ou não? — Lyx perguntou, esticando o braço e tomando as cartas de Mezza.

Han olhou para Kelad. Aquele homem não era nenhum jogador de cartas. Ele podia ser algum tipo de gênio mecânico, mas não era muito esperto. Havia mais ali para descobrir.

— Estou dentro.

# CAPÍTULO 18

# LEIA

LEIA ESTAVA MAIS DO QUE PRONTA PARA ESCAPAR DO ÁTRIO QUANDO A MULHER Pantorana destacada para ser sua assistente pessoal se aproximou.

— Permita-me acompanhá-la até sua cabine, princesa? — ela perguntou.

— Sim — Leia disse. — E não há necessidade para formalidades. Pode simplesmente me chamar de Leia.

A mulher sorriu.

— Então deixe-me ser simplesmente Riyola.

A multidão no Átrio havia diminuído o suficiente para que Leia e Riyola tivessem o turboelevador só para elas.

— Eu carreguei uma programação com diversas atividades a bordo para você selecionar — Riyola disse, com seu próprio datapad dobrado embaixo do braço. — Se você quiser participar de algum programa, eu posso arranjar isso pessoalmente.

— Na verdade — Leia disse —, eu queria revisar a rota de voo da nave.

— É claro. — Riyola tocou em sua tela, acessando um mapa da rota da nave. Após vários dias de cruzeiro panorâmico, o *Halcyon* acabaria chegando a Synjax. — Você está ansiosa para visitar os resorts? — Riyola perguntou. Ela tinha um sorriso brilhante e parecia genuinamente curiosa sobre a opinião de Leia.

— Hum — Leia disse, os olhos ainda fixos na tela. Ela percebeu que não tinha realmente considerado para *onde* a nave estava indo; esteve tão focada em apenas chegar à nave e pensando em como o noticiário a mostraria enquanto estivesse a bordo. Embora soubesse da reputação de Synjax por suas praias imaculadas e cabanas particulares, Leia não tinha intenção nenhuma de nadar no oceano de tons de lavanda enquanto havia trabalho a ser feito.

Mas, vendo a rota da nave agora...

— Um princípio fundamental de voar com a *Halcyon* é a ideia de que a jornada é mais importante, muitas vezes, do que o destino — Riyola disse. — Acho que você vai achar as vistas...

— O que são essas pausas no hiperespaço? — Leia perguntou.

— Nós seguimos em menor velocidade em algumas partes do espaço para mostrar as belezas naturais da galáxia. — O tom de voz de Riyola mostrava todo seu orgulho da filosofia da nave. Leia entendia o sentimento, às vezes era mesmo bom ir mais devagar e não fazer nada além de simplesmente existir entre as estrelas.

— Eu acabei de conversar com o capitão — Riyola continuou. — Você acha que estará disponível amanhã de manhã para uma breve entrevista? Eu estava revisando as transmissões do noticiário e a imagem é bastante positiva, com você a bordo em nosso voo inaugural depois do controle do Império.

— Claro — Leia disse, seus olhos ainda sobre o mapa. As portas do turboelevador se abriram e as duas mulheres saíram para o corredor.

— Estaremos em velocidade normal de cruzeiro pela maior parte da manhã. Seria uma imagem incrível ter você na ponte junto com o capitão. Mas, é claro, não quero atrapalhar seu tempo com seu novo marido.

— Eu não me importo — Leia disse. A rota projetada se curvava através de um setor antes de terminar em Synjax. A rota atual mostrava o caminho na direção da parte de baixo do mapa na tela de Riyola, mas se a rota mudasse, curvando-se na outra direção...

Riyola inclinou o datapad para ver o que havia capturado a atenção de Leia.

— A tempestade de meteoros perto do sistema Esseveya — ela disse, sorrindo. — É uma maravilha.

— Vamos poder sair da nave? — Leia perguntou, seus olhos ainda sobre a tela, calculando.

— Não, mas a vista das janelas será incrível. As chuvas de meteoros passam por um campo magnético que produz uma brilhante gama de cores.

— Nunca ouvi falar dessa antes — Leia disse —, mas ouvi falar da...

Animada demais pela rota de voo e o futuro evento, Riyola interrompeu:

— A Linha Estelar de Chandrila possui naves próprias para uma variedade de espécies, incluindo uma especificamente criada para espécies subaquáticas. Essa nave quase sempre passa através das chuvas de meteoros de Esseveya em seus itinerários. Embora as ondas de luz sejam incríveis para nós, algumas espécies, como os Mon Calamari, possuem fotorreceptores extras em seus olhos que fazem da vista ainda mais espetacular, com a habilidade de enxergar uma gama de cores que muitos outros seres não conseguem.

Leia piscou de interesse.

— Ah, que fascinante — ela disse, apesar de manter seu foco na tela. Embora Leia tivesse passado a maior parte da vida contemplando como os outros enxergavam a galáxia de um jeito diferente baseado em seus pontos de vista sociológico e econômico, ela nem sempre considerava o quanto a biologia podia mudar essa percepção.

Um pequeno ponto vermelho piscou perto do local na tela onde a rota cruzava com a tempestade de meteoros.

— O que é isso? — Leia perguntou, apontando na tela de Riyola. Atrás delas, outro turboelevador abriu as portas para pessoas saírem, conversando animadamente enquanto seguiam para suas cabines. Riyola puxou Leia para o lado para que saíssem do caminho.

— É só um alerta padrão — ela disse com a voz baixa. — A tempestade de meteoros tem sido particularmente ativa ultimamente, mas os escudos da *Halcyon* são mais do que suficientes para o trabalho. Não se preocupe, Leia, nós nunca levaríamos a nave para algum lugar perigoso. É apenas o protocolo padrão mostrando potenciais perigos.

Leia apontou para o topo da tela.

— E quanto a essa área? — ela perguntou. — Alguma chance de a nave ir até lá? Talvez depois de Synjax...? — Sua voz diminuiu até parar quando Riyola sacudiu a cabeça.

— O sistema Lenguin é adorável, mas não temos excursões planejadas para lá, também não chegaremos perto o bastante para ver a superfície de qualquer um de seus mundos. Mas você deveria ir até lá um dia. Há uma lua de gelo que é conhecida por sua arquitetura escultural.

— Sim, ouvi falar — Leia murmurou, engolindo sua decepção. Assim que viu o sistema Lenguin na tela, ela torceu para terem uma chance de visitar a lua de Madurs, um dos locais que Mon Mothma havia citado durante a reunião como uma possível fonte de combustível. Um mundo com quem poderiam criar uma aliança, rompendo as relações com o Império antes que os remanescentes do Império as reatassem. Madurs já havia sido um alvo, mas a pequena lua protegera seu carnium e rejeitara as ofertas Imperiais. Se Leia pudesse chegar lá agora, negociar um acordo com o governo local para assegurar que, no mínimo, nenhum contrato futuro fosse firmado com o Império fraturado...

Mas parecia impossível. A *Halcyon* seguiria na direção oposta, passando por uma tempestade de meteoros e chegando em um mundo rico em praias e sem nenhum interesse na cadeia de suprimentos que abastecia a galáxia.

— Ah! — Riyola disse, olhando para a tela. — Vejo que você conhece bem Madurs. Fui avisada que você recebeu uma mensagem do primeiro-ministro de lá, Princesa. Você gostaria que eu a enviasse para a sua cabine?

— Uma mensagem? — Leia repetiu, seu coração acelerando. — Sim, por favor. É por aqui? — Riyola confirmou, apontando para a cabine de Leia e depois digitando em sua tela.

O coração de Leia martelava enquanto ela se dirigia para a cabine. Seria a primeira resposta das missivas que ela havia enviado para os líderes dos vários mundos que contatara, e certamente isso era significativo? Se o primeiro-ministro de Madurs não quisesse nada com ela ou com a florescente república que se formava na esteira do Império, ele teria ignorado a mensagem, não respondido tão rapidamente. Será que precisava de ajuda? A mensagem para ele foi mais uma forma de abrir um canal de comunicação, mas se ele já estivesse ansioso para se juntar à Aliança — talvez por causa das celebrações diante da destruição da Estrela da Morte —, ela certamente receberia isso de braços abertos.

Parte dela queria simplesmente roubar um transporte e voar rapidamente para Madurs, mas a outra parte se sentia culpada. Ela deveria estar em sua lua de mel, não trabalhando como embaixadora em uma missão.

Mas... e se pudesse fazer as duas coisas?

# CAPÍTULO 19

# HAN

HAN CONSIDEROU SUAS CHANCES. MEZZA ESTAVA QUASE FORA DO JOGO, E CONSIDERANDO os gemidos frustrados do Lasat em cada mão, ele sabia. Lyx tinha chances, mas estava claro que ela estava ficando impaciente. Ela vinha consistentemente atraindo Mezza e Kelad para fora, habilmente apostando para que um ou outro tivesse esperança antes de baixar sua mão e coletar os créditos. Han meio que suspeitava que Lyx tinha algumas cartas escondidas, mas sua camisa não tinha mangas e ela mantinha os braços sobre a mesa, as mãos à vista. Ela era boa no sabacc, mas se estava trapaceando, era melhor do que qualquer pessoa que Han tinha visto.

Ele já tinha apostado mais do que realmente gostaria em sua primeira noite. Não tinha como saber as horas, mas suspeitava que muito tempo já havia passado. Han descartou outra mão cedo, deixando os outros jogarem as rodadas enquanto esticava as pernas. Ele deveria ir embora — aquela era sua lua de mel e ele tinha uma princesa esperando na maior suíte do cruzeiro mais luxuoso da galáxia. Não havia razão para se enfurnar com aquela gente no canto de uma Sala de Máquinas apertada.

Han se encostou contra a parede que o deixava fora da vista dos jogadores graças a um cano grande. Com as mãos dentro dos bolsos, ele sentiu os créditos que guardava de reserva e sentiu a ponta afiada da barra de alavanca que ele mantinha ali. Menor do que um dedo, a pequena ferramenta podia ser útil em uma emergência, capaz de arrancar um prego ou separar dois painéis grudados. Ele deveria ter deixado a ferramenta na *Falcon*, mas Chewie tinha seu próprio jeito de lidar com painéis teimosos.

Por impulso, Han tirou a barra do bolso e arranhou o cano à sua frente, rapidamente esculpindo suas iniciais e as de Leia. Ele não tinha dúvidas de que, se ela soubesse que ele estava vandalizando a *Halcyon*, ficaria furiosa com ele, mas isso apenas melhorava a ideia de deixar sua marca na nave. A *Halcyon* deveria se sentir honrada: não era todo dia que um cruzador levava uma princesa em lua de mel, e era ainda mais raro ele apreciar uma nave que não fosse a *Falcon*.

Han sorriu diante de sua obra de arte. Ele deveria ir para Leia naquele exato momento, mas também queria ter certeza de que ela estava segura. Como se ouvisse a deixa, a voz de Kelad chegou até ele. Han voltou para a mesa, apanhando sua cadeira e entrando no jogo mais uma vez. Era hora de acabar com aquilo. Ele tinha uma princesa para quem voltar.

— É preciso motivação para encontrar soluções para problemas que ainda não existem — Kelad disse, mal olhando para suas cartas. Ele olhou para Han da mesma forma que um homem se afogando agarrava uma boia.

As pessoas apostavam por diferentes razões. Dinheiro, desespero, prazer. Mas Kelad aparentemente chegou naquela mesa apenas querendo companhia. Havia um toque de tristeza sobre aquilo, um tipo diferente de desespero que deixava Han desconfortável.

— É para isso que o Império me paga — Kelad acrescentou. Ele olhou para sua pequena pilha de créditos, rapidamente diminuindo a cada mão. — Ou melhor, costumava pagar.

— Simpatizante do Império? — Han perguntou, esperando que sua voz soasse neutra. Ele não conseguia se concentrar nas cartas, mesmo com sua mão podendo ser boa com um pouco de sorte. Ele precisava se concentrar naquilo que realmente importava.

— Não me importo muito com política — Kelad disse displicentemente.

— Nem todo mundo tem o luxo de escolher se pode ou não se importar — Mezza rosnou.

Kelad pareceu não perceber o desconforto do Lasat.

— Eu fiz as invenções, fui pago pelas invenções. Com o Império derrotado... — Ele deu de ombros como se não importasse, mas passou os dedos sobre as pilhas pequenas de créditos na sua frente.

— O que você vai fazer agora? — Han perguntou.

— Façam suas apostas. — A voz de Lyx veio seca.

Han jogou um crédito, assim como os outros, e novas cartas foram lançadas na mesa.

— Ah, não sei — Kelad disse, suspirando dramaticamente. — Eu estava trabalhando em algo grande. *Enorme.* Iria fazer toda a diferença, realmente dar uma sacudida nas coisas... — Ele olhou para suas cartas e as descartou na mesa, já saindo da rodada.

Han o copiou, e Lyx e Mezza se enfrentaram. Han chegou mais perto na mesa.

— Algo grande, você disse?

Kelad deu de ombros outra vez.

— Não importa, a menos que eu consiga encontrar um comprador. — Ele sacudiu a cabeça. — E esse é o problema. A guerra é um bom negócio para a tecnologia. Ninguém precisa de um manipulador de gravidade de alto nível se não houver uma guerra.

— Que trágico — Mezza disse. Ele jogou sua mão sobre o pote no meio da mesa, espalhando os créditos. Lyx ergueu uma sobrancelha, mas silenciosamente aceitou sua derrota, coletando os créditos para si. — Já chega para mim. Vejo vocês depois — ele disse, assentindo para Lyx. — Foi um prazer — ele acrescentou para Han. O Lasat olhou para Kelad e fez um som de desgosto no fundo da garganta.

Mezza se retirou da sala, seus pés fazendo um barulho alto na grade de metal que servia de chão.

— Eu deveria parar também — Kelad disse, miseravelmente. — Não tenho mais dinheiro para perder. — Mas quando Han começou a dar as cartas, ele aceitou sua mão. — Mas talvez eu tenha um investidor. Vou encontrá-lo em Synjax.

Aí estava. Kelad era imbecil o bastante para contar a ele quem era esse investidor, Han tinha certeza. Poderia ser um laranja para o Império. Han não se importava muito com a nobreza, apesar de ser um general, mas se pudesse esvaziar os bolsos de um simpatizante e conseguir uma pista de uma potencial corporação aliada ao Império apenas jogando cartas, isso seria exatamente o tipo de missão perfeita para ele.

— O investidor vai pagar bem? — Lyx perguntou.

Karkarodon na água.

— Se eu conseguir convencê-lo! — Kelad riu, tirando uma carta e jogando um crédito no pote de apostas.

— O investidor... — Han disse, distraindo Kelad enquanto Lyx fazia sua aposta. — Rico, eu imagino?

— Imagino que sim. Diferente de mim. — Ele riu de um jeito autodepreciativo e saiu da rodada. Estava ficando mais cuidadoso com seus créditos. — Não tenho muita certeza de onde o dinheiro sairia — Kelad continuou. — Pensando agora, poderia ser do Império. Eles podem ter perdido a guerra, ou não. Mas quem mais estaria interessado em manipulação gravitacional? — Ele deu de ombros, mas depois franziu as sobrancelhas. — Ei, ouvi dizer que a Princesa Leia está a bordo da nave. Quando ela desembarcar em Synjax, isso pode espantar o meu investidor.

Os olhos de Lyx se arregalaram por uma fração de segundo, mas naquele momento, Han teve certeza: ela sabia quem ele era, porque estava ali, sua conexão com Leia. Han bateu de leve em seus créditos, jogando um punhado extra no pote. Os lábios de Lyx se contorceram para cima, seus olhos seguindo para o restante dos créditos dele. Han jogou mais alguns.

Quando as apostas acabaram, Lyx revelou sua mão. Ela tinha números altos, mas nada que normalmente fosse ganhar o pote. Han mordeu a parte de dentro de sua bochecha. Ele tinha o sabacc inteiro, mas jogou suas cartas viradas para baixo na mesa. Lyx sorriu levemente, puxando o pote para si. Seu silêncio havia sido comprado.

— Estou surpreso por alguém como a Princesa Leia fazer uma aparição tão pública — Kelad comentou. Era sua vez de dar as cartas, mas ele já havia se mostrado inepto para embaralhar, então Lyx tomou-as para si. Kelad apanhou o cantil Huttês: ele não tomou um gole, mas olhou para ele. — Ouvi falar que sua cabeça estava a prêmio — ele disse. — Ouvi dizer que alguém como ela alcançaria um bom preço. Talvez eu nem precise de um investidor. Sabe, quando eu estava olhando ao redor, eu vi as cápsulas de fuga. Seria fácil jogá-la em uma cápsula e disparar para o planeta mais próximo. Algum caçador de recompensas pagaria muito bem se eu a entregasse.

Lyx bateu de leve com as cartas de sabacc na mesa.

— Acontece que eu também já terminei de jogar — ela disse.

*E eu também*, Han pensou, encarando o distraído Kelad.

Lyx juntou seus ganhos e os guardou em uma bolsa presa na cintura. Ela deliberadamente não olhou para os olhos de nenhum dos dois homens quando se retirou silenciosamente, absolvendo a si mesma do que quer que acontecesse.

Deixando Han cuidar do homem que havia ameaçado sequestrar sua esposa.

Kelad olhou para Han, mas não pareceu perceber a raiva fervendo sob a superfície de seu rosto plácido.

— Eu deveria parar enquanto estou ganhando — Kelad disse com tristeza. — Eu realmente não deveria ter apostado nada, não com minha sorte. Mas, ei! Você parece o tipo de pessoa que conhece caçadores de recompensa e sabe como arranjar esse tipo de coisa.

— Para falar a verdade, eu conheço, sim, alguns caçadores de recompensa — Han admitiu.

— Você acha que isso dá pé? — Kelad perguntou, inclinando-se sobre a mesa na direção de Han. Embora só estivessem os dois na sala, ele falou quase sussurrando. — Eu poderia dividir os lucros com você.

— Você acha que seria fácil assim? — Han perguntou.

— Ah, claro — Kelad disse com confiança. — Eu poderia nocauteá-la, ou algo assim. Ela parece bem pequena nos holos. Ou você poderia fazer isso — ele ofereceu. A ideia de bater em Leia o deixou enojado, mas a ideia de nocautear aquele imbecil incompetente o atraía.

— E depois seguir para as cápsulas de fuga?

Kelad confirmou com a cabeça quando Han se levantou.

— Isso até que poderia funcionar — Kelad afirmou, como se estivesse convencendo a si mesmo mais do que qualquer outra pessoa.

E essa era a parte que queimava Han por dentro. Um esquema detalhado e organizado para sequestrar Leia? Eles estariam de olho nisso. Han sentiria uma conspiração de longe, e Leia era esperta o bastante para enxergar os sinais de alerta. Mas a pura aleatoriedade caótica de algum oportunista desconhecido e sem afiliações? Isso... isso poderia funcionar. Muitas possibilidades passaram pela mente de Han. Kelad tinha a aparência de um tolo, não era o tipo de homem que seria uma ameaça razoável. Leia o seguiria por ter pena dele, e se ele se voltasse contra ela com o elemento surpresa...

Han poderia se planejar para o Império. Poderia se planejar para os Hutts e os outros inimigos de Leia. Ele havia visto alguns dos dossiês detalhados que Mon Mothma mantinha sobre ameaças conhecidas.

Mas ele não podia se planejar para alguém desesperado que sabia apenas o suficiente para estar disposto a tentar machucar a mulher que ele amava. A *impulsividade* daquilo — era isso que o torturava. Kelad claramente estava precisando de dinheiro, e ele rapidamente passou de apostar no sabacc para sequestrar alguém. Como Han poderia proteger Leia de alguém assim, alguém que eles não podiam prever, já que a pessoa em questão não sabia o que estava fazendo?

— Eu não preciso de muito, só o bastante para cobrir minhas despesas. Se eu pudesse financiar a pesquisa, isso poderia ser... — Kelad abriu as mãos para indicar até onde sua invenção poderia alcançar se conseguisse encontrar os fundos para terminá-la. — Tem um raio trator nos níveis inferiores — ele acrescentou. — Eu vi de relance antes da equipe de engenharia me flagrar e me chutar dali. Você quer ver? Tem um recurso muito legal. Já que o criador original era Anzellano, os painéis de controle se encaixam tão bem que...

— Mas primeiro — Han disse —, por que você não me mostra essas cápsulas de fuga que você encontrou?

# CAPÍTULO 20
# LEIA

LEIA ENTROU EM SUA CABINE PELA PRIMEIRA VEZ, MAL REGISTRANDO AS FLORES DESA-brochando na mesa perto da porta.

— Han? — ela chamou suavemente.

A cabine estava vazia. Leia ficou ligeiramente desanimada. Ele deve ter encontrado algo interessante a bordo; pelas opções no datapad de Riyola, ficou claro que havia muita coisa para distraí-los.

Mas em vez de ficar pensando onde ele estaria, Leia se voltou para o Painel de Conexão Droide. D3-O9 apareceu em sua tela imediatamente.

— Fiquei sabendo que chegou uma mensagem para mim do primeiro-ministro de Madurs? — ela disse antes que a droide pudesse falar alguma coisa.

A droide assentiu.

— Sim, Princesa Leia — ela disse, com uma inflexão de respeito em sua voz. — Vou transferir para a tela agora mesmo.

Leia respirou fundo. Embora soubesse que nem D3-O9 e nem o primeiro-ministro podiam vê-la, ela endireitou os ombros e as costas, igual costumava fazer antes de discursar no plenário do Senado Imperial.

A tela do Painel de Conexão Droide escureceu e uma fina luz azul iluminou a mensagem holográfica do primeiro-ministro de Madurs. Ele estava de pé, o queixo erguido, mas seu olhar estava fora de centro. Era difícil dizer pela imagem trêmula do holo de baixa resolução, mas quase parecia como se o homem estivesse lendo algo, não apenas falando seus pensamentos. Ele vestia um traje negro com uma capa pequena sobre os ombros, e uma série de distintivos e honrarias decorava a faixa que cruzava seu corpo.

— Princesa Leia Organa — o Primeiro-ministro Dreand Yens começou, sua voz surpreendentemente nítida. — Obrigado por contatar nossa lua. Estou contente por ver que você é uma pessoa que valoriza a arte, apesar de, como sabe, a arte não poder ser realmente apreciada se não for experimentada. Eu a convido a vir até nosso mundo quando puder e ver como nossa arquitetura e outras artes evoluíram desde que a última Exposição de Arte Imperial aconteceu aqui.

A mensagem terminou abruptamente. Leia ficou olhando para a tela.

— Só isso? — ela disse em voz alta. — D3, tem mais alguma coisa? A mensagem foi interrompida?

O rosto da droide voltou a aparecer na tela.

— Fico contente em informá-la, Princesa, que a mensagem foi exibida a você em sua totalidade. Nós a recebemos diretamente do escritório do primeiro-ministro.

— Passe de novo, por favor — Leia pediu.

Ela assistiu ao holo cuidadosamente. Agora ela tinha certeza de que o primeiro-ministro estava lendo um discurso preparado; seus olhos acompanhavam algo e sua linguagem corporal era rígida. Por outro lado, não era tão incomum para um político selecionar suas palavras cuidadosamente antes de falar com outro político, e Leia conhecia vários senadores ou líderes que escreviam declarações para ler depois, mesmo em correspondências particulares.

Não, era o conteúdo da mensagem do primeiro-ministro que a preocupava. Ele falou sobre arte — assim como ela fizera em sua própria mensagem —, mas ignorou completamente qualquer menção da florescente república ou os outros pontos salientes que ela havia levantado. Sua mensagem de apresentação para o primeiro-ministro não foi longa, mas certamente tinha mais do que três frases de comentários casuais.

— Você gostaria que eu passasse outra vez? — D3-O9 ofereceu.

— Não, obrigada — Leia disse. Ela pensaria sobre as palavras do primeiro-ministro sozinha.

— Por favor, aproveite sua noite. Boa viagem! — D3 disse e o Painel de Conexão Droide se desligou.

Leia ficou olhando para a tela por um momento, depois se virou. Ela perdeu o fôlego. Por um instante, se esqueceu da mensagem frustrante do primeiro-ministro.

A suíte era incrível. Os droides de serviço já haviam trazido a bagagem de Han e Leia, e uma cesta de frustas frescas — citrella tropical, uma longa e verde malama e vários omlels crocantes — chamava sua atenção na mesinha de canto. A cabine estava entre as mais luxuosas que ela já tinha visto em uma nave estelar, grandiosa e opulenta.

A mente de Leia se lembrou da noite anterior, a bordo da *Millennium Falcon*. O dormitório de Han era apertado e bagunçado, mas era dele — ou melhor, deles. Leia certamente ficou impressionada pela pura indulgência decadente de um local de descanso tão espaçoso e elegante, mas o contraste entre a *Halcyon* e a *Falcon* nunca foi tão óbvio.

Se ao menos Han estivesse ali agora.

Com um suspiro, Leia foi até a janela. Riyola estava certa — era bom ter longos momentos fora do hiperespaço, para apenas observar a infinita beleza e maravilhas do universo. A qualquer minuto, Han entraria pela porta. Parte dela desejava estar de volta à *Millennium Falcon*, voando através do hiperespaço, inalcançável e sozinha com ele, sem expectativas e pressões.

*Era isso que toda essa viagem deveria ser*, ela lembrou a si mesma com amargura. Mas não — assim que embarcou na nave, ela vestiu a máscara das relações públicas, procurou as unidades X-0X para sorrir, cuidadosamente deu atenção para todos, *exceto* seu novo marido. E quando correu para a suíte de lua de mel daquele cruzeiro luxuoso, estava ansiosa para ver a mensagem de um funcionário do governo, não para ver seu noivo e recuperar o tempo perdido.

Não é de admirar que Han tivesse sumido. *Mas ele entende, com certeza*, Leia tentou dizer a si mesma. Han sabia com quem estava se casando, qual era a situação.

Uma ansiedade revirou seu estômago. Ele sabia quem ela era, mas nenhum deles realmente havia conversado sobre quem eles queriam se tornar, como queriam crescer e mudar como uma frente unida em vez de individualmente. Ela havia começado sua luta para melhorar a galáxia no plenário do Senado, e aquela luta havia se transformado em guerra. Com o fim da Rebelião, será que Han pensou que ela fosse parar de lutar?

Leia soltou uma pequena risada. Não. Han era esperto demais para pensar isso dela. Ele sabia que a luta não havia acabado; havia apenas começado. Ela podia deixar seu blaster de lado e retomar os discursos, mas nunca deixaria de lutar.

Mas será que *ela* esperava que *ele* mudasse? Não — *não*, ela o amava do jeito que era, o lado cafajeste tanto quanto a nobreza que sempre vencia no fim. Ela amava que ele a questionava, que ele a pressionava. Ela amava quem ela era junto dele, quem ele era com ela, e quem eles eram juntos.

O resto, eles decidiriam depois.

Leia não tinha muita certeza se estava sendo deliberadamente cega ou se estava simplesmente arriscando. Talvez não houvesse diferença.

Leia atravessou a cabine, passou pela cama — bem arrumada e coberta com uma colcha com o logotipo da Linha Estelar de Chandrila — até a pequena sala, completa com outra janela e um espaço para sentar decorado com um terrário cheio de plantas subtropicais que, Leia suspeitava, vinham de seu destino final, Synjax. Leia desabou no sofá, adorando a sensação luxuosa das almofadas. Tudo que sabia era que aproveitaria cada segundo de felicidade que pudesse.

Uma tela na parede prometia as últimas notícias da HoloNet. Preguiçosamente, Leia ligou a tela para deixar um barulho de fundo enquanto apanhava seu datapad.

Ela enviou uma missiva primeiro para o General Madine, para checar a situação da missão de reconhecimento em Sterdic IV e na Cidade de Cawa e para determinar se aquele seria o melhor lugar para enviar os Pathfinders e cortar as influências do Império. Os dados que escaparam da base em Endor incomodavam Leia — estava muito claro que Palpatine havia criado planos de contingência para sua própria morte, como uma aranha de chifres negros de Chandrila tecendo múltiplas armadilhas intricadas.

Embora Leia duvidasse que Mon responderia a ela em vez de insistir que não trabalhasse em sua lua de mel, ela compôs uma mensagem para ser enviada a Mon, pedindo atualizações sobre o setor Anoat.

Leia bateu os dedos na tela ritmicamente enquanto pensava. Ela precisava responder ao primeiro-ministro de Madurs, mas o que poderia dizer? Embora fosse, de fato, amante da arte, isso foi a conversa mole antes do que realmente importava. Ela queria ir direto ao assunto, mas o primeiro-ministro estava sendo frustrantemente obtuso.

Leia se recostou no sofá, olhando para a tela na parede. E viu seu próprio rosto sorrindo.

Seus olhos se arregalaram. Durante a guerra, o Império havia censurado e controlado fortemente o noticiário. Enquanto estava no Senado, ela era a queridinha da mídia. A destruição de Alderaan havia transformado Leia em uma mártir. Mas para cada imagem positiva, uma notícia transmitida pelo Império a demonizava, questionando seus motivos, caluniando seu nome.

Leia há muito já havia se acostumado a simplesmente não acompanhar as notícias. Havia a verdade, e havia a mídia, e essas duas coisas raramente coincidiam.

Agora, entretanto, ela assistia à transmissão mostrando uma tomada externa da *Halcyon* seguida de vislumbres internos do Átrio na Recepção do Capitão. A voz da repórter narrava o evento.

— Depois de um discurso emocionado do Capitão Oswin Dicto, as estrelas da galáxia celebraram sua nova liberdade do Império a bordo do recentemente liberado cruzador estelar *Halcyon*. — Uma série de cortes mostrou as elites que estiveram no salão: Leia, é claro, e Zohma. O jovem rapaz antagonista que a acompanhava foi identificado como Filbert Carta, uma celebridade em ascensão especialista em seriados de suspense romântico. Leia torceu para que ele tivesse se sentido incomodado por ela não fazer ideia de quem ele era ou onde estrelara. Não havia pior desgraça do que a obscuridade.

A reportagem continuou destacando várias das pessoas a bordo da nave, e aqueles que Leia não conhecia pessoalmente, ela ao menos conseguiu estabelecer conexões com eles, anotar em sua mente com quais indústrias eles estavam ligados, quais círculos sociais, quais ligações tinham com outras pessoas e mundos.

— Para com isso — ela murmurou para si mesma. Ela não *precisava* trabalhar em sua lua de mel; ela deveria estar procurando maneiras para passar o tempo com seu marido, não explorando suas conexões de trabalho. E, no mínimo, se fosse trabalhar, deveria ser em uma resposta ao primeiro-ministro.

Leia trocou de canal, dessa vez para uma projeção econômica. Uma projeção sombria. A guerra dava lucro, não apenas a fabricantes de armas e blindagem e naves de guerra — planetas inteiros trabalhavam para fornecer pacotes de comida para tropas, por exemplo, e negócios voltados para a propaganda teriam de se adaptar. O repórter começou a analisar diferentes abordagens para revitalizar a economia galáctica, enfatizando um retorno a negócios mais locais dentro de setores individuais e diversificação de transportes.

A voz do repórter era monótona o bastante para Leia se concentrar novamente em seu datapad. Em vez de responder ao Primeiro-ministro Yens imediatamente, ela folheou o dossiê que a Major Nioma havia lhe dado, buscando informações que pudessem ajudá-la, cruzando referências com suas próprias informações sobre o carnium, a fonte de combustível da lua, assim como sobre a presença Imperial.

Havia surpreendentemente pouca informação relevante sobre a lua. Várias revistas de arte haviam feito ensaios holográficos sobre os famosos palácios de gelo pelos quais a lua gélida era conhecida, mas até mesmo esses haviam diminuído nos últimos anos. Algumas datas e listas de nomes de primeiros-ministros. A lua foi mencionada em uma tese de um estudante da Universidade de Bar'leth, mas nada mais do que uma observação de que o carnium estava registrado como presente, porém "de difícil acesso e possivelmente prejudicial ao ecossistema". O Império não se importaria em danificar o meio ambiente da lua que fosse, Leia sabia disso com certeza, mas, além de um pequeno artigo especulativo que já tinha vários anos, ela não conseguiu encontrar mais nada relevante.

Leia franziu a testa diante do datapad. Era... curioso que houvesse tão pouca informação disponível. O sistema Lenguin fazia fronteira com a Orla Média e os territórios da Orla Exterior, mas apesar de sua localização, deveria haver simplesmente *mais*.

— Com a confirmação da queda do Império vinda de múltiplas fontes confiáveis, hoje vamos projetar o impacto na economia da galáxia — o repórter disse, chamando a atenção de Leia. Havia uma inscrição na parte de baixo da tela, identificando o homem como Kriz Tray, um economista de Coruscant atualmente promovendo uma nova série no Auditório Panos. — Embora hoje eu esteja focando nos Mundos do Núcleo, é preciso notar que uma reviravolta nessa escala certamente vai respingar na Orla Média e nos territórios além dela. A questão crucial agora é saber se a chamada Nova República será capaz de manter um sistema de créditos estável; um forte foco em prevenir a inflação e garantir o cumprimento de contratos Imperiais ajudará a manter a economia galáctica em curso.

— Bom, isso não vai acontecer — Leia murmurou. Os contratos do Império eram com fábricas de armas e desenvolvimento de Destróieres Estelares. Não seria uma questão de cumprir ordens de compra de mais armas; a economia honraria a mudança para meios mais produtivos de bens que poderiam beneficiar a paz.

Mas isso fez Leia se perguntar — será que o silêncio relativo de Madurs era resultado de uma presença Imperial na lua? O Império controlava pesadamente as linhas de comunicação, e não era incomum que mentiras fossem impressas ou informações fossem apagadas. Embora Leia tivesse trabalhado duro para criar terminais alternativos para que os rebeldes tivessem acesso à verdade, era impossível monitorar todos os mundos da galáxia. Uma pequena lua independente, que tinha pouco além de uma fonte de combustível quase inacessível, poderia passar despercebida. Talvez o Império já tivesse alcançado Madurs — talvez fosse tarde demais para Leia.

— Vale destacar, considere esses importantes mundos industriais. — As palavras de Tray flutuaram sobre imagens de três planetas: Corellia, Hindle e Bleuf. — Enquanto Corellia será capaz de alterar seu curso, já que os contratos Imperiais para naves de guerra adicionais podem ser reestruturados para veículos civis, as economias de Hindle e Bleuf podem entrar em colapso. — Uma série de tabelas e projeções encheram a tela, todas prevendo a desgraça.

— Podemos dar suporte a eles enquanto mudamos suas indústrias... — Leia pensou em voz alta, mas Tray já estava relatando o quanto demoraria para reorganizar a economia desses mundos, mencionando as enormes quantias de créditos necessárias para subsidiar a indústria.

— Fortunas foram feitas no começo da Guerra Civil Galáctica — Tray continuou. Uma imagem de Hindle antes das imposições industriais do Império foi exibida na tela, com uma linha do tempo da influência Imperial; um mundo cuja terra era anteriormente cultivada havia alcançado um desastre ecológico por meio da seca, e o Império havia desenvolvido várias fábricas, fornecido moradia e dado suporte para o povo local. As condições de trabalho não eram ideais, mas comparado com o que existia ali antes...

O Império existiu por tanto tempo porque *não* era horrível para todo mundo. Algumas pessoas, como Zohma, não viram muita diferença entre trabalhar com o Império e trabalhar com a República. Outros, como as pessoas nos planetas Hindle e Bleuf, tinham se beneficiado diretamente com o maior apoio do governo e uma indústria estabilizada.

Leia pensou na mulher do Átrio cujo filho estava na Estrela da Morte. Havia razões legítimas para lamentar a perda do governo.

Será que as pessoas em Hindle sabiam que suas indústrias davam suporte a crimes de guerra? Será que estavam cientes de que o Império eventualmente iria se voltar contra eles, explorando seu trabalho e destruindo a economia que ajudaram a construir assim que não mais beneficiasse o Império?

E, mais direto ao ponto: será que as pessoas em Hindle se importariam?

Ideais como aqueles que Leia viveu sua vida defendendo — liberdade e verdade, ajuda ao próximo e a construção de uma sociedade que beneficiasse todos sem preconceito e opressão — eram crenças muito fortes.

Mas era difícil acreditar em coisas assim quando uma economia global entrava em colapso e famílias inteiras enfrentavam a fome.

Leia apertou o meio dos olhos. Nada disso pesava sozinho em seus ombros, e ela sabia desde o princípio que uma revolução demandaria mais que uma guerra ganha.

— Enquanto isso, o turismo parece estar indo muito bem — Tray continuou casualmente. Leia piscou surpresa quando seu rosto apareceu na tela outra vez. — A líder da Aliança Rebelde Leia Organa foi vista como passageira no luxuoso cruzador estelar *Halcyon*, confraternizando com outras elites que não precisarão se preocupar sobre a possibilidade de um colapso econômico em toda a galáxia. — O tom profissional de Tray deu lugar a um toque de ironia.

Leia desligou a tela.

# CAPÍTULO 21

# HAN

HAN ESTAVA CONSIDERANDO CHUTAR KELAD PARA FORA DA ESCOTILHA SÓ PARA TER UM pouco de silêncio. O sujeito não parava de falar desde que saíram da Sala de Máquinas e dobraram o corredor até a escadaria. Uma vez no nível inferior, eles passaram por uma porta com uma placa de ACESSO APENAS PARA TRIPULAÇÃO AUTORIZADA e Kelad seguiu para estibordo, na direção geral do hangar.

— Esses geradores são para os canhões de defesa — Kelad disse a Han. — Você sabia que a nave tem doze canhões duplos leves de defesa? Eu sei que o Império controlou este cruzador espacial por um tempo, mas parece um pouco excessivo, você não acha?

Han resmungou algo como resposta. Entre Lyx oferecendo bebida Hutt e Kelad lembrando do Império, parecia que ele nunca conseguia escapar de seu passado, mesmo em sua lua de mel.

As cápsulas de fuga ficavam localizadas sob os anéis de ancoragem de suprimentos, mas como a *Halcyon* era uma nave essencialmente para passageiros, a rota era bem iluminada e tinha sinais claros mostrando a direção no caso de uma situação de emergência em que fosse preciso desembarcar. Quando eles chegaram nas cápsulas, Han verificou rapidamente o sistema.

— Vá em frente e entre aí dentro — ele disse a Kelad. — É bom darmos uma olhada antes, se você acha que vai mesmo sequestrar a princesa.

Kelda riu levemente, um som agudo, quase nervoso.

— Sabe, eu estava meio que brincando — ele disse, entrando na primeira cápsula de fuga. — Mas, honestamente? Não é uma má ideia. Ela tem que valer no mínimo alguns milhões de créditos para ser resgatada.

— Mais que isso — Han disse.

Assim que Kelad entrou, Han apertou a trava de fechamento. Através da pequena janela da escotilha, ele viu o sujeito saltar e virar. Han acionou o comunicador da cápsula.

— Sabe o que também não é uma má ideia? — Han disse, chegando mais perto do fone. — Lançar pessoas que ameaçaram Leia Organa em uma cápsula de fuga. Você não merece estar na mesma nave que ela.

— Espera! — A voz de Kelad soou cheia de desespero. — Espera! Eu não sabia que você era amigo dela!

— Ah, isso muda as coisas? — Han rosnou. — Ouça aqui, amigão, Leia tem um *monte* de amigos. E a maioria diria que você merece uma segunda chance.

— Eu mereço! Me perdoe! Eu não estava pensando, eu só... eu iria receber um bom pagamento do Império pela minha invenção. E em vez disso, bum! A guerra acabou, o contrato foi cancelado e eu estou sem dinheiro.

— Talvez você não devesse lucrar com a morte de inocentes pelas mãos do Império — Han disse. Se Kelad achava que suas dificuldades financeiras fariam Han se solidarizar com ele, estava muito enganado.

Um barulho do outro lado do corredor fez Han parar. Ele tirou o dedo do comunicador. Kelad, sentindo que algo estava acontecendo, começou a bater na porta da cápsula. Felizmente, a escotilha era grossa o bastante para não deixar nenhum som escapar. Infelizmente, não havia nenhum lugar para Han se esconder no corredor bem iluminado quando uma pessoa dobrou a esquina, murmurando para si mesma.

Era o mesmo Ugnaught diminuto que havia tentado acabar com o jogo de sabacc na Sala de Máquinas.

— Você! — ele gritou, apontando com algum tipo de bastão eletrônico na direção de Han. — O que está fazendo aqui? Aqui não é para passageiros! Você sempre aparecendo onde não deve!

Han ergueu as mãos.

— Ouça, amigo, eu só estava...

— Eu não sou seu amigo! — o Ugnaught gritou. Ele levou um comunicador até os lábios. — Você precisa vir até o corredor da cápsula de fuga, pronto-ronto. Grande problema!

— Não... ei, não, você não precisa chamar ninguém aqui...

— Pronto-ronto! — o Ugnaught gritou no comunicador. Ele se virou para Han. — O que você está fazendo aqui? — ele disse, a desconfiança fazendo seus olhos estreitarem.

E foi então que o Ugnaught viu Kelad batendo na escotilha da cápsula, tentando gritar através do transparaço da janela.

Han praguejou quando os olhos do Ugnaught se arregalaram.

— Você vai lançar alguém para fora da nave? — ele gritou. Ele deixou cair a sua ferramenta elétrica, que bateu no chão. O Ugnaught empurrou Han para fora do caminho e digitou um código no painel da escotilha. Momentos depois, Kelad cambaleou para dentro do corredor.

— Ah, obrigado, obrigado! — ele disse, abraçando o Ugnaught. — Esse homem ia me matar!

— Não, eu não ia, seu grande chorão — Han rosnou, revirando os olhos.

— Ele ia me lançar para fora da nave!

O Ugnaught se virou para Han.

— Você não saia daí! — ele gritou, apesar de Han não ter se mexido. — Estou de olho em você!

— Woz, o que está acontecendo aí? — Outro homem apareceu no corredor, aumentando os passos quando viu a comoção.

— Ótimo — Han murmurou.

O outro homem — um Nautolano alto e esguio — começou a correr. O Ugnaught — chamado Wozzakk, de acordo com seu crachá — virou para ele.

— Chefe, eu estava indo fazer o que você mandou, acionar as paletas de descarga estática, pronto-ronto, como se diz, fazendo meu trabalho. E então eu encontrei esse homem... — Wozzakk apontou para Han. — Ele tentou lançar esse outro homem na cápsula de fuga! — O Ugnaught moveu o braço na direção de Kelad, acertando sua barriga com tanta força que tirou seu fôlego e o fez estremecer.

Os grandes olhos do Nautolano se arregalaram ainda mais diante da situação.

— Deixe-me explicar — Han disse.

Wozzakk girou e rosnou para Han, expondo suas presas. Han jogou as mãos para cima e se encostou na parede, mas seus olhos se voltaram para o Nautolano. Pelo uniforme do sujeito, ele viu que o Nautolano era o engenheiro-chefe, uma patente mais alta do que o Ugnaught.

— Ouça, meu nome é Han Solo — ele disse. — Estou aqui em lua de mel com minha esposa, a Princesa Leia Organa.

Kelad gemeu, um som de pura agonia, e Han soube naquele momento que venceria aquela disputa.

— Esse homem aqui ameaçou sequestrar e pedir resgate pela princesa. Minha esposa — Han continuou. — Eu não iria *realmente* lançá-lo para fora na cápsula. — Por mais atraente que fosse a ideia... — Eu apenas estava tentando prendê-lo para proteger minha esposa, uma figura pública muito conhecida cuja presença no lançamento desta nave foi muito celebrada no noticiário.

— Nós temos celas para prender indivíduos perigosos que violam nosso código de conduta — o Nautolano disse.

— Eu não sou perigoso! — Kelad protestou.

— Mas você pretendia sequestrar minha esposa. E pedir resgate.

— Quer dizer, eu só...

— Essa esposa — Wozzakk disse. — Ela é mulher grande?

Han entendeu o que o Ugnaught tentou dizer.

— Ela é uma pessoa muito importante.

O Nautolano apanhou um datapad e começou a digitar na tela furiosamente. Han não estava acostumado a usar seu nome — ou melhor, o nome de Leia — como crédito, mas certamente estava melhorando a situação. Ele observou quando o Nautolano engoliu em seco, visivelmente preocupado.

— Sr. Solo, senhor, eu...

— General Solo — Han disse, sorrindo ironicamente. Ele estava gostando de ouvir aquilo.

— General, sim, hum, senhor. General Solo. Sinto muito por isso ter acontecido. Sou o engenheiro-chefe da *Halcyon*, Zalma Trinkris. Tenho certeza de que podemos resolver a situação.

— Excelente. — Por dentro, Han estava praticamente celebrando. Era a mesma sensação de ter a melhor mão no sabacc. Será que era assim que Leia andava por aí, tão confiante de que conseguiria tudo do seu jeito? Era uma sensação boa.

— E você — Zalma disse, virando-se para Kelad. — Quero seu nome inteiro e número da cabine, por favor.

Kelad empalideceu ainda mais.

— Eu, hum...

Várias fichas caíram na mente de Han ao mesmo tempo. O jeito como Kelad havia insistido que precisava chegar em Synjax para se encontrar com um investidor, mas agora ele ficava reclamando de falta de dinheiro. Havia voos de passageiros na galáxia mais baratos do que a *Halcyon*, isso era certeza — mas Synjax era um conhecido mundo turístico que não deixava qualquer lata-velha aterrissar por lá. Se Kelad precisava impressionar algum investidor, chegar a bordo da *Halcyon* certamente faria isso... mas se Kelad estava tão sem dinheiro quanto afirmava, ele não poderia pagar pela passagem.

— Um clandestino! — o Ugnaught gritou, olhando sobre o braço de Zalma para ver as informações exibidas no datapad. — Como ousa violar minha nave assim?

— Certo, você vem comigo — Zalma disse, agarrando Kelad pelo braço. — Você vai passar a noite na cela. O capitão vai lidar com você pela manhã.

— Mas...! — Kelad gaguejou enquanto Zalma o arrastava. Han balançou seus dedos na direção do sujeito, despedindo-se sarcasticamente.

— Você também! — Wozzakk, o Ugnaught, disse, cutucando Han com força. — Você volta para sua cabine, onde deveria estar. Não tem nada para fazer aqui. Aqui é *só* para engenheiros. Vai embora! Pronto-ronto!

— Certo, certo, estou indo — Han disse, atravessando o corredor e se dirigindo para o turboelevador.

Até o momento, Han tinha descido até os níveis inferiores do mais luxuoso cruzador estelar da galáxia, encontrado um jogo de sabacc ilícito e ameaçado lançar um homem em uma cápsula de fuga. Nada mal para o primeiro dia de sua lua de mel, ele diria.

# CAPÍTULO 22
## LEIA

Na manhã seguinte, Leia moveu seu corpo na cama, seus cabelos se espalhando sobre o travesseiro. Han a encontrara na noite anterior no pequeno sofá, o datapad ainda em sua mão. Ela havia confessado que tentou espremer um pouco de trabalho em sua lua de mel, e ele riu sobre ter encontrado um jogo de sabacc. Era fácil cair em velhos hábitos, mas quando acordou ao seu lado, ela achou ainda mais fácil criar novos.

Uma pequena luz piscou na braçadeira que servia tanto como o acesso de sua cabine quanto comunicador de bordo. Leia havia passado uma noite inquieta pensando sobre a abrupta mensagem do primeiro-ministro e como responder, mas isso não importava agora. Se preocupar não realizava nenhum trabalho.

Han gemeu.

— É cedo demais para levantar — ele disse, mantendo os olhos fechados.

Leia se aninhou ao seu lado, mas acessou o comunicador na braçadeira. O rosto brilhante de D3-O9 apareceu com uma mensagem que havia sido gravada enquanto ela dormia.

— Bom dia, Princesa Leia — D3-O9 disse. — O Capitão Oswin Dicto gostaria de lhe oferecer uma visita à ponte quando você estiver disponível. Você pode trazer o seu convidado junto.

— Sou apenas um convidado, então? — Han resmungou, ainda não abrindo os olhos.

Leia jogou o comunicador de lado, caindo com um baque na cama desarrumada.

— Eu preciso sair — ela disse, mas não se moveu para se levantar.

Han jogou um braço sobre a cintura dela, segurando Leia contra ele.

— Por que ele precisa mostrar a ponte para você? — ele disse.

— Talvez ele me deixe pilotar a nave.

Ouvindo aquilo, os olhos de Han se arregalaram e ele se sentou na cama imediatamente.

— Espera, o quê? Você acha que ele vai me deixar fazer isso?

Leia riu e acariciou os cabelos dele.

— Calma lá, capitão Solo, vai ser só uma entrevista. Não vou tocar nos controles da nave.

Han desabou de volta nos travesseiros.

— Nesse caso, não saia da cama.

Mas Leia já estava deslizando para fora dos lençóis.

— Não — Han gemeu, arrastando a palavra, tentando alcançá-la sem se levantar.

Leia riu.

— Estamos em um cruzeiro de luxo — ela disse. — Nós *não* vamos passar nossa lua de mel inteira na cama.

Han virou de lado.

— Mas não é esse o objetivo de uma lua de mel?

Leia ergueu uma sobrancelha para ele.

— Não vou demorar. Coma alguma coisa e depois me encontre no simulador de clima?

Leia arrumou seu cabelo rapidamente, sorrindo diante da maneira como Han a observava maravilhado. Pessoas com pouca experiência com cabelos longos sempre pensavam que era uma grande chateação, tão difícil de manter e pentear, mas a realidade era que os cabelos longos eram geralmente mais fáceis de lidar do que os curtos. Leia trançou suas mechas rapidamente, precisando de apenas uma longa fita para entrelaçar entre as pontas e amarrar as tranças perto da cabeça. Ela precisou de apenas alguns minutos para ir de cabelos desarrumados depois de acordar para um trançado bem preso, mas isso imediatamente a fez sentir-se pronta para enfrentar o dia.

Leia atravessou a suíte até o armário, tirando um vestido amarelo-pálido com bordados em marrom.

— Se você ficar aqui, não precisa se vestir — Han disse.

— Anotado. — Leia riu quando calçou os sapatos e depois o beijou na testa. — Não fique o dia todo na cama.

— Eu posso fazer o que eu quiser! — ele gritou enquanto Leia deixava a suíte. A porta se fechou atrás dela, e Leia seguiu pelo corredor até o turboelevador que a levaria para a ponte, enviando uma rápida mensagem para Riyola dizendo que estava a caminho.

Sua assistente pessoal estava esperando por ela na frente do elevador.

— Muito obrigada por fazer isso — ela disse com entusiasmo, sorrindo para Leia. — Odeio atrapalhar sua lua de mel...

— Não é problema algum — Leia disse, sorrindo de volta. Ela seguiu Riyola através do Átrio, na direção da ponte. — Eu quero ajudar a promover a nave, considero isso parte do meu trabalho. — Era o único trabalho que Mon havia deixado para ela fazer; se aquela era sua única opção, então aceitaria de bom grado.

Riyola disparou um olhar de gratidão, seus olhos dourados mostrando sinceridade.

— Não será apenas para o noticiário — ela admitiu. — A tripulação inteira, nenhum de nós apoiava o Império, mesmo aqueles forçados a trabalhar durante a ocupação. Ver você vai ajudar muito com o moral.

Leia sentiu um calor subindo por seu rosto, sem saber como reagir. Ela há muito tempo sabia que era um símbolo da Rebelião, mas encarnar aquilo literalmente — não era uma gratidão que ela merecia, e ela não sabia o que fazer com suas emoções. Leia era muito melhor reagindo no campo de batalha — era mais fácil enfrentar o Império com um blaster na mão do que com um sorriso no rosto. Mas não se venciam guerras apenas com poder de fogo.

— Também estive monitorando as notícias — Riyola continuou. — Tem sido bem positivo, as pessoas adoram ver esse retorno à normalidade.

— Você disse que geralmente fica na posição de contramestre a bordo? — Leia perguntou. — Você é muito eficiente e capaz. — A Pantorana parecia determinada a cumprir seus deveres não apenas como assistente de Leia, mas também como representante da *Halcyon*.

Riyola ajeitou o casaco de seu uniforme azul-acinzentado, um blazer sobre uma camisa de seda que era mais informal do que os casacos rígidos que muitos dos oficiais vestiam.

— Esta nave fez mais do que merecer minha lealdade — ela disse. Leia se perguntou o que teria acontecido para deixar aquela mulher tão focada, mas suspeitava que a lealdade de Riyola Keevan era ao mesmo tempo difícil de conquistar e profundamente valiosa.

A voz de Riyola baixou quando ela chegou mais perto de Leia antes de entrarem na ponte.

— Mais do que as notícias, também há uma sensação de que... bom, se *você* está tirando um tempo para celebrar, então existe algo que vale a pena celebrar, não é?

— É claro que existe algo para celebrar — Leia disse.

O sorriso de Riyola se abriu ainda mais.

— Essa é uma das coisas que eu amo sobre trabalhar na *Halcyon* — ela disse. — Existe uma segurança na alegria.

Riyola entrou na ponte, acenando para o capitão, deixando Leia com suas palavras. Segurança na alegria. Ela achava que era o contrário: que havia alegria em se sentir seguro e protegido, mas nunca lhe ocorreu mudar a ordem da frase. A ideia de que uma sensação de alegria criava uma sensação de segurança — isso era verdade de um jeito muito profundo. Leia ficou maravilhada com Riyola, mal notando o restante da ponte enquanto a mulher a conduzia pelo lugar. Alegria era uma dessas emoções, como o amor, que explodiam espontaneamente e até mesmo sem justificativa. Não era fabricada ou cultivada; simplesmente acontecia. E se alguém estivesse em posição de sentir alegria, isso necessariamente significava que havia ao menos alguma segurança envolvendo a alma.

Leia percebeu que para aceitar a proposta de casamento de Han tinha se apoiado na mesma ideia de Riyola. Ela sentira alegria na proposta dele, e aquela alegria aconteceu porque, pela primeira vez em um longo tempo, ela se sentiu segura. Quando não havia segurança, restava se apegar à esperança. Mas, quando o chão se tornava firme sob seus pés, a alegria se tornava possível de existir.

— Princesa Leia — o Capitão Dicto disse, aproximando-se e oferendo um aperto de mão. — Você é muito bem-vinda na ponte.

Leia mudou seu foco para a tarefa diante dela.

— Obrigada por me receber.

Riyola apontou para as unidades X-0X que pertenciam à nave e que flutuavam por perto, explicando que esperavam capturar algumas imagens da visita, momentos casuais em vez de uma entrevista ensaiada, para fornecer um conteúdo de bastidores que convencesse as pessoas a se sentirem confiantes o bastante para se juntarem à *Halcyon*. Com tudo no lugar, Riyola se afastou, saindo do foco dos holofotes, mas perto o bastante para ser útil se houvesse alguma necessidade.

Leia seguiu o Capitão Dicto conforme ele mostrava a ela os vários recursos da ponte. Enquanto a *Millennium Falcon* era primariamente uma operação para duas pessoas — e podia ser pilotada sozinha, se fosse necessário —, a ponte da *Halcyon* necessitava de muito mais pessoas. Apesar de vários membros da tripulação se virarem em seus postos para ver o que estava acontecendo, alguns deles arriscando um aceno para Leia, estava claro que aquele era um lugar de trabalho e concentração.

Atrás deles, uma janela mostrava o Átrio, já repleto de atividade, grupos de famílias e amigos se encontrando antes de saírem para explorar outras áreas da nave. Era tão estranho ver aquele Átrio acolhedor logo atrás do vidro, em forte contraste com a ponte. As luzes foram atenuadas, tanto para facilitar a leitura das telas luminosas quanto para realçar a atmosfera cintilante do planeta abaixo da nave, visível através da vasta janela do convés.

O Capitão Dicto chamou a atenção de Leia para a grande tela circular instalada no chão entre a janela do Átrio e o restante da ponte. Ele ajustou os controles para exibir a rota de voo da *Halcyon*.

— Como pode ver — ele disse, gesticulando da tela para a janela —, estamos passando sobre Yotch agora. Vamos passar algumas horas sobre esse mundo, circulando para deixá-lo visível tanto a bombordo quanto a estibordo.

O ponto na tela não ajudava em nada para revelar quão adorável era a vista do mundo abaixo através da janela.

— Vá em frente — o Capitão Dicto disse, sorrindo.

Leia atravessou entre os consoles de navegação e carregamento, inclinando para a frente para chegar o mais perto que podia da janela. Do outro lado, suspenso em uma beleza impossível, havia um planeta laranja-avermelhado com faixas de nuvens prateadas girando sobre a superfície.

Um membro da tripulação que estava por perto — uma pequena mulher Cereana com cabelos brancos encaracolados — tirou os olhos da tela em que estava trabalhando. Leia ofereceu um sorriso.

— É um lindo planeta — ela disse.

— Totalmente inabitado — a mulher Cereana respondeu. — Yotch é coberto por um fluido reoscópico que causa esse efeito colorido.

— Como purpurina flutuando em um líquido. — Leia moveu as mãos, tentando igualar o fluxo suave das partículas brilhantes na superfície do planeta.

— Existe uma alta concentração de ferro que dá essa coloração vermelha, mas em sua forma gasosa, rodopiando com uma liga mercurial — a mulher continuou.

— Esse planeta é uma estrela fracassada — o Capitão Dicto acrescentou. Ele olhou para baixo com afeição. — Essencialmente é feito de metal fervendo que se move constantemente em tempestades superquentes e super-rápidas. Na verdade, estamos assistindo ao gigante gasoso morrendo — ele continuou. — O ferro tornou os processos de fusão endotérmicos, e agora o mundo vai lentamente esfriar até se tornar um pedaço sólido de cinzas.

— Então é só esperar alguns milênios — a mulher Cereana acrescentou — e Yotch pode se tornar habitável.

— A não ser que exploda — o Capitão Dicto comentou com uma voz direta. — Ainda é cedo para dizer, mas existe uma chance de que esfrie rápido demais, e a energia potencial gravitacional pode criar um... — Ele fez um gesto ondulante com a mão, procurando a palavra certa.

— Um grande bum? — a mulher Cereana ofereceu.

— Um *grande* bum.

Leia observou o mundo abaixo deles, contorcendo-se em faixas prateadas e vermelhas, maravilhada ao ver, tão perto e ao mesmo tempo tão longe, um planeta feito de gases metálicos, girando lindamente na direção de sua própria morte, que poderia prover vida ou explodir violentamente. Como era pequena a *Halcyon* comparada com aquela estrela fracassada, como era breve seu tempo viajando perto dela considerando os milhares de anos que se passariam antes que seu destino se concretizasse. E enquanto esperavam, o mundo se envolvia em luzes cintilantes que refletiam o brilho das estrelas, queimando.

Por um momento, os olhos de Leia se desfocaram e ela viu o reflexo do Átrio no vidro do outro lado das enormes janelas.

— Sabe — ela disse ao capitão —, esta é a melhor vista de toda a nave.

O Capitão Dicto sorriu, um orgulho irradiando sobre ele.

— Você podia considerar deixar os passageiros verem isso — Leia continuou. — Não apenas para que possam ter um vislumbre das maravilhas do espaço, mas também para verem a ponte, para entenderem o quanto a nave depende de toda sua equipe trabalhando junta. É realmente extraordinário.

O Capitão Dicto franziu as sobrancelhas.

— É pouco tradicional permitir que os passageiros entrem na ponte — ele disse. — Mas vou considerar.

— Você deveria voltar amanhã — a mulher Cereana disse. — Se você achou Yotch bonito, espere só até ver as chuvas de meteoros.

Leia se lembrou do que Riyola dissera sobre o itinerário. Antes que pudesse comentar, o capitão continuou.

— O ferro em Yotch e em partículas por todo esse setor são o que causam a aurora que você verá amanhã — ele disse. — O sistema Esseveya é conhecido por seus pilares de luz, produzidos por uma combinação de ondas magnéticas reagindo aos elementos nessa parte particular da galáxia. É um fenômeno raro e muito bonito.

Leia foi invadida por um súbito desânimo diante da lembrança de que eles estariam passando por aquela parte do setor em vez de seguindo na direção do sistema Lenguin, onde ficava a lua de Madurs e um possível aliado poderoso que ajudaria a combater a influência Imperial restante.

— Tem algum perigo? — Leia perguntou. — Riyola mencionou algo sobre um alerta...

— Ah, nada para se preocupar — o Capitão Dicto assegurou. — A alta densidade das partículas compostas por toda essa área faz a viagem na velocidade da luz perigosa, mas a *Halcyon* tem escudos mais do que suficientes, sem mencionar nossos canhões defensivos! — Ele bateu no ombro da mulher Cereana e ela sorriu meio sem jeito, depois de se recompor.

— Nós também temos doze tubos lançadores de torpedos de prótons, para o caso de alguma emergência — ela disse a Leia. — Mesmo se cada meteoro decidisse cair sobre a nave, nós poderíamos facilmente destruí-los.

— Acontece que... — Leia começou. — Eu vi no plano de voo que havia uma rota alternativa que passava pelo sistema Lenguin...

O Capitão Dicto soltou uma grande risada.

— Não se preocupe — ele disse a Leia. — Nada, *nada mesmo*, pode tirar a minha nave de sua rota prevista.

Leia suspirou e torceu para ninguém ter percebido sua decepção. Transformar uma excursão turística em uma missão diplomática sempre foi uma possibilidade remota, mas...

Leia seguiu o capitão enquanto ele a conduzia ao redor da ponte, apresentando membros da tripulação e destacando seus papéis. Leia fez questão de elogiar a todos, sorrir para as unidades X-0X e fornecer boas declarações para serem usadas no noticiário.

Em uma estação, o Capitão Dicto mudou de postura, passando de anfitrião magnânimo para o líder que era. Leia ficou para trás por respeito, mas continuou ouvindo sua voz imponente enquanto ele falava com o técnico de combustíveis.

— É a mistura de sacarose que está começando a faltar — o humano disse ao capitão. — Mandei a equipe de engenharia monitorar o distribuidor de ridônio, mas os preços da mistura de sacarose já estão aumentando. Se contornarmos o compressor subluz central, podemos conservar alguma energia, mas Synjax já afirmou que não conseguirá fornecer nenhum recurso adicional para reabastecimento.

Era o que Leia temia — uma galáxia que girava em torno de combustível. Se uma nave como a *Halcyon* estava sentindo a pressão da falta de recursos tão cedo depois do fim da guerra, isso logo chegaria até outras naves pela galáxia. Leia não era especialista em mistura de combustíveis, mas não era preciso pensar muito para perceber que já havia uma interrupção na cadeia de suprimentos. O gás tibanna do setor Anoat absolutamente afetaria quais naves podiam saltar ao hiperespaço. Um cruzeiro luxuoso como a *Halcyon* encontraria um jeito de suprir essa necessidade, é claro, mas isso prejudicaria empresas menores e indivíduos que precisassem atravessar a galáxia.

Enquanto o Capitão Dicto conversava com o técnico de combustíveis, Leia voltou sua atenção para o restante da tripulação na ponte. Agora eles já estavam acostumados com sua presença, e enquanto a *Halcyon* viajava ao redor de Yotch, havia pouco a fazer além de monitorar os sistemas. Leia ouviu pedaços de conversas acontecendo ao seu redor.

— Minha irmã disse que as festas em Coruscant eram *épicas*...

— Claro, antes dos protestos começarem.

— Eu queria ir para casa depois desse turno, checar como meus pais estão. Eles estão na Orla Média, sabe, e a revolta por lá está...

— Meu amigo da escola de voo é um capitão de cargueiro de longo alcance, e ele disse que as vias do hiperespaço não são seguras agora, não até o novo governo...

As vozes giravam ao redor da mente de Leia como o fluxo vermelho e prateado do fluido reoscópico em Yotch. A galáxia depois do Império já estava em um estado de suspensão semelhante ao planeta — ou se acalmava e se tornava habitável ou explodiria, destruindo tudo em seu caminho.

O tempo diria.

# CAPÍTULO 23
## HAN

HAN TINHA TODA A INTENÇÃO DE PASSAR CADA MINUTO NA *HALCYON* DEITADO NA CAMA da suíte, mas a beleza desse roteiro diminuiu um pouco quando Leia o deixou sozinho na cabine.

A fome venceu.

Han vestiu rapidamente suas roupas, penteou o cabelo com as mãos e saiu em direção ao restaurante debaixo do Átrio. Em vez de ficar e compartilhar a mesa com alguém — era cedo demais para jogar conversa fora com estranhos —, Han apanhou uma empanada recheada com algum tipo de pasta marrom e uma garrafa de um líquido laranja-claro que poderia ser suco de frutas. Ele mordeu a empanada enquanto saía do restaurante. A pasta marrom era doce com um toque picante, derretendo em sua boca. Ele devorou a coisa inteira antes de chegar no turboelevador, tirando as migalhas que sobraram de sua camisa com a mão.

Enquanto esperava pelo turboelevador, Han considerou pegar mais daquelas empanadas doces para comer mais tarde na cabine. Antes de ter a chance de se convencer disso, entretanto, ele percebeu que estava perto da Sala de Máquinas — e da prisão.

Talvez ele devesse checar seu amigo da noite passada.

As portas do turboelevador se abriram, mas Han as ignorou, seguindo em direção às celas.

A prisão era pequena, muito menos confortável do que a suíte que Han compartilhava com Leia. No banco construído na parede, havia um homem sentado, sua cabeça pendendo para baixo.

— Ei, Kelad — Han disse. — Belo quarto.

— Você! — Kelad saltou e atravessou os poucos passos até a porta trancada que o mantinha longe do alcance de Han. — Você pode, *por favor*, dizer a essas pessoas que tudo não passou de um mal-entendido? Eu nunca machucaria a sua esposa!

Han tirou a tampa da garrafa de suco e tomou um gole. Não era suco de frutas — era citrella azeda, e fez seus lábios contraírem. Han engoliu forçado sem fazer nenhuma careta.

— Você só não a machucaria agora porque sabe que sou o marido dela — ele disse secamente.

— Não! — Kelad gemeu. — Eu sou só um idiota.

— Um idiota desesperado — Han disse. — O pior tipo.

Kelad pareceu desistir, voltando para o banco e desabando sobre ele. Seus ombros caíram. O homem parecia péssimo, mas Han não tinha empatia alguma. Ele estava na pior porque havia apostado no Império. O fracasso do Império era o fracasso de Kelad, e ele não tinha ninguém para culpar além de si próprio.

— Você! — Wozzakk, o engenheiro Ugnaught, apareceu dobrando uma esquina. — Você não tem nada para fazer aqui! Vai embora ou eu prendo você também! — Ele apontou para a cela com o polegar.

— Ei, qual é — Han disse, jogando suas mãos para cima mostrando que era inofensivo. — Eu só estava checando a situação.

O Ugnaught rosnou, um som grave no fundo da garganta. Antes que pudesse dizer alguma coisa, o Nautolano, Zalma, apareceu no corredor.

— É uma reunião normal — Han murmurou, mas Zalma o ouviu e fechou o rosto. Embora a área da prisão fosse completamente acessível, diferente da cela trancada onde o jogo de sabacc acontecera, Han percebeu que a tripulação não estava confortável com a presença dele ali.

— A culpa é minha que a prisão fica bem aqui? — Han perguntou.

— Não, é do Império. — O tom monótono de Zalma o pegou desprevenido, e quando os olhos de Han se arregalaram, o Nautolano explicou. — A *Halcyon* nunca teve necessidade de uma prisão. Foi o Império que instalou. Nós planejamos reformar a área para armazenamento, mas...

— Vocês acabaram precisando — Han disse.

— Eu ia entrar em contato com você — o engenheiro-chefe disse a Han com um suspiro cansado. — Tenho que conversar com o capitão sobre o que fazer com alguém que não pagou pela passagem da nave...

— Clandestino! — Wozzakk gritou, rosnando para Kelad.

— ... mas preciso perguntar se você quer prestar queixa contra esse homem por suas ameaças contra a Princesa Leia.

Kelad ergueu os olhos.

— Prestar... queixa? — Ele pareceu visivelmente abalado com a ideia. — Eu não quis fazer mal!

Han lançou um olhar sobre Kelad. Ele quase desejava poder assustar o sujeito mais um tanto, intimidá-lo um pouco mais e acabar com aquela história. Aquele rato de biblioteca provavelmente passou a vida inteira com a cara enfiada em holos e tinha o crânio cheio de diagramas técnicos. Han não gostava de ameaças contra pessoas que ele amava, mas será que aquele sujeitinho era mesmo uma ameaça real?

— Eu participei do Programa de Futuros da República! — Kelad chorou. — Não posso ir preso!

Han limpou a garganta, esperando até que Kelad e os engenheiros focassem nele.

— Eu entendo que não é preciso envolver as autoridades — ele disse lentamente. Han olhou através da cela para Kelad. — Se ele acabar sendo um problema legítimo, eu tenho *zero* dúvida de que posso resolver pessoalmente.

Kelad tremeu.

— Eu não sou um problema! — ele jurou. — Eu só... preciso de outra chance. Eu tenho ideias, grandes ideias! Posso mudar a galáxia! — Sua atenção se voltou para Zalma. — Eu tive uma chance de olhar os seus motores.

— Não é permitido! — Wozzakk interveio. — Absolutamente nenhum passageiro pode entrar naquela área!

— Mas, ouça... vocês não estão operando com a capacidade máxima! Se me deixarem colocar as mãos na sua bobina de fluxo do hiperpropulsor, eu acho que consigo reconfigurar o elemento base e deixar os motores no mínimo quinze por cento mais eficientes.

— Que motor? — Han murmurou. — Não são treze?

— Você não vai conseguir usar a lábia para escapar dessa — Zalma disse a Kelad.

Mas Wozzakk estava batendo de leve com um dedo sobre uma de suas presas que se estendiam sobre o lábio inferior.

— Sim, certo, talvez você tenha uma grande ideia — ele murmurou, claramente considerando a proposta de Kelad.

Bom, isso era para eles resolverem. Han estava satisfeito o bastante em se concentrar em apenas um motor por vez. Sem nada para acrescentar à conversa, ele saiu, jogando a garrafa de citrella azeda no receptáculo ao fim do corredor.

POR MAIS QUE QUISESSE LEVAR MAIS EMPANADAS PARA A CABINE, QUANDO VOLTOU PARA o restaurante Coroa de Corellia, só havia restos na mesa. Desistindo, Han seguiu para os turboelevadores para se encontrar com Leia. Dois homens entraram com ele antes de as portas se fecharem.

— Você ouviu? — um dos homens disse para seu companheiro. — A Princesa Leia Organa está a bordo da nave!

— Ah, estrelas, eu adoro ela! — o segundo homem disse.

— A Anyabe me ligou para contar que ela está no simulador de clima agora mesmo — o primeiro homem disse.

Ótimo. Kelad foi oportunista, mas em última instância inepto demais para fazer uma ameaça de resgate. Mas se Leia era tão famosa que estranhos em um elevador podiam discutir onde ela estava, não seria difícil para alguém com mais capacidade causar sérios danos.

E Han não poderia estar presente todas as vezes.

*Ela cumpre seu papel de princesa há muito tempo*, Han disse a si mesmo. *Ela não precisa de proteção constante. Ela pode, e já* provou *isso, cuidar de si mesma.*

Mesmo assim, quando as portas do elevador se abriram, Han passou rapidamente entre os dois, empurrando-os de lado e deixando-os para trás antes que pudessem ter a chance de alcançar o simulador de clima antes dele.

— Que grosseria — um deles resmungou, mas Han não queria saber.

*Ela é perfeitamente capaz de cuidar de si mesma*, Han pensou enquanto andava a passos firmes pelo corredor. *Mas...*

Ele só queria ter certeza de que ela sabia que não precisava disso.

# CAPÍTULO 24
## LEIA

Depois de conhecer a ponte, Leia ficou aliviada ao ver que o simulador de clima estava vazio. Apesar de o Capitão Dicto ter feito tudo ao seu alcance para que a ponte fosse um lugar acolhedor para ela, Leia não conseguiu remover totalmente as unidades X-0X de sua visão. Nunca era bom ficar ciente demais das câmeras — Leia sabia que atuar para elas resultava em uma aparência falsa e rígida. Infelizmente, quanto mais ciente ela ficava das câmeras, mais difícil ficava de ignorá-las, criando um círculo vicioso.

Mas não havia câmeras no simulador de clima. E nem pessoas.

A *Halcyon* deslizava entre as estrelas tão suavemente que Leia não conseguia sentir o ronco dos motores, as vibrações de força. A nave continuaria seguindo ao redor de Yotch por mais algumas horas antes de entrar no hiperespaço e seguir para o show de luzes de Esseveya. Se pelo menos Leia tivesse convencido o capitão a alterar o curso, indo para Madurs, visitando os palácios de cristal daquela lua e permitindo a ela uma chance de preparar o terreno para a entrada do sistema na nova república que ela esperava construir...

*Nada pode tirar a minha nave de sua rota prevista.*

Foi isso que o Capitão Dicto disse, com a mesma convicção que Leia usava para discursar durante a Rebelião. Ela estava frustrada por não conseguir trabalhar de verdade agora, mas o que realmente a estava incomodando era o fato de que ela não estava mais no controle.

Leia havia trabalhado com os generais e alto comando da Aliança por tempo suficiente para saber que era preciso mais de uma pessoa para algo tão grande quanto uma mudança de poder na galáxia. Em última instância, Leia suspeitava que os historiadores do futuro chamariam o simples fato da cooperação da Aliança Rebelde de motivo pelo qual venceram e o Imperador Palpatine perdeu. A liderança Imperial estava cheia de vozes singulares, cada uma pensando apenas em si individualmente mais do que para o bem maior. A Aliança havia vencido porque valorizava o completo oposto dessa mentalidade.

Porém...

Leia estava acostumada a pelo menos ser ouvida, sua opinião considerada e pesada. A insistência do Capitão Dicto de que a *Halcyon* não alteraria seu curso a incomodava porque ela foi totalmente excluída de qualquer parte daquela decisão.

Não — o que realmente a incomodava era saber que era justo ela ser excluída. Ela era uma passageira. O Capitão Dicto não era o Imperador.

Ele ouvia — à sua tripulação. Que direito ela tinha de sugerir que a nave alterasse seu curso apenas por...

Por uma chance de fortalecer a nova república tentando se formar depois da guerra.

Leia gemeu de frustração, o som abafado pela serena cascata artificial atrás do banco. Talvez se abordasse o Capitão Dicto sob aquele ângulo, explicando que ir até Madurs não era simplesmente um capricho dela, mas uma chance de ajudar a galáxia como um todo...

Mas será que deveria mesmo? A guerra havia acabado. Parte do objetivo de embarcar naquela nave era provar que ela não precisava mais sacrificar cada alegria sua pelo bem da galáxia.

Parte do objetivo de seu *casamento* era o mesmo.

Os olhos de Leia recaíram sobre as pedras artisticamente arranjadas na ilha do jardim em sua frente. Leia não teve muito tempo para questionar Luke sobre a Força, tanto antes quanto depois da queda da Estrela da Morte, mas quando falou sobre isso, ele a descreveu como se a Força iluminasse o caminho certo a seguir, assegurando-o não só de sua possiblidade, mas de sua inevitabilidade. Parecia que a Força era um tipo de garantia que proporcionava confiança.

Se o seu irmão estivesse certo sobre ela — se ela pudesse acessar mesmo um pouco da Força, o bastante para saber o que deveria fazer...

Concentrando-se nas pedras, Leia tentou esvaziar sua mente. Luke nunca lhe deu nenhuma instrução — mal tiveram tempo para isso —, mas ela o viu meditando muitas vezes antes de saber que ele era seu irmão. E que ela também podia ter esse poder.

Leia tentou empurrar as palavras dele para fora de sua mente. Considerar sua oferta antes de se casar era muita coisa ao mesmo tempo. Ela segurou uma risada amarga sobre si mesma. Teve muita certeza do caminho que deveria seguir quando precisou escolher entre Han e Luke. Mas agora que tinha Han, ela estava se voltando para a Força — era difícil para ela não pensar naquilo como a Força *de Luke* — em busca de orientação.

*Não é a Força de Luke*, uma pequena voz sussurrou em sua mente. *Também é dele.*

De Vader.

A mente de Leia se fechou abruptamente de um jeito que pareceu físico, violento. Ela não pensaria sobre *ele*.

Sobre o fato de que ele era seu...

Bile subiu pela garganta de Leia. Não. Ela não pensaria nisso. Em nada disso.

Ela não pensaria em nada. Não era isso que a meditação deveria ser? Não foi isso que Luke disse, que a Força era como uma presença que podia ser sentida se ela tentasse alcançá-la e nada mais?

Leia fechou os olhos e soltou um suspiro trêmulo. Darth Vader apenas observou quando seu planeta natal morreu. Destruiu sua infância. Aniquilou seus pais. Torturou-a física e mentalmente, deixando-a com cicatrizes que ninguém podia ver, mas que ela ainda sentia.

Ele tirou tanta coisa dela.

Ele também *não* tiraria a Força dela.

Ela não deixaria.

E com esse pensamento, Leia desejou se tornar uma Jedi mais do que quando sentiu a tentação com as palavras promissoras de Luke. A ideia de que era algo que ela poderia reconquistar, retirando das mãos mortas e ávidas de...

Não havia nada além de escuridão atrás das pálpebras de Leia. Esses pensamentos incendiaram sua mente com raiva — não eram meditações tranquilizadoras e pacíficas.

Foco.

Ela precisava de foco.

Sobre... nada.

Ela tentou outra vez, soltando a respiração controladamente e esvaziando sua mente. Ou melhor, tentando. Talvez simplesmente estar presente no momento seria o bastante. Ela respirou o ar do simulador de clima, criado para replicar a quente, mas salgada brisa do mar de seu destino final, Synjax.

Mas não foi uma atmosfera doce e agradável que encheu seus pulmões.

Havia um peso no ar. Era frio e espesso. Um arrepio correu por suas costas e ela sentiu a pele úmida, como se estivesse no meio de uma forte neblina, não em uma ensolarada praia tropical. Embora a *Halcyon* fosse uma nave perfeitamente firme, o estômago de Leia se contorceu como se ela estivesse sobre uma superfície instável — mas havia um ritmo nessa sensação, como um balanço.

Seu instinto lhe disse que, se abrisse os olhos, veria o simulador de clima. A sensação da neblina fria e pesada, o ar levemente ácido e úmido, o balanço em seu corpo — tudo isso desapareceria. Sua conexão com esse ambiente era tão tênue que Leia sabia que seria facilmente encerrada.

Em vez disso, ela se concentrou mais naquela sensação. Ela se sentiu deslocada, não apenas no espaço, mas também no tempo. Ela queria, desesperadamente, encontrar algum sentido naquela impressão. Seria uma visão que a guiaria? Será que havia desencadeado isso com seus próprios pensamentos?

Leia contraiu o maxilar. Quanto mais questionava a sensação, mais se afastava dela. O aroma de flores de bosha já enchia suas narinas e os sons da cascata artificial atrás dela invadiam por meio das... das vozes baixas. Ela podia ouvir *palavras*. Que língua era aquela? Pak Pak?

Assim que tentou decifrar os detalhes, a sensação fugiu de sua mente. Os olhos de Leia se abriram lentamente, e ao mesmo tempo em que focava nas pedras da ilha do jardim, os traços de sua visão se desvaneciam.

Ela vinha pensando em outros planetas, potenciais conexões, mundos que poderiam se juntar à República — ela havia imaginado tudo.

— Por que isso não pode ser fácil? — Leia perguntou para as pedras. Por que tinha que lutar por tudo? Não apenas pela independência dentro da galáxia, mas também por uma compreensão melhor de si mesma? Enquanto isso, seu irmão podia erguer as mãos e...

Leia ergueu a mão.

... e Luke podia simplesmente balançar os dedos...

Leia dobrou seus dedos.

... e *mover* coisas com sua *mente*.

As pedras no jardim se moveram para a frente por alguns centímetros.

Leia simultaneamente baixou o braço e ficou de queixo caído. Foi... foi *ela* quem fez aquilo?

Ela tentou de novo.

As pedras não se moveram.

Leia olhou para elas por mais um tempo, mas nada aconteceu. A *Halcyon* deve ter se movido durante o voo o suficiente para fazer as pequenas pedras deslizarem para a frente. Ela não havia notado as outras pedras ou as plantas se movendo porque ficou muito focada naquelas pedras em particular. Leia se sentiu tola — pelo menos não havia ninguém ali para testemunhar sua tentativa de mover pedras usando o cérebro.

E então ela ouviu um passo.

Leia se levantou com um salto e girou, mas era apenas Han. Han com seu sorriso fácil e suas mãos erguidas como se Leia fosse um animal assustado que ele havia flagrado em uma floresta.

— O que você estava pensando? — ele perguntou. — Você estava tão concentrada.

Leia riu, torcendo para ele não notar a amargura em sua voz.

— Acredite ou não, eu estava tentando, com muito afinco, não pensar sobre nada.

Han deu a ela um de seus sorrisos convencidos, o tipo que às vezes a exasperava, mas hoje parecia encantador. Ele abriu mais os braços, fazendo um gesto para que ela entrasse em seu abraço, e ela fez isso mesmo, com gratidão.

Com os braços de Han ao redor dela, firmes e tranquilizadores, Leia sentiu todos os pensamentos que haviam enevoado sua mente evaporarem. Aquele era o vazio abençoado a que ela tanto tentara se apegar antes.

Aquilo era a paz.

# CAPÍTULO 25

# HAN

LEIA POSICIONOU A CABEÇA SOB O QUEIXO DE HAN, OS BRAÇOS DELA ENVOLVENDO SEU corpo. O perfeito encaixe. Mesmo algo tão bobo como suas alturas — ele se agigantava sobre ela da mesma forma que Chewie se agigantava sobre ele — fazia parecer que eles não eram compatíveis em nada, mas, na verdade, eram perfeitos um para o outro.

Han deixou um beijo no topo da cabeça de Leia; depois ela se ergueu na ponta dos pés, tirando um beijo diferente de seu marido. Os lábios de Leia se abriram, um pequeno suspiro satisfeito escapando antes de Han aprofundar aquela conexão. Seus braços desceram pelas costas dela, apertando-a contra seu corpo, erguendo-a alguns centímetros do chão. Ele aguentava o peso dela facilmente — ora, ele estava pronto para chutar a porta e carregá-la de volta para a cabine.

Os lábios de Han se moveram da boca de Leia e desceram pelo queixo, para aquele lugar macio no canto de seu pescoço, aquele delicioso e pequeno ponto que ele quis beijar desde o primeiro momento em que colocou os olhos nela. Ela cheirava a coisas limpas — chuva e sabonete e flores — e isso o levava à loucura. Pela maneira como as costas de Leia se arrepiaram sob suas mãos, ele soube que seu toque também a afetava bastante, e isso? Isso tornava tudo ainda melhor.

— Certo, certo — Leia disse, ofegando e batendo em seu peito. — Estamos em público.

— Não tem ninguém aqui além de nós — Han disse, mal tirando os lábios da pele dela para responder.

Leia se contorceu contra ele, e Han relaxou seu aperto. Ela não recuou inteiramente, mas deixou um pouco de espaço entre eles. Que decepção.

— Qualquer um pode aparecer — foi a desculpa que ela encontrou.

Han deu de ombros.

— A galáxia inteira já sabe que você está na sua lua de mel — ele apontou. — O que eles acham que vamos fazer, ficar de mãos dadas e beijar no rosto, tudo bem comportado?

— Não, mas... — Leia balbuciou.

Han aproveitou a oportunidade para puxá-la mais perto de novo.

— Mas o quê, minha querida? — ele disse, os lábios se curvando para cima.

Mas Leia não se jogou nos braços dele. Em vez disso, ela deu vários passos para trás e jogou os braços para cima, frustrada.

— *Sempre* tem alguém observando. Eu tenho que tomar cuidado.

Han franziu as sobrancelhas.

— Você está certa. Tem sempre alguém observando *você*. Esse é o problema. Se você tivesse ficado na cabine como eu sugeri, eu nem teria ficado preocupado com você.

Leia piscou sem entender.

— Preocupado?

Maravilha. Agora não tinha como escapar.

— Você é muito... — Ele balançou as mãos na direção dela.

Leia colocou as mãos na cintura, seus olhos faiscando.

— Muito o *quê*? — ela rosnou.

— Muito visível — Han disse. — Todo mundo nesta nave, todo mundo fora desta nave, todo mundo na galáxia inteira sempre sabe onde você está.

Leia abriu a boca para retrucar, mas então seus olhos começaram a calcular.

— O que você não está me contando? — ela exigiu saber.

Han suspirou.

— Ontem à noite, eu conheci um jogador de cartas. Um sujeitinho azarado. Ele achou que podia ganhar uns créditos no sabacc, mas quando isso não deu certo, considerou sequestrar você e pedir resgate. E agora há pouco, no elevador, as pessoas estavam falando sobre você.

— As pessoas estão sempre falando sobre mim.

— Mas falando sobre você como se soubessem onde você estava. Porque eles sabiam. Eles sabiam que você estava aqui. — Se aqueles dois do elevador tivessem seguido Han até o simulador de clima, ele sabia que Leia não o teria beijado daquele jeito. Não era certo que outras pessoas tivessem o direito de ditar como ela deveria agir só porque sempre sabiam onde ela estava.

Leia sacudiu a cabeça, focando sua mente.

— Um resgate? — ela perguntou. — Eu preciso informar a Inteligência da Aliança? — Ela falou com a voz baixa, meio que para si mesma, depois voltou a atenção para Han. — Ele estava trabalhando com alguém específico? Os Hutts? O Império?

Han negou com a cabeça.

— Não, ele é só um oportunista idiota que não conseguiria sequestrar você nem se você aparecesse congelada em carbonita na bagagem dele. — Han correu os dedos entre seu cabelo. — Mas não se preocupe com ele. Eu cuidei disso.

Leia, em vez de aceitar o conselho, pareceu absolutamente preocupada com ele.

— Cuidou disso como? — ela perguntou, franzindo as sobrancelhas.

Han soltou uma risada, lembrando de como o rosto de Kelad se contorceu de medo do outro lado da janela da cápsula de fuga.

— Eu não iria jogá-lo para fora da nave — ele disse.

Leia arregalou os olhos.

— Você ia jogá-lo para fora da nave? — ela repetiu.

— Não, eu disse que *não* iria jogá-lo. Não realmente.

— Han.

— Leia.

— Han, você tem *ideia* de como isso seria ruim? Você não pode simplesmente lançar pessoas no espaço se elas discordarem de você.

— Nós não "discordamos"! Ele queria *sequestrar* você.

Leia fez um gesto com a mão como se aquilo não importasse.

— Sim, mas você disse que ele não iria realmente fazer isso.

— Não, eu disse que ele não conseguiria. Não que não iria. Tem uma diferença.

— Isso não significa que você pode lançá-lo no espaço!

— Eu disse que não iria fazer isso de verdade! — Que tal isso como dois pesos e duas medidas? Han estava levando um sermão por ameaçar fazer uma coisa que ele não fez, enquanto Leia estava defendendo Kelad por ameaçar fazer uma coisa que ele não fez. — Além disso, ele era um clandestino! — ele acrescentou.

— E daí? — Leia retrucou. — O que, exatamente, *você* fez? — Ela ergueu suas duas mãos, os dedos fechados como se quisesse esganar o pescoço de Han. — Será que preciso lembrar a você que parte do objetivo desta viagem é a boa publicidade que vai gerar para a nova república florescente e que assassinar dissidentes não é boa publicidade?

— Eu não iria lançar ele no espaço — Han disse, revirando os olhos enquanto pronunciava as palavras lentamente. — Eu só o enganei para ele entrar em uma cápsula de fuga.

Leia fez um som que era metade rosnado e metade grito.

— Ele ameaçou você! — Han protestou.

— Eu posso cuidar de mim mesma — Leia gritou.

— Então por que eu estou aqui? — Han rugiu de volta.

O silêncio que se seguiu foi ensurdecedor. Leia o encarou, apertando o maxilar.

— Por que estamos aqui? — Han disse, sua voz baixa, como a calma depois da tempestade. — Você está saindo por aí visitando a ponte e cumprimentando todo mundo como se fosse a anfitriã de uma festa chique.

— E você está prendendo estranhos em cápsulas de fuga.

Han sorriu levemente.

— Bom, falando desse jeito...

Apesar de não querer, Leia riu.

— Sabe — Han disse —, algumas pessoas diriam que o que eu fiz foi algo corajoso.

— Outros chamariam isso de tolice. — Os olhos de Leia se desviaram dele, mas Han percebeu o canto de seus lábios se curvando antes que ela pudesse suprimir o sorriso. — Tenho que ir até a prisão e ver qual é a gravidade da situação.

— Eu já disse, isso já está resolvido.

— Por você?

— Pela segurança da nave.

Leia lançou um olhar sobre Han que dizia claramente o quanto ela duvidava de seu papel naquela situação, depois passou por ele com passos decididos e saiu do simulador de clima. Han continuou lá por mais um momento. A pequena sala foi criada para ser uma versão em miniatura de Synjax, um planeta paradisíaco. Era quente e acolhedor, com flores de aroma doce e uma cascata de águas límpidas.

Por que será que tudo que eles faziam era discutir quando se cercavam de tudo aquilo?

Despertando de seu devaneio, Han partiu atrás de Leia. Ela parou na frente do elevador.

— Eu nem sei onde fica a prisão — ela disse com a voz baixa.

— Por aqui. — Han a puxou para longe do elevador e na direção da escadaria, descendo até o nível inferior. Ele a conduziu até o corredor da engenharia, virando para a prisão.

O Capitão Dicto já estava lá, assim como o engenheiro-chefe. Eles claramente estavam desconfortáveis com a situação — já que a prisão era visível para qualquer passageiro que passasse por ali, qualquer um a bordo da *Halcyon* veria que eles tinham um prisioneiro.

— Ah, Princesa Leia — o Capitão Dicto disse. — Acabei de ser informado da situação. Eu peço desculpas por... — Ele parou de falar, aparentemente sem encontrar as palavras para quão especificamente ele se sentia mal.

— Não é culpa sua — Leia disse. — E, de fato, eu parabenizo a todos na *Halcyon* por sua rápida ação.

Han sentiu seu rosto se contrair com sarcasmo, apesar de sua esposa não ter notado. A tripulação da *Halcyon* agiu com rapidez? Tudo que fizeram foi interromper.

Enquanto Leia conversava com o capitão, o olhar de Han pousou sobre Kelad. O sujeito parecia se sentir enjoado e não conseguia tirar os olhos de Leia. Não de um jeito ameaçador — ele a observava com uma mistura de admiração e horror, como se não conseguisse acreditar nas ações que havia considerado realizar.

Sem nem notar que Han estava de olho nele, Kelad se lançou contra a porta da cela.

— Vossa Alteza! — ele gritou. — Princesa, me perdoe. Eu nunca teria... eu não tinha a intenção quando disse aquelas palavras!

Han observou quando Leia se virou para Kelad.

— Você não me parece um homem violento — ela disse, seu rosto sereno. Han quase ficou com ciúme: ela não olhava para *ele* daquele jeito. Mas ele sabia que era uma máscara. Isso o lembrou de Qi'ra, sua antiga namorada. Ela também era perigosa quando sorria. E aquele brilho nos olhos de Leia? Ela queria abrir Kelad como um peixe-escama. Han quase riu. Kelad estava se esforçando ao máximo para conquistá-la porque sabia que Leia se encaixava em sua ideia de uma princesa perfeita e cerimoniosa quando a realidade era que ela também era a perfeita guerreira.

Kelad sacudiu a cabeça violentamente.

— Deixe-me explicar — ele implorou. E então parou, como se esperasse que alguém fosse negar seu pedido quando todos, incluindo Han, o capitão e o engenheiro-chefe, esperaram que ele continuasse. — É justo — ele disse, constrangido com toda a atenção. — Eu tenho capacidade. Fui chefe do departamento de manipulação gravitacional nas Indústrias Mitikin. — Ele olhou ao redor com expectativa, claramente achando que eles teriam ouvido falar do lugar.

— Em Coruscant — Leia sussurrou para Han. Kelad ouviu e assentiu, sorrindo, satisfeito por alguém reconhecer o local onde ele trabalhava.

O Capitão Dicto mostrou seu desagrado fechando o rosto.

— Eles tinham contratos com o Império.

— Era apenas um salário! — Kelad protestou. — Eu não mexo com política! — E então ele se virou para Leia. — Mas eu poderia. Posso ajudar com o novo governo. Minha tecnologia de raio trator revolucionou o processo!

Han observou Leia processar aquela informação, certamente chegando à mesma conclusão que ele: aquele homem esteve atrás de um computador, mas foi responsável por melhorar a capacidade das naves Imperiais de matar rebeldes. Mas... era só um salário. Han não quis pensar muito sobre quantas pessoas — incluindo ele próprio — fizeram ou fariam coisas para o Império em troca de pagamento. Nem todos tinham o luxo de saber que a Rebelião era uma opção. Inferno, ele próprio entrou nessa quando também estava apenas buscando um pagamento na forma de Luke e o velho. Na ocasião, ele não se importava de onde os créditos vinham; foi pura sorte que tenha acontecido pelas mãos dos mocinhos.

Han levou as mãos nos bolsos. Ele fez muita coisa de que não se orgulhava. Vestira o uniforme errado antes de ter encontrado o certo. Ele não podia dizer exatamente que foi um trunfo do Império durante sua breve passagem como soldado, mas se tivesse cérebro para trabalhar em alguma empresa de engenharia em Coruscant, ele provavelmente teria feito algumas das coisas que Kelad fez. Por um salário.

Han tirou os olhos do prisioneiro e olhou para sua esposa. Mas aquele era um limite que ele sabia que nunca cruzaria. Sequestrar alguém inocente — uma heroína da guerra — por dinheiro? Não. Ele podia realizar todas as trapaças da galáxia, mas ao menos era honesto quanto a isso.

O Capitão Dicto virou Leia de lado.

— Nosso problema é que, apesar de esse homem não ter realizado seu plano, teria sido catastrófico se tivesse feito isso...

Leia concordou.

— Seria uma sombra lançada sobre a primeira viagem da *Halcyon* depois do controle do Império...

— A questão não é essa — Han murmurou.

— E o noticiário teria explodido com isso, com alguém sequestrando a heroína da Rebelião dias após a derrota do Império. Quanto mais tempo ele ficar na prisão, maior será a chance de isso vazar, transformando-se em uma história que não podemos controlar.

— Também não é a questão. — Ninguém notou Han resmungando. Será que aquelas pessoas só conseguiam pensar na imagem que sairia na imprensa se Leia fosse sequestrada? E quanto a sua esposa sendo *sequestrada*?

— Mas ele não *fez* nada — Leia disse, considerando.

— Ele é um clandestino — Zalma, o engenheiro-chefe, interveio.

— Tem isso também — o Capitão Dicto disse. — Tipicamente, esse é um crime que pode ser compensado com trabalho, não com prisão. — Isso até que fazia sentido: manter Kelad na cela daria a ele a coisa que ele realmente queria, uma passagem de graça para o destino final. Trabalhar pagaria a passagem que ele não tinha.

— Ele é muito bom em engenharia — Zalma sugeriu. — Eu já conversei com ele, o sujeito sabe o que fala.

— Tudo que quero é trabalhar! — Kelad pontuou, com esperança nos olhos. — Perdi meus contatos...

— Porque eles estavam com o Império — Han disse.

A pouca confiança de Kelad titubeou, mas ele continuou.

— Eu faço o trabalho, e faço bem-feito. E apesar de, sim, eu ter vindo até aqui para chegar em Synjax e encontrar um investidor, eu também realmente queria ver os motores da *Halcyon* pessoalmente. Eles são famosos. Eu escrevi minha tese sobre a Configuração Drabor!

O capitão e o engenheiro-chefe trocaram olhares. Han gemeu. Ele sabia exatamente para onde aquilo estava indo.

— Que bom que esse pretenso sequestrador que ameaçou a passageira mais importante da nave *é um bom engenheiro* — Han disse, alto o bastante para chamar a atenção dos outros. — Vamos então deixar que ele fique mexendo nos motores da nave e dar a ele exatamente o que ele quer como punição.

O Capitão Dicto abriu a boca para falar, mas Leia o interrompeu.

— E se, como um meio-termo, Kelad passar suas noites na cela? Ele não tem uma cabine propriamente dita, afinal de contas, e isso parece justo. Mas durante o dia, ele trabalha com os engenheiros, usando suas habilidades para compensar seus crimes.

— Isso parece justo! — Kelad disse rapidamente.

— É claro que parece — Han resmungou. — Para você.

Zalma se voltou para Han.

— Vou ficar de olho nele — ele disse. Seus olhos Nautolanos eram enormes e não piscavam, o que era ao mesmo tempo inquietante e um pouco tranquilizador. Quando o Capitão Dicto se moveu para libertar o prisioneiro, Zalma disse com uma voz baixa que apenas Han podia ouvir: — Se ele tentar alguma coisa, eu mesmo jogo ele no espaço.

## CAPÍTULO 26

# LEIA

O Capitão Dicto acompanhou Leia e Han para fora da prisão, agradecendo demais a princesa pela ajuda naquela situação tão delicada. Leia olhou para Han. Tecnicamente, eles todos deveriam estar agradecendo a ele por ter identificado o problema em primeiro lugar, mas já que sua solução seria um pesadelo ainda maior — honestamente, como ele esperava se safar com algo assim, em uma nave tão bem monitorada? —, ela considerou que não havia realmente mais nada para se dizer.

— Se houver mais alguma coisa que eu possa fazer por vocês... — o capitão começou a dizer.

— Bom — Leia disse, lentamente. Eles estavam entre as refeições, então o corredor estava cheio, mas todos pareciam ocupados demais para prestar atenção neles.

— Sim? — o Capitão Dicto perguntou.

Leia respirou fundo. Ela não olhou para Han; se olhasse, perderia a coragem. Em vez disso, ela parou diretamente na frente do capitão e olhou em seus olhos.

— Acho que você precisa reconsiderar a rota da nave — ela disse, cheia de confiança. — Como você mesmo apontou, a *Halcyon* está sendo monitorada de perto pelos jornalistas. Embora eu saiba que a nave está à altura do desafio, será que nós queremos mesmo arriscar algo tão perigoso quanto uma tempestade de meteoros?

— Eu nunca levaria a *Halcyon* para algum lugar perigoso — o capitão disse. Seu peito se estufou um pouco e Leia imediatamente reconheceu aquilo como um reflexo que certas pessoas tinham quando eram apaixonadas por suas naves. Seus olhos foram diretamente para Han.

O olhar de Han foi atraído pelo olhar de Leia como um raio trator. Ele a contemplou, claramente calculando o que ela estava tentando fazer. Com um pequeno, quase imperceptível aceno de cabeça, Han disse:

— Capitão Dicto, o que é essa tal tempestade de meteoros?

O capitão fez um gesto com a mão.

— Não é nada. É o que vem antes do show de luzes no sistema Esseveya.

Os olhos de Han se arregalaram.

— O sistema Esseveya? — Seu tom de voz foi de incredulidade.

— Sim. A *Halcyon* seguiu essa rota incontáveis vezes. É muito popular com os passageiros.

— Tenho certeza de que é — Han desdenhou. — Essa vai ser uma viagem *memorável.* Ei, alguma chance de eu ficar na ponte? Ganhar uma visita, igual Leia ganhou? Eu sempre quis um lugar na primeira fila para ver os danos que essa tempestade pode causar.

— Realmente não é um...

— É claro. Normalmente. Eu passei por lá muitas vezes com a minha nave. A *Millennium Falcon*, já ouviu falar? É a mais rápida da galáxia. — Diante do rosto sem expressão do capitão, um pouco da bravata de Han sumiu, mas ele continuou. — Eu já vi as tempestades de meteoros de Esseveya. Imagino que você enviou patrulhas na frente para ter certeza de que a explosão extra já passou?

— Explosão extra?

Han se ajeitou.

— Quando foi a última vez que você passou por Esseveya? — ele quis saber.

O capitão deu de ombros, um movimento pouco característico que mostrava sua preocupação crescente.

— Com a escalada da guerra, já faz... quase um ano desde que tomei essa rota. — Ele falou com um tom que denunciava seu súbito entendimento de quanto tempo havia se passado.

— Ah.

Leia não conseguia acreditar em seus olhos. Tudo que Han precisou fazer foi dizer aquela palavra — *Ah* — e os nervos do capitão se contorceram dentro dele como uma víbora venenosa. E Han *sabia* disso. Testemunhar Han manipulando alguém era algo de se admirar. Desde que a manipulada não fosse ela.

— Ah? — o Capitão Dicto disse quando Han fez questão de não continuar. — Por quê?

— Nada.

— Não, sério, por quê?

— Tenho certeza de que você enviou os droides de patrulha para checar tudo.

O Capitão Dicto observou quando algumas pessoas saíram do turboelevador na direção do restaurante, buscando um café da manhã tardio ou um almoço mais cedo, Leia não sabia qual.

— É claro que nós checamos nossa rota antes de decolar — o capitão disse com uma voz mais baixa para Han. — Mas você está certo. Faz muito tempo desde que eu pessoalmente atravessei o sistema Esseveya. Eu agradeceria qualquer perspectiva que você possa me dar.

Han deu de ombros.

— É que, eu não levaria minha nave cheia de passageiros através de uma tempestade de meteoros que está *particularmente* ativa. Você precisa pensar, capitão, com essa guerra? Tem muitos destroços extras flutuando pelo espaço. Essas tempestades de meteoros já estão cheias de rochas, mas se acrescentar um pouco de danos colaterais... as coisas ficariam imprevisíveis. — Han esperou um momento. — Mas será um bonito show de luzes para os passageiros quando grandes destroços de doonium queimarem nas nuvens de gases manelle.

— Eu não sabia que o manelle reagia tão forte com o doonium — Leia comentou.

— Não inteiramente — Han concedeu. — Acho que seria mais certo dizer que pedaços *parcialmente* derretidos de doonium estão voando no meio da tempestade de meteoros superativa que vem sofrendo arroubos violentos em vez de dizer que estão inteiramente se desintegrando.

— Parcialmente — Leia repetiu com tranquilidade.

O Capitão Dicto, enquanto isso, parecia enjoado.

— Eu não recebi notícias de que essas tempestades de meteoros tinham tantas variáveis imprevisíveis.

— Nem sempre — Han deu de ombros. — Muda quase todo dia. Mas é como você mesmo disse: variáveis imprevisíveis.

O Capitão Dicto assentiu, mais para si mesmo, como se quisesse se convencer de algo. Ele olhou para Leia.

— E você já esteve em Madurs? — ele perguntou. — Você garante que é uma boa alternativa para a nave?

Leia não esteve em Madurs, mas havia visto o bastante em seus registros e no dossiê da Major Nioma para saber que, já que havia evitado ser controlada pelo Império, a lua certamente serviria para as elites a bordo. Ela havia reconhecido pelo menos uma dúzia de pessoas no Átrio por causa das galerias de arte de caridade que frequentava quando era senadora.

— Na verdade — Leia disse, abrindo um grande sorriso para o capitão —, estive falando com o Primeiro-ministro Yens e ele me convidou pessoalmente para visitar a lua. Já que a última Exposição de Arte Imperial aconteceu há alguns anos, eles estão ansiosos para receber amantes das artes e da natureza outra vez. Os palácios de gelo são muito conhecidos por toda a galáxia.

— Preciso consultar meu navegador e o diretor do cruzeiro — o capitão murmurou. Seu olhar voltou a focar em Han e Leia. — Posso mencionar o seu nome ao primeiro-ministro se eu pedir uma excursão em terra?

— É claro — Leia murmurou, mas, por dentro, ela estava pulando de alegria. Não apenas ela visitaria Madurs, mas, ao levar um bando de turistas para os palácios de gelo da lua, provaria que tinha algo de valor a oferecer ao primeiro-ministro. Talvez eles pudessem acrescentar turismo ou outros negócios como parte da negociação quando ela convencesse o primeiro-ministro a se juntar ao novo governo.

— Obrigado, a vocês dois — o Capitão Dicto disse. — A sua perspectiva é inestimável. — Com um pequeno e respeitoso aceno de cabeça, o capitão se despediu.

Ele não fizera nenhuma promessa, mas parecia estar seriamente considerando mudar a rota da nave para Madurs. Embora ficasse mais longe, eles chegariam lá mais rápido do que chegariam em Esseveya, graças à possibilidade de usar o hiperpropulsor em vez de seguir lentamente através da tempestade de meteoros e das luzes coloridas da aurora. Leia precisava voltar para a cabine, enviar uma mensagem para o primeiro-ministro e descobrir mais sobre a lua para se preparar.

Se fizesse tudo certo, poderia dar a si mesma um novo mundo aceitando entrar na crescente nova república como presente de casamento.

# CAPÍTULO 27
# HAN

HAN ESPEROU ATÉ ELES VOLTAREM PARA A CABINE ANTES DE DIZER:

— Então, qual é a verdadeira razão do nosso pequeno desvio? Obviamente você está fazendo alguma coisa para a Reb... — Ele parou, ainda não acostumado a pensar que a guerra havia acabado, mas então perdeu as palavras, sem saber como chamar um governo que ainda não estava propriamente formado.

Leia sorriu para ele, os olhos acesos com excitação.

— Lembra da reunião antes de partirmos? Tem uma lua no sistema Lenguin cheia de carnium. Foi um alvo do Império para mineração, e agora que o Império está secretamente tentando desestabilizar nossos recursos, a lua seria um ótimo lugar para visitar e formar algumas alianças fortes.

Han piscou com incredulidade.

— Você acabou de convencer um cruzador estelar com centenas de passageiros a mudar de rota para que você possa ir bancar a embaixadora?

O rosto de Leia mudou — primeiro para decepção, mas depois rapidamente passando para irritação.

— Primeiro de tudo, *você* ajudou a convencer o Capitão Dicto. E, segundo, não vou "bancar" a embaixadora. Eu *sou* uma embaixadora. E levo isso a sério.

— Leva mesmo. — Han passou por ela, desabando na cama bem arrumada, derrubando os travesseiros perfeitamente arranjados no chão.

— Não entendo por que você ficou bravo — Leia disse. Ela cruzou os braços, olhando para Han deitado na cama.

— É claro que não entende, embaixadora. — Han revirou os olhos.

— Então por que você não me conta, general?

Han não gostou do seu tom de voz — mais porque ela nunca falava daquele jeito com qualquer outro general. Aqueles que ela respeitava. Ele se apoiou na cama com os cotovelos para melhor encará-la.

— Ouça, queridinha, se essa viagem fosse uma missão, você deveria informar minha secretária para acrescentar na minha agenda. Eu *achava* que estávamos saindo em lua de mel.

— Então vou pedir para o Chewie ajustar a sua agenda — Leia retrucou.

Han se jogou de novo na cama, olhando para o teto.

— Não é tão importante assim! — Leia protestou. — E por que você se importaria em ver uma tempestade de meteoros na aurora de Esseveya?

— Eu *não* me importo — Han disse para o teto. — Eu me importo com você misturando trabalho e prazer. — Ele se sentou na cama. Han não estava discutindo com a nave; estava discutindo com Leia. — Primeiro, você passa mais tempo com os droides de gravação do que comigo. Certo, eu sei que você falou para Mon que ajudaria com isso quando ela nos deu o cruzeiro. Mas daí você se importa mais com a sua imagem do que com o fato de que alguém queria sequestrar você — ele disse, contando os erros dela com os dedos.

— Kelad é incompetente demais para ser uma ameaça.

— A questão não é essa! — Han gritou. — E agora você mudou o curso do cruzador estelar inteiro só para tirar mais tempo e bajular algum chanceler de uma lua qualquer...

— Madurs tem um primeiro-ministro.

— ... conversando sobre direitos de mineração em troca da pequena chance de conquistar uma aliança.

— Então por que você me ajudou? — Leia disse. — Se você é tão contra seguir até Madurs, por que me ajudou a convencer o Capitão Dicto de que deveríamos ir até lá?

Han disparou até a beira da cama e se levantou, jogando as mãos no ar.

— Porque você é minha esposa! — ele gritou. — Se vai enganar alguém, eu *sempre* vou ajudar.

Isso fez a boca de Leia se fechar, seus dentes audivelmente batendo juntos. Ela soltou um suspiro trêmulo pelo nariz enquanto processava aquilo que ele disse.

— Não enganei ninguém — ela disse finalmente. — E você sabia que estava se casando com uma embaixadora e política quando me pediu em casamento.

— Não, eu achei que estava me casando com *você*. — Han observou suas palavras atingindo Leia como uma flecha, cada uma um golpe perfurante.

Han a encarou e ela o encarou de volta. Leia não estava recuando. Não havia nada que ele pudesse dizer para convencê-la, isso estava claro. Por que deveria esperar algo diferente? Era quase como se ele se importasse mais com ela do que ela se importava com ele. Foi a mesma coisa em Hoth, antes de ficarem juntos. Depois que o comando central foi atingido, Han voltara para Leia, sabendo que ela não deixaria o lugar. É claro que não deixaria, não quando todo mundo ainda estava na base. A primeira coisa que ele perguntara foi se ela estava bem. E em resposta ela gritou para ele ir embora.

Eles estavam sempre indo e vindo, de um lado a outro, seguindo em direções diferentes, mas, de algum jeito inexplicável, eles sempre eram atraídos de volta um para o outro.

— É isso que eu sou — Leia disse quase sussurrando, sem desviar os olhos.

Mas esse era o problema. Leia estava pensando apenas sobre quem ela era, o que *ela* queria. E ela continuava priorizando seu desejo de um governo utópico mais do que qualquer coisa para si mesma.

— É sobre quem *nós* podemos ser, sabe — Han disse. Ele já não estava mais gritando e percebeu que, quanto mais suave era sua voz, mais ela ouvia e acreditava nele. — Pense em como isso poderia ser diferente se você tivesse me avisado antes. Conversado sobre o que você queria. Pedido minha ajuda. Estaríamos celebrando agora se você tivesse deixado que isso fosse uma coisa que faríamos juntos. Em vez disso... — Ele abriu a palma das mãos, indicando a briga entre eles, o silêncio da irritação de ambos pairando no ar.

Han observou Leia engolindo em seco, observou a emoção subindo por seus olhos, observou suas mãos se fecharem em punhos e depois relaxarem.

Porque ele estava certo.

E ela sabia.

E não havia mais nada a dizer.

Então, ela saiu. Leia deu meia-volta e saiu pela porta, deixando Han com o frio conforto de quem sabe que, só porque estava certo, não significa que a situação melhoraria de algum jeito.

# CAPÍTULO 28
# LEIA

A PORTA SE FECHOU DESLIZANDO ATRÁS DELA. POR UM MOMENTO, LEIA FICOU PARADA, sozinha no corredor. Encostou a cabeça na parede lisa e fechou os olhos.

Um casamento não era para ser tão difícil assim. Era?

Leia se endireitou quando ouviu passos se aproximando. Uma família de cinco apareceu, dois pais, uma filha adolescente e um par de gêmeas usando o mesmo vestido azul. Leia forçou um sorriso casual para eles.

— É a princesa! — uma das gêmeas disse.

— Para de passar vergonha — sua irmã adolescente reclamou.

Um dos pais deu um aceno hesitante quando eles passaram.

— Ela é tão linda! — a outra gêmea disse com um sussurro alto demais.

— Essa família é a pior — a adolescente gemeu enquanto os pais riam.

Leia observou a família entrar no turboelevador ao fim do corredor, mas assim que sumiram, seu sorriso evaporou e uma dor atingiu seu peito.

Deveria dar meia-volta. Entrar na cabine outra vez. Pedir perdão.

*É para a galáxia*, ela pensou. *Eu não queria redirecionar a nave apenas para mim. Por que ele não consegue enxergar isso?*

Leia hesitou. Embora soubesse que estava certa, ela também não conseguia não se impressionar por Han tê-la apoiado, mesmo quando suspeitava que ela estava errada. E ele não disse nada na frente do Capitão Dicto.

Ela acreditava que estava fazendo a coisa certa. Os palácios de gelo de Madurs eram conhecidos por toda a galáxia, e eram ao mesmo tempo mais seguros e mais bonitos do que a tempestade de meteoros em Esseveya. Além disso, não era melhor causar uma pequena inconveniência para alguns turistas do que arriscar não acrescentar outro mundo para a unificação da galáxia? Leia não conseguia evitar olhar para o bem maior — era importante se concentrar naquilo que importava mais.

... Mas as últimas palavras de Han não saíam de sua mente. Ele estava certo, por mais que ela não gostasse de admitir. Ele não havia se casado com uma embaixadora. Ele havia se casado com ela. E o casamento significava que eles deveriam ser uma equipe.

Han a apoiou sem saber nada sobre seus motivos. Ele pode até ter pensado que estava ajudando Leia com uma trapaça, mas não a questionou.

E ela não se deu ao trabalho de contar a ele sobre o que queria.

Leia quase deu meia-volta. A porta estava bem ali.

Mas ela não conseguiu se convencer a abri-la.

Em vez disso, voltou para o simulador de clima. Já não estava mais vazio — e nem cheio de plantas tropicais e brisas agradáveis. O simulador de clima foi criado para exibir as condições climáticas do próximo planeta que a *Halcyon* visitaria. Quando a nave estava apenas atravessando Esseveya, sem ter programado nenhuma excursão à superfície de um planeta ou lua, o destino seguinte seria Synjax. Agora era Madurs.

— Não acredito que vamos ver neve! — uma das gêmeas que Leia havia visto mais cedo gritou quando seus pequenos pés deslizaram sobre uma seção do simulador de clima coberta de neve. Pranchas de esquis haviam sido colocadas sobre uma pequena mesa perto do lago congelado, disponíveis para qualquer pessoa prender nos sapatos e deslizar pelo gelo, mas as crianças — as gêmeas e outra meia dúzia de pequenos seres gritando alegremente — haviam tomado conta da área, deslizando nos joelhos, pés e traseiros em uma cacofonia caótica de entusiasmo infantil enquanto bolas de neve voavam de um lado a outro.

Os pais ficaram de lado, olhando a diversão de longe, mas ficou claro que muitos dos outros passageiros não estavam felizes.

— Eu não fiz minhas malas pensando em frio — uma mulher perto de Leia reclamou. Ela esfregou as mãos e chegou mais perto de Leia. — Talvez você devesse reclamar, minha querida. Eu sei que eu vou. Se mais gente também reclamar, talvez a gente ainda veja Esseveya como planejado.

— Ouvi dizer que Madurs é um lugar adorável — Leia disse.

A mulher deu de ombros.

— Gelo é gelo. Mas ver a tempestade de meteoros e a aurora em Esseveya? É uma oportunidade única na vida. Poucas naves passam por lá.

— Porque é muito perigoso — Leia apontou.

A mulher a encarou.

— Agora eu nunca vou saber.

Tremendo, a mulher se virou para ir embora junto com sua companhia. Leia seguiu para o canto do salão, prestando atenção nos passageiros que espiavam lá dentro. A maioria parecia simplesmente estar confirmando a mudança de planos, que a nave estaria agora seguindo para um mundo gelado em vez do itinerário anterior. Algumas pessoas pareciam animadas, algumas céticas, algumas consternadas.

E quase todos tinham alguém junto. Famílias, amigos, casais — ninguém no simulador de clima estava sozinho.

Com exceção de Leia.

Até que fazia sentido, ela pensou. Quem sai de viagem em um cruzeiro sozinho? Mas...

Ela não deveria estar sozinha.

Ou será que deveria? Era uma constante dicotomia em sua vida — ela acreditava no poder da unificação e das alianças. Esse poder havia derrotado o

Império, afinal de contas. Mas em algum ponto dos últimos quatro anos, Leia começou a se isolar. Quando primeiro começou a participar da rebelião sediciosa, ela recebera de bom grado a ajuda de aliados.

Mas então viu esses aliados morrendo.

Leia havia começado a realizar mais e mais missões sozinha. Quando era forçada a trabalhar com outros, ela compartimentalizava seus apegos para se concentrar no trabalho. Ela havia se esforçado para se tornar uma senadora ainda jovem — uma senadora completa, não apenas uma assessora de seu pai. Alguém independente, tanto de ajuda quanto de conexões que poderiam ser facilmente rastreadas até a Rebelião. Ela tinha o apoio de Mon Mothma, é claro, e trabalhava com o Alto Comando da Aliança, mas consistentemente tentava provar, de novo e de novo, que não precisava de ajuda.

Que não queria ajuda.

Quanto mais independente se tornasse, menor era a chance de machucar outras pessoas. Incluindo a si mesma.

E então dois cérebros de minhoca e um carpete ambulante a salvaram na Estrela da Morte.

*Talvez eu nem devesse tentar*, Leia pensou. Pensar na Estrela da Morte a fez pensar em Vader, e isso a fez estremecer de desgosto. Ela não conseguia escapar da própria linhagem.

Mas... Han parecia não se importar. A galáxia inteira a odiaria se a verdade fosse exposta, mas não Han.

E ela nem podia dar a ele a única coisa que ele pediu dela: tempo. A exata coisa que a guerra supostamente deu a eles.

Uma bile amarga subiu pela garganta de Leia. Ela não queria uma medalha ou uma posição de prestígio, mas almejava a liberdade de aceitar ao menos um pouco de alegria. Ela nunca realmente tinha considerado que isso não era algo concedido pela paz ao fim da guerra; era algo esperando que ela reclamasse, se ao menos ela se permitisse fazer isso.

Uma onda de cristais de gelo foi lançada no simulador de clima. Leia estava ficando com frio, e quando a tripulação da *Halcyon* apareceu com carrinhos cheios de uma bebida quente, doce e espessa com algo cremoso, ela aceitou uma xícara, tomando um gole e apreciando o calor.

Envolvendo a xícara com as duas mãos, Leia sabia que precisava encontrar uma forma de baixar suas muralhas. Uma verdadeira parceria — não apenas para uma missão ou uma guerra, mas para a vida — era algo novo para ela. Por mais aberta que fosse, Leia compartimentalizava coisas demais. Ela precisava encontrar um modo de deixar Han passar pelas barreiras que ela construiu durante todo seu tempo na Rebelião.

Só não sabia como.

# CAPÍTULO 29
# HAN

UMA SUÍTE DE LUA DE MEL NÃO ERA DIVERTIDA SE VOCÊ ESTAVA SOZINHO.

Han jogou travesseiros no Painel de Conexão Droide até ligar. A voz de D3-O9 soou através do comunicador, sua cabeça redonda branca e bronze fazendo uma saudação na tela.

— Bom dia! Lembrando que eu não posso ver você em sua cabine, mas você, claro, pode me ver.

Han olhou para si mesmo. Ele não tinha realmente considerado a possibilidade da tela de vídeo exibindo sua falta de roupas.

— O que tem para *fazer* nesta nave? — Han perguntou da cama.

D3-O9 se ajeitou, endireitando os ombros e ansiosamente chegando mais perto.

— A *Halcyon* oferece uma grande variedade de atividades para sua diversão! — A tela mudou para um mapa da nave, acentuando cada seção enquanto ela a mencionava. — Temos, é claro, a chance de confraternizar com outros passageiros e jogar holo-sabacc...

— Não estou a fim de companhia. — Ninguém, exceto Leia, claro.

— Ah, nesse caso, posso sugerir uma meditação pacífica no simulador de clima ou mesmo uma rodada de exercícios vigorosos em nossa sala de exercícios. Essa sala foi desenvolvida com...

— Também não estou a fim de roupas.

A tela exibindo o mapa da nave desapareceu, mostrando novamente o rosto de D3-O9. Realmente era fascinante como droides de protocolo e logística conseguiam expressar emoções — particularmente de choque — apesar de seus rostos feitos de metal. Han gostava de provocá-los.

— Nesse caso, senhor, posso sugerir que fique em sua suíte espaçosa e admire a vista da janela? — A voz de D3-O9 soou um pouco escandalizada e repreensiva ao mesmo tempo.

Han se levantou da cama para olhar pela janela. Era provavelmente uma boa ideia que o vidro fosse visível apenas de um lado.

— É claro — D3-O9 continuou —, como estamos no hiperespaço, a vista é um pouco...

— Chata — Han concluiu.

— As rotas do hiperespaço podem parecer iguais, mas elas representam uma maravilha da ciência e tecnologia — D3-O9 começou a dizer.

— Certo, certo. — Han atravessou o quarto até o Painel de Conexão Droide e o desligou. Ele ficou um pouco impressionado. Não sentiu o salto para a velocidade da luz. Mas estar no hiperespaço quando deveriam estar viajando lentamente através de uma tempestade de meteoros o lembrava da... não era justo chamar aquilo de traição de sua esposa, mas era assim que ele se sentia.

Han afastou aquele pensamento. Comida. Comida seria uma boa. Um pouco mais daquela coisa marrom — era deliciosa. Ele se vestiu rapidamente e saiu da cabine, entrou no elevador, desceu até o Nível Quatro, onde a Coroa de Corellia o chamava com seu doce canto de sereia e promessas de gostosuras. Vozes fizeram sua cabeça se virar e ele viu Kelad e Zalma saindo do corredor da engenharia, Wozzakk seguindo logo atrás. O engenheiro-chefe falava com o ex-prisioneiro. Eles estavam tão concentrados na conversa que não notaram Han olhando para os dois. Wozzakk, entretanto, notou, e o engenheiro Ugnaught parou para falar.

— Não se preocupe — ele disse a Han. — Estou com meus olhos grandes em cima desse aí.

— Que bela punição — Han disse. — O sujeito parece muito feliz. Ele conseguiu exatamente o que queria: uma chance de olhar e trabalhar com os motores da *Halcyon*.

— Olhos grandes — Wozzakk disse ameaçadoramente. — Não confio em passageiros na Sala de Máquinas. — Ele observou tristemente quando Kelad e Zalma desapareceram atrás de uma porta marcada como apenas para a tripulação.

— É, eu também não.

— Melhor seguir — Wozzakk disse, apressando-se de um jeito quase cômico com suas pernas curtas. Mas antes de chegar na porta, Han ouviu o Ugnaught murmurar: — Não gosto de como ele olha para os meus raios tratores. Não são dele.

Han sacudiu a cabeça. A maioria das naves daquele tamanho tinha raios tratores para ajudar transportes e cargueiros nos atracadouros. Já que as naves tinham alvos cada vez menores onde aterrissar, raios tratores eram um jeito seguro e eficiente de atracagem, fosse para embarcar transportes menores em uma nave maior, como aquela, ou para manobrar uma nave maior como a *Millennium Falcon* em um atracadouro apertado de algum planeta.

É claro, não existia tecnologia que não podia ser corrompida e usada para outros meios. Ele próprio havia utilizado o raio da *Falcon* em uma desesperada tentativa de atrair um meteoro e usar sua gravidade para se lançar no espaço, e aquilo foi épico. Mas foi preciso a existência do Império para transformar uma ferramenta em uma arma. Os Destróieres Estelares Imperiais haviam corrompido os raios tratores, transformando-os de algo útil para algo que prendia naves inocentes em uma armadilha.

Han sorriu com o canto da boca enquanto cruzava o corredor na direção do restaurante. Certo, talvez a *Falcon* não fosse exatamente "inocente". Mas ainda era verdade que o Império corrompia tudo que tocava.

E Han temia que Kelad fosse fazer o mesmo.

— General Solo? — uma voz chamou. Era a mulher Pantorana selecionada para ser a assistente de Leia. — Você viu a Princesa Leia?

— Precisa dela para outra entrevista? — Seu tom foi mais duro do que ele pretendia, e Han imediatamente se arrependeu de descontar em Riyola; não era culpa dela se Leia estava disposta a fazer tudo para todo mundo, exceto para si mesma.

Riyola estremeceu.

— Desculpe. Não, eu só queria contar a ela sobre a agenda dos passageiros em Madurs. — Ela fez uma pausa, seu rosto corando com um tom azul índigo. — Eu realmente sinto muito. Sei que é sua lua de mel e eu...

— Esquece — Han disse. Ele se dirigiu para o restaurante, mas Riyola o seguiu.

Apesar de ainda ser cedo — era mesmo cedo? Han não tinha certeza. *Parecia* cedo, o restaurante estava cheio. Ele chamou uma das garçonetes e perguntou sobre as empanadas com o recheio marrom.

— São as empanadas de banchock — a garçonete informou. — Uma iguaria de Synjax. Nós gostamos de apresentar a culinária local que você encontrará nos mundos que visitamos.

— Sim, essa mesma. Eu queria seis. Em uma caixa.

A garçonete teve a graciosidade de nem piscar diante daquele pedido extravagante. Quando ela saiu, Riyola riu baixinho.

— Bom, você sabe mesmo do que gosta.

— Pode apostar.

Riyola se ajeitou inquieta enquanto eles esperavam a garçonete trazer o pedido. Han queria dizer que ela podia simplesmente ir embora, mas ela parecia determinada a esperar.

— Eu não fui destacada apenas para servir a Princesa Leia — ela disse, finalmente. — Ficarei feliz em ajudar a tornar sua viagem ainda melhor. Você está claramente descontente com algo, mas eu gostaria de...

— Não estou descontente — Han disse rapidamente.

Os olhos amarelos de Riyola se arregalaram um pouco, mas ela não insistiu na questão.

— Só quero empanadas — Han acrescentou.

O restaurante estava fervilhando com atividade. Eles podiam ver a garçonete que havia anotado o pedido de Han andando pelo salão, atendendo outras pessoas. Ela ergueu os olhos e assentiu para eles, indicando que ainda eram uma prioridade.

— Está tão cheio — Riyola comentou. — Parte de mim quer ajudar os garçons. Mas não seria realmente uma ajuda. Eu só iria atrapalhar. Uma parte essencial do trabalho em equipe é saber quando oferecer ajuda e quando confiar nos outros para lidarem com a tarefa em questão.

— Bom, eles podem pedir ajudar se precisarem — Han murmurou. Ele fez uma pausa, considerando as próprias palavras, depois acrescentou: — Minhas empanadas podiam chegar mais rápido.

— Às vezes é mais difícil pedir ajuda — Riyola comentou. — Principalmente se você estiver acostumado a fazer tudo sozinho.

— Certas coisas não deveriam ser feitas sozinhas.

A garçonete trouxe as empanadas de Han, e depois de agradecer, ele abriu a caixa, apanhou a primeira e encheu a boca enquanto se virava para ir embora. Riyola o seguiu.

— Você está certo, certas coisas *não* deveriam ser feitas sozinhas. As empanadas de banchock, por exemplo — a Pantorana disse. — Você sabia que elas levam uma semana padrão inteira para ficarem prontas? O recheio precisa ser batido e adocicado antes de ser fermentado em uma temperatura precisa. Os últimos dias são cruciais, geralmente necessitando de ajustes na mistura de hora em hora. Um trabalho tão difícil durante tantos dias requer uma equipe inteira de chefs trabalhando juntos.

Han engoliu secamente — uma das seis empanadas já tinha acabado antes mesmo de Riyola terminar de falar.

— Elas são muito boas.

Riyola sorriu.

— As coisas são boas quando são criadas em harmonia com os outros.

— Aham. — Han seguiu para o turboelevador. *Leia* precisava de um sermão sobre trabalho em equipe, não ele. Han foi até ali buscar empanadas; ele agora tinha suas empanadas. — Se eu vir minha esposa, aviso que você está procurando por ela — ele disse, entrando no elevador e apanhando outra empanada quando as portas se fecharam na cara de Riyola.

Quando chegou na cabine, sobravam apenas duas empanadas. Leia se virou quando ele entrou, a porta se fechando atrás dele.

— Oi — ela disse.

Han deixou a caixa sobre a mesa perto da porta.

— A sua assistente quer repassar as atividades do próximo dia com você.

— Ela pode esperar. — A voz de Leia saiu baixa, quase um sussurro.

Ele podia ver que ela estava nervosa. Leia hesitou, tomando um passo na direção dele, depois esperando mais um pouco.

Só isso não adiantava.

— Sabe — Han disse. — Eu já vi você comandando centros de controle, atirando em stormtroopers à queima-roupa quando eles nos encurralaram e ficar frente a frente com Darth Vader sem nem tremer os joelhos. Mas eu só vi você uma vez com medo.

Leia pareceu confusa.

Han riu com desdém.

— Você não lembra? Você estava tremendo igual vara verde.

Um rubor tomou conta do rosto dela quando Leia lembrou do momento que Han estava mencionando — os dois na *Millennium Falcon*, um momento antes de se beijarem pela primeira vez.

Leia deu outro passo na direção dele, o maxilar tenso com teimosia.

— Eu *não* estava tremendo.

— Sacudindo toda. — Ele atravessou a cabine até ela.

— Não de medo! — Leia agora estava cara a cara com ele, seu queixo erguido para ele desafiadoramente.

— Então, o que fez você tremer? — Han acariciou seu rosto com o nó dos dedos e Leia se desmanchou sob seu toque. — Leia — ele sussurrou. — Não quero nunca que você sinta medo, mas eu, especialmente, não quero que você sinta medo de conversar comigo.

Ele arrumou uma mecha do cabelo dela que escapou de uma trança. Os nervos que a deixavam tensa derreteram junto com um suspiro suave de alívio que escapou dos lábios dela. Leia se encostou, pousando a cabeça no peito de Han enquanto ele a envolvia com seus braços.

— Você já deveria saber — ele murmurou —, não importa quantas vezes você me afastar, eu vou sempre voltar para você.

— Cafajeste teimoso — Leia disse sem olhar para cima, sua respiração quente no pescoço dele.

— Cafajeste teimoso que voltou com empanadas — Han comentou.

# CAPÍTULO 30
## LEIA

— CERTO, ISSO ATÉ QUE PODE NÃO SER TÃO RUIM — HAN ADMITIU NO DIA SEGUINTE, quando a *Halcyon* orbitava ao redor de Madurs. Da janela da cabine, eles tinham uma vista privilegiada do gélido planeta azul e branco, cintilando como um diamante contra a escuridão do universo. Aquela parte da lua estava iluminada não apenas pelo sol do sistema mas também pelo gigante gasoso que a lua orbitava, uma mistura revolta de tons púrpura e prateado. Riyola havia atualizado os itinerários nos datapads de todos, com informações sobre a delicada arquitetura dos palácios de gelo e uma excursão especialmente planejada em que eles usariam veículos submersíveis para observarem edonts, grandes criaturas subaquáticas que eram maiores do que muitas naves.

Han se virou para Leia.

— Mas por que tem que ser um mundo de gelo? — ele gemeu. — Já tivemos bastante disso em Hoth.

— Veja pelo lado positivo — Leia apontou —, lá não tem tauntauns.

— Já mencionei o quanto aquele bicho cheira mal?

— Uma vez ou outra.

— Porque, vou te falar.

— Sim, eu ouvi.

— O lado de dentro é pior que o de fora.

— Sim, isso também foi confirmado.

— É que...

Leia arremessou a mala nos braços de Han e ele entendeu a dica, jogando a mala sobre os ombros. Embora fossem passar apenas três dias na lua, Leia estava levando múltiplas roupas, sem saber ao certo o grau de formalidade com que seria recebida. Madurs estava enviando transportes locais para levar os passageiros da *Halcyon* até a superfície da lua, embora nem todos tenham optado por passar a noite em um dos conhecidos palácios de gelo. Leia ajustou sua longa capa feita de lã gwendle sobre os ombros. Apesar de ser relativamente fina, a capa branca bordada com fios prateados era tão quente quanto qualquer casaco que ela já vestira, e elegante o bastante — ela esperava — para impressionar o primeiro-ministro de Madurs. Ela baixou o largo capuz e o material se acumulou em suas costas e depois se derreteu sobre seus ombros. Estava quente demais no momento para o efeito completo, mas Leia sabia que o branco era a sua cor, tanto como escolha estética quanto como um comentário político para lembrar aos outros da família real de Alderaan e das atrocidades que o Império havia cometido contra seu planeta natal.

Enquanto Leia e Han cruzavam o corredor na direção do turboelevador que os levaria até a área de embarque dos transportes, Leia repassou tudo que havia pesquisado sobre Madurs e seu primeiro-ministro. Dreand Yens era algumas décadas mais velho que ela, algo entre a idade de seus pais e a de Mon Mothma. Em algumas das imagens da HoloNet, ele parecia quase paternal, com um sorriso caloroso e olhos bondosos. Imagens mais recentes mostravam que não havia envelhecido bem. Ele tinha olheiras perpétuas e mechas brancas nas têmporas. Leia já tinha visto isso antes — o estresse de um cargo eletivo pesava sobre as pessoas, envelhecendo-as mais rápido do que o normal.

D3-O9 estava na área de embarque ajudando a guiar os passageiros até os transportes.

— Ah, Princesa Leia — a droide disse. — E Han.

— O que aconteceu com "General Solo"? — Han murmurou para Leia enquanto seguiam para o transporte de Madurs.

— Imagino que ela passou a conhecer você um pouco melhor.

— O que você está insinuando?

Leia ficou na ponta dos pés e beijou seu rosto.

— Por acaso você conversou com D3 enquanto eu estava fora?

— Um pouco — Han disse. — Ela atendeu aquele comunicador na parede e falou sobre a nave.

— Você insultou a nave?

— Na verdade não.

— Bom — Leia disse —, então ela, "na verdade", não insultou você de volta, não é mesmo?

Han olhou feio para D3-O9 quando ela se apressou na frente do grupo.

— Obrigada a todos por chegarem pontualmente na plataforma de embarque — a droide disse, amplificando sua voz. — Estamos prontos para começar o processo de embarque no transporte local para Madurs.

A droide abriu caminho, permitindo que os passageiros entrassem no transporte. Era uma nave grande que abrigava confortavelmente mais de uma dúzia de passageiros e sua bagagem. D3-O9 embarcou assim que todos já estavam lá dentro.

— O transporte local de Madurs é totalmente controlado remotamente, mas, por favor, saibam que é uma nave completamente segura, com os raios de transporte de carga da *Halcyon* auxiliando a operação como precaução adicional.

Leia sabia que essas naves que faziam o trajeto órbita-superfície eram geralmente simples, operadas por um droide ou remotamente, mas era um toque tranquilizador saber que *Halcyon* usaria seus raios tratores.

— Não precisa de tudo isso — Han murmurou para ela. — Aposto que Kelad os convenceu a fazer isso. Aposto que eles estão deixando que ele ajude na ponte com os raios de transporte.

— Ficou com inveja? — Leia perguntou, olhando para ele.

— Tenho mais experiência de voo que ele. Eles deveriam dar uma chance nos controles para mim.

Leia riu suavemente enquanto D3-O9 começava a falar sobre os procedimentos de segurança durante o lançamento.

— Já que esta nave não teve a chance de ser inspecionada pela *Halcyon* para assegurar que está à altura dos padrões da Linha Estelar de Chandrila, eu gostaria de informá-los sobre os materiais adicionais que acrescentamos para sua segurança e conforto.

— Você nem sabe se Kelad está mesmo na ponte — Leia disse a Han, continuando a conversa.

— Eu sei que ele não está mais na prisão e isso é razão suficiente para ficar bravo.

Leia lançou um olhar sobre ele, mas Han ignorou.

— Por favor, notem também — D3-O9 continuou na frente do transporte, sua voz cheia de entusiasmo —, em caso de emergência, suprimentos estarão disponíveis para a sua segurança. — D3-O9 mostrou aparatos de respiração e um longo colete com discos de aquecimento térmico que forneceriam calor se ativados. Não era um traje espacial completo, mas seria suficiente para manter alguém seguro pelo tempo necessário até o resgate. — Os suprimentos estão dentro dessas caixas, junto com sinalizadores explosivos de evacuação para ajudar a localizar os sobreviventes.

— Nós vamos precisar disso tudo? — um idoso perguntou. Ele se virou para sua companheira. — Eu disse que não deveríamos ter aceitado. Eu paguei para ir até Synjax, não para uma lua de gelo. Os transportes de Synjax não precisam de equipamento de emergência.

— Todos os transportes possuem suprimentos de emergência — Leia disse.

O idoso virou para ela. Leia ergueu uma sobrancelha. Ela contou quantos segundos levou até ele reconhecer quem ela era — os olhos levemente arregalados, os lábios se abrindo um pouco — e registrou o momento meio segundo depois quando ele lembrou dos rumores de que Leia havia influenciado a mudança da rota da nave. Bufando, ele voltou a olhar para D3-O9 e não protestou mais.

— Já que Madurs não fazia parte do itinerário original — D3-O9 continuou —, nós vamos passar discos de aquecimento térmico para uso pessoal. Envoltórios de tecido térmico também foram fornecidos para aqueles que desejarem um suporte adicional de calor. — A droide apontou para uma caixa na frente da nave, que Leia presumia estar cheia de envoltórios de tecido feitos de um material térmico intensamente entrelaçado.

Um droide passou finos discos térmicos para todos a bordo. Apesar de sua capa, Leia aceitou um — o frio severo de um planeta de gelo precisava de mais do que uma simples capa, por mais quente que fosse. O disco se prendia sobre suas roupas de um jeito discreto, mas fornecendo um calor elétrico radiante para seu corpo.

— Também não precisa disso em Synjax — o idoso murmurou, usando sua voz com um volume suficiente para que Leia tivesse certeza de que ele queria ser ouvido por ela.

Han, que também queria uma praia em vez de um palácio de gelo, começou a se levantar, suas mãos se fechando em punhos. Leia o puxou de volta e deu tapinhas em seu joelho. Ele não podia enfrentar todas as batalhas por ela, e Leia aprendeu há muito tempo que nem todas as batalhas valiam a pena.

D3-O9 concluiu sua fala de introdução e seguiu para a porta do transporte, fechando-a e começando o processo de decolagem. Ao redor, os passageiros conversavam sobre a excursão. Pelo menos a maioria parecia feliz com a mudança de agenda. Madurs era fascinante do ponto de vista artístico, mas várias pessoas no transporte esperavam uma expedição mais aventureira envolvendo pesca no gelo.

Pesca no gelo... Leia deveria ter olhado mais de perto para o lado ecológico dos recursos da lua. O Império queria Madurs por causa de seu carnium. A maior parte da galáxia conhecia a lua por seus palácios de gelo. Mas a pesca certamente era uma fonte de comida primária para seus habitantes, o que absolutamente afetaria o ambiente sociopolítico.

As mãos de Leia se fecharam em punhos, seus olhos perdidos olhando para baixo. Pesca no gelo significava pescadores. Onde eles ficavam na hierarquia da sociedade daquela lua? Quais outras fontes de comida existiam por lá? Havia coisas demais em jogo — Leia sabia muito pouco sobre aquele mundo, e isso significava que ela não poderia começar seu trabalho tão forte como gostaria. Ao menos estaria lá pessoalmente. O verdadeiro trabalho de um embaixador significava estar realmente presente, ouvindo o que as pessoas realmente precisavam — os primeiros-ministros *e* os pescadores.

Injustiça, desigualdade e uma falta de satisfação das necessidades dos membros dos níveis mais baixos de uma sociedade ecoavam como ondas em um lago se acumulando e se transformando em questões em nível global. Um mundo individual que passava por esses problemas igualmente irradiava e se tornava um problema galáctico. Ajudar as pessoas nunca era tão simples quanto simplesmente dar dinheiro ou suprimentos, que era o que muitos dos líderes mundiais pediam. Leia aprendeu isso da maneira mais difícil. Ela havia salvado centenas de refugiados em Wobani quando tinha dezesseis anos, mas aquilo não foi suficiente. Ela ajudou aqueles poucos, mas o planeta em si continuou a deteriorar sob o Império Galáctico, eventualmente apenas sendo usado como local de trabalho forçado e campos de concentração. Ela não havia criado o tipo de mudança que queria.

Leia precisava encontrar um jeito de contatar os trabalhadores de Madurs, ouvir as vozes daqueles que geralmente não eram ouvidos. Mas ela tinha tão pouco tempo — sua posição deu a ela e Han um lugar em um banquete que o primeiro-ministro de Madurs arranjou apressadamente para receber os turistas, mas quanto tempo ela teria para conversar sobre essas questões? Riyola ajudou com aquilo, trabalhando junto com o pessoal do primeiro-ministro para assegurar que ele sabia que Leia queria uma audiência para conversar sobre uma possível aliança. Mas será que o Primeiro-ministro Yens estaria disposto a discutir as necessidades de seu povo e como o novo governo poderia ajudar, ou será que ele seria antagônico em relação a Leia? Se ela tivesse mais informações — tanto sobre o homem quanto sobre a lua —, saberia melhor o que dizer.

Han tocou suas mãos, abrindo suas palmas e entrelaçando os dedos com os dela, apertando um pouco.

Ela olhou e sorriu para ele. Han tinha uma expressão que dizia que ele sabia exatamente o que estava mexendo com seus nervos. Leia se sentiu relaxando quando o transporte entrou na atmosfera de Madurs. Ela estava despreparada para seu encontro com o primeiro-ministro não porque não era uma boa diplomata, mas porque estava em sua lua de mel.

E estar em sua lua de mel significava que não estava encarando aquele problema sozinha.

# CAPÍTULO 31
# HAN

O espaçoporto de Madurs já tinha visto dias melhores. Leia contou a Han sobre a Exposição de Arte Imperial anos antes, e Han duvidava que as comportas das docas tivessem recebido muita manutenção desde então. Os transportes atracaram perto da frente e parecia óbvio que os trabalhadores locais tentaram limpar o lugar, mas até Han podia ver que o porto ficava muito aquém do que os passageiros da *Halcyon* esperavam.

Quando os passageiros desembarcaram, entretanto, todos os murmúrios sobre o espaçoporto desapareceram diante da lua congelada e cintilante.

Han sabia que Madurs era coberta de gelo. Ele esperava algo parecido com Hoth — ventos fortes que atravessavam seu casaco, neve que se acumulava em suas pálpebras, pequenos cristais de gelo que cortavam sua pele impiedosamente.

Em vez disso, ele se deparou com um mundo silencioso. Era frio, sim, mas sem vento. À medida que seus pés caminhavam sobre o gelo espesso, mal se ouvia o som da neve sendo esmagada sob suas botas. Em vez de o barulho aumentar com mais pessoas desembarcando na superfície, a multidão foi ficando cada vez mais silenciosa, conversando em sussurros quase reverentes.

Han odiou.

Era a brutalidade de Hoth que a fazia tolerável. Aquele frio silencioso e suave era parecido demais com o frio que você sentia ao ser congelado em carbonita. Han estremeceu com a lembrança. O silêncio e a escuridão ainda o assombravam, a sensação claustrofóbica de estar completamente preso em seu próprio corpo. Sua visão embaçou e ele vividamente se lembrou do momento em que percebeu que havia perdido a visão temporariamente por causa do processo, o horror de se perder em sua própria pele.

Leia apareceu ao seu lado, aninhando-se debaixo de seu braço. Foi ela quem veio atrás dele, quem o salvou. E apesar de ser a pessoa que o arrastou para aquela maldita lua gelada, ela também era a pessoa que estava ao seu lado agora.

— É lindo — Leia disse, acenando com a cabeça para o céu.

Nascendo no horizonte, o planeta gigante gasoso que Madurs orbitava surgia como um sol em tons pálidos de lavanda. Suas cores eram suavizadas pelos tufos de nuvens e o céu azul-acinzentado, criando uma imagem fantasmagórica.

Ao redor, outros se maravilhavam com a superfície. Sob uma camada de neve, o gelo espesso era transparente como vidro. Nas profundezas, o oceano azul-escuro brilhava através do gelo e, à distância, havia contornos escuros de enormes criaturas marinhas debaixo de seus pés.

Um som incrivelmente alto de algo rachando ecoou no silêncio da planície gelada. Vários passageiros gritaram de surpresa ou se abaixaram, procurando a fonte do barulho. No rastro do som assustador, um grave tremor chamou a atenção de todos. Eles podiam ver um grupo se aproximando rapidamente — uma mistura de indivíduos conduzindo algum tipo de máquina e grupos de trenós puxados por grandes animais de quatro patas. Eles estavam longe o bastante para Han não conseguir enxergar nenhum rosto individualmente, mas o horizonte liso e plano da planície gelada significava que eram visíveis mesmo a grande distância.

Em questão de momentos, o comitê de boas-vindas chegou. Primeiro vieram os corta-gelo, lançando neve e pedaços de gelo em arcos pelo ar, uma imagem impressionante que fez aqueles que estavam perto gritarem de emoção, tanto os jovens quanto os mais velhos. Os pequenos corta-gelo tinham lasers refratores como esquis, cortando finas trilhas no gelo espesso. Cada um tinha uma plataforma que levava um piloto e um passageiro, e vários dos turistas, principalmente os mais jovens, gritaram animados para garantir seus lugares.

Atrás dos corta-gelo vieram suntuosos trenós. Cada um era puxado por uma enorme fera de chifres. Os animais — um dos locais os chamou de pralce — tinham pernas que eram tão longas quanto Han era alto, com corpos relativamente esguios cobertos com uma pelagem branca macia. Seus corpos graciosos — pois eram mesmo graciosos, apesar de seu tamanho desproporcional — eram presos com pesadas cordas que corriam pelas costas e se juntavam às rédeas. O rosto esguio dos pralces terminava em um focinho levemente inclinado para cima, com longas orelhas caídas debaixo de chifres curvados brancos. Eram por inteiro, desde a pele até os cascos, de uma cor branca sólida. Exceto seus olhos negros. Deveria ser assustador, Han pensou, mas havia uma gentileza em seu olhar. Apesar de serem tão grandes, eles pisavam no gelo com delicadeza, raspando os cascos sobre a neve de um jeito que só podia ser descrito como um bailado.

Leia soltou o braço de Han e se aproximou do animal mais próximo com os olhos cheios de admiração e nenhum traço de medo no rosto. Uma das guias locais desmontou, oferecendo a ela pequenos cubos brancos para alimentar o pralce. O animal lambeu seus dedos com seu focinho de lábios separados, deixando um longo rastro de baba grudenta na palma da mão. Leia riu, completamente encantada, o som de alguma forma se sobressaindo sobre o murmúrio animado dos outros turistas. O pralce era tão alto que podia facilmente arquear seu longo pescoço sobre a cabeça de Leia, pousando o queixo nas costas dela, sua respiração subindo em nuvens pálidas. Leia acariciou o pralce.

Han tomou um momento para apreciar a imagem. Sua esposa, em um vestido branco, com um manto igualmente branco caindo sobre os ombros, o capuz mal cobrindo os cabelos, estendendo a mão para acariciar a enorme — mas gentil — criatura.

— As orelhas são macias! — Leia declarou para Han. Ela estava tão alegre imersa no momento que seu entusiasmo pelo animal era quase infantil. Tudo que Han podia fazer era sorrir de volta enquanto Leia passava os dedos sobre as orelhas caídas do pralce. Quando parou, o animal a tocou com a cabeça — um movimento suave, mas seu peso suficiente para fazer Leia cambalear.

Han a segurou antes que ela escorregasse no gelo. Eles riram juntos.

— Ah, eles são tão lindos — ela disse.

Han se esqueceu do frio amargo de Hoth, do frio ainda pior da carbonita. Sua irritação com o desvio da nave e o foco ridículo de Leia no trabalho evaporou. Ela estava feliz de um jeito que mostrava a ele que, por um momento, ela havia se esquecido da guerra, de seus problemas. E enxergava apenas um lindo animal com orelhas macias que gostava quando ela o acariciava e alimentava, e ela estava contente. E ele também.

— Vocês estão prontos? — a guia local perguntou. Ela era uma humana pequena com duas longas tranças saindo de um gorro de lã. Han olhou ao redor e percebeu que quase todos os outros trenós estavam ocupados — aquela guia e seu pralce eram os últimos, e alguns dos outros já tinham partido, cortando uma linha reta atrás dos caóticos corta-gelo na superfície congelada.

A garota se apresentou como Nah'hai e ajudou Leia a subir no trenó primeiro. Enquanto Leia se ajeitava sob o pesado cobertor, reclinando-se na parte de trás do trenó, Han aproveitou a chance para examinar o veículo. Usava lâminas de metal normais, lixadas para equilibrar o peso, mas apesar de o pralce ser mais do que capaz de puxá-lo, também havia um propulsor na parte de baixo do trenó para que pudesse ser operado sem a ajuda de um animal.

— Os pralces ficam bravos se não usamos — Nah'hai disse a Han quando fez um gesto para que ele se sentasse ao lado de Leia.

Na frente dela, o pralce amarrado ao trenó mexeu a cabeça, suas orelhas caídas batendo no pescoço enquanto bufava com impaciência. Todos os outros trenós já haviam partido.

— Que velocidade eles atingem? — Han perguntou.

— Ah, você gosta de velocidade? — Nah'hai disse com um brilho nos olhos que Han reconhecia.

Antes de Han estar completamente sentado, Nah'hai soltou um uivo profundo e ressoante. Com um bufo de excitação, o pralce jogou neve e gelo para o alto, lançando-se em uma rápida cavalgada sobre a planície. Han cambaleou, caindo sobre Leia antes de ela puxá-lo sob o cobertor ao seu lado.

Nah'hai direcionou o pralce em um largo caminho circular, afastando-se dos outros.

— Ali! — ela gritou, apontando para a direita.

À distância, a superfície lisa e plana se recortava com rochedos que se projetavam para cima, como um muro de gelo vertical. Han não tinha notado antes; o azul-acinzentado do gelo desaparecia no azul-acinzentado do céu.

— Os pescadores de gelo — Leia murmurou. Forçando a vista, Han podia ver leves pontos escuros no gelo: saliências horizontais cortadas no muro, levando até buracos redondos que provavelmente indicavam portas de habitações.

— Acha que podemos ir lá? — Leia gritou no meio da ventania para Nah'hai.

— Por quê? — Nah'hai disse. — São apenas habitantes dos rochedos. — Ela soltou outro uivo com uma voz arrepiante, e o pralce mudou de direção, fazendo uma curva brusca na direção dos outros.

Eles podiam ver os palácios de gelo agora. Os corta-gelo já tinham chegado, mas alguns — aqueles pilotados pelas crianças mais velhas, Han suspeitava — giravam em círculos apertados de um jeito que fez seu estômago embrulhar, apesar das manobras mais caóticas que ele já realizara com a *Millennium Falcon*. O maior dos palácios, aquele onde os outros trenós puxados pelos pralces já estavam chegando, se agigantava sobre os outros. Tinha facilmente sete andares, refletindo luzes em tons prateados que lembravam Han de um dos colares de Leia, aquele que ela usou depois da Batalha de Yavin.

Daquela distância, Han podia realmente reconhecer que os palácios de gelo — eram quase meia dúzia, mas apenas três maiores — eram verdadeiras obras de arte. Eram luxuosos e quase pomposos. Diferente das habitações no rochedo, não havia tentativa de se integrar à natureza. Não, aqueles palácios de gelo exigiam a sua atenção, exigiam serem reconhecidos como maravilhas humanas, não maravilhas da natureza. Eles se erguiam como mágica da planície de gelo, projetando-se e cintilando no ar gélido.

— O que é aquilo? — Leia perguntou, apontando atrás da cidade. Han não havia notado os outros palácios de gelo, as ruínas. Blocos gigantescos de gelo haviam se partido e desabado, despedaçando-se na espessa planície. Mal eram visíveis, posicionados em uma região intermediária entre os rochedos e a beleza das outras edificações cristalinas à esquerda.

Nah'hai diminuiu a velocidade do pralce. Ela não respondeu imediatamente à pergunta de Leia, e quando Han abriu a boca para repeti-la, sua esposa tocou seu joelho debaixo do cobertor, sacudindo a cabeça para ele. Nah'hai observou as ruínas dos palácios de gelo como se estivesse... triste. Era uma aparência de quem está de luto, mas tão estoica que Han quase não reconheceu.

Até o pralce ficou em silêncio enquanto olhavam as ruínas dos palácios. Han contou treze edifícios maiores, com restos retorcidos da estrutura de metal que mantinha os blocos de gelo no lugar. Eles haviam sido maiores e mais elaborados do que os palácios de gelo atuais, com delicados desenhos ainda brilhando ao longo de um teto arruinado.

Leia forçou os olhos, inclinando-se para a frente no trenó para ver melhor, ignorando o cobertor que caiu no chão, deixando o frio invadir a cabine.

— Nah'hai? — ela perguntou com hesitação, tão baixo que a guia poderia ter facilmente fingido não ouvir. Mas os ombros de Nah'hai caíram. Ela se virou para seus passageiros.

— A cidade velha — ela disse, seu olhar distante. — Essa é a natureza do gelo. Não é permanente. Gelo derrete, quebra, racha. Nossa arte é temporária, e ainda mais preciosa por causa disso.

Leia puxou o cobertor de volta e se ajeitou nos braços de Han enquanto Nah'hai comandava o pralce a seguir até a — nova — cidade principal. Han beijou o topo da cabeça de Leia, mas não conseguiu evitar de pensar em como a voz de Nah'hai parecia tão profundamente triste quando falou sobre como a arte que ela tão claramente amava simplesmente não podia durar para sempre.

# CAPÍTULO 32
# LEIA

HAN E NAH'HAI FICARAM EM SILÊNCIO ENQUANTO O PRALCE PUXAVA O TRENÓ PARA longe dos palácios em ruínas. Nah'hai desviou os olhos dos palácios; Han não conseguia tirar os seus. Mas Leia olhava para além dos pedaços de gelo das ruínas, para as longas torres negras que se erguiam no horizonte.

— Nah'hai! — ela chamou no meio do vento. — O que é aquilo?

Nah'hai não parou o trenó. De fato, ela desviou bruscamente, batendo as rédeas contra as ancas do pralce para fazê-lo correr mais rápido. Leia se levantou e Han levou o braço até ela — para fazê-la sentar-se de novo, ela pensou, mas não: ele ofereceu uma mão de apoio. Leia se inclinou, usando Han como bengala, e agarrou as costas do casaco de pele de Nah'hai.

Relutantemente, Nah'hai fez o pralce parar. O animal bateu com os cascos, bufando nuvens de ar branco. Os ombros de Nah'hai caíram, mas Leia não sabia exatamente por quê — seria culpa? Lentamente, a garota se virou.

— Sim? — ela perguntou. Seu tom de voz deixou claro que ela tentava fazer parecer que estava com pressa, e talvez estivesse mesmo, já que os outros já tinham chegado no grande palácio de gelo da cidadc, mas havia algo estranho sobre como ela desviava os olhos de Leia.

— O que é aquilo? — Leia perguntou, indo direto ao ponto. Ela apontou na direção da torre negra, ainda visível através das ruínas dos antigos palácios.

— Eu já disse, é a cidade velha... — Nah'hai começou a explicar, mas Leia lançou um olhar tão direto que as palavras da garota morreram em seus lábios.

Por um momento, as duas mulheres se encararam. Com suas duas tranças e rosto redondo, Leia vinha pensando em Nah'hai como uma garota, mas a teimosia em sua expressão deixou claro que ela não era uma jovem ingênua. Leia respeitava sua atitude, mas também queria respostas.

Porque aquilo cheirava a Império.

Ela já havia visto aquilo antes. As pessoas odiavam o Império, mas o Império não se importava. Eles invadiam mundos com ou sem convite, forçando sua presença sobre as pessoas. Ignorar o Império era mais fácil do que enfrentá-lo. Então, a bandeira do Império decorava a praça da cidade, os stormtroopers patrulhavam as ruas, as regras Imperiais se impunham sobre práticas tradicionais e, como uma mancha de tinta negra se espalhando sobre tecido branco, o Império permeava o mundo.

E as pessoas desviavam os olhos. Elas mantinham sua atenção em seus trabalhos, suas próprias vidas, tentando valentemente não pensar muito sobre como o círculo de suas vidas anteriores estava se tornando cada vez menor e menor.

Era mais fácil fingir que as bandeiras Imperiais não estavam lá se você não olhasse para elas.

Mas isso nunca fazia com que fossem embora.

Leia agora enxergava como Nah'hai deliberadamente não olhava para a torre negra. Ela deu as costas para a torre. Mas não importava. Isso não a fazia desaparecer.

E Leia não negaria aquilo que já tinha visto tão claramente.

— O que tem lá? — ela perguntou, mais gentil dessa vez, mas ainda com um tom que dizia que ela não recuaria.

Nah'hai abriu a boca e por um momento Leia pensou que receberia a verdade. Mas Nah'hai apenas disse:

— Aquela área é perigosa.

Apesar de suas palavras, os olhos de Nah'hai buscaram os de Leia, quase implorando a ela. Leia assentiu uma vez e torceu para Nah'hai entender que o pequeno movimento de sua cabeça era uma promessa.

Nah'hai se voltou para o pralce. Ela não olhou para a torre negra no horizonte. Em vez de chamar o animal, ela puxou as rédeas e estalou a língua, um som quase inaudível. O pralce, entretanto, respondeu, virando na direção da cidade nova.

Em questão de momentos, eles chegaram no palácio de gelo principal. Leia olhou para cima, maravilhada. Se desfocasse os olhos, ela poderia ver a fina grade de fios prateados correndo pelo centro do gelo. As paredes externas eram transparentes como cristal, reluzindo sob a luz do sol e do brilho planetário do gigante gasoso ainda nascendo no horizonte. A estrutura, apesar de ser feita de gelo, parecia tão grandiosa, tão *sólida* que era difícil para Leia acreditar que poderia rachar e desmoronar como as ruínas que eles viram ao longe.

Nah'hai desceu do assento do piloto no trenó e Han — impaciente como sempre — saiu antes que a guia pudesse oferecer a mão a ele. Han escorregou no gelo e Leia flagrou a expressão convencida de Nah'hai, compartilhando um sorriso silencioso com a garota. Ela segurou a mão de Nah'hai quando desceu com cuidado do trenó e pisou com firmeza no gelo coberto de neve.

— Nah'hai! — Um dos outros condutores se aproximou, sua voz ríspida como o estalo de um chicote elétrico. Ele usava uma pequena capa preta forrada com seda ceruleana e um chapéu com aba quadrada. Seus ombros estavam decorados com distintivos em tons de bronze e dourado. Ele parecia ser algum tipo de autoridade. — Por que você demorou tanto? — ele exigiu saber.

— Capitão, eu... — Nah'hai começou a dizer, parecendo constrangida.

Leia se apressou para intervir.

— Desculpe, foi culpa minha — ela disse. — Eu pedi especificamente para Nah'hai nos levar um pouco mais longe para que pudéssemos ver a beleza da sua lua. Ela tentou continuar com o itinerário, mas eu insisti que ela me mostrasse... — Nah'hai olhou rispidamente para Leia sob seu gorro, e Leia parou. Ela era esperta o bastante para saber que não deveria mencionar a torre negra, mas será que precisava não mencionar as habitações no rochedo, ou esconder seu conhecimento sobre as ruínas dos outros palácios? — ... mais da planície de gelo — Leia concluiu fracamente.

Os ombros de Nah'hai relaxaram, mas apenas por um momento.

— Temos um itinerário apertado, você sabe disso — o capitão disse a Nah'hai, sua voz severa, mas baixa, olhando feio para ela de um jeito que denunciava algum conhecimento secreto. Por que o momento de sua chegada era tão importante? Ou, mais relevante, o que era a coisa que Leia não podia saber?

O capitão olhou para Leia, então visivelmente registrou quem ela era.

— E uma convidada de honra do primeiro-ministro! — Ele se curvou em reverência. — Princesa Leia Organa, será um privilégio acompanhá-la até o palácio.

Leia hesitou, quase insistindo que Nah'hai, que era tão bondosa, fosse sua acompanhante. Mas estava claro que tudo que a garota queria era desaparecer com seu pralce. Com um sorriso de desculpas, Leia se despediu da guia.

— Eu também estou aqui — Han disse. O capitão olhou para ele com curiosidade, o que não ajudou nada com a atitude de Han. — Han Solo? General da Aliança Rebelde? Capitão da *Millennium Falcon*? — O olhar do capitão continuou sem expressão. Han suspirou. — O marido de Leia.

— Ah! — o capitão disse, oferecendo a Han uma pequena reverência. — Por favor, me sigam. O primeiro-ministro pediu para ser apresentado a você, quer dizer, a vocês, assim que chegassem.

O capitão ofereceu o braço para Leia, mas Han se apresentou primeiro, encarando o outro homem até ele se virar e liderar o caminho para o glorioso e cristalino palácio de gelo.

Os degraus brilhavam como espelhos, mas quando Leia pisou cuidadosamente, sentiu a firmeza da superfície. Ela subiu alguns degraus, sua capa se arrastando atrás dela, mas parou diante do resto.

— Nós tomamos o cuidado de assegurar que nossa arte seja ao mesmo tempo bela e funcional — o capitão disse, notando a hesitação de Leia. — E você verá que as acomodações no interior são confortavelmente quentes, apesar de feitas de gelo.

— Incrível — Leia murmurou. Ela virou sua atenção para os blocos gigantes de gelo que formavam o palácio. Ela podia claramente ver a grade de fios de prata, entrelaçada em um padrão que acrescentava à elegância do palácio e — sim. Lá estava. Uma luz vermelha piscando através do gelo.

— Como os palácios recebem energia? — Leia perguntou inocentemente. Através das portas, eles podiam ver luzes brilhantes, e os convidados já tinham todos descartado seus envoltórios térmicos. Uma lufada quente os envolveu quando eles chegaram mais perto.

— Ah, temos uma rede interligada de energia instalada dentro do gelo — o capitão disse. Ele parou na porta, chamando sua atenção para o centro do bloco mais próximo. — Está vendo aquilo?

Leia confirmou.

— É uma mistura de doonium combinado com carnium saturado com cobre. Um metal estável e forte que naturalmente gera e conduz energia.

— Fascinante — Leia murmurou como se já não soubesse aquela informação. — Nunca ouvi falar de carnium antes. Deve ser bem raro.

— A maior parte das naves na galáxia são movidas a gás tibanna, ou alguma mistura de combustível proprietária, como ridônio — o capitão disse. Sua voz tinha um toque de orgulho quando acrescentou: — Mas Madurs possui um tipo natural de carnium. Isso permite a nós construirmos nossos palácios com segurança, assim como abastecer nossas naves, como aquela que trouxe vocês até aqui, além de nossos transportes subaquáticos.

— Transportes subaqu... — Han começou, mas Leia deu um toque nele.

— Eu não sabia que havia um recurso tão rico debaixo do gelo de Madurs — ela disse, tentando tirar mais detalhes do capitão.

Mas Leia foi longe demais. Ele endireitou os ombros, fisicamente se afastando do bloco de gelo.

— O primeiro-ministro está esperando — ele disse, mostrando com o braço o caminho para Leia e Han entrarem no palácio principal.

Madurs havia permanecido independente, passando despercebida entre as mãos de entidades políticas maiores durante todo o período de sua colonização. A independência tinha seus benefícios, até mesmo Leia podia ver isso. Mas mundos eram melhores quando trabalhavam juntos, assegurando a prosperidade de todos em tempos bons, e a sobrevivência em tempos ruins.

Entrando agora no palácio, era difícil para Leia acreditar que Madurs já tinha passado por tempos ruins. As portas se abriam para um grande saguão de recepção, com tetos altos onde brilhantes estacas de gelo desciam em graciosas curvas. Luzes cintilantes reluziam dentro de longos fios de gelo transparente, lançando todo o saguão em um brilho que mudava conforme as pessoas se moviam ao redor.

Han os conduziu até uma mesa com uma variedade de bebidas. Cálices estavam equilibrados de lado sobre cilindros de vidro que surgiam do chão, agrupados em um arranjo vistoso. Cada cálice continha exatamente a quantidade certa de líquido verde cintilante para que não transbordasse pela borda inclinada.

— Está quente! — Leia disse, apanhando um cálice. Vapor subiu do cilindro que serviu de mesa para seu cálice inclinado.

— Você segura pela haste — um homem disse com uma voz grave, mostrando como segurava o dele. Han também apanhou um cálice, tomando um gole do líquido esmeralda. Leia fez o mesmo.

Uma explosão de calor atingiu sua língua, seguida de um tipo diferente de queimação descendo pela garganta.

— O segredo de viver em Madurs — o homem disse, erguendo seu cálice. Enquanto Leia tomava sua bebida a goles pequenos, o homem virou o conteúdo de uma só vez, colocou o cálice na bandeja de um droide-garçom que passava por ali e pegou mais um. Uma nuvem de vapor se ergueu do cilindro onde o cálice estava. — Kistrozer quente.

Quente? Era praticamente lava. Han havia discretamente se livrado de seu cálice, e Leia queria fazer o mesmo, mas não fez. Ela tomou outro gole.

— Eu deveria me apresentar — o homem disse, tendo já terminado seu segundo cálice. — Yens.

Leia precisou de um momento para perceber que o homem queria dizer que ele era Dreand Yens.

— Oh! — Ela baixou a cabeça em respeito. — É uma honra conhecê-lo, primeiro-ministro. — Leia não havia percebido que ele era o mesmo homem que enviara aquela holomensagem, e apesar de ter visto várias imagens dele no dossiê que a Major Nioma havia lhe fornecido, ela simplesmente não o reconheceu. Sua voz parecia relaxada agora, não forçada como se estivesse lendo um roteiro. A mensagem o mostrou usando vestes oficiais — um terno, uma capa, uma faixa cheia de honras e medalhas. Mas aqui ele estava mais casual, vestindo uma capa de pele marrom que não era diferente de uma dúzia ou mais de capas semelhantes. O primeiro-ministro tinha uma conversa fácil e se portava casualmente; o capitão que os conduziu até o palácio parecia uma figura com mais autoridade do que aquele homem.

— Obrigada por responder à minha mensagem original — Leia disse, ciente de que estava usando seu tom de voz diplomático, mas sem conseguir impedir isso.

— Obrigado por trazer turistas para minha lua! — O primeiro-ministro riu, brindando seu cálice de kistrozer na direção dela. Leia flagrou o olhar de Han erguendo uma sobrancelha. Ele chegou mais perto, seus cotovelos encostando com os dela, sua postura mostrando uma segurança sólida ao ficar ao lado dela.

— Eu queria discutir... — Leia começou, mas o primeiro-ministro dispensou suas palavras.

— Beba, beba — ele insistiu, apontando para seu cálice. — Eu não convidei você aqui para uma missão diplomática. Você veio para ver arte e experimentar a beleza natural do mundo. Não vamos estragar isso com conversas sobre política.

— Mas...

— E aqui, você também! — o primeiro-ministro disse, apanhando outro cálice de kistrozer e empurrando-o na mão de Han. — Agora é hora de beber!

Leia olhou para Han. Sua expressão era sombria. Os dois entendiam o significado oculto das palavras não ditas pelo primeiro-ministro — aquela não era a hora nem o lugar para conversar.

Havia muito que não estava sendo dito. A torre negra se erguendo na planície de gelo, a maneira forçada como o primeiro-ministro insistia em conversar sobre nada mais do que arte...

Nem uma única pessoa em todo o palácio vestia um uniforme do Império, mas isso não significava que o Império não estivesse presente.

# CAPÍTULO 33

# HAN

— ESTE É NOSSO GRANDE PALÁCIO — YENS DISSE A ELES ENQUANTO CONDUZIA Han e Leia pelo saguão. Han continuava segurando seu kistrozer — o calor do cálice o esquentava —, mas não tomou outro gole. Nem mesmo Leia, atuando totalmente em seu papel de embaixadora, ousou levar aquela coisa asquerosa aos lábios outra vez. Só o cheiro já fazia Han tossir. O primeiro-ministro devia ter um estômago mais forte do que o tanque de combustível da *Millennium Falcon.*

— A arte deve ter uma função — o primeiro-ministro disse a eles em tom de conversa. — Isso também é verdade para a natureza. As estrelas brilham bonitas, mas é apenas porque queimam para viver.

À medida que caminhavam ao redor do grande saguão de recepção, Han percebeu como todos no lugar pareciam ter ao menos metade da atenção sobre eles. Apesar de Han saber que não estavam olhando para ele — o foco era Leia e Yens —, isso o deixava nervoso. Nem ele gostava de olhar para sua própria esposa tão de perto, muito menos se fossem outras pessoas olhando.

— Cada um de nossos palácios foi construído diretamente no gelo, mas enterramos uma plataforma de metal no campo de construção. É a fonte tanto da energia quanto de calor dentro do edifício: nós bombeamos água quente do oceano perto do núcleo da lua, e revestimos as paredes com um raro metal que fornece energia. — O primeiro-ministro falava de forma descontraída, mas Han não confiava nas entrelinhas sinistras permeando suas palavras.

— Sim, carnium — Leia disse. Ela baixou a voz. — Eu estava falando sério sobre minha oferta de ajuda para você proteger suas reservas.

— Apesar de ser feita de gelo, nossa lua pode ter um efeito desidratante na pele — o primeiro-ministro continuou alegremente, como se Leia não tivesse falado nada. — O vapor ajuda ao nos fornecer calor e umidade.

Naquele momento, gentis ondas de vapor irradiaram das paredes e do teto. Como nuvens cobrindo o sol, o saguão inteiro foi coberto por uma suave bruma de vapor, quente o bastante para ser refrescante em vez de opressiva. Ao redor, vários dos passageiros da *Halcyon* começaram a desprender seus discos térmicos, sentindo calor demais com eles, apesar de estarem dentro de um edifício feito de gelo.

— Usamos a mesma tecnologia em nossas casas de hospedagem — o Primeiro-ministro Yens continuou. — Vocês chegaram tarde. Tiveram a chance de vê-las?

— Não — Han disse.

O primeiro-ministro os levou até o outro lado do saguão de recepção, onde uma grande porta com um pináculo redondo levava a um pátio cercado por uma parede cheia de pontas que pareciam feitas de estalactites de gelo. O pátio era decorado com delicados galhos brancos entrelaçados e encrustados com neve que davam a aparência de uma floresta, embora os galhos apenas alcançassem a altura dos joelhos de Han.

Mas o que realmente chamou sua atenção foram os cilindros altos e largos posicionados em cima do gelo, e os enormes cubos que ficavam inclinados sobre cada cilindro.

— É mais... moderno — o Primeiro-ministro Yens disse, como se admitisse um segredo constrangedor. — Eu tentei convencer a artista a usar um estilo diferente, mas ela estava apegada demais às casas de hospedagem.

— Essas são as casas de hospedagem? — Leia perguntou.

— Cada cilindro contém um turboelevador que vai até a residência — Yens disse, apontando para um. O vapor obscurecia o interior do tubo de gelo, mas havia uma sombra do elevador que funcionava lá dentro.

— Mas os cubos estão... — Leia usou as mãos para mostrar como os cubos estavam tortos em cima dos cilindros. Os ângulos se inclinavam de um jeito estranho: sem o cilindro como apoio, as casas em forma de cubo teriam que se equilibrar em um único canto.

Yens riu.

— Eu posso assegurar que o chão dentro das casas não é torto. O ângulo das paredes fornece mais espaço do que você imagina, e estar dentro de um objeto que parece impossível... bem, visualmente não é do meu gosto, mas o conceito é forte e a artista realmente é um gênio. Ela vai chegar longe na galáxia.

Han já ficara em lugares piores do que uma obra de arte moderna feita de gelo, mas ele continuou desconfiado da situação. As casas de gelo tinham paredes opacas o bastante para ser impossível enxergar através delas, fornecendo privacidade apesar do material. Cada uma era um pouco maior do que as cabines da *Halcyon*, e julgando pelo número de hóspedes que optaram por ficar na lua para a excursão, era conveniente que tantos cubos estivessem prontos para serem ocupados.

Foi então que lhe ocorreu.

Ele contou silenciosamente — vinte e cinco casas de hospedagem se alinhavam no pátio, pequenos cubos empoleirados sobre cilindros, igual o kistrozer ficava sobre os pedestais de calor. Realmente pareciam residências para hóspedes, não destinadas para nenhum residente permanente da cidade, que tinham suas próprias casas normais.

— Quanto tempo demora para construir uma dessas? — Han perguntou.

— Uma? Ah, provavelmente cerca de um mês desde o planejamento até a construção, dependendo da disponibilidade de materiais.

Han chamou a atenção de Leia enquanto o primeiro-ministro continuava tagarelando sobre outros aspectos da arte que Han não se importava. As sobrancelhas de sua esposa se contraíram, tentando entender o que ele queria, e Han fez um aceno com a cabeça na direção das casas de hospedagem. Levaria meses, talvez um ano inteiro para completar todas.

Os olhos de Leia se arregalaram quando ela entendeu seu comentário silencioso. O Primeiro-ministro Yens havia indicado que os passageiros da *Halcyon* eram os primeiros visitantes que a lua tinha em muito tempo, ao menos desde a visita do Imperador, anos antes. Aquelas casas em forma de cubo foram construídas recentemente, quando Yens disse que não esperava nenhum futuro hóspede.

Então, por que ele construiu residências para cinquenta ou mais pessoas se hospedarem no palácio? Quem — ou quê — o primeiro-ministro vinha esperando?

Leia olhou uma última vez para as casas de hospedagem, depois buscou o braço de Yens.

— Primeiro-ministro — ela disse —, embora eu aprecie a arte de sua lua, você deve saber que eu esperava discutir a possibilidade de Madurs se juntar à nova república que está se formando na esteira do Império opressivo. Eu adoraria repassar informações sobre...

— Não será preciso — Yens disse bruscamente. Han cerrou os olhos quando o homem livrou seu braço das mãos de Leia.

— Mas... — Leia começou a dizer.

— Não precisamos de ninguém e de nada — o primeiro-ministro disse. — Você não viu como nossa lua prospera sem estar sob as garras de um governo galáctico?

Han manteve a boca fechada com firmeza — apesar de entender o primeiro-ministro, ele não tinha desejo algum de se colocar na linha de fogo de sua esposa.

— O que qualquer república ou aliança faria para nós? — Yens continuou. — Nós somos um mundo verdadeiramente independente.

— Mas quando eu a princípio o contatei... — Leia tentou novamente.

— Você veio por causa da arte, minha querida, apenas pela arte. Você verá. Madurs pode até jogar o jogo político, mas continuamos independentes.

Leia parecia que queria protestar mais um pouco, mas Yens a ignorou. Han estudou o homem. Ele falava com confiança, com um tom que não deixava espaço para discussão. E a maneira como ele interrompia Leia a toda hora... deixava Han muito irritado, mas não porque achava que sua esposa precisava ser defendida; ela podia cuidar de si mesma. Não, isso incomodava Han porque

Yens o lembrava de Lando em Bespin. O sujeito usou um sorriso para esconder seu medo.

Pois bem. Nada como confrontar a questão diretamente.

— E quanto àquela torre negra? — Han disse em voz alta, o som ecoando pelas paredes de ângulos estranhos.

Yens congelou. Ele fingiu olhar as horas em seu relógio de pulso.

— É melhor entrarmos — disse. Ele começou a se dirigir para as portas que levavam de volta ao saguão, mas Han agarrou seu cotovelo, puxando-o de volta.

Leia arregalou os olhos para Han, claramente desejando uma abordagem mais política, mas a sutileza nunca funcionou muito bem para Han.

— Nós vimos uma estranha torre negra no meio do gelo. Depois dos palácios em ruínas. O que era aquilo?

— Tenho certeza de que não sei do que você está falando — Yens começou a dizer.

Han sorriu com todos os dentes.

— Tenho certeza de que você sabe. — Yens abriu a boca, mas Han o interrompeu da mesma forma que ele vinha interrompendo sua esposa. — Tinha uns vinte e cinco, talvez trinta metros. Uma coisa enorme de metal, mas negra. — *Negra como o Império*, Han quase disse. — Não dá para não notar.

Um músculo se contraiu no maxilar de Yens, mas ele encarou Han sem pestanejar.

— Cerca de um ano atrás, o Império apareceu. Eles queriam nosso carnium. Ofereceram um acordo que disseram que eu não poderia recusar.

— E o que você fez? — Leia perguntou com a voz baixa.

— Eu recusei.

Antes que pudesse dizer mais alguma coisa, o gelo debaixo de seus pés tremeu. Uma rachadura ecoou em algum lugar por perto, e de dentro do palácio vieram sons de gritos assustados. Han observou com olhos arregalados quando o chão — feito de uma camada sólida de gelo — se moveu. Ele agarrou Leia, segurando seu braço antes que ela perdesse o equilíbrio. Yens continuou de pé com uma postura aberta, equilibrando-se enquanto o gelo se movia.

— É um simples tremor — ele disse. — Nada para se preocupar.

Terminou em menos de um minuto, mas o tremor deixou Han com o coração acelerado e sem fôlego. O rosto de Leia estava corado e ela agarrava o braço dele com força. Os campos de gelo pareciam tão sólidos até então, firmes como qualquer chão que Han já tinha colocado os pés, mas o tremor o abalou.

Yens olhou intensamente para Han e Leia.

— Aconselho vocês a não deixarem a segurança da cidade sem supervisão — ele disse. — Afinal de contas, qualquer coisa pode acontecer no gelo.

# CAPÍTULO 34
# LEIA

AQUELA SIMPLESMENTE NÃO ERA UMA RESPOSTA BOA O BASTANTE, E UM TREMOR DE gelo não impediria Leia.

— Você disse que o Império apareceu — ela disse, marchando até o primeiro-ministro enquanto um tremor secundário balançava o gelo. — O que *exatamente* eles ofereceram?

— Créditos — Yens respondeu. — Não tanto quanto o carnium valia.

— E a torre negra? — Han perguntou.

— Costumava ser uma estação. Ficava em órbita; eles a tratavam como uma base enquanto faziam o reconhecimento de outras luas e planetas no sistema em busca de mais carnium.

Leia ergueu uma sobrancelha, sem se dar ao trabalho de esconder sua desconfiança. Será que o primeiro-ministro estava insinuando que eles haviam derrubado uma estação espacial do Império? Han tinha uma expressão sombria no rosto, e ela se lembrou que, embora ele não quisesse estar naquele mundo, ele ainda a apoiaria, independentemente de qualquer coisa.

— Como podem ver — Yens continuou —, meu povo defende aquilo que é dele. Não precisamos de uma aliança com qualquer república que surja das cinzas daquilo que costumava ser o Império. Um ano atrás eles vieram; agora você está aqui. Não faz diferença. Madurs não quer nenhum de vocês.

— Um ano atrás — Leia murmurou. Isso se alinhava com o momento em que o Império anexou a Cidade das Nuvens em Bespin, uma fonte primária de gás tibanna. Embora Leia não soubesse na época, Palpatine provavelmente estava no meio da construção da segunda Estrela da Morte, mas até onde ela sabia, a Estrela da Morte não precisava de carnium — será que ele queria para outro propósito? Leia e o alto comando haviam especulado que o controle do setor Anoat estava se apertando agora como um tipo de plano cautelar que Palpatine tinha preparado para controlar a cadeia de suprimentos e cortar a nova república na altura dos joelhos antes que pudesse ficar totalmente de pé. Mas Madurs e seu carnium eram uma fonte alternativa de energia, e se o Império apareceu um ano antes — ao mesmo tempo em que tomava o controle de Bespin —, talvez houvesse algo mais nefasto acontecendo do que uma complicação no controle do combustível para a galáxia.

Han olhou sombriamente para o primeiro-ministro, que parecia ignorar sua expressão de desgosto. Mas Leia também sabia que a reação desconcertante de

Han não era apenas por descobrir que o Império estava tomando o controle de linhas de suprimento de combustível.

Cerca de um ano antes também foi quando ele fora congelado em carbonita.

Como será que isso foi para ele? Apenas algumas semanas haviam se passado desde que Leia conseguira invadir o palácio de Jabba, o Hutt, no Mar das Dunas do Norte. Han foi de Bespin para Tatooine sem nenhuma lembrança ou mesmo ciência do tempo que se passou. Para ele, Leia confessara seu amor, depois ele fora congelado, depois acordou nos braços dela. Sua recuperação não foi fácil — Leia ainda se preocupava com sequelas a longo prazo por Han ter ficado congelado por tanto tempo, e sua cegueira temporária realmente a havia assustado —, mas ele tinha perdido um ano de sua vida.

Um ano que Leia viveu.

Tantas coisas aconteceram naquele ano que Han não sabia. Ele estava ciente de que Leia o salvara, é verdade, mas ele não viu as intermináveis noites de planejamento. A frustração dos atrasos.

Han ainda não tinha notado a nova cicatriz no braço de Leia, aquela que ela se recusava a permitir que os médicos apagassem completamente. Ela manteve uma fina linha da cicatriz como um memorial, um presente de um comandante com uma necessidade particular de vingança contra ela especificamente, uma lembrança de que, às vezes, as escolhas que as pessoas faziam resultavam em situações onde não havia mais escolhas a fazer.

Leia não havia nem contado a Han sobre a longa luta para *encontrá-lo*. Quando ele foi congelado, Boba Fett já estava lá, pronto para levá-lo para Jabba. Mas as coisas saíram dos trilhos, como sempre. Por um tempo, Leia pensou que ele tinha morrido. Ela cruzou caminhos com Qi'ra e a Aurora Escarlate. Ela fez acordos que não queria fazer. E mesmo assim, no fim, Han acabou na parede de Jabba e Leia ainda teve que lutar para salvá-lo.

Han sabia apenas do começo e do fim daquela história. E ela deveria contar o meio, Leia sabia disso, mas até agora ela parecia não conseguir colocar em palavras tudo o que havia se passado enquanto ele dormia.

Ela havia apenas encontrado a coragem de dizer as palavras "eu te amo" momentos antes de ele ser congelado. E passou o ano que se seguiu com aquelas palavras como uma corrente envolvendo seu coração. Não havia um fim naquele silêncio. Cada decisão que tomava, cada ação que fazia, sofria o peso daquelas palavras, ainda pairando, formando uma questão para a qual ela não conseguia encontrar a resposta.

Leia mexeu no anel de noivado em seu dedo, mas um pedaço da vinha cristalizada pareceu se mover sob seu toque. Ela forçou as mãos para baixo; não sabia o quanto o anel era delicado, e apesar de parecer ser feito de âmbar, não era realmente. Poderia quebrar. Tudo pode.

O Primeiro-ministro Yens fez um gesto na direção das grandes portas que levavam de volta para o saguão. A festa estava começando a esvaziar, a distração cintilante do palácio e tudo que tinha para oferecer perdendo um pouco do encanto depois do tremor de gelo. Leia e Han o seguiram para o saguão.

— Vamos sorrir para os holos. — Yens colocou seu cálice agora vazio na bandeja de um droide-garçom, agarrou Leia pelo cotovelo e a conduziu para outra parte do saguão de recepção, onde uma série de repórteres e unidades X-0X confraternizavam. Leia podia ouvir os passos de Han atrás dela, mas não se virou, embora não gostasse de como o primeiro-ministro a segurava com tanta firmeza, seus dedos apertando a parte de dentro de seu cotovelo.

— Aqui está ela! — o primeiro-ministro disse em voz alta. — Desculpem por ter roubado nossa convidada de honra! — Alguns repórteres capturaram a imagem.

— Eu não estava esperando uma entrevista coletiva — Leia disse a ele com a voz baixa.

— Então você não é uma política tão experiente quanto eu acreditava — o primeiro-ministro respondeu também sussurrando, seus lábios curvados em um sorriso de político para as câmeras.

— Esta é a primeira vez em anos que nossa pequena lua atrai atenção *apenas* por seus méritos no âmbito da arte — ele disse mais alto, sua voz sendo captada pelos gravadores. — Nós valorizamos muito a atenção que a sua presença traz para nossos palácios de gelo. Talvez possamos convencer a *Halcyon* a fazer de Madurs uma parada regular em seu itinerário, principalmente agora que temos paz intergaláctica!

Leia lembrou a si mesma que *estava* ali para assegurar ao público que a galáxia não precisava temer o controle do Império. Não conseguir convencer o primeiro-ministro a se juntar ao novo governo deixava um gosto amargo em sua boca, mas Leia foi criada como uma princesa e havia trabalhado diligentemente para se tornar uma política.

Ela sabia quando sorrir.

E então sorriu, graciosamente elogiando as maravilhas tanto de Madurs quanto da nave que a trouxera até a lua, conduzindo os repórteres por uma longa história cheia de arte e beleza. Yens manteve a mão no cotovelo dela e seu próprio sorriso fixado no rosto.

— E quanto àquele tremor de gelo? — um dos repórteres perguntou.

Pela primeira vez, a atitude alegre de Yens mudou.

— Uma pequena inconveniência que raramente causa danos. Tremores de gelo são um fato da vida em Madurs, nada para se preocupar.

— Foram esses tremores de gelo que causaram as ruínas que nós vimos no caminho?

Leia voltou o olhar para a repórter inquisitiva — embora a maioria das pessoas ali estivesse claramente sob o emprego de Madurs, Leia reconhecia aquela repórter da *Halcyon*. Riyola havia prometido enviar alguém confiável que ajudaria a assegurar que a narrativa fosse apresentada de forma verdadeira. Aquela mulher, com um cabelo curto esbranquiçado que contradizia seu rosto jovem, tinha um broche na lapela identificando-a como funcionária da *Contempora News*, um programa da HoloNet conhecido por sua cobertura equilibrada das notícias e sua vigorosa checagem dos fatos.

A mulher notou a atenção de Leia e abriu um sorriso.

— Mira Khun, para a *Contempora* — ela disse. — Estou propondo uma história para o programa sobre tudo isso.

Leia não tinha certeza se ela se referia à sua lua de mel, à primeira viagem da *Halcyon* fora da sombra do Império, ou à visita improvisada a Madurs, mas pela primeira vez naquela noite, o sorriso que ela ofereceu de volta não era falso.

— O primeiro-ministro estava mesmo falando sobre os recursos naturais de sua lua — ela disse, virando-se para Yens. — É claro, eu me preocupo mais do que apenas o bem-estar econômico de qualquer mundo; o Primeiro-ministro Yens se ofereceu para permitir nossa inspeção dos campos de gelo perto das ruínas para que possamos aconselhar melhor sobre qualquer conversa necessária para a estabilidade da lua.

Em uníssono, todas as lentes focaram no rosto do primeiro-ministro. Leia piscou inocentemente os olhos para ele. Yens não havia dito absolutamente nada sobre qualquer visita às ruínas — e à torre negra —, mas agora que Leia chamava toda a atenção sobre ele, negar seu acesso àquela área pareceria ainda mais suspeito.

— É claro — Yens disse a contragosto. — Toda arte é temporária, até mesmo este palácio. — Ele fez um gesto ao redor com as mãos, claramente tentando desviar a atenção.

Mas ele havia forçado Leia sob as lentes das câmeras, e ela usaria isso para sua vantagem.

— E também existe beleza nas ruínas — ela disse, interrompendo-o. — Que grande ideia contrastar a grandeza deste palácio de gelo com aqueles que já não estão mais de pé. Podemos visitá-los hoje mesmo?

O primeiro-ministro gaguejou.

— Se você está preocupada com nossos esforços para conservação, ficarei feliz em explicar mais durante nossa visita à base subaquática de pesca para que você possa ver o quanto o povo de Madurs está em contato com nosso ambiente.

— É claro, isso soa adorável! — Leia disse. — E na volta, podemos parar nas ruínas dos palácios. Que ideia maravilhosa, primeiro-ministro. — Antes que ele pudesse responder, Leia se virou para os jornalistas, apontando para Mira Khun. — Você gostaria de me acompanhar, para sua história?

Mira sorriu vorazmente.

— Com certeza.

Com os planos feitos, a concentração de jornalistas se desfez, os repórteres voltando para o meio da multidão, os droides flutuando mais alto para uma perspectiva diferente. Na realidade, Leia esperava que a exposição seria positiva para o mundo da arte de Madurs; ver os palácios de gelo no noticiário certamente incentivaria turistas a vê-los pessoalmente.

Sentindo que era seu dever, Leia forçou a si mesma a circular pelo saguão principal, igualmente cumprimentando os hóspedes da *Halcyon* e os residentes de Madurs. Até mesmo os mais relutantes turistas da *Halcyon* estavam ansiosos para prender seus discos térmicos e explorar aquela lua bela, mas inóspita, e Leia ficou satisfeita que pelo menos aquela parte do plano havia dado certo. Claramente, o primeiro-ministro vinha empurrando o foco na arte de Madurs; talvez insinuar a promessa de mais paradas de cruzeiros estelares naquela lua fosse o trunfo econômico que ela precisava.

Os droides haviam trocado o kistrozer quente por algo mais leve e efervescente, e Leia alegremente apanhou uma taça. A festa estava começando a se desfazer à medida que os hóspedes da *Halcyon* seguiam para as casas em forma de cubo no pátio atrás do palácio principal. Ansiosa para trocar de roupa para a excursão, Leia terminou sua bebida rapidamente e procurou um lugar para deixar sua taça vazia.

Um garçom — humano, não droide — apareceu com uma bandeja.

— Obrigada — Leia disse.

O garçom assentiu, mas ele parecia querer dizer alguma coisa. Leia esperou e, de fato, o jovem rapaz falou depois de discretamente olhar ao redor.

— É verdade aquilo que estão dizendo? — ele perguntou em um sussurro. — Nós... — Nesse momento, ele olhou para trás e Leia notou um grupo de garçons aguardando perto da parede, observando a conversa dos dois. — Todos nós queremos saber. É verdade que a guerra acabou?

Aquilo não era o que Leia esperava ouvir.

— É claro — ela disse.

— Mas... — O garçom deixou sua bandeja sobre uma mesa, dando atenção total para Leia. — Mas acabou *de verdade*? O Império caiu?

— O Imperador está morto — Leia disse com a máxima clareza que conseguia. Ela pronunciou cada palavra cuidadosa e enfaticamente. Era desanimador que até ali, naquela lua, a propaganda e o poder do Império pesavam contra a verdade. — O Império não existe mais. A galáxia está livre.

— Mas... — ele insistiu, mas então os olhos do rapaz se arregalaram e ele deu meia-volta, apanhando a bandeja na mesa. Com as taças batendo umas nas outras, ele se retirou apressado.

Leia se virou para ver o que o garçom havia visto. O Primeiro-ministro Yens ergueu sua taça para Leia do outro lado do saguão em um brinde debochado.

# CAPÍTULO 35

# HAN

**A**PESAR DE SER FEITA DE GELO, A RESIDÊNCIA DE HÓSPEDES QUE HAN E LEIA RECEBERAM era luxuosamente decorada, quente e privativa. Do chão, a casa em forma de cubo parecia ficar torta sobre um tubo, igual os cálices de kistrozer precariamente equilibrados, mas dentro, o chão era nivelado e feito de algum tipo de metal que irradiava calor. Todas as paredes tinham ângulos estranhos, mas os cantos abruptos permitiam que prismas coloridos brilhassem sobre a mobília branca. A cidade ficava no polo norte de Madurs; não escureceria totalmente durante a estadia, e a gentil luz nebulosa lançava suaves tons frios sobre todo o lugar.

— Nada mal — Han disse, dando de ombros quando se sentou na cama. Ele se recostou, pousando as botas sobre a coberta branca até Leia empurrá-las para fora.

— O que você acha de Yens? — ela perguntou, sentando-se onde as botas estiveram.

Han não se deu ao trabalho de abrir os olhos.

— Ele está mentindo.

— Obviamente. — Leia fez uma pausa, observando um facho de luz que cortava o meio da sala. — Mas sobre o quê?

Han ergueu a mão no ar, contando com os dedos.

— A torre negra. As ruínas dos palácios. A verdadeira razão para convidar você para vir aqui. Pode escolher uma.

Leia franziu as sobrancelhas, empurrando suas pernas novamente.

— O Império chegou aqui primeiro.

Han riu com desdém. Nem tudo levava de volta ao Império. Ele preferiu não discutir com Leia agora; ele sabia que ela nunca enxergaria a questão do seu ponto de vista. Mas pequenos mundos como aquele, mundos que não apenas conseguiam se autossustentar, mas prosperar o bastante para desenvolver sua própria arte e cultura — eles não queriam se juntar a governos maiores, Imperiais ou Republicanos. Só queriam ser deixados em paz.

Han respeitava isso.

Leia se levantou da cama e foi até o armário de roupas no canto, onde duas capas térmicas estavam penduradas, esperando por eles. A informação era que, depois de um breve descanso, o primeiro tour para ver a pesca no gelo e a base subaquática começaria. Leia jogou uma das capas para Han, que soltou uma bufada alta como se o material pesado tivesse atingido seu estômago.

— Você entende que não precisamos ir, não é? — ele disse, jogando a capa no chão.

— Vamos, esta é nossa chance de checar a torre negra.

— Duvido que ele realmente nos leve para ver aquilo — Han disse com uma risada sarcástica. — Aposto que ele vai nos levar na direção oposta e depois dar alguma desculpa para não podermos ir até lá.

— De qualquer maneira, nós não vamos simplesmente ficar aqui — Leia respondeu enfaticamente.

Han finalmente se endireitou na cama. Ele olhou nos olhos de Leia.

— Você acha mesmo que o Império tem alguma influência aqui? Claro, aquela torre negra é bem suspeita, mas Yens fez parecer que o Império veio e foi expulso pelos nativos.

— Uma pequena lua como esta não consegue lutar sozinha contra o Império.

Han deu de ombros.

— Talvez não compensasse todo o trabalho. E o Império estava perdendo sua influência.

— Não um ano atrás. Não enquanto você estava... — Leia parou a si mesma.

Mas Han sabia o que ela estava prestes a dizer. *Não enquanto você estava desaparecido*. Ele perdera um ano inteiro, e com uma semana depois de ter acordado, tanto Jabba quanto o Império estavam mortos. Tudo aconteceu tão *rápido* — mas não para Leia. Não para todos que não estavam congelados em carbonita.

— Não *precisa* ser o Império — Han disse sombriamente. — Parece que Yens simplesmente não gosta da imposição de *nenhum* governo.

Leia olhou para ele, girando a aliança em seu dedo.

— A nova república que vamos formar será diferente.

Han não conseguiu esconder o quanto duvidava daquilo, mas antes que pudesse comentar, o som de um bipe foi emitido dentro da bolsa de Leia. Ela se dobrou para procurar lá dentro, tirando um holocomunicador. Ela se sentou na cama ao lado de Han e ligou o dispositivo.

A forma luminosa de Riyola Keevan apareceu.

— Leia, Han — ela disse, suas palavras interrompidas pela estática.

— O que foi? — Leia perguntou, uma preocupação marcando seu rosto diante do tom sombrio e expressão séria da Pantorana.

— O primeiro-ministro cancelou o convite para a imprensa — Riyola disse.

Leia lançou um olhar para Han. Ela podia ter mais experiência com publicidade, mas não era preciso ser um gênio para saber que um governo que queria se esconder da imprensa tinha algo grande a esconder.

— Khun me contatou — Riyola continuou. — Eu havia arranjado para ela cobrir o evento em primeiro lugar, e quando conversei com o primeiro-ministro, ele concordou em deixar que toda a imprensa ficasse lá durante a excursão. Ela planejou um documentário especial cobrindo não apenas a sua visita, mas também toda a história da lua.

— Ele voltou atrás? — Leia perguntou.

— O chefe de gabinete do primeiro-ministro a acompanhou para fora da lua pessoalmente.

Han soltou um assobio baixo. Yens não estava sendo sutil. E agiu rápido — a coletiva de imprensa havia acontecido apenas uma hora antes. A repórter já estava acomodada em um transporte enquanto ele e Leia terminavam suas bebidas.

— Pelo jeito aquela repórter não vai acompanhar você para examinar os esforços de conservação de Madurs — Han disse em voz baixa.

A boca de Riyola pressionou os lábios com uma expressão preocupada.

— Não estou gostando disso. Vocês querem que eu desça até a superfície?

— Não, está tudo bem — Leia disse. — Prefiro saber que temos apoio na *Halcyon* se precisarmos.

Han duvidava que Riyola soubesse dos planos de Leia. O foco primário da assistente era a nave; se Leia revelasse que estava misturando negócios com lazer, ele duvidava que a *Halcyon* teria permitido que a excursão até a lua acontecesse. Mas Riyola também era esperta; ela provavelmente suspeitou que algo estava errado quando a imprensa foi bloqueada.

— Ficarei alerta, então — a Pantorana disse. — Mantenham contato.

Leia assentiu e desligou o comunicador. Ela olhou para Han, suas sobrancelhas erguidas desafiadoramente.

— Certo. — Han gemeu, desabando nos travesseiros outra vez. — Parece que o Império ou algo tão ruim está acontecendo aqui. — Eles simplesmente não tinham descanso. Ele se apoiou nos cotovelos. — Mas...

— Mas o quê? — Já havia um tom estressado na voz de Leia, como se ela pudesse adivinhar o que Han não estava dizendo.

Han não concluiu a frase. Não havia razão para dizer que gostaria que as coisas fossem diferentes, mais fáceis. Não eram, e tanto ele quanto Leia não desviariam os olhos ou ficariam parados esperando ajuda.

Entretanto, havia uma emoção se debatendo atrás dos olhos dela que preocupou Han. Ele já tinha visto Leia vestir uma máscara quando ficava diante de alguém com quem precisava ser educada, ou diante de um droide-câmera, ou em um palco.

E não gostou de ver que ela estava usando a máscara agora, quando eram apenas os dois.

Han se endireitou na cama, puxando Leia para mais perto. Ela parecia tão delicada em seus braços, quase frágil, como um pássaro recém-nascido, sem saber se deveria saltar do ninho para seu primeiro voo.

— Não posso parar agora — Leia murmurou. Han não respondeu, apenas acariciou suas costas ritmicamente. Depois de vários pequenos momentos, Leia acrescentou: — Preciso fazer o máximo que eu puder enquanto eu puder.

Isso o fez parar.

— *Enquanto* você puder? — Aquele jeito de falar pareceu sombrio, e os ombros derrotados de Leia e sua cabeça baixa apenas contribuíram para a sensação.

Ela se contorceu na cama para olhar Han nos olhos.

— Nem todos na galáxia são como você — ela disse.

Han sorriu sarcasticamente, reclinando-se nos travesseiros para que Leia pudesse ver melhor tudo que ele tinha para oferecer.

— Ora, obrigado pelo elogio.

Isso a fez rir, mas uma sombra voltou a tomar conta rapidamente de sua expressão.

— O que eu *quis* dizer é que nem todo mundo vai receber a notícia do meu, hum, parentesco tão bem quanto você.

Han piscou algumas vezes. Ele precisava lembrar a si mesmo daquilo que Leia quis dizer. Quando ela lhe contou que Vader era seu pai, pareceu algo tão absurdo, uma notícia recebida tão de repente e depois da excitação de Leia ter aceitado seu pedido de casamento, que isso acabou simplesmente fugindo de sua mente. Leia, conectada a Vader? Isso era impossível. Não fazia sentido lógico. Então seu cérebro havia afastado essa informação, deixando a verdade de lado tão completamente que ele acabou ignorando-a.

Isso foi um erro.

Não apenas Han não percebeu o quanto aquela informação pesava na consciência de sua esposa, ele também não deu a si mesmo tempo para aceitar a verdade.

Nada como a repressão para dar as caras nos piores momentos. Han forçou os pensamentos de volta para as profundezas. De novo. O máximo que conseguia.

— Isso não imp... — ele começou.

— Isso importa — ela afirmou secamente. — Assim que a galáxia souber do meu segredo, as pessoas vão me enxergar de modo diferente. Isso vai limitar aquilo que serei capaz de fazer para ajudar os outros; eles vão questionar, no mínimo, os meus motivos. — Leia tinha um olhar distante com seus olhos desfocados. Isso lembrou muito a Han do jeito como ela falou sobre Luke, logo após a destruição da segunda Estrela da Morte, dizendo que tinha certeza de que ele havia sobrevivido.

Aquele olhar deixava Han nervoso. Falava de coisas impossíveis de saber, daquela estranha maneira como Luke havia se transformado de um garoto para um Jedi, e Han não gostava nem um pouco disso. Ele sentia como se toda a galáxia estivesse deixando-o para trás, como se estivesse parado enquanto todos aceleravam no hiperespaço.

Mas quando o olhar de Leia focou sobre ele, Han enxergou apenas medo dentro dela. E, de algum jeito, isso era ainda pior.

Uma parte de Han queria beijá-la para afastar suas preocupações, fazê-la se esquecer daquilo que causava tanta ansiedade. E ele sabia instintivamente que ela o deixaria fazer isso. Danem-se a pesca no gelo e os passeios; se Han agarrasse Leia e a jogasse na cama, ele tinha certeza de que ela o deixaria distraí-la de seus pensamentos sombrios.

Mas ele não poderia fazer isso. Não com ela.

Leia fechou os olhos.

— Preciso fazer o máximo que eu puder enquanto eu puder — ela repetiu. Leia soltou um suspiro de derrota. — Um segredo como esse não fica escondido para sempre. Então, se existe algo que eu possa fazer, tenho que fazer. *Agora*. Não posso parar de fazer meu trabalho — ela continuou, falando rapidamente, como se as palavras fossem uma confissão. — Não posso parar de ajudar aos outros. Não posso simplesmente desistir de ser eu mesma. E parte disso é porque essa é a maneira que acredito que devo viver minha vida. Esse é o trabalho que eu amo. E parte disso é porque preciso controlar minha culpa. Eu comandei as batalhas. Eu sabia que as pessoas morreriam, boas pessoas, e elas morreram.

*Era uma guerra*, Han quis dizer, mas ficou com medo de suas palavras silenciarem as dela.

— Mas além disso, sei que ninguém mais vai confiar em mim... quando as pessoas souberem. Se eu tiver uma posição no novo governo, serei derrubada. Qualquer trabalho que eu tiver feito será criticado, possivelmente desfeito. Vou perder tudo.

— Menos eu. — As palavras escaparam dos lábios de Han antes que pudesse processar o pensamento, mas ele viu a maneira como Leia olhou para ele, a esperança reaparecendo em seus olhos. — É melhor encarar a verdade, minha querida, você está presa a mim.

Ela riu de novo, um som doce e sincero.

— Mas — Han acrescentou —, parece que você está desperdiçando todo o seu precioso tempo se preocupando com o futuro. Talvez a galáxia descubra. Talvez não. Mas agora temos que lidar com um primeiro-ministro para descobrir o que é aquela maldita torre negra. Uma coisa de cada vez.

Ele não queria dispensar muito os pensamentos de Leia; estava claro que aquilo a preocupava muito. Mas Han não estava preocupado. Leia, ele tinha certeza, venceria qualquer desafio. E ele sabia mais do que ninguém que era muito possível abandonar seu passado e se reinventar.

Ela se inclinou sobre ele, tocando seu rosto antes de puxá-lo para um beijo. Quando se separaram, sussurrou contra os lábios dele.

— Como você consegue ser tão impressionante?

Han abriu um sorriso de satisfação.

— Sou naturalmente perfeito.

Leia riu, e com isso, suas preocupações pareceram sumir.

— Certo. Vamos nos concentrar no agora. O que significa que precisamos nos arrumar para um passeio a uma base de pesca.

Han gemeu, um som que foi quase uma risada, enquanto Leia se abaixava para apanhar a capa que Han havia jogado no chão. Han podia convencer sua esposa de que sua linhagem não importava, mas nada podia convencê-la a ficar na cama o dia todo.

# CAPÍTULO 36
## LEIA

LEIA GIRAVA SUA ALIANÇA EM VOLTA DO DEDO DE NOVO E DE NOVO. ELA LANÇOU UM olhar furtivo sobre Han enquanto desciam pelo turboelevador da casa de hospedagem. Ele parecia completamente despreocupado, mas será que isso continuaria se ela seguisse a orientação de Luke e aprendesse sobre a Força? Ela ainda sentia que esse caminho não era seu destino, e não tinha certeza se algum dia seria. Mas também nunca achou que fosse se casar com um cafajeste em uma lua florestal na Orla Exterior, e isso aconteceu.

Uma parte de Leia estava curiosa sobre a Força. As palavras de Luke sobre como eles poderiam trabalhar juntos para trazer uma paz mais forte eram tentadoras. E mesmo sabendo que ele estava seguindo em sua própria busca por mais conhecimento e ela estaria envolvida na formação da nova república, isso não significava que a porta estaria fechada para sempre. A chance de aprender sobre a Força apareceria de novo.

E ela poderia aceitar.

Será que Han se sentiria confortável com a ideia de sua esposa aprender sobre a Força considerando o dano que seu pai causou enquanto a usava?

*Preocupe-se com o agora*, Leia lembrou a si mesma.

As portas do turboelevador se abriram e uma lufada de frio os atingiu. Han saiu primeiro, olhando ao redor para a pequena multidão que se reunia no pátio. Leia permaneceu ao seu lado, sem estar disposta a deixar que as sutilezas sociais atrapalhassem seus pensamentos.

Seria tão mais fácil convencer o Primeiro-ministro Yens a se aliar com o novo governo galáctico se ela tivesse o peso de ser não apenas uma senadora, mas também uma Jedi. Leia havia testemunhado Luke meditando antes; a serenidade em seu rosto era verdadeira e algo que parecia impossível para ela compartilhar.

Não — a Força era uma tentação. Enquanto trazia paz para Luke, também trouxera a guerra para seu pai.

*Vader trouxe a guerra para si mesmo*, Leia pensou.

— Por aqui, por favor — o capitão que Leia havia encontrado antes chamou no saguão de recepção, acenando para as pessoas. Ele conduziu o grupo pelo palácio na direção da grande entrada, onde trenós amarrados a pralces os esperavam. Leia procurou por Nah'hai, a mulher que os havia levado do espaçoporto até o palácio, mas ela e seu pralce não estavam entre a comitiva.

O Primeiro-ministro Yens em pessoa ofereceu a mão para Leia subir no trenó.

— Nós vamos parar nas ruínas dos palácios antes ou depois de nossa visita à área de pesca? — ela perguntou.

— Depois — o primeiro-ministro respondeu com um sorriso de confiança.

— Ele não vai nos deixar ver nada — Han murmurou no ouvido de Leia enquanto se ajeitavam juntos no trenó.

Quando todos estavam acomodados em seus trenós, o capitão soltou um assobio e os condutores chamaram seus pralces para iniciarem a jornada. E, de fato, os trenós seguiram na direção oposta das ruínas e da misteriosa torre negra.

Eles se moviam rápido demais para facilitar qualquer conversa, então Leia nem tentou responder ao sorriso convencido de Han que dizia "eu avisei". Ela se recostou em seu braço, mexendo inconscientemente a aliança em seu dedo outra vez.

Se aquela lua de mel era parcialmente uma viagem de relações públicas para assegurar à população sobre a segurança da galáxia, isso apenas provava que os cidadãos da galáxia adoravam uma história de amor e queriam um pouco de felicidade. Mesmo assim, Leia sabia por experiência própria que a única coisa que as pessoas gostavam de ver mais do que um herói era um herói caído. Quanto mais eles a celebravam, mais pessoas buscariam suas falhas para explorá-las e usá-las para derrubar sua imagem.

Isso lembrava muito sua mãe, Breha Organa, e sua experiência com o Dia da Reivindicação. Breha havia escalado o Monte Appenza com confiança. Mas cada passo na direção do monte levava a uma queda ainda maior quando ela se desequilibrou e quase morreu depois de despencar pela montanha, seus ferimentos tão graves que seu corpo foi permanentemente danificado c alguns órgãos tiveram de ser substituídos com cibernética.

Cada momento de alegria que Leia sentia agora estava apenas levando-a cada vez mais alto, e quando inevitavelmente tombasse, a queda seria muito maior.

Leia sentiu algo se rompendo em seu dedo e ela imediatamente separou as mãos. Seu nervosismo havia danificado a aliança feita de vinha. Por dentro, ela praguejou contra si mesma. Embora parecesse âmbar, a aliança era feita apenas de uma delicada planta, e Leia foi descuidada demais. Ela ergueu a mão, olhando no meio do vento gelado, procurando o dano.

Uma fratura fina como um fio de cabelo irrompeu na superfície. A aliança não havia se partido, mas isso aconteceria — e logo.

Leia olhava com tanta atenção na rachadura que se assustou quando Han apanhou sua mão, entrelaçando os dedos com ela e envolvendo sua palma fria com o calor dele. Han não poderia ter enxergado a quase invisível rachadura no âmbar — ele apenas viu a mão de Leia e a tomou para si.

Ele estava certo. Não valia a pena se preocupar com o futuro. Sua aliança eventualmente se partiria, mas isso não importava se ele ainda estivesse segurando sua mão.

LEIA NUNCA VIU UM MEIO MAIS EFICIENTE DE PESCA NO GELO. O PRIMEIRO-MINISTRO YENS chamou a atenção de todos para Anyel, uma bióloga marinha que trabalhava na base onde estavam reunidos, flutuando no centro de um enorme buraco cortado direto no gelo. Daquele ponto de vista, os convidados podiam ver que o gelo tinha cinco ou seis metros de espessura, embora tivessem recebido um alerta de que algumas áreas do gelo não eram tão espessas e poderia ser perigoso o bastante para ceder.

— Como podem ver, apesar de a superfície de nosso planeta ser inóspita, nosso povo encontra muitos recursos debaixo do gelo. Nós não apenas sobrevivemos em Madurs, nós prosperamos. — Anyel sorriu para os convidados enquanto o Primeiro-ministro Yens mostrava todo o centro de pesca com um movimento do braço.

O buraco cortado no gelo tinha cerca de cem metros de diâmetro, e enquanto havia um anel de área vazia no perímetro externo, mostrando as águas geladas cinza-esverdeadas do oceano que cobria a lua, a maioria daquele espaço estava preenchida com uma grande construção em forma de bulbo feita de transparaço que conectava com a borda por meio de quatro pontes. Anyel conduziu o grupo através da ponte mais próxima, acenando alegremente para os pescadores que lançavam longas linhas no oceano posicionados na borda externa.

— Os pescadores primariamente pescam salna, um grande peixe que frequentemente nada perto da superfície — Anyel disse ao grupo. — Vocês poderão experimentar a salna no almoço. Mas a ação de verdade acontece lá dentro.

Leia abriu caminho até a frente do grupo.

— E quanto aos tremores de gelo? — ela perguntou. — Eles afetam a vida selvagem?

Uma preocupação passou pelo rosto de Anyel e seus olhos dispararam para a parte de trás do grupo, onde estava o Primeiro-ministro Yens.

— Os tremores de gelo são uma grande preocupação — ela disse com um tom de voz baixo. — Estamos fazendo todo o possível para compensá-los.

Leia abriu a boca para continuar perguntando, mas uma agitação explodiu à esquerda e todos olharam sobre o parapeito da ponte para ver uma pescadora puxando um enorme peixe. A mulher tinha uma vara presa em seu torso, mas a linha esticada a puxava meio metro mais perto da beira do buraco. Leia ofegou, mas a pescadora claramente sabia o que estava fazendo, deslizando os pés juntos para se apoiar e usando seu corpo inteiro para puxar o peixe. Aquela não era nenhuma operação de alta tecnologia; os pescadores usavam os mesmos métodos de pesca testados e aprovados que as pessoas certamente implementaram havia milênios. Leia — assim como todo o grupo de turistas da *Halcyon*, assistindo da ponte — celebrou quando a pescadora conseguiu trazer um enorme peixe prateado com uma nadadeira dorsal cheia de espinhos. Aquele peixe poderia facilmente alimentar uma grande família, e todo o grupo de pescadores ao redor da beira do buraco trabalhava junto para pescar ainda mais peixes. Assim que a mulher baixou sua salna no chão, outras pessoas se apressaram para processar o peixe ou lançar mais linhas no mesmo local.

— Por aqui — Anyel disse, direcionando o grupo para um par de portas abertas no fim da ponte que levavam para a instalação de transparaço flutuando na água.

Han segurava o braço de Leia enquanto eles andavam, não como uma forma de carinho, ela sabia, mas porque os olhos de Leia olhavam arregalados ao redor para tudo, menos para onde pisava.

— Cuidado — ele disse, puxando-a para longe de um corrimão na beira da plataforma.

Leia não conseguia se conter. Aquela instalação era impressionante. Não apenas era artisticamente construída — ela não esperava menos do povo de Madurs —, mas também era altamente funcional. As paredes de transparaço se curvavam para fornecer uma flutuação natural na água, mas Leia notou a teia de carnium incrustada no transparaço, fornecendo energia eficiente para vários recursos, incluindo a turbina que mantinha o edifício firme tanto na água quanto onde se conectava a suas reservas de energia. A plataforma onde eles estavam pairava sobre o saguão principal lá embaixo, mas também dava uma visão do centro do tubo que Leia não conseguiu ver antes graças à proteção ultravioleta no transparaço do lado de fora. O tubo se abria no topo, mas desaparecia na base, mergulhando nas partes escurecidas da bolha flutuante que ficavam debaixo da água. E estava cheio com todo tipo de planta, desde sakoola florescente até vinha de raízes comestíveis. Ervas, pimentas, sementes comestíveis, várias frutas e vegetais — Madurs cultivava tudo isso bem no centro de seu edifício de colheita principal.

— Algumas dessas plantas são tropicais — Leia murmurou para Han, apontando para uma citrella que ela reconheceu do simulador de clima da *Halcyon*, uma fruta nativa de Synjax.

— Graças a uma mistura de carnium, hidroponia e reguladores individualizados, nós temos uma variedade de plantas que de outra forma seria impossível cultivar em nossa lua de gelo — o Primeiro-ministro Yens disse, comentando sobre a fruta que Leia identificou.

Anyel e o primeiro-ministro os levaram até uma eficiente série de turboelevadores construídos no transparaço externo. O grupo chegou ao andar principal, onde uma série de portais cortados nas paredes levava diretamente para fora na água gelada. Leia observou admirada enquanto pescadores subaquáticos partiam da plataforma de atracagem através de baias protegidas por escudos magnéticos que levavam a submergíveis com domos em forma de bolha. Enquanto os pescadores na superfície pescavam as preciosas salnas uma por uma, aqueles pescadores subaquáticos usavam redes para apanhar cardumes inteiros. Outro grupo de pescadores subaquáticos, vestindo trajes térmicos e aparatos para respiração, formava uma fila em um corredor que levava a uma escotilha — eram arpoadores de elite com propulsores presos nas costas que caçavam as presas mais valiosas.

Um barulho alto perto dali fez Leia dar um pulo, e Han achou graça de como sua esposa se assustou facilmente. Ela estava errada — os pescadores subaquáticos que usavam as redes não apanhavam apenas cardumes de peixes. Uma alga marinha vermelha se arrastou no chão quando um pescador retornou para dentro.

O povo de Madurs havia aprendido a explorar o oceano que ficava sob seus pés. Nada crescia e poucas coisas sobreviviam na superfície de seu mundo gelado, então eles foram ao subsolo. E eles se alimentavam melhor do que em muitos mundos que Leia já tinha visitado.

Anyel os levou para um nível mais abaixo, para uma plataforma de observação subaquática. Olhar para o verde revolto do tubo que se erguia e o brilho da luz na superfície da água fez Leia sentir tontura, mas quando olhou para baixo, nas profundezas da água escura e funda, uma sensação de paz se abateu sobre ela. Todos estavam sem fôlego e em silêncio enquanto observavam lampejos de criaturas bioluminescentes brilhando no escuro, fornecendo linhas de luz que indicavam a presença de cardumes de peixes. Um dos speeders subaquáticos passou rapidamente por perto, seu pescador acenando para eles. O speeder mergulhou e sua luz lançou um brilho acolhedor no meio da escuridão profunda. As criaturas bioluminescentes se espalharam, desaparecendo instantaneamente. Mas, ao longe, eles podiam ver sombras de criaturas maiores, deslizando através da água.

— É aqui que veremos os edontes? — um garoto de cabelos amarelos disse enquanto erguia a mão.

Anyel passou a pergunta para o primeiro-ministro; ela apenas estava ali para falar sobre a visita de hoje. Yens sorriu para o garoto.

— Não, amanhã vocês estarão dentro de um submersível. Os edontes vivem nas águas mais frias; eles não chegam tão perto do... — Ele fez uma pausa e redirecionou seus pensamentos. — Vocês os verão amanhã. E não vão acreditar no tamanho deles!

— É incrível o quanto é possível colher do mar — a mãe da criança disse. — Os arpoadores que vimos antes caçam os edontes?

— Ah, não. — Anyel riu, voltando a falar com o grupo. — Edontes não são comida. Na verdade, sua carne é venenosa. Diferente de krackles, nenhuma parte de seu corpo pode ser aproveitada.

— Eles simplesmente... existem — Yens disse com um suave sorriso no rosto. — Seu único propósito é existir. O que é, eu acho, a razão para gostarmos tanto deles. Eles são grandes e belos e simplesmente *existem*. Assim como a arte.

Lembrem-se que até mesmo coisas que são funcionais podem refletir um ponto de vista estético. Vocês verão isso melhor quando seguirmos para a comunidade dos artistas mais tarde, mas por enquanto...

Enquanto Yens continuava, Leia chegou mais perto da bióloga marinha, puxando-a de lado. Aquela plataforma circulava toda a base subaquática, com janelas de transparaço que iam do chão ao teto e luzes suficientes apontando para o escuro para dar a ilusão de que eles realmente estavam no oceano. Leia falou com a voz baixa, parcialmente pela reverência que o lugar inspirava, mas também para não ser ouvida.

— Você mencionou que os tremores de gelo eram preocupantes — Leia disse. — Eu queria que soubesse que posso conectar você com algumas universidades que conheço. A Universidade de Jenrand em Mon Cala pode ser a mais útil nessa situação, com o melhor conhecimento subaquático. E, é claro, quando o novo governo estiver totalmente funcional, eu poderia...

— Não. — O rosto de Anyel se fechou, seu tom de voz já não era amigável. Ela empurrou Leia para o lado, abrindo os braços para chamar a atenção do grupo.

— Se vocês puderem olhar nesta direção, por favor — ela disse em voz alta.

O Primeiro-ministro Yens claramente havia arranjado que os pescadores subaquáticos fizessem uma exibição para os convidados. Em pouco tempo, o primeiro mergulhador foi acompanhado por mais meia dúzia, cada um equipado com holofotes que lançavam raios difusos de luz através da água. A plataforma onde eles estavam circulava completamente a base do edifício de transparaço e Leia pôde seguir as luzes dos mergulhadores e os domos decorados dos submergíveis.

Apesar de preocupada com a abrupta mudança no comportamento de Anyel quando ela estava apenas tentando ajudar, os olhos de Leia se fixaram na escuridão, ansiosa para ver algo novo, algo único. Um pequeno crustáceo, de cor azul brilhante com franjas luminosas, correu sobre a parede externa antes de deslizar para a escuridão. Ela pôde ver melhor as enormes criaturas que apareciam apenas como sombras na água — sua perspectiva não era boa, mas ela calculou que tinham, no mínimo, o dobro do tamanho de um trenó de gelo, com corpos largos e nadadeiras protuberantes, duas em cada lado na frente e três na cauda. Leia desejou poder usar um dos speeders subaquáticos e mergulhar nas profundezas para dar uma boa olhada nas criaturas.

Ela mal estava consciente de como se movia. A maioria dos outros tinha ficado perto dos mergulhadores, que brincavam com o cardume de criaturas bioluminescentes, seus longos corpos esguios ondulando na água, cada curva com uma cor diferente.

Era, ao mesmo tempo, estranho e lindo. Ela se virou imediatamente para Han, que, como ela, estava olhando para as profundezas do mundo subaquático.

— Você gostou — ela disse, apenas com um leve toque de questionamento.

Han confirmou.

— Estar debaixo d'água não é muito diferente de estar no espaço.

— O perigo — Leia disse, assentindo. Tudo que os separava da morte eram as paredes de transparaço, e isso era verdade tanto para a base subaquática ali em Madurs quanto para a cabine da *Millennium Falcon*.

— Não — Han disse com um tom divertido. — Não apenas o perigo. O inesperado.

Leia sorriu. Han amava o espaço da mesma forma que ela o amava. Essa ideia cresceu dentro dela como a maré de um oceano, e ela a sentiu visceralmente, como se estivesse se afogando. Engolindo suas emoções, Leia se virou e começou a percorrer o perímetro da base, afastando-se dele, de todo mundo. Sua mão pairava sobre o corrimão de metal, seus pés praticamente correndo enquanto perseguia um dos pescadores subaquáticos ao redor da edificação. Os fachos de luz atingiam as sombras de criaturas...

Até não atingirem mais nada.

Leia parou e Han, que havia começado a correr atrás dela, trombou em seu corpo.

— Veja — ela sussurrou.

— Não tem nada ali. — Han se inclinou sobre o corrimão, seu rosto a centímetros da parede de transparaço, mas ele estava certo.

Enquanto o restante do mar estava vivo com criaturas e plantas, cheio de atividade, aquela área — ao noroeste do palácio de gelo principal, Leia supôs — estava vazia.

Exceto pelo tênue contorno de uma longa torre negra descendo fundo no oceano.

Não havia criaturas subaquáticas ali, nem mesmo um solitário crustáceo curioso. O pescador pareceu perceber que havia destacado uma área proibida, e o speeder acelerou na direção oposta.

Leia e Han ficaram ali olhando para a escuridão. Aquela área, onde nada vivia, era onde a torre negra estava encrustada no gelo.

— Está na hora de ir. — Leia olhou para Anyel, que se aproximava. Atrás da bióloga marinha, o grupo de visitantes estava se retirando.

Praticamente sozinhas, Leia tentou mais uma vez.

— Não sei o que o primeiro-ministro disse a você — Leia disse. — Mas minha oferta realmente foi para ajudar este planeta. Conheço algumas bolsas de estudo que poderiam...

— Eu disse não. — A voz de Anyel saiu mais leve agora, mas igualmente firme.

— Uau — Han disse, entrando na conversa. — Yens conseguiu mesmo controlar você.

Uma confusão passou pelo rosto da bióloga marinha e, naquele momento, Leia percebeu que a hesitação de Anyel em aceitar ajuda poderia não estar vindo de coação por parte do primeiro-ministro. Quando seguiu Anyel na direção da porta, Leia viu o Primeiro-ministro Yens observando-as do corredor. Seu rosto estava tão sombrio quanto as águas, e igualmente indecifrável.

Os olhos de Leia seguiram para as luzes vermelhas piscando encrustadas no teto diretamente acima da cabeça do primeiro-ministro. Ela tocou Han, pressionando os dedos em seu braço e jogando o olhar sobre as luzes piscantes. Ficou óbvio o que era aquilo, ainda mais quando chegaram mais perto.

Uma câmera de segurança.

O Primeiro-ministro Yens não era o único que os vigiava.

# CAPÍTULO 37
# HAN

Como Han havia previsto, o Primeiro-ministro Yens achou uma desculpa para não visitar as ruínas dos palácios e a inquietante torre negra, redirecionando o grupo na saída da pesca no gelo para os estábulos de pralces e voltando para o palácio para um tour da galeria de esculturas de gelo. Embora Madurs fosse mais famosa por sua arte funcional, desde os grandes palácios até as residências em forma de cubo, também havia um próspero mercado de esculturas de gelo, tanto cultivadas quanto esculpidas. Os métodos tradicionais ainda eram usados, mas o guia que liderava o passeio era particularmente orgulhoso dos escultores modernos que começavam com uma base — geralmente de metal, mas alguns artistas usavam chifres ou ossos de pralce —, depois a mergulhavam em águas de várias partes da lua com tons ligeiramente diferentes, congelando na moldura e formando desenhos orgânicos e tortuosos que às vezes eram aprimorados com a aplicação criteriosa de uma lâmina a laser. Esses escultores nômades viajavam pela superfície de Madurs procurando as temperaturas, os blocos de gelo e as geleiras perfeitas para incluir em suas artes.

Leia se apaixonou por uma pintura feita com um gelo profundamente azul. Ficava no centro da sala sobre uma plataforma prateada para que os visitantes pudessem andar ao redor. O artista havia esculpido linhas brancas na frente para criar uma imagem abstrata de círculos que se expandiam e que lembrava Han de um mapa estelar. Ele se inclinou para ler a placa com informações sobre a peça. *A galáxia partida*, era o título, feita para representar toda a galáxia, desde os Mundos do Núcleo até o Espaço Selvagem.

— Arte não é estática — o guia, um jovem rapaz chamado Nondi, disse. Todos da *Halcyon* se reuniram enquanto Nondi mostrava como o artista incluiu um pêndulo feito de metal negro retorcido. O guia segurou o pêndulo para o lado e depois o soltou, deixando o metal raspar contra a parte de trás da pintura de gelo.

A princípio, Han não conseguia dizer se algo havia mudado. Mas então ele percebeu que a parte de trás da pintura enganava; o gelo era transparente o bastante para não notar as saliências naquele lado. À medida que o pêndulo balançava contra os sulcos, farpas se formavam na parte de trás da pintura. As pessoas ao redor da obra de arte tinham apenas um momento para ver o dano que o pêndulo causava na pintura antes que um pequeno aquecedor no chão fosse acionado, derretendo e apagando as rachaduras.

Han observou a água pingando até o chão, evaporando no aquecedor.

— Mas a pintura agora está enfraquecida — Leia protestou. O metal partiu o gelo, e apesar de o calor fundir as partes de novo, agora a obra estava mais fina. Quantas vezes mais o gelo quebradiço aguentaria antes de estilhaçar completamente?

Nondi sorriu tristemente.

— Essa é a ideia dessa obra de arte — ele disse.

Leia sacudiu a cabeça e o guia seguiu com a visita.

— Mas é tão bonito — ela disse a Han. — Não precisa ser quebrada. Tudo que você precisa fazer é não usar o pêndulo. — Leia levou a mão como se fosse tocar a pintura, mas recuou. Até mesmo o calor de seus dedos causaria danos. — Quero saber mais sobre isso — ela disse a Han enquanto chamava o guia. Han sacudiu a cabeça. Só mesmo Leia para começar uma discussão sobre uma obra de arte.

DEPOIS DE ENFRENTAREM O CLIMA FRIO NA VOLTA PARA O PALÁCIO PRINCIPAL, TODOS estavam ansiosos para passar a noite no aconchego de seu interior. Até mesmo Han e Leia, que admitiam que as distrações tiraram sua atenção da sombria torre negra encrustada na superfície atrás das ruínas dos palácios.

Leia se vestiu para o banquete à noite, escolhendo um sinuoso vestido de cintura baixa com uma profunda cor azul que tinha o mesmo tom da pintura de gelo que ela tanto admirou antes. Quando ela se movia, a cor do material mudava, com lampejos de púrpura e acentos dourados. As mangas eram formadas por fitas de cristais prismáticos presas em correntes de ouro, deixando parte de seus braços expostos. Ela combinou o vestido com um longo colar de pérolas verseda colhidas no mundo oceânico de Wrea, e soltou os cabelos em tranças onduladas que desciam até a metade das costas e terminavam presas em uma tiara de ouro ao redor de sua cabeça. Han gostou do efeito; caiu bem nela. Mas ele também pensou em como seria incrível no fim da noite ajudar a desfazer cada uma daquelas tranças.

Han não trocou de roupa.

Han não falou muito durante o banquete, mas apenas Leia notou. Eles foram acomodados na mesa do primeiro-ministro e Han não teve problema nenhum em deixar Leia tomar conta das conversas. Aquele jantar — sorrisos falsos, civilidade falsa — o lembrava da última vez em que estivera em Bespin. Ele sabia que algo estava errado naquele dia, apesar das garantias de Lando de que tudo estava bem, e ele sabia que algo estava errado agora também... apesar de o primeiro-ministro não estar se esforçando tanto para esconder a verdade. Parecia que ele ficava perto do droide de vigilância de propósito, para que eles notassem. Ele os levara para ver arte onde metal negro rompia o gelo nativo. Mais cedo, naquele dia, foi ele que arranjou a rota dos pralces quando aterrissaram.

Yens não era um homem sutil. Ele poderia ter feito os transportes aterrissarem ao leste em um campo aberto longe do espaçoporto; poderia ter mandado que os condutores seguissem ao sul. Mas, em vez disso tudo, eles passaram perto o bastante daquela estranha torre negra para que *pudesse* ser um mero acidente eles a terem visto.

Han estava começando a achar que não foi nenhum acidente.

Esses "acidentes" onde eles viam coisas que o primeiro-ministro parecia não querer que vissem já não pareciam acidentes. E, mesmo com Yens ainda insistindo que eles não deveriam olhar ou questionar muito, já não parecia mais que ele realmente quisesse desviar seus olhares.

Lando também havia se comportado assim. Dizendo apenas o suficiente — e nada mais — para Han saber que algo não estava certo. Leia também havia percebido. E, mais uma vez, eles estavam presos em uma posição onde precisavam esperar por...

Han derrubou seu garfo sobre o prato, causando barulho e lançando um pedaço de salna na mesa. Leia olhou para ele com curiosidade, mas ele respondeu com um sorriso tão fácil que ela voltou para sua conversa com o primeiro-ministro.

A última vez que Han havia entrado em um salão de jantar formal foi em Bespin. E Darth Vader estava na cabeceira da mesa.

Darth Vader.

O pai de Leia.

O estômago de Han embrulhou diante daquele pensamento. Ele não apanhou o garfo de volta.

Ele não se importava que Leia compartilhasse uma linhagem com aquele monstro. Ele não se importava.

Leia levou a mão debaixo da mesa e tocou seu joelho. Embora não tivesse parado de conversar com o primeiro-ministro, ela encontrou sua mão e entrelaçou os dedos com ele. Ela apertou sua palma.

Ela sabia que algo estava errado.

Ela nem precisava olhar para ele para saber.

*Será que isso é a Força?*, Han se perguntou. Vader conseguia antecipar golpes e bloquear tiros antes mesmo de um blaster atirar. Será que esse era o poder que Leia havia herdado?

Ela usou o polegar para acariciar sua mão debaixo da mesa.

Quando Han olhou, Leia o observava. Suas sobrancelhas estavam juntas e Han imediatamente soube o que ela estava pensando — não por causa de algum estranho poder, mas porque a preocupação dela estava pintada vividamente em seu rosto. Assim como seu amor.

Han ofereceu um sorriso não muito convincente, incapaz de afastar todos os pensamentos sombrios para longe.

— Só estou cansado — ele murmurou.

Leia ergueu uma sobrancelha. Ela não acreditava nele.

Ela estava conseguindo decifrá-lo cada vez melhor.

Antes de Vader, antes de ficar claro que Lando os havia traído, antes de tudo, Leia disse a Han que sabia que ele a abandonaria assim que os reparos da *Falcon* terminassem. Han sempre pensava sobre aquilo.

Foi uma das poucas vezes que Leia esteve completamente errada.

Como ela não conseguiu enxergar antes? Mesmo se ele tivesse realmente se retirado — ele ainda precisava encarar Jabba, afinal de contas —, teria voltado.

Ele sempre voltaria para ela.

Han estava tão perdido em pensamentos que não percebeu que Leia estava dando uma desculpa para que eles se retirassem mais cedo do jantar até ela se levantar, junto com todos os outros líderes políticos de Madurs.

— Por favor, não se levantem — ela disse, sorrindo graciosamente enquanto puxava a mão de Han. Ele afastou sua cadeira e se levantou. — Obrigada por essa noite maravilhosa. — Leia inclinou a cabeça na direção do primeiro-ministro.

— Você não precisa ir embora mais cedo por minha causa — Han disse, seguindo Leia enquanto eles atravessavam o salão em meio às outras mesas do banquete.

— Tudo bem — Leia disse, sem deixar de sorrir para as várias pessoas de Madurs ou da *Halcyon*. Em pouco tempo eles alcançaram as portas que levavam até o pátio. Uma onda de frio os atingiu e Han prendeu seu disco térmico de volta, mesmo sendo uma breve caminhada até a casa em forma de cubo.

O ar estava frígido enquanto eles corriam entre a gentil neve quc caía no pátio até a residência de hóspedes. Leia riu e grandes nuvens formadas por sua respiração se condensaram sob as delicadas luzes penduradas acima. O turboelevador se abriu e Leia entrou, puxando Han junto a ela.

Leia encostou na parede com o elevador já subindo. Han se maravilhou olhando para ela. Há poucos momentos, ela era a epítome de uma diplomata graciosa, dando desculpas educadas para se retirar mais cedo depois de conversar com os líderes daquela lua. E agora ela estava rindo, os cílios de seus olhos cobertos de neve.

Era como se ela fosse duas pessoas diferentes.

Mas, Han agora entendia, ela não era. Ela não era apenas uma esposa, nem era apenas a princesa do povo. Ela era Leia, e Han tinha que amar tudo dela, ou nada dela.

Até mesmo sua linhagem.

Han não sabia se algum dia conseguiria se desprender da raiva e do terror que Vader provocava nele, mesmo o monstro estando morto. Han vivera com essas emoções presas dentro de si por quase um ano enquanto estava congelado na carbonita. Elas haviam deixado cicatrizes profundas que ninguém conseguia enxergar.

Mas ele conseguia separar essas emoções de Leia.

E ele conseguia enxergar todos os lados dela. Leia se fracionava para todos — a forte guerreira da Rebelião, a inteligente política para o Senado, a graciosa líder para o povo. Mas ela ficava por inteiro diante dele, multifacetada e, às vezes, rachada, mas completa.

Han tinha que amar tudo dela, ou nada dela. Era assim com Leia — tudo ou nada.

Ele escolheu tudo.

LEIA, QUE NÃO PODERIA ADIVINHAR A VIRADA SOMBRIA E REVELADORA DE SEUS PENSAmentos, sorriu para ele quando as portas do turboelevador se abriram e ela arrancou a tiara de seus cabelos, deixando as tranças caírem soltas.

— Ainda bem que você me convenceu a deixar aquele banquete mais cedo.

Han deu uma risada, seguindo-a até o quarto.

— Eu a convenci? Minha querida, eu não disse uma palavra.

— Ah, você foi bem insistente — Leia confirmou. — E eu concordo plenamente. — Seu sorriso se tornou selvagem. — Agora, vamos para a cama.

# CAPÍTULO 38
# LEIA

LEIA ACORDOU COM UM SOBRESSALTO. NÃO APENAS O PRIMEIRO-MINISTRO YENS HABILmente atrasou a visita até a torre negra — como esperado —, mas Leia estava muito ciente de que haveria pouca oportunidade para ela continuar qualquer conversa sobre Madurs se juntar à nova república. A *Halcyon* parou na lua como alternativa em vez de atravessar a tempestade de meteoros, algo que estava programado a levar apenas alguns dias-padrão antes da chegada em Synjax. A menos que abandonasse sua lua de mel, Leia teria que partir quando os transportes decolassem no dia seguinte.

Han virou na cama e olhou para o relógio.

— Passeio de esqui — ele gemeu.

Passeio de esqui seria uma excursão adorável, mas Leia concordava com o sentimento de Han. Foi ainda pior quando eles chegaram na área preparada para os hóspedes, no meio do caminho entre o espaçoporto e o palácio de gelo, onde Leia e Han quase podiam ver a ponta da torre negra à distância. Era como se Yens os estivesse provocando.

Enquanto os outros hóspedes da *Halcyon* prendiam seus esquis, Leia ficou de olho nos trenós puxados por pralces que os levaram até a área. As crianças gritavam de alegria enquanto se equilibravam sobre finas lâminas de luz pulsante que cortavam linhas afiadas no gelo espesso e coberto de neve.

Han continuou olhando, achando graça, mas Leia interrompeu seus pensamentos.

— Você acha que conseguimos roubar um trenó?

Han avaliou a situação olhando para o trenó mais próximo e seu enorme pralce.

— Com certeza — ele disse com confiança.

— Acha mesmo?

— Claro — Han respondeu. — Podemos pegar um agora mesmo. Mas pegar um sem ninguém ver? — Han fez um gesto exagerado olhando para o vasto campo de gelo, vazio em todos os lados com visão desobstruída até os rochedos onde os pescadores viviam. — Sem chance.

Leia o cutucou. Ele sabia o que ela queria dizer. Certo. Eles teriam que usar uma tática diferente. Ela marchou até o Primeiro-ministro Yens, que gritava com as crianças.

— Não vão até aquela área! — ele advertiu, apontando um lugar marcado com um pó vermelho. — O gelo é fino demais para ser seguro.

— Primeiro-ministro — Leia disse, sorrindo para ele calorosamente. — Muito obrigada por arranjar tudo isso. — Antes que Yens pudesse responder, Leia continuou. — Infelizmente, não sei esquiar muito bem.

— A prática leva à perfeição — Yens disse.

— E é minha lua de mel, como você sabe. Eu estava pensando em pegar um trenó e ter um momento romântico com meu marido...

O Primeiro-ministro Yens olhou para ela tão intensamente que as palavras morreram em seus lábios.

— Sim — ele disse. — Uma boa ideia. Um passeio ao ar livre.

— Exatamente — Leia disse cuidadosamente.

— Eu mesmo vou conduzir o trenó.

Leia escondeu sua surpresa, mas ela não poderia simplesmente negar a oferta do primeiro-ministro. Então, enquanto as crianças esquiavam sobre o gelo, ela e Han subiram em um trenó ao mesmo tempo que o próprio primeiro-ministro tomava as rédeas.

Yens os conduziu diretamente para o gelo aberto. Assim que estavam longe o bastante para não poderem mais ouvir as crianças brincando, Yens fez o pralce parar. A fera bateu os cascos no gelo, o som ecoando ao redor.

Quando Yens falou, sua voz saiu baixa, mas no ar frio e limpo, Leia e Han podiam ouvi-lo facilmente.

— Vocês sabem por que tivemos que construir as docas para os transportes tão longe dos palácios?

Leia olhou para Han, que deu de ombros.

— Para criar uma entrada dramática? — ela perguntou, pensando nos corta--gelo e nos trenós e na admiração que ela sentiu quando os viu pela primeira vez.

— O meio ambiente é delicado em um mundo aquático — Yens disse como se Leia não tivesse falado nada. — Apesar de estar congelado, este mundo é feito de água, não se enganem. Debaixo do gelo, a poluição se espalha rapidamente. Se destroços caem no gelo, nós podemos recolher e descartar. Mas os detritos que ficam na água se diluem, envenenando tudo fração por fração.

Leia franziu a testa. Era difícil imaginar aquele mundo imaculado sendo poluído. Mas ela não ousou falar e interromper os pensamentos do primeiro-ministro.

— Somos uma lua pequena — Yens continuou. — Nossa única fama é nossa arte. E quando o Império chegou, eu pensei, *o que o Império quer com nossa arte?*

Ele ficou em silêncio por um bom tempo. Han eventualmente perdeu a paciência.

— E então? — ele insistiu. — O que o Império quer com a sua arte?

Yens se virou e os encarou pela primeira vez desde que subiram no trenó.

— Absolutamente nada — ele rosnou. Então ele bateu as rédeas, direcionando o pralce diretamente para a torre negra.

O Império só queria saber do carnium de Madurs, Leia sabia disso. E Yens agora também sabia. Eles corriam sobre o gelo, chegando cada vez mais perto das ruínas dos palácios. Leia pensou em Nah'hai e em como ela enfatizou que toda arte é temporária, uma crença reforçada pela pintura no gelo que eles viram no dia anterior. Mas aquela cidade tinha rachaduras profundas, sulcos que cortavam em direção aos céus. As pontas quebradas não estavam amaciadas pelo tempo; os intricados detalhes nas coberturas ainda pareciam novos.

Yens puxou o trenó antes de deixarem os limites da última edificação. Não eram apenas ruínas de palácios; também havia prédios menores, construídos com materiais mais sólidos.

— Não é seguro além deste ponto — Yens disse secamente. — Estou dizendo isso não porque seja alguma trama para manter vocês longe da área, mas porque é um fato. Os tremores de gelo atingem essa área com mais força e o gelo é mais fino. Nós evacuamos a cidade por essa razão.

Leia se inclinou para a frente.

— A área é instável por causa da torre negra? — ela perguntou. A torre se erguia no horizonte, mais perto do que já haviam chegado antes.

— Obviamente. — Yens se virou em seu assento, ficando de costas para a torre, mas seus olhos focaram para além de Han e Leia, na direção dos muros quebrados da destruição ao redor. Até mesmo ali havia beleza. E também tristeza. — Um escultor pode usar qualquer material — ele disse suavemente, embora Leia não soubesse se estava falando sozinho ou com o casal. — Nós escolhemos usar o gelo porque é uma parte da arte. Ele derrete. Tudo passa. Nada dura para sempre.

Han abriu a boca, mas Leia apertou sua perna, silenciando-o. O olhar do primeiro-ministro se voltou para Leia.

— Você diz que o Império caiu. — O tom do primeiro-ministro carregava um questionamento, um tom que Leia estava começando a odiar.

— Caiu da mesma forma que aquela estação espacial — Leia disse, apontando para a torre. Ela ainda não tinha ideia de como aquela pequena lua foi capaz de derrubar uma estação Imperial, embora agora estivesse claro que eles sacrificaram uma cidade para conseguir isso e que a presença da estação estava prejudicando seu meio ambiente. O primeiro-ministro não estava sendo sutil quanto à conexão da torre e do gelo derretendo.

Aquela estação caída era significantemente menor do que Calderos, um posto avançado Imperial perto de Wobani no setor Bryx. A Rebelião — antes de Leia se juntar oficialmente — havia destruído aquela estação, e Leia testemunhou seus restos depois de voltar de uma missão diplomática. Talvez ela estivesse errada em ficar surpresa com a destruição da estação. A lua inteira parecia apoiar a visão de independência do primeiro-ministro, e com um esforço concentrado, não seria impossível destruir algo que pertencia ao Império. Ela sabia que isso era verdade. E ela deveria respeitar o esforço de Madurs, não o questionar.

Mas suas palavras pareciam não confortar o primeiro-ministro. Em vez de acreditar naquilo que dizia sobre o Império realmente ter caído, ele ergueu uma sobrancelha, sorrindo ironicamente de um jeito derrotista. Olhou para seu relógio de pulso, depois voltou para as rédeas do pralce.

— Temos que ir — ele disse.

— Pontual — Han murmurou como se isso fosse o pior insulto que ele podia lançar sobre alguém.

Eles mal haviam começado seu passeio de trenó e Yens já estava tentando fazê-los voltar. Mas antes de chegarem na área onde as crianças esquiavam, o pralce soltou um berro agudo. Um momento depois, o ar ecoou com um violento som de gelo rachando, um barulho alto seguido de um rompimento surdo.

Leia teve tempo apenas para mais um pensamento — *os tremores de gelo estão acontecendo em intervalos regulares, eles não são naturais, foi por isso que Yens olhou o relógio* — e então o pralce, em pânico, deu um salto, sacudindo o trenó tão forte que Leia foi jogada contra Han e os dois caíram na beira da entrada. Han envolveu os braços ao redor de Leia de modo protetor, mas suas pernas ficaram penduradas para fora do trenó inclinado, suas botas raspando o gelo. Se eles colidissem agora, havia toda a chance de serem esmagados sob o peso do trenó.

O gelo rachou de novo, violentamente lançando um dos lados quase um metro para cima. Felizmente, isso jogou Han de volta para dentro do trenó que pendeu para o outro lado. O Primeiro-ministro Yens estava gritando para o pralce — sons que Leia não conseguia identificar como palavras, talvez apenas chamados que o animal reconhecia —, mas o que quer que fosse, não fez diferença para o pralce, que continuou correndo adiante.

Eles estavam chegando na área dos esquis — correndo diretamente para ela, na direção das crianças esquiando. O coração de Leia congelou de medo — o enorme animal certamente atropelaria qualquer um em seu caminho, criança ou não —, mas, então, rastros vermelhos cortaram o céu. Leia e Han se agarraram e, quando o trenó parou de repente, os dois caíram no chão.

Tremendo, Leia se levantou e viu que vários dos condutores de pralce ao redor haviam disparado raios desestabilizadores no trenó em que eles estavam, fazendo o pralce cair de joelhos. Assim que atingiu o chão, eles correram até o animal, lançando cabos ao redor de seu pescoço e costas e prendendo-o no gelo, enquanto um par de outros condutores correu até a cabeça, gentilmente acalmando o animal com palavras suaves e limpando sua boca.

— Ele vai ficar bem? — Leia perguntou, levantando-se e olhando sobre o trenó na direção do pralce. O animal respirava com dificuldade e uma espuma brilhava em sua pele, mas suas grandes orelhas estavam caídas e a cabeça estava deitada no chão, como se estivesse quase dormindo agora.

— Eu ia perguntar a mesma coisa sobre você — o Primeiro-ministro Yens disse. Seu rosto estava avermelhado, os olhos arregalados. O animal descontrolado o assustou, Leia podia ver isso, e apesar de ter ficado claro que os locais sabiam como lidar com um pralce em pânico, também ficou evidente que aquela foi uma situação perigosa para todos.

— Estamos bem — Leia disse, checando Han, que confirmou.

O primeiro-ministro relaxou os ombros, aliviado.

— É sempre perigoso chegar tão perto do Império — ele disse, alto o bastante para que o ouvissem.

# CAPÍTULO 39

## HAN

SE ELES QUISESSEM SABER O QUE ESTAVA ACONTECENDO, SIMPLESMENTE TERIAM QUE DEScobrir sozinhos.

Han lançou um olhar para Leia enquanto as crianças relutantemente retiravam seus esquis para voltarem ao palácio. Leia assentiu, entendendo o que ele queria dizer sem palavras. Mas então deu de ombros, como se dissesse: *como vamos nos separar do grupo?*

Esse era o problema, é claro. Em um campo de batalha, Leia atiraria com seu blaster sem perguntar antes. Em uma situação diplomática, entretanto, ela se entregava à política e à diplomacia.

O cenário não importava para Han. O campo de batalha ficava em toda parte, mesmo se estivesse decorado de um jeito diferente.

Não que ele pudesse atirar em Yens para conseguir o que queria. Não, ele já tinha considerado essa opção e sabia que não valia a pena.

— Ei — ele disse quando Yens passou por perto, carregando um par de esquis para uma criança. Quando o primeiro-ministro parou, Han continuou. — Minha esposa e eu vamos voltar para o transporte. — Ele fez um gesto com o dedão na direção da nave.

O primeiro-ministro franziu as sobrancelhas.

— Por quê?

Não havia razão para mentir.

— Preciso pegar algo lá dentro.

— O quê? — Yens perguntou.

— E importa? — Han retrucou, tentando injetar alguma autoridade em sua voz. Se Yens recusasse o pedido, então eles eram prisioneiros, não turistas, naquele mundo. Leia poderia considerar rude a abordagem de Han, mas a grosseria era apenas outra arma no campo de batalha.

— Eu diria que não — o primeiro-ministro disse, mas poderia também ter simplesmente dito: *acho que não posso impedi-los*.

Ótimo. Eles finalmente estavam chegando a algum lugar.

— Mas não posso dar um trenó para vocês — Yens disse. — O pralce que usamos não está mais em condições de levar passageiros.

Tratadores haviam colocado o pralce de pé e prendido novas rédeas. Eles haviam começado a voltar para o palácio de gelo, os tratadores praticamente correndo para acompanhar os passos largos do animal. Sem aquele trenó, o primeiro-ministro provavelmente esperava que cada transporte restante levasse o dobro de pessoas na volta para o palácio antes do almoço.

— Podemos andar — Han disse. Não era tão longe. Eles tinham discos térmicos para calor e, diferente de Hoth, aquele planeta tinha um céu claro e nenhum risco de serem pegos por uma tempestade de neve. Mesmo se o clima ficasse instável, os campos de gelo eram planos, com alvos fáceis para se alcançar: o palácio de cristal era enorme e completamente visível. — A menos que você pense que outro tremor de gelo vai ocorrer logo — Han acrescentou. Ele fez um gesto para o relógio do primeiro-ministro. — Mas acho que isso só acontecerá daqui a várias horas, não é mesmo?

Ele estava insinuando sua mão como em um jogo de cartas, mostrando que sabia que os tremores aconteciam em intervalos regulares em vez de aleatoriamente, mas o rosto do primeiro-ministro permaneceu neutro.

— Não, acho que não — ele disse. Sem outra palavra, o primeiro-ministro se virou e seguiu para onde estavam os esquis.

Bom, isso contava como permissão, não é mesmo? Não que Han precisasse de permissão, mas ao menos isso significava que eles não seriam incomodados quando saíssem de lá. Leia sorriu para Han quando ele ofereceu o braço exageradamente, como se fossem entrar em um salão de bailes.

— Para onde vocês estão indo? — uma das hóspedes da *Halcyon* quis saber.

— Para uma romântica caminhada ao entardecer — Han disse com um tom superior.

— No gelo? — a mulher perguntou, incrédula.

— Onde mais? — Han disse, e então conduziu Leia na direção da inóspita planície de gelo.

ENTRAR NO ESPAÇOPORTO FOI FÁCIL; NÃO HAVIA SEGURANÇA. MAS O TRANSPORTE EM SI estava trancado. Han esperava vagamente que, já que o transporte pertencia a Madurs e já que havia tão pouco tráfego na lua remota, a nave seria facilmente acessível, mas não. Han forçou a manopla mais uma vez, só para ter certeza, mas a escotilha não cedeu.

— Não me diga que uma porta trancada vai impedir você — Leia disse.

— Que tipo de ladrão você acha que eu sou? — Han disse, mexendo na tranca de varredura debaixo da manopla. — Você espera que eu saiba como destravar qualquer nave que encontro pela frente? Acontece que eu tinha empregos respeitáveis antes de Luke me envolver com a *sua* Rebelião.

— Eu só quis dizer que... — Leia disse, seus olhos se arregalando diante da resposta dele.

— Eu posso ser um cafajeste, mas não sou nenhum ladrãozinho comum. — A voz de Han mostrou que ele ficou um pouco ofendido quando deu as costas para Leia, encarando o transporte.

— Desculpe — Leia disse com uma voz mais gentil. — Só quis dizer que...

— Aí está. — Han guardou o decifrador de códigos que ele carregava em seu cinto quando o mecanismo de tranca da escotilha destravou e a porta se abriu. Leia ficou de queixo caído e Han ofereceu seu sorriso mais malandro.

— Ora, seu... — Leia rosnou para ele, mas ela estava rindo.

Por dentro, Han suspirou aliviado por seu plano ter funcionado. O decifrador de códigos não destravaria nada que tivesse mais segurança, mas Madurs colocou apenas uma trava básica na escotilha, provavelmente para manter curiosos longe. Não que houvesse muitas pessoas perambulando pela planície de gelo. Mesmo assim, o código da trava era bem simples, ainda bem.

Uma vez lá dentro, Han seguiu direto para os caixotes perto da porta, Leia vindo atrás. Foi a plataforma de observação na estação de pesca que lhe dera aquela ideia. Estar debaixo d'água não era muito diferente de estar no espaço; Mon Cala até tinha um estaleiro subaquático onde construíam naves, bombeando o líquido para fora apenas quando a nave ficava pronta para voar, e as naves de Mon Calamari estavam entre as melhores.

Dentro do primeiro caixote havia sinalizadores de emergência, mas o segundo continha respiradores e coletes com discos térmicos, suprimentos de emergência necessários para uma evacuação da nave no meio do espaço. Diferente dos discos térmicos que eles vestiam para seu conforto na lua de gelo, aquelas unidades de serviço pesado eram projetadas para uso no espaço e podiam aguentar mudanças na pressão. E Han esperava que também fossem à prova d'água.

— Pegue — Han disse.

Leia apanhou um respirador. Combinado com o colete, o aparelho permitiria que um ser que respira oxigênio sobrevivesse no vazio do espaço, fornecendo calor, ar e um pouco de proteção.

— Esse é o grande plano? — Leia perguntou com hesitação.

— A água é fria neste mundo, mas não é mais fria que o espaço — Han disse, retirando seu famoso colete e trocando-o pelo colete repleto de discos térmicos antes de posicionar um respirador sobre o nariz. — Tudo que precisamos é de calor e ar, e isso vai fornecer as duas coisas.

Han sentiu seu lábio se curvando em um sorriso maroto.

— O que foi? — Leia quis saber.

— É que... se vamos mergulhar para inspecionar os restos daquela estação Imperial...

— Não podemos simplesmente bater na porta e entrar — Leia disse, exasperada. — Temos que inspecionar, obviamente. Algo está causando os tremores. Deve ser algum tipo de raio demolidor, ou... — Ela percebeu o olhar de Han outra vez. — *O que foi?*

— Ah, nada não, é que eu absolutamente concordo que temos que mergulhar para investigar — ele disse. — Mas... — Ele fez um gesto sobre ela. — Essas roupas podem atrapalhar. — Leia vestia um traje forrado de pele para as atividades do dia, junto com sua capa branca de gwendle.

Leia o encarou com incredulidade.

— Você acha que eu vou nadar pelada?

— Os discos térmicos vão manter você aquecida e... — Ele parou de falar quando Leia jogou sua capa branca na cara dele. Ela não se despiu completamente, mas o traje colado ao corpo que ela usava por baixo permitiria que nadasse facilmente e também... Bom. Han não se importava nem um pouco de olhar para ela vestida com aquele traje justo.

— E quanto a você? — Leia perguntou, as mãos na cintura.

— Nem todo mundo carrega múltiplas mudas de roupa em todo lugar que vai.

— Bom, pelo menos molhando suas roupas você lava elas um pouco pra variar — Leia resmungou.

— Minhas roupas são limpas! — Han protestou.

— Pelo menos você vestiu algo bonito para o nosso casamento — Leia murmurou.

Han ficou orgulhoso.

— Ah, sim, você notou.

Leia disparou um olhar confuso para ele.

— Notei o quê?

— A jaqueta.

— Sim, era bonita.

— E era de Alderaan.

Leia piscou de surpresa.

— Não, não era.

Han arregalou os olhos e seu maxilar se moveu para o lado. Lando o enganara. Aquela jaqueta era simplesmente algo de seu guarda-roupa, nada especial. Han não conseguia acreditar que tinha caído nessa tão facilmente.

Leia riu, adivinhando o que havia acontecido.

— Lembre-me de agradecer a Lando da próxima vez que o encontrarmos.

Ela olhou através da janela do transporte, onde o contorno da torre negra da estação Imperial encrustada no gelo estava visível sobre o muro baixo da plataforma de aterrissagem.

— Ainda bem que aquele último tremor rompeu o gelo — ela disse.

Han, lembrando do modo aterrorizante como o trenó tombou e quase colidiu, simplesmente disse:

— Sim, que ótimo.

Mas ela estava certa. Não demorou para eles alcançarem as primeiras áreas do gelo partido quando seguiram ao norte. Eles atravessaram as placas partidas cuidadosamente — o tremor fizera o gelo rachar e, de fato, parecia mais fino naquelas áreas, mas algumas das aberturas não eram maiores do que o tamanho de uma palma estendida, e os lados da rachadura eram pesados demais para que os abrissem apenas empurrando.

Pensando no droide de vigilância, Han ficou de olho em espiões, mecânicos ou não. A estação espacial Imperial podia ter caído na crosta de gelo da lua, mas isso não significava que estava inoperante.

Leia parecia estar pensando o mesmo.

— Aqueles tremores de gelo acontecem tão regularmente que suspeito que alguma operação residual ainda esteja acontecendo. — Ela fez uma pausa, olhando a torre negra se erguendo no gelo até o céu nublado e voltando. — Provavelmente ninguém sobreviveu à queda, mas isso não significa que não há perigo.

Ela parou na frente de uma grande abertura entre duas placas de gelo. A rachadura se estendia na direção dos restos da estação Imperial, mas estava separada o bastante para os dois passarem e mergulharem na água. Sem olhar para trás, Leia respirou fundo para se preparar, depois saltou no abismo, a água espirrando quando ela desapareceu debaixo da superfície.

Han amava isso nela. Assim como em Endor, quando ela saltou sobre um speeder para perseguir os stormtroopers que haviam invadido a floresta, deixando Han para trás — ela não hesitou. Leia simplesmente mergulhou de cabeça na tarefa que sabia que precisava ser feita, sem questionar, confiando tanto em Han quanto em si mesma.

Ela sabia que ele a seguiria.

E ele a seguiu.

# CAPÍTULO 40
## LEIA

HOUVE UM BREVE CHOQUE DE FRIO, E ENTÃO OS DISCOS TÉRMICOS FORAM ACIONADOS, ajustando a mudança abrupta na temperatura. O calor não chegava realmente nos dedos dos pés e das mãos, mas seu centro estava protegido, e o calor radiante seria suficiente, ao menos por cerca de uma hora, se ela continuasse se movendo. Leia engoliu o ar e um fio de água gelada desceu por sua garganta. Concentrando-se, ela forçou a si mesma a regular sua respiração, permitindo ao respirador que filtrasse o ar para ela.

Um fino facho de luz tênue cortava através da água vindo da rachadura no gelo acima; tudo mais estava escurecido. Ela mergulhou na água com os pés, e desceu o bastante para sentir o puxão das correntezas. Han também mergulhou, seu cabelo castanho flutuando ao redor da cabeça, os olhos arregalados e em pânico enquanto ele se adaptava.

Pânico? Isso não combinava com Han.

*O frio, a escuridão, o choque de tudo.* Leia soube da mesma forma que Han.

Congelamento em carbonita.

Supostamente, era indolor. Rápido. Um lampejo, depois nada até descongelar.

Supostamente.

Mas não era.

Só era preciso olhar para a expressão de pura dor no rosto congelado de Han para saber que não foi nem rápido e nem indolor. Leia nunca esqueceria como seus olhos se apertaram de dor, o jeito como todo seu corpo se contorceu contra o congelamento. Foi uma reação instintiva até os ossos que era impossível de esconder.

Han passou quase um ano na carbonita, tempo suficiente para desenvolver complicações de hibernação, para seus olhos regredirem, para a chance de danos apareceram a longo prazo.

Tempo suficiente para as sequelas surgirem dentro dele quando estava submerso em águas congelantes.

Leia nadou até ele, soltando bolhas pelo nariz com o auxílio do respirador. Ela agarrou suas duas mãos, buscando seus olhos até que ele focasse nela. Han assentiu. Ele estava com ela novamente.

Mergulhando mais fundo, Leia checou o mostrador em seu colete. Os discos térmicos ajustavam a temperatura baseados em sensores externos e, como ela suspeitava, quanto mais perto chegavam da estação Imperial, mais quente a água se tornava. Isso explicava um pouco dos extensos danos causados pelos tremores — a água mais quente enfraquecia o gelo. Mas os tremores aconteciam em intervalos regulares, o que significava que algo estava sendo acionado na estação, talvez o conjunto de lasers que atingiriam o núcleo da lua para desenterrar o precioso carnium. Se pudessem chegar mais perto, encontrar um jeito para entrar e depois desativar o laser, talvez isso fosse suficiente para convencer o primeiro-ministro a acreditar que o novo governo realmente queria ajudar, e não explorar a lua.

Embora ela soubesse que a água estava frígida, os discos térmicos a envolviam com um calor. Leia gostou da liberdade de nadar, o silêncio na água, a pura simplicidade do movimento. Um cardume de peixes com escamas prateadas passou por perto, desviando todos juntos da água mais quente onde Leia nadava. Enguias de nariz longo aceleraram por perto. Leia parou para observá-las. Quando seus corpos sinuosos chegavam perto demais da corrente saindo da estação espacial, elas desviavam e seguiam por outro caminho.

*Até os peixes não gostam da presença Imperial*, Leia pensou. Então ela se lembrou daquilo que o primeiro-ministro havia dito sobre edontes preferindo o frio. Ali onde estavam era mais quente. A estação estava mudando o clima debaixo do gelo.

As rachaduras no gelo aumentavam à medida que eles se aproximavam da estação espacial submersa. Fachos de luz cortavam através da água verde-escura, destacando os poucos animais aquáticos que se aventuravam a chegar tão perto do metal negro. Ao longe, Leia podia ver a sombra de alguma criatura enorme — talvez um edonte, ou um carcarodonte-serra cheio de dentes do qual tinha ouvido falar.

Han se adiantou, agarrando o braço de Leia e puxando-a de volta. Assustada, ela ajustou seu foco para a estação espacial submersa.

Luzes vermelhas piscavam ao longo do perímetro. Monitores de segurança.

*Por que monitorar uma estação espacial desativada?*, Leia pensou.

Porque não estava desativada. Agora ela podia ver. Pessoas nas janelas, vestidas com impecáveis uniformes Imperiais. Alguns stormtroopers patrulhando lá dentro. As janelas redondas se espalhavam em um padrão ao redor do formato cônico da base da estação e, através de muitas delas, Leia podia distinguir luzes, perfis de pessoas trabalhando, droides e mais. Aquela estação estava operando plenamente.

*Mas Yens havia dito que...*

Ele dissera que o Império estava tão morto quanto aquela estação.

E embora tenha alegado que a estação espacial havia caído no gelo depois de ser destruída por Madurs, a evidência do contrário estava diante de seus olhos. Leia teria dado risada ironicamente se não estivesse debaixo d'água. Ela soubera o tempo todo, não é mesmo? Que Madurs simplesmente não tinha o poder de fogo para destruir uma estação espacial Imperial.

Han dissera antes: "Estar debaixo d'água não é muito diferente de estar no espaço". E enquanto outros raios mineradores podiam disparar da órbita, aquela estação foi projetada para...

Seus olhos se apertaram através da água que se tornava cada vez mais escura quanto mais olhava para baixo. A estação se afunilava até um ponto, como o pião de uma criança. Como uma broca.

A estação sempre fora projetada para escavar até o núcleo daquela lua. Não para orbitar e atirar de longe, mas para afundar no gelo profundo e atingir diretamente o núcleo. Aquela estação não havia sido destruída nem de longe.

Estava completamente funcional.

E...

Leia observou horrorizada quando a base começou a brilhar com um tom vermelho. Com o tremor mais cedo, ela tinha certeza de que eles teriam mais tempo antes de outro disparo.

Mas eles calcularam mal. A estação iria disparar *agora*.

# CAPÍTULO 41
# HAN

Han agarrou Leia pelo cotovelo, puxando-a para mais perto da estação. Ele já estava preocupado sobre eles serem vistos — eram dois humanos flutuando na água no mesmo nível de algumas das janelas, e apenas por sorte nenhum dos oficiais do Império ou stormtroopers havia olhado pela janela na direção de onde estavam, e as janelas mais próximas estavam vazias. Com o canhão principal carregando, eles poderiam tentar fugir nadando ou se esconder mais perto da estação. Sem saber o que o canhão principal faria, Han imaginou que seria mais seguro grudar na lateral da estação submersa como um mynock.

A estação vibrou com a energia do canhão principal se acumulando. Han e Leia encontraram barras estabilizadoras para se segurarem, flutuando na água pouco acima de uma grande janela. Eles tinham calor e ar graças aos coletes térmicos e respiradores, mas nenhum dos dois tinha um comunicador. Han e Leia observaram horrorizados à medida que a água verde-clara brilhava cada vez mais sob seus pés, primeiro com uma forte luz branca, depois com um feixe vermelho focalizado disparando diretamente na direção do núcleo. A explosão de energia foi tão forte que a estação se moveu no gelo, voltando à posição com repulsores, meia dúzia deles posicionados acima do canhão principal.

Leia tocou o peito de Han, chamando sua atenção do brilho da água para seu colete. O indicador de temperatura estava mudando esporadicamente, tentando se ajustar com o aumento de temperatura da água.

*Ah, karabast*, Han pensou. A água perto da estação era mais quente do que nas profundezas frígidas mais afastadas, mas o canhão principal estava deixando toda a área tão quente quanto as praias em Synjax. Os discos térmicos não conseguiam acompanhar a rápida mudança na temperatura — eram projetados para manter um ser aquecido se fosse lançado no frio vazio do espaço; não tinha capacidade de fazer o contrário e manter um corpo resfriado se as coisas esquentassem. Os discos queimaram, desligando automaticamente e expondo Han à temperatura atual da água.

Que estava subindo cada vez mais.

Mais quente do que qualquer banho que Han já tinha tomado, o canhão principal havia transformado a lua gelada em uma sauna. Ele olhou para cima, tentando enxergar através do gelo sobre eles.

Por vários metros ao redor do perímetro da estação, não havia gelo. Han não tinha percebido isso — eles não haviam chegado perto o bastante da estação pela superfície para que pudessem ver, e a sombra da enorme base havia impedido que a luz escapasse. Mas enquanto o gelo ao redor da base de pesca tinha vários metros de espessura, uma superfície mais sólida do que muitos mundos terrestres, a estação era como um enorme bastão de metal quente, derretendo a crosta da lua.

E o seu núcleo.

Han olhou para baixo — o canhão principal ainda estava disparando um feixe de laser vermelho diretamente para baixo. A água estava esquentando muito agora. Não chegava a ferver, mas não era confortável. Han olhou para Leia. Os olhos dela estavam calculando — será que deveriam fugir ou esperar?

A estação balançava e se movia como uma nave com um catalisador ruim, sacudindo abruptamente. Por meio do metal, Han podia sentir a estação produzindo um tipo diferente de vibração. Se tivesse que adivinhar, ele diria que era algum tipo de raio trator. Nenhum gelo estava segurando a estação de pé: como era pesada demais para flutuar, a estação provavelmente estava usando manipulação gravitacional contra o mesmo núcleo que atingia, com o auxílio dos repulsores que ele podia ver.

O que significava que...

Os olhos de Han se arregalaram e ele se lançou sobre Leia, empurrando seu corpo contra a lateral da estação e agarrando uma barra estabilizadora com as duas mãos. Seus pés buscavam desesperadamente por algum apoio, uma ponta da bota encontrando um vão perto da janela e a outra pisando sobre uma terceira barra estabilizadora. Ele usou todo o peso de seu corpo para cobrir Leia, pressionando-a fortemente contra o metal implacável momentos antes de o tremor de gelo irromper.

A força reverberante foi suficiente para fazer Han sentir como se seus braços e pernas estivessem sendo arrancados do corpo. Por mais que brincasse sobre Chewie arrancando o braço de alguém, aquela dor o fez reconsiderar a piada. Seus dentes rangeram e seus músculos tensionaram. Apesar do choque inicial de Leia quando ele se lançou sobre ela, agora ela o abraçava, aceitando sua proteção de um jeito que o deixou ainda mais determinado a não soltar, mesmo com a água parecendo querer despedaçá-lo.

Aquele era um tremor de gelo. Eles estavam no epicentro.

A estação alternava entre disparar contra o núcleo da lua e acionar um raio trator, criando uma sequência que puxava e empurrava, perturbando todo o ambiente ao redor. Não era apenas o movimento da água por causa do disparo, apesar de isso contribuir — era o uso da manipulação gravitacional para voltar a estabilizar a estação depois de cada disparo que realmente perturbava tudo.

Esforçando-se para se segurar, Han conseguiu confirmar sua teoria olhando para cima. A sólida planície de gelo que se estendia para todos os lados da estação ondulava debaixo da superfície como se os metros da camada espessa não fossem nada mais do que uma das capas de gwendle de Leia. Era desorientador e simplesmente *estranho* ver algo que deveria ser inflexível se dobrando até se partir. Quanto mais a planície de gelo ondulava sob a força da água e da gravidade manipulada, mais rachava e se partia.

Quase tão abruptamente quanto havia começado, o tremor acabou. A estação se estabilizou. Han soltou as barras e livrou seu pé, sacudindo o calcanhar dolorido na água. Leia permaneceu perto, ainda segurando em seu braço.

A água permaneceu quente demais para que os discos térmicos fossem acionados, mas definitivamente estava esfriando cada vez mais. Han tirou os olhos do gelo, que estava se assentando depois do tremor, e olhou para as profundezas lá embaixo.

Já não havia mais nenhum laser fazendo a água brilhar, mas algo cintilava na água escura, crescendo cada vez mais.

Uma bolha gigante escapou dos lábios de Leia e ela soltou o braço de Han para cobrir a boca. Peixes prateados — milhares deles — começaram a flutuar vindos das profundezas. Se foi o disparo do canhão ou a mudança na temperatura que os matou, Han não sabia. Eles tinham longas nadadeiras com membranas finas como seda que ondulavam na água como pétalas de flores, um cemitério de uma beleza suave. Rochas e pedaços de coral se espalhavam entre os cadáveres dos peixes e areia espessa subia em ondas, envolvendo tudo.

Han apanhou um fino filamento vermelho flutuando gentilmente pela água.

Carnium.

Bolhas os alertaram sobre uma escotilha se abrindo perto dali, e Han e Leia se encostaram contra a estação outra vez. Droides submergíveis dispararam na água, sugando os filamentos do precioso metal, movendo-se entre peixes mortos e rochas inúteis. Eram pequenos o bastante para funcionarem com sensores, não com visual, então Han tinha quase certeza de que eles não seriam detectados pelos droides.

Mesmo assim, era hora de ir.

# CAPÍTULO 42
# LEIA

LEIA ROMPEU ATRAVÉS DO GELO UM POUCO ANTES DE HAN. ELA PROCUROU APOIO enquanto a água tentava arrastá-la de volta, seus dedos cravando no gelo coberto de neve. Escorregou uma vez, mas então conseguiu se erguer antes de virar para dar o braço a Han.

Por um momento, os dois se sentaram ali, tremendo antes de seus coletes voltarem a funcionar. Os discos térmicos se esforçaram, seus componentes mecânicos audivelmente trabalhando. Talvez algo projetado para o espaço não fosse perfeitamente funcional debaixo d'água.

Han olhou para Leia, dessa vez sem nenhuma piada na ponta da língua. Parecia que não restava nada a dizer.

Leia sabia que o Império estava tentando retomar o poder destruído com a segunda Estrela da Morte. Ela havia visto as evidências do crescente bloqueio do setor Anoat, e ouviu Lando e Mon confirmando que o Império buscava tomar o poder por meio do controle das fontes de energia. O carnium no coração de Madurs era valioso demais para o Império deixar que um povo amante da arte protestasse contra sua presença, e a pequena lua nunca teve chance alguma contra uma estação Imperial.

E Leia sabia por experiência própria como era fácil para o Império destruir um mundo para conseguir o que queria.

Sua cabeça pendeu, os cabelos pingando sobre o colo, um leve vapor envolvendo seu corpo graças aos discos térmicos. Madurs estava se despedaçando sob seus pés. Os tremores de gelo aconteciam de acordo com o cronograma de mineração do Império, e o violento tremor do núcleo da lua, combinado com o aumento de temperatura causado pela broca a laser, estava afetando o meio ambiente de Madurs.

— O núcleo da lua não consegue aguentar disparos constantes — Han murmurou, seu olhar sob a rachadura no gelo de onde eles escaparam.

— Não — Leia concordou tristemente. Mas isso não importaria. O Império tomaria tudo que pudesse e então deixaria para trás uma casca vazia, nada mais do que destroços.

Não era para ser assim.

Eles haviam derrotado o Império.

Era para tudo ter *acabado*.

Leia olhou para suas mãos sobre seu colo. Ela estava tão *cansada*. Tão profundamente cansada de tudo — cada vitória era recebida com mais perdas, mais luta. Cada tentativa de fazer mais, de ser mais, era combatida por um universo insensível que parecia se deleitar em vê-la sofrendo. E ela tentava, com tanto afinco, ainda manter a esperança. Não apenas para si mesma, mas por toda a galáxia. E o que ela tinha para mostrar em troca disso tudo?

Leia prendeu a respiração.

Sua aliança, que vinha lentamente se desfazendo, havia sumido. A aliança de âmbar feita de vinha e abençoada pelos anciãos Ewoks, a aliança que simbolizava seu casamento...

Sumira.

Devia ter se partido na água, os restos deslizando de seu dedo sem ela notar. A perda da aliança enviou uma dor aguda pelo corpo de Leia. Ela sabia que salvar Madurs, derrotar o Império — tudo isso era muito mais importante do que uma aliança feita de material orgânico que sempre esteve condenada a se partir.

Mas doía mesmo assim, a maneira como o sacrifício sempre a caçava.

Seus dedos se fecharam em punho escondendo o lugar onde a aliança estaria.

# CAPÍTULO 43
# HAN

FOI FÁCIL DEMAIS FUGIR.

Esse foi o pensamento que perseguia Han na planície de gelo. Os Imperiais sabiam que Madurs não conseguiria tirar a estação do gelo, mas o Império sempre esperava uma insurgência, mesmo em mundos que já tinham se entregado a eles.

Droides-sonda, câmeras de vigilância, patrulhas de stormtroopers...

Como eles conseguiram nadar tão perto das janelas da estação, olhar tudo e simplesmente irem embora?

Não. Foi fácil demais.

Enquanto Han e Leia atravessavam correndo o gelo na direção da plataforma de aterrissagem onde o transporte os esperava, parecia que o Império bufava quente atrás de seu pescoço. Han sabia que estava seguindo em um ritmo perigoso. Ele não era como Yens; ele não sabia onde ficavam as áreas mais finas e as rachaduras no gelo. Mas quando chegaram e entraram no transporte, seu coração não desacelerou.

— Precisamos de ajuda — Leia disse, um pouco sem fôlego depois da corrida. Han concordou, já seguindo para o comunicador da nave.

Suas mãos pararam sobre os controles, pairando sobre o botão que chamaria a *Halcyon*. Hum. Seu queixo se inclinou quando ele conteve o sorriso autodepreciativo que surgia em seus lábios. Tudo que precisou foi de alguns anos e os gêmeos Skywalker para perceber que *podia* pedir ajuda. Sem compromisso, sem favores, sem retribuição. Era possível simplesmente pedir e receber a ajuda necessária. Quem poderia ver isso como uma opção para Han Solo?

— O que foi? — Leia perguntou sobre seu ombro.

— Nada. — Han chamou a *Halcyon*, que orbitava ao redor de Madurs, esperando os passageiros voltarem no dia seguinte.

D3-O9 atendeu imediatamente.

— *Halcyon* para transporte, como posso ajudá-los?

Leia empurrou Han para o lado. Han jogou as mãos para cima, mas sabia que aquela era uma força que ele não podia conter.

— D3, aqui é Leia Organa. Preciso falar com o Capitão Dicto imediatamente.

— É claro — D3-O9 disse. Han revirou os olhos. Ele tinha a sensação de que, se o pedido viesse dele, a droide teria desconectado a ligação.

Um momento depois, outra voz veio pelo alto-falante do transporte.

— Aqui é o Capitão Dicto. Qual é o problema, princesa?

Leia olhou para Han, seu olhar cheio de dúvidas. Eles não estavam em uma missão oficial como embaixadores e nem a *Halcyon* era uma nave de guerra capaz de partir para a ofensiva contra uma estação Imperial totalmente operacional equipada com um canhão principal e, presumivelmente, um arsenal inteiro e um ou outro batalhão de stormtroopers.

— Peça por alguém da engenharia — Han sugeriu. Ele percebeu que Leia entendeu o que ele pretendia. Enquanto ela e Han poderiam sabotar a estação e ganhar um pouco de tempo antes da ajuda *real* chegar, um engenheiro da nave poderia descobrir como o cruzador estelar poderia dar um auxílio imediato e convencer o capitão desse curso de ação.

Leia sacudiu a cabeça, discordando de Han.

— Princesa Organa? — o Capitão Dicto perguntou no meio do silêncio.

Leia se virou para o comunicador.

— Capitão, nós encontramos evidência de que há uma fortaleza Imperial em Madurs — ela disse. — Eu gostaria de pedir ajuda e...

— Evidência? — o Capitão Dicto perguntou, interrompendo Leia. — Que tipo de evidência? — Antes que ela pudesse responder, ele continuou: — Se o Império se infiltrou nessa lua, nós precisamos evacuar os turistas imediatamente, incluindo você e Han. A segurança dos passageiros da *Halcyon* é de extrema importância.

Leia empalideceu e olhou para Han com pânico nos olhos. Fugir da lua deixaria o povo de Madurs em grande perigo. O mundo deles estava literalmente rachando sob seus pés.

Han se inclinou sobre o comunicador.

— Capitão, perdoe minha esposa. Ela esteve com a Rebelião por tanto tempo que agora enxerga tudo sob os olhos de um soldado.

— De uma *general* — Leia retrucou.

— Não existe evidência do Império e nenhuma evidência de perigo para ninguém. Não cause pânico entre a tripulação ou os passageiros — Han continuou.

Houve um momento de silêncio e Han quase podia visualizar o capitão fechando o rosto.

— Então por que vocês chamaram a *Halcyon*?

Han limpou a garganta.

— Acontece que eu notei que o transporte que vai nos levar de volta para a *Halcyon* parece danificado. Não por sabotagem — ele acrescentou —, apesar das preocupações da minha esposa. Mas acho que você podia enviar um engenheiro para inspecioná-lo. Para ter certeza de que é seguro voar com ele.

Outro longo momento se passou e Han ergueu suas sobrancelhas para Leia em triunfo. Mas então a voz do Capitão Dicto preencheu a cabine.

— Acabamos de executar um diagnóstico em nosso terminal. Todos os transportes conectados com a *Halcyon* são rigorosamente inspecionados e recebemos constantes atualizações remotamente. Não vemos nada de errado com o transporte — ele disse.

Isso não ajudava em nada.

Leia se afastou do comunicador, gesticulando para Han continuar a conversa. Dando de ombros, Han se inclinou sobre o microfone.

— Capitão, eu realmente acho que você deveria enviar alguém para investigar. Eu tenho muita experiência como piloto, e essas naves pequenas...

Com o canto do olho, Han viu Leia erguer algo grande sobre a cabeça. Ele cobriu o microfone com a mão.

— *Não* — ele murmurou para Leia.

— Por que não?

— Isso é um sinalizador! — Han gesticulou com a mão livre para ela. — Isso. Vai. *Explodir.*

Leia parecia ainda estar considerando. Han sacudiu a cabeça com força. Dando de ombros relutantemente, Leia guardou o sinalizador no caixote e apanhou um extintor de incêndio de espuma supressora de partículas, do tamanho de uma bola de milliaw, pintado com um laranja chamativo. Han ficou perplexo quando Leia habilmente bateu com o extintor sobre o console navegacional do transporte, rachando o vidro e amassando a base.

Um alarme soou do outro lado do comunicador, um leve som vindo dos monitores da *Halcyon*.

— Hum — o capitão murmurou, certamente olhando novamente para seu relatório de diagnóstico.

Calmamente, Leia enfiou a mangueira do extintor na rachadura do monitor e apertou o mecanismo, enchendo a unidade inteira com uma grossa espuma cinza.

— Minhas desculpas! — o Capitão Dicto gritou no comunicador. — Houve algum erro em nossas varreduras anteriores. Estamos detectando um grande defeito na unidade navegacional do transporte. Vou enviar nosso engenheiro-chefe para a lua imediatamente!

— Obrigado — Han disse, sorrindo para Leia. Ele desconectou a chamada e se virou para sua esposa. O sorriso dela era voraz. — Onde você aprendeu um truque desses? — ele perguntou, sabendo a resposta.

— Aprendi com o melhor — Leia disse, soltando o extintor vazio e puxando Han para um beijo.

# CAPÍTULO 44

## LEIA

Os COLETES TÉRMICOS HAVIAM SECADO SUAS ROUPAS ENQUANTO ELES CORRIAM PELA planície de gelo, mas Leia ficou mais do que contente em se livrar do respirador na estação de recarregamento do transporte. Era melhor do que alguns dos capacetes ou escudos faciais que ela já havia usado antes, mas era desconfortável mesmo assim. Ela alegremente vestiu seu traje forrado, prendendo o cinto prateado na cintura.

— Vai demorar pelo menos uma hora até o engenheiro chegar — Leia disse. — Nós temos tempo.

— Tempo para quê? — Han esticou os braços acima da cabeça; toda aquela natação e a subida no gelo não foi fácil.

— Precisamos convencer o Primeiro-ministro Yens.

Han revirou os olhos.

— Ele *sabe* que o Império está aqui. Não acho que esteja contente com isso, mas ele não está exatamente ajudando muito.

— Ele não achava que poderia ajudar — Leia disse. — Desde o começo ele está nos alertando para ficarmos longe, não porque pensava que tinha uma chance de conseguir ajuda, mas porque temia que fôssemos nos ferir.

— Ou não queria que o oficial do Império no controle pensasse que ele simpatizava com o inimigo.

— De qualquer maneira, agora nós sabemos. E tenho certeza de que Yens não está contente com os danos causados pela estação em Madurs. Precisamos deixá-lo saber que pretendemos ajudá-lo e, mais importante, ver o que podemos fazer para ajudar.

— Ele poderia estar ajudando sua lua o tempo todo — Han apontou.

Leia atravessou o transporte até Han, tomando sua mão e entrelaçando os dedos com ele.

— É difícil acreditar que você pode fazer qualquer coisa quando acha que está sozinho — ela disse suavemente.

— Nem tudo é uma analogia, Leia.

Leia apertou mais os dedos e puxou o braço de Han para que ele a seguisse.

— Vamos — ela ordenou.

— De novo atravessando o gelo — Han gemeu quando eles saíram do espaçoporto e os discos térmicos se acionaram em seus coletes.

Leia revirou os olhos, mas não dignificou aquela frase com uma resposta. Ela sabia — graças ao planejamento meticuloso do itinerário de Riyola — que o grupo da *Halcyon* voltaria para a estação de pesca depois do almoço, dessa vez para um passeio subaquático em um de seus maiores submersíveis.

Seu estômago estava doendo de tanto correr sem ter comido nada, então ela afastou a ideia de que todos estavam almoçando naquele momento. Pelo menos o enorme buraco de pesca com a plataforma subaquática ficava a uma curta caminhada do transporte, então eles não precisavam voltar até o palácio de gelo. Ela e Han se apressaram. Eles acenaram para alguns dos pescadores na beira do gelo enquanto atravessavam a ponte até o edifício de transparaço.

O capitão da recepção da primeira noite os encontrou na porta.

— Vocês estão atrasados para o passeio — ele disse. — O último submersível já partiu da plataforma subaquática.

— Tudo bem — Leia disse. — Nós só queremos conversar com o Primeiro-ministro Yens.

O capitão pareceu surpreso.

— Vocês não querem ver um edonte? Temos alguns transportes menores projetados para dois ou três pescadores. Não são tão confortáveis quanto os submersíveis especiais para ver os edontes, mas...

— Não — Leia disse, muito abruptamente. — Obrigada. Mas não. Precisamos encontrar o primeiro-ministro.

— Está tudo bem?

Han suspirou, claramente perdendo a paciência.

— Ele ainda está na plataforma subaquática?

— Sim, mas...

Han agarrou o cotovelo de Leia e a conduziu na direção do turboelevador, passando pelo capitão. Alguns momentos depois, eles entraram na plataforma.

O Primeiro-ministro Yens estava perto de uma série de escotilhas. As maiores estavam seladas e, através das janelas de transparaço, Leia podia ver que os transportes que atracavam ali já tinham partido. Como o capitão tinha indicado, havia um punhado de escotilhas menores que estavam abertas, revelando submersíveis claramente usados pelos pescadores, cheios de redes e iscas, perfeitos para a captura de grandes cardumes ou para a colheita de longos talos de alga ila que crescia em pontos perto da superfície.

— Eles estão aqui — o Primeiro-ministro Yens disse em um comunicador, depois ergueu os olhos para Leia e Han. O capitão devia ter avisado que eles estavam chegando. — Como posso ajudá-los? — Yens perguntou educadamente.

Com tantos dos submersíveis lançados, a plataforma parecia menor do que quando eles a visitaram no dia anterior. As luzes também haviam diminuído, com estranhos padrões projetados nas paredes e no chão pelos sinais submersos usados para guiar os transportes até suas baias. Leia deu um passo mais perto de Han.

— Primeiro-ministro Yens — ela disse —, nós sabemos que a estação que você disse que foi destruída na verdade não foi nem danificada. Nós sabemos o que ela está fazendo com a sua lua. E queremos ajudar.

Yens não mostrou emoção no rosto e isso, mais do que a escuridão e as sombras, deixou Leia inquieta. Aquele confronto direto com a verdade deveria ter deixado o primeiro-ministro com raiva ou aliviado, triste por ser flagrado ou alegre por receber ajuda. Mas aquele vazio era... estranho.

— O Império nunca deveria ter vindo até aqui — o primeiro-ministro afirmou com um tom de voz neutro. — Eles enviaram uma embaixadora e, a princípio, fui informado para me preparar para outra exposição de arte. — Ele riu amargamente. — Foi por isso que construímos as residências no pátio. A embaixadora nos disse que Madurs seria essencial para a galáxia. Ela nos incentivou a passar nosso tempo construindo a pequena cidade em preparação. Mas aquilo foi apenas uma distração para que não notássemos a preparação para os processos de mineração. Quando chegou o momento para avançar as negociações, foi revelado que a única coisa que o Império queria era o carnium. E eu recusei.

Yens olhava para o vazio, os olhos desfocados, e continuou:

— A embaixadora deixou aquela reunião e partiu em seu transporte, e então a estação atacou antes do anoitecer. Aquela estação enorme que pensamos que estava apenas em órbita havia passado todo aquele tempo analisando onde atacar. Nunca imaginamos que algo daquele tamanho fosse *aterrissar* na superfície. Para ser justo, na verdade não aterrissou. A estação se lançou contra o gelo. Aparentemente, o melhor ponto de mineração ficava bem ao lado da cidade velha. O primeiro disparo destruiu tudo.

Suas palavras eram calmas, mas Han e Leia notavam a dor em seu tom de voz. Os dois testemunharam as ruínas dos edifícios, os destroços. Os tremores de gelo não eram nada comparados com o impacto inicial.

Ninguém em Madurs havia esperado, muito menos o primeiro-ministro, que pensou que o processo de negociação significava que ele seria uma voz para seu povo.

— Eles nos prenderam com correntes enquanto eu jogava conversa fora — ele disse.

Leia sacudiu a cabeça. Se alguém é acorrentado, esse alguém deveria transformar as correntes em arma e sufocar seu opressor. Ela sentiu a raiva fervendo dentro de si, uma coisa escura que varreu seu corpo. E, por um momento, permitiu que entrasse em seus ossos, apertasse seus músculos, lembrasse a ela de quando olhou nos olhos de Jabba quando já não havia mais vida neles.

Ela havia odiado cada instante em Tatooine, exceto aquele.

Ela nunca se sentiu mais poderosa do que naquele momento.

*Eu entendo por que ele fez aquilo que fez*, Luke dissera a ela em Endor. *Eu não concordo, é claro, mas entendo. Você não entende?*

Leia fechou os olhos.

*Você não entende?*

Ela abriu os olhos. Leia focou no primeiro-ministro. Ela sentiu raiva, mas ele exalava pesar. Ela podia ver isso, se olhasse de perto.

— Quantos morreram? — Leia perguntou gentilmente.

Os olhos do Primeiro-ministro Yens estavam vazios e assombrados.

— Dois mil, duzentos e quarenta e oito.

Leia podia visualizar tudo. Se não tivesse coração, poderia até enxergar a lógica. O resultado seria tão catastrófico que não haveria como revidar. A tristeza que emanava de toda a sociedade — a culpa, a tragédia —, às vezes essa era a emoção que servia de fagulha que iniciava uma rebelião. Mas essa chama também poderia se voltar para dentro e queimar um coração até virar cinzas.

— E eles se recusam a ir embora? — Havia uma cadência na voz de Han, como se estivesse fazendo uma pergunta, mas todos no local sabiam a resposta. — Quer dizer, apesar da queda do Império. — Porque ninguém acreditava que a estação Imperial se importava com a destruição da lua.

A risada do primeiro-ministro foi amarga.

— Eles dizem que as operações continuam como sempre. — Seus olhos caíram sobre Leia. — A política não muda o "acordo". — Ele pronunciou a última palavra com raiva, mas então seus olhos mudaram, focando longe de Leia, como se não quisesse encará-la com suas próximas palavras. — Mas eles prometeram se retirar em breve — ele disse. — Eles pagarão as contas, os reparos. E partirão.

— Claro, quando a lua rachar no meio ou estiver poluída demais para ser habitável — Han disse.

— Eles receberam ordens para terminarem tudo logo. A oficial-chefe me assegurou que...

— Ordens de quem? — Leia exigiu saber. Não do Imperador. Não de Tarkin ou Vader. Eles cortaram a cabeça do Império; por que então não morria de vez?

— De mim — uma mulher disse, pondo-se à frente. Ela esteve no canto mais afastado da plataforma subaquática, escondida nas sombras. Quando se aproximou, algo vermelho piscou perto de sua têmpora — um olho cibernético, zunindo ao escanear Leia e Han. O cabelo loiro da mulher estava preso para trás com tanta força que ela quase parecia careca. Ela vestia o impecável uniforme branco de um oficial da divisão de inteligência do Império, e caminhava com a confiança de alguém com uma experiência mortal.

— Permitam-me apresentar a embaixadora e comandante sênior Alecia Beck — o primeiro-ministro disse. Ele pendeu a cabeça, um sinal tanto de respeito quanto de derrota.

Beck passou por ele como se não fosse nada. Ela também ignorou Leia, seu olho vermelho buscando Han, que ficou tenso ao seu lado. O olhar de Leia saltou entre a oficial do Império e seu marido e de volta.

— Vocês dois têm uma história? — Leia adivinhou.

— Solo — Beck rosnou. — Você me custou uma promoção. Esperei muito tempo para matar você.

# CAPÍTULO 45
# HAN

— Bom, sabe como é, ela não é minha fã — Han disse. — Ela achou melhor torturar um prisioneiro rebelde para conseguir informações e nós discordamos nesse ponto. Acho que guardou rancor disso. — Embora o tom de sua voz fosse calmo, Han tomou o cuidado de manter Beck em seu campo de visão. Ela pendeu o pescoço para o lado, que estalou com um som alto. A comandante abriu um sorriso convencido quando Leia estremeceu ao ouvir o som.

Han moveu o braço, tocando a mão de Leia. Um alerta. Ele conhecia Beck. Ele conhecia sua mira.

Leia, entretanto, pareceu não entender o sinal.

— Por que você ainda está aqui? — ela exigiu saber, claramente esperando antagonizar a comandante sênior. — O Império caiu.

Beck riu.

— Eu não acredito em propaganda rebelde.

— Não somos mais rebeldes — Leia disse ferozmente. — Somos vitoriosos.

Han viu a mão de Beck se mover um segundo antes de Leia perceber, e ele usou esse segundo para se jogar contra o corpo dela, derrubando os dois no chão antes de um tiro de blaster passar onde eles estavam. Sem emoção, Beck mudou sua postura e sua mira.

— Corre, corre, corre — Han disse com urgência, puxando Leia para se levantar. Ele esperou apenas o suficiente para saber que Leia estava firme sob seus pés e já correndo em uma direção antes de disparar na direção contrária, esperando atrair os disparos de Beck para longe de sua esposa.

Funcionou — por um segundo. Beck parecia não saber em quem atirar primeiro. Leia era a inimiga maior do Império, mas Beck tinha uma vingança pessoal contra Han.

Han olhou atrás dele em tempo de ver Beck mirando sua arma em Leia, que teve o bom senso de correr em zigue-zague na direção da relativa proteção de uma pilha de caixotes perto do turboelevador. Marcas de carbono manchavam o chão e a parede à medida que Beck perseguia Leia com tiros, sua arma firme e o olho focado. Foi por mera sorte que Leia não foi atingida.

A lealdade de Beck ao Imperador morto era mais forte do que sua necessidade pessoal de ver Han morto.

Mas por pouco.

Han atacou Beck pretendendo atingir seu corpo, mas em um rápido movimento, ela se pôs de lado. Sem o impacto que ele esperava, Han cambaleou e Beck usou o cabo de seu blaster para atingir o crânio de Han, causando a aparição de pontos negros flutuando em sua visão.

— Quanta consideração — Beck disse, sorrindo enquanto Han dava mais alguns passos cambaleantes. — Obrigada por me dar uma razão para matá-lo primeiro.

Um arpão voou pelo ar, cortando o bíceps de Beck. Uma linha vermelha de sangue escorreu sobre seu casaco branco — perfeitamente reta e nítida, tão definida que parecia uma faixa de honra em seu uniforme imaculado, e não um ferimento. Rosnando, Beck ajustou o blaster na mão para firmar seu braço agora ferido. Leia se abaixou de volta atrás dos caixotes, um lampejo branco quando buscou uma posição melhor e outra arma. Han usou a distração de Beck para se afastar, abrigando-se perto de uma saliência de um escudo magnético que protegia a plataforma de atracagem da água do outro lado.

— Parem! — Yens gritou, sua voz falhando. — Isso não tem que acabar em violência.

Beck rosnou, mas foi Han quem gritou:

— É claro que tem, isso é o Império! — Ele quase podia entender a tragédia da situação que levou Madurs a ficar presa, mas certamente aquele homem não era tão tolo para não ver como aquilo inevitavelmente iria acabar.

Beck girou, mirando seu blaster sobre Han, o alvo mais fácil com menos cobertura. O tiro de plasma atingiu o escudo magnético, a marca de carbono manchando o metal a centímetros de seu rosto. O escudo ondulou como água, mas aguentou.

— Não inunde a plataforma! — Yens gritou.

Beck praguejou contra ele, um segundo tarde demais para atingir Han quando ele disparou para uma baia diferente. Aquela estava conectada a um transporte e, portanto, não tinha a proteção do escudo magnético, mas Han não era tolo o bastante para entrar lá, prendendo a si mesmo em um submersível atracado à plataforma. Ele provavelmente conseguiria descobrir como se desconectar, mas seria um alvo fácil para a mira certeira de Beck.

De seu ponto de vista, ele podia ver atrás dos caixotes. Leia estava freneticamente procurando dentro daqueles que podia alcançar sem se expor, buscando por uma arma. Mas embora o arpão tenha sido efetivo, a maioria dos objetos lá dentro eram redes. Isso havia funcionado em Endor, mas Beck era mais esperta dos que os stormtroopers.

Os olhos de Leia encontraram os de Han por uma fração de segundo.

*Isso não é o fim*, ele queria dizer enquanto tiros de blaster queimavam o ar entre os dois.

Leia ergueu uma sobrancelha, seu significado claro: *Eu sei, seu desmiolado, mas você tem alguma ideia?*

Leia sabia mesmo falar apenas com os olhos. Maldição, ele nunca a amou mais do que quando estavam no meio de uma batalha.

— Isso não está certo! — Yens gritou. Parecia que estava confirmando o que Han sabia há muito tempo. O Império nunca cumpriria a sua parte da "barganha" com sua lua, eles continuariam a tirar e tirar até não sobrar mais nada. Isso, ou um assassinato a sangue-frio na sua frente, era demais para ele tolerar.

Beck o ignorou completamente. Han e Leia estavam encurralados, perto o bastante um do outro para ela avançar sem perdê-los de vista. A única razão para seus passos serem lentos e metódicos, Han sabia, era porque ela não sabia o que mais Leia poderia ter encontrado atrás dos caixotes.

Han se encolheu contra o metal que abrigava o escudo magnético. Ele sabia algo que Beck não sabia: não havia nenhuma arma nos caixotes.

Ele chamou a atenção de Leia, sutilmente movendo a cabeça na direção do submersível. Havia uma chance bem pequena de separá-lo da plataforma, uma ainda menor de operá-lo, antes de Beck matar os dois.

Ainda bem que Han estava acostumado com chances pequenas.

Leia assentiu, mas em vez de correr até ele, ela juntou as redes em seus punhos, envolvendo as mãos com o material fino.

Beck deu mais um passo à frente.

Leia saltou, jogando as redes para a esquerda, o material se abrindo como uma teia ao mesmo tempo em que ela correu para a direita, na direção de Han. Ela continuou segurando as redes, deixando que se abrissem atrás dela.

Quando colidiu com Han, lançando os dois para dentro do submersível, não havia sobrado nada além de fios queimados ainda presos em seus dedos; o restante das redes foi desintegrado.

Beck já não andava lentamente. Ela partiu na direção deles, atirando enquanto corria, sem se importar com o que atingia. Seus braços — mesmo o ferido — não hesitaram. Não havia cobertura dentro do submersível, nem mesmo assentos. Era pouco mais do que uma escotilha, um painel de controle e um domo de vidro usado para trabalho e eficiência, não conforto.

O submersível inteiro sacudiu, quase jogando Leia no chão. O que foi isso? Não um tremor — e não resultado de um tiro de blaster.

O escudo magnético foi ativado.

Han olhou através do vidro para o Primeiro-ministro Yens, que tinha sua mão sobre o painel de controle na plataforma. Ele tinha uma expressão severa no rosto enquanto preparava o lançamento do submersível nas águas geladas.

Beck praguejou, mas em vez de se perder na raiva, ela parou na frente da leve luz azul do escudo. Com as pernas separadas para firmar sua postura, Beck ergueu sua arma, sem pestanejar enquanto disparava tiro após tiro não no escudo, mas no metal que cobria os circuitos que o operava. Ela já tinha causado danos suficientes para fazer o metal brilhar vermelho e derreter uma camada.

— Não vai aguentar! — Leia gritou. Se Beck atirasse diretamente nos circuitos que operavam o escudo, a proteção seria desativada.

— Eu *sei*! — Han rosnou, freneticamente batendo com as mãos nos controles. Lento para iniciar, o velho submergível mal começou a agitar a água, movendo-se com determinação, mas dolorosamente lento.

Através do escudo, Han viu Yens correr até Beck, mas ela facilmente o derrubou de lado e continuou atirando calmamente, mirando no mesmo lugar, de novo e de novo.

E então o escudo desapareceu.

A água invadiu a plataforma, com força o bastante para derrubar Beck e Yens antes de as portas de emergência se acionarem para selar o atracadouro.

Mas não antes de Beck mirar e disparar um tiro perfeito através da água e contra o domo de vidro do submersível.

Pela rachadura que aumentava no vidro entre eles e as águas frígidas, Han e Leia viram Beck se levantar, se endireitar e sorrir com o canto da boca.

Ela não conseguiu matá-los diretamente, mas assim que o domo se partisse, o oceano faria isso por ela.

# CAPÍTULO 46
# LEIA

UMA GOTA.

Leia observou um pequeno pingo de água turquesa escorrer da rachadura e cair entre eles. Ela ergueu os olhos para Han.

Mesmo nesses breves segundos, a rachadura se partiu ainda mais.

— Não vai segurar — ela disse suavemente.

Han sacudiu a cabeça.

Sua melhor chance seria a área aberta ao redor da plataforma, onde os pescadores lançavam suas linhas, mas ao mesmo tempo em que pensava isso, Leia viu o brilho de plasma vermelho cortando a água. Stormtroopers — talvez auxiliados pela própria Beck — atiravam por aquela área aberta diretamente na água, esperando atingi-los e danificar ainda mais o submergível. Não havia como escapar por ali.

Leia fechou os olhos. Ela permitiu a si mesma um momento de medo. Para visualizar o que inevitavelmente aconteceria. O domo de vidro estava se partindo. Logo iria se despedaçar sob a pressão da água. Eles ainda tinham seus discos térmicos, então não congelariam. Mas descartaram os aparatos de respiração. Eles se afogariam. Mesmo se conseguissem alcançar a superfície a tempo, ela estaria congelada, o gelo com metros de espessura que eles não conseguiriam romper apenas com as mãos.

*Eu* não *vou morrer debaixo d'água em uma lua qualquer.*

Ela abriu os olhos.

*Eu* não *vou morrer hoje.*

Ela tentou acreditar.

— Temos que chegar o mais perto possível da superfície e da estação — Leia disse, sem tirar os olhos da rachadura que crescia. O gelo era mais fino ali, a água mais quente; era a única chance. Os Imperiais poderiam estar ali também, mas...

Era a única chance.

O submersível se lançou adiante quando Han mexeu nos controles, que não eram nada mais do que um joystick e um pedal. Leia colocou as mãos no vidro frio, olhando para cima. Se conseguisse ver um facho de luz, um lugar onde o gelo fosse mais fino...

No meio das sombras, Leia avistou os contornos de criaturas marinhas. Em outra vida, ela nunca nem teria notado que havia algo errado com Madurs. Teria embarcado no luxuoso transporte subaquático para ver os edontes junto com os outros turistas. Teria uma lua de mel normal, sem nenhuma preocupação na cabeça. Em outra vida.

Uma em que ela provavelmente viveria mais.

Bolhas escapavam atrás deles à medida que o pequeno submersível se movia. Aquele transporte não foi projetado para levar pessoas correndo até a superfície; foi projetado para seguir no meio das águas, lento o bastante para não assustar os grandes cardumes e estável o suficiente para colher algas. Não foi projetado para ser a *Millennium Falcon* da mesma forma que Leia não havia nascido para ter uma vida pacífica.

A rachadura continuou crescendo, pingos de água fria se derramavam sobre seus dedos.

Leia olhou para Han. Seu rosto estava sério, os olhos focados, seu corpo inteiro se esforçando para levar o submersível cada vez mais longe e mais rápido.

Leia se sentiu tão inútil, apenas parada ali.

Será que...

Será que a Força poderia ajudar?

Luke havia pedido ajuda a Leia em Bespin. E ela ouviu o pedido. Seu irmão gêmeo estava longe demais para ajudá-la, mesmo se pudesse chamá-lo, mas... será que *alguém* poderia ouvi-la? Será que alguém poderia ajudar?

Ela deixou seus olhos desfocarem, ultrapassando a rachadura, seguindo pelas águas, invadindo a mistura turva de cores. Ela tentou ouvir — não os murmúrios de Han, ou as engrenagens girando, ou o vidro rachando —, mas algo mais profundo, algo místico.

*Se* — quando — *eu sobreviver a isso, eu preciso aceitar o treinamento de Luke*, ela pensou enquanto se esforçava para ouvir, para sentir... algo.

Nada.

Com um rosnado de frustração, Leia deu as costas para o vidro. Ela não tinha tempo para ouvir sussurros de um poder que não podia controlar.

— Quando quebrar — ela disse em voz alta, com um tom vazio, mas de autoridade —, chute para cima. Com força. Respire o mais fundo que puder antes que a água nos cubra.

Uma gota de água gelada caiu na testa de Han.

— Nade para a luz — ela continuou com determinação, segurando-se à única esperança que restava. — Procure por pontos fracos.

Ela voltou a olhar para cima, para a escura uniformidade do sólido gelo acima deles.

# CAPÍTULO 47
# HAN

UM PÂNICO PURO INUNDOU OS SENTIDOS DE HAN ENQUANTO A RACHADURA NO DOMO aumentava. Ele não queria morrer, mas, mais do que isso, ele não queria morrer com *frio*.

Não de novo.

— Você não vai morrer, Han — Leia disse, sua voz tão calma quanto o oceano profundo.

Han riu com desdém.

— Como você sabe disso? — Eles estavam perto da superfície agora, mas não importava. O gelo continuava impenetrável.

— Porque eu não vou morrer — Leia disse com um tom de certeza.

Isso? Isso ele acreditava.

Mas então Leia disse com a voz baixa:

— E eu preciso de você.

Aquelas cinco palavras dispararam sobre ele com o choque de um pulso elétrico. Aquilo não era Leia empurrando a *Falcon* para mais uma missão para a Rebelião. Aquilo não era nenhuma causa nobre ou propósito maior.

Era ela. *Ela* precisava dele.

Ela podia amá-lo o quanto quisesse. Muitas mulheres amaram Han em sua vida. Mas precisar? Isso era diferente.

Suas mãos deslizaram para fora do frágil joystick do submersível quando ele olhou diretamente nos olhos dela.

A necessidade era algo real.

Um altíssimo som de vidro se partindo quebrou o silêncio.

O domo de vidro acima deles finalmente cedeu, a rachadura se partindo sob a pressão da água fria, inundando o submersível antes que Han pudesse fazer mais do que prender a respiração em um último suspiro de ar.

Seus sentidos se revoltaram — a água bloqueou seus ouvidos, o sal do oceano turvou sua vista, o frio o cobriu antes que os discos térmicos em seu colete fossem acionados.

A água invadiu a cabine, derrubando Leia e Han com a força de um tiro de plasma. O submersível em si girou na direção do fundo do mar, a inundação explosiva da água levando-o para baixo, e Han e Leia junto.

Han se arrastou pela água, batendo os pés freneticamente, tentando não ser sugado para as profundezas. Quando conseguiu se livrar da correnteza, seu corpo ficou suspenso, temporariamente flutuando na água enquanto se esforçava para enxergar através da turbulência.

Tentando enxergar Leia.

O instinto o levou para cima, na direção da fraca e mal visível luminosidade da superfície coberta de gelo. Uma desesperada bolha de ar escapou dele quando viu um lampejo branco contra o inflexível teto de gelo.

Leia.

Han disparou na direção dela e juntos começaram a bater contra o gelo acima. O leve brilho pálido além servia apenas para destacar o quanto o gelo era espesso.

*Um tremor de gelo seria bem útil agora*, Han pensou, meio esperando que um tremor sacudisse o gelo e o partisse para libertá-los.

Mas não. Como de costume, sua sorte acabou bem quando mais precisava.

Leia ainda batia contra o gelo, os dois punhos socando alto o bastante para o som reverberar pela água, mas não alto o bastante para alguém ouvir, mesmo se estivesse diretamente acima deles.

Ninguém sabia onde eles estavam.

Ninguém estava vindo para salvá-los.

Os pulmões de Han começaram a doer, mas ele lutou contra o instinto de respirar, sabendo que isso seria morte quase instantânea.

Han agarrou a mão de Leia. Ela se debateu, lançando um olhar desesperado para ele, lutando até o fim. Mas Han tomou seu rosto com a outra mão, seus dedos deslizando entre os cabelos flutuando livremente. Ele a puxou para um último beijo intenso.

Quando seus lábios se encontraram, não havia água fria, não havia falta de ar. Apenas os dois, flutuando no oceano. Juntos.

O corpo de Leia amoleceu na água, derrotada. Não. Não sua esposa. Ela nunca era derrotada. Han a envolveu com os braços, puxando-a contra seu corpo, tão forte que seus discos térmicos bateram um no outro. Ela se agarrou a ele, seus dois corpos sendo o único calor na água tão fria quanto o vazio do espaço.

Pontos negros dançavam na visão de Han, então ele fechou os olhos. Nada estragaria aquele momento, nem mesmo a falta de oxigênio.

Ela disse que precisava dele. Bom, ele precisava dela. Mais do que de ar.

Mas um pouco de ar seria legal agora.

Um frio varreu sobre ele. Os discos térmicos não funcionavam bem debaixo d'água.

A hora havia chegado.

E então, o gelo explodiu acima deles.

Han e Leia foram separados com violência, seus corpos girando no resultado da explosão. Água fria encheu as narinas, boca, pulmões de Han. Ele se engasgou com o sal.

Algo — *alguém* — bateu contra ele. Se tivesse algum ar restante, teria sido expulso de seus pulmões. Vagamente, Han percebeu algo nadando, com força, impulsionando-o através da água e então, de algum jeito, jogando-o de corpo inteiro por um buraco que havia sido aberto no gelo. A força da aterrissagem no gelo sólido soltou alguma coisa dentro dele, e Han começou a vomitar água salgada nas rachaduras afiadas de uma placa de gelo solta.

— Isso mesmo, deixa sair tudo.

Han quase reconheceu a voz masculina, mas sua mente estava um completo caos de sentidos inundados.

— Leia — ele disse com a voz rouca. Ele se virou quando ouviu alguém se engasgando e viu o corpo de Leia curvado perto dali. Ele se arrastou até ela, puxando-a para seu colo. Seu corpo inteiro tremeu quando ela o abraçou. Han fechou os olhos, sua cabeça mergulhando nos cabelos molhados de Leia.

— Precisamos achar algo seco para vocês dois — a voz disse outra vez. Han forçou seus olhos para cima para olhar quem os resgatara.

Um Nautolano. Bom, isso explicava como ele conseguiu nadar tão bem para salvá-los. Seus olhos seguiram para as marcas negras na borda do buraco no gelo. Três sinalizadores foram inseridos no gelo, sua força explosiva apenas o suficiente para abrir um buraco na placa.

— Como? — Han grunhiu com a voz ainda áspera.

— Esses sinalizadores são bem potentes — o Nautolano disse. Zalma. Han conseguiu juntar os fragmentos da lembrança dele. Zalma Trinkris, o engenheiro-chefe da *Halcyon*. — Não sei por que eles estavam fora dos caixotes no transporte, mas...

— Não — Han disse, abraçando sua esposa com mais força. — Como você nos encontrou? — Seus dentes estavam começando a bater uns nos outros, mas não forte o bastante para tornar suas palavras incompreensíveis.

— Ah! — Zalma exclamou. — Os rastreadores.

— Rastreadores? — Leia perguntou sem soltar Han.

Zalma assentiu enquanto se abaixava e tocava em um disco térmico agora inútil no colete de Han.

— Isso é da *Halcyon*, e possui rastreadores. Se você precisasse evacuar o transporte, ficaria feliz em saber que podemos encontrar você no vasto vazio do espaço antes do seu oxigênio acabar.

— Estou feliz por você ter nos encontrado no vasto vazio do oceano — Han disse.

Zalma riu, um som dissonante, considerando a situação. *Um resquício de histeria por causa do perigo que passamos*, Han pensou, notando um tom um pouco maníaco. Zalma se acalmou, olhando para Han e Leia abraçados para esquentarem um ao outro.

— Precisamos levar vocês dois de volta para o transporte. Ou algum lugar seguro.

Han aceitou a mão do Nautolano para se levantar, puxando Leia com ele. Zalma também estava molhado e exposto ao ar frio de Madurs, mas ele tinha seu próprio colete térmico. Ele chamou a atenção de Han, começando a desabotoar seu colete e a oferecê-lo para Leia.

— Não — Leia disse, forçando-se a andar para a frente. Han sacudiu a cabeça. Ele conhecia sua esposa. Ela congelaria antes de deixar seu salvador passar frio.

— Quando cheguei no transporte, eu sabia que algo estava errado — ele disse. — E que não era apenas um defeito no sistema de navegação. A propósito, belo uso do extintor de incêndio.

Leia fez uma leve reverência a ele enquanto seguiam pela planície de gelo. Seus pés escorregaram e Han agarrou seu cotovelo para firmá-la. Os dois estavam fracos e aquela exposição ao frio não era nada boa — já era frio o bastante na superfície de Madurs, era ainda pior quando estavam molhados.

Zalma pareceu também perceber isso; ele começou a andar mais rápido, indo na frente, e também falava mais rápido, como se esperasse que suas palavras pudessem distraí-los do frio.

— Enfim, eu vi os coletes térmicos que estavam faltando. Achei que seria mais fácil simplesmente encontrá-los e perguntar o que aconteceu.

— Com sinalizadores? — Leia perguntou.

— Olha, eu sei ler nas entrelinhas — Zalma disse. — Sei muito bem sobre vocês dois. Conheço suas reputações. Não pensei que eu fosse *precisar* de sinalizadores, mas... — Ele deu de ombros. Han respeitava esse tipo de esperteza. Embora ele meio que quisesse que o Nautolano também tivesse trazido alguns cobertores.

— Eu estava no meio do caminho até a plataforma de gelo quando os seus sinais começaram a ir na direção contrária — Zalma disse. — E ficou bem óbvio que vocês não estavam andando no gelo como eu. Aí eu mudei de direção. E então os seus sinais pararam.

E ele explodiu um buraco no gelo e os salvou.

Os dedos de Han se entrelaçaram com os de Leia e ele apertou sua mão. Ele estava errado. Sua sorte ainda não tinha acabado.

# CAPÍTULO 48
# LEIA

LEIA ESTAVA COM TANTO FRIO QUE ERA DIFÍCIL PENSAR EM QUALQUER COISA QUE NÃO fosse colocar um pé na frente do outro. Ela nem tinha energia ou concentração para considerar o tremor de gelo que sacudia o chão.

Zalma, entretanto, praguejava bastante, seus grandes olhos crescendo ainda mais à medida que o tremor avançava.

— Isso acontece sempre? — ele perguntou, assustado.

— Como um relógio — Han murmurou.

— Sempre que a estação Imperial dispara contra o núcleo — Leia acrescentou entre os dentes que batiam.

Zalma franziu as sobrancelhas, sacudindo a cabeça, seus longos tentáculos verdes balançando sobre suas costas.

— Já vi esse tipo de coisa acontecer antes, mas não nessa escala. Em um mundo aquático como este, quando você começa a sentir os tremores, o dano já está feito. É tarde demais para simplesmente se retirar.

Leia continuou se arrastando para a frente, cada passo como o impacto de uma broca em seu crânio, mas de algum jeito as palavras dele ainda penetraram sua mente. Ela parou.

— Espere — ela disse, ainda vasculhando seus pensamentos enevoados. — Você está dizendo que mesmo se destruirmos a estação, a lua está condenada?

Zalma franziu as sobrancelhas.

— Eu posso estar errado. Sou um engenheiro, não um geólogo. Mas... o núcleo está instável. Aquilo que é verdade com uma nave, é verdade com um mundo quando se trata de núcleos.

Os tremores de gelo não acabariam, mesmo se o Império parasse.

Que esperança ainda restava para aquele mundo? Ela o visitara só agora, mas a linda arte estava se desfazendo. As pessoas, os pralces, os edontes dos quais apenas viu as sombras. Aquele era o lar deles e não havia *nada* que ela pudesse fazer para salvá-lo.

Eles chegaram tarde demais.

Era ainda pior ter tido a esperança de que eles poderiam potencialmente salvar Madurs. Acreditar que havia uma chance, por menor que fosse, de que um punhado de rebeldes poderia, mais uma vez, enfrentar uma estação muito maior do que eles. Mas pensar que eles quase morreram encarando Beck, que se esforçaram tanto para descobrir aquele mistério — e aquele mundo ainda acabaria como apenas gelo despedaçado...

— Evacuações — ela murmurou. — Teremos que evacuar a todos. — A Oficial Sênior Beck não gostaria disso. Ela estava operando sob a premissa de que o Império ainda reinava; e isso significava não deixar testemunhas. Leia franziu as sobrancelhas, tentando pensar. Estava tão *frio*, mas havia tanta coisa para fazer...

— Ei. — Han parou diretamente na frente dela. Atrás de seus ombros, Leia viu que Zalma havia avançado um pouco, dando um pouco de privacidade aos dois. — Olhe para mim. — A voz de Han era a coisa mais quente naquela lua de gelo.

Leia mudou seu foco para ele. Han colocou as duas mãos sobre seus ombros, trazendo-a de volta para a terra.

— Como você está? — ele perguntou, analisando seu rosto.

Leia não se importou em segurar a risada amarga que escapou de seus lábios rachados.

— Nada mal, e você?

O canto da boca de Han se ergueu.

— Igual. Um pouco frio.

— Um pouco.

— Então. — Ele não a soltou; ele não deixou de olhar em seus olhos. — Como você está? — Seu tom de voz mudou. Não era uma pergunta. Era uma oferta. Para acalmar o peso em sua mente, para ajudar a suportar a carga que pesava em suas costas.

Leia tentou desviar os olhos, mas Han se abaixou, segurando seu foco, não deixando que ela escapasse de sua própria verdade.

— Luke poderia ter partido — ela finalmente disse. Han pareceu confuso.

— O gelo — ela acrescentou. — Luke poderia ter partido o gelo. Ele não teria apenas... — Seus dedos se fecharam em punho, sentindo a dor dos ferimentos e cortes que o gelo causara em sua pele quando ela estava debaixo d'água, socando o bloco aparentemente impenetrável.

— Olha, o garoto é algum tipo de feiticeiro, você não pode esperar que...

— Está no meu sangue — Leia retrucou. — *Ele* poderia ter feito. *Ele* poderia ter rompido o gelo e salvado a nós dois.

Os dois sabiam que ela já não estava falando sobre Luke agora.

— Qual é a utilidade de um poder se não puder salvar as pessoas que você ama? — Leia perguntou, sua voz falhando.

— Mas estamos bem. — Ele arrumou uma mecha de seu cabelo atrás da orelha e os dois notaram o som de algo se despedaçando: cristais de gelo estavam se formando. Eles precisavam de abrigo e calor, e precisavam disso rapidamente.

Mas Leia não conseguia reunir forças para se mexer.

— Eu não posso ser Luke — ela disse finalmente. — Se eu tivesse apenas uma fração do poder dele, eu poderia fazer algo com isso, mas não tenho. Eu simplesmente não posso ser ele. — Luke passava cada segundo que podia aprimorando seu poder Jedi, mas Leia tinha suas próprias missões. Ela não podia fugir dessas responsabilidades. Ela não precisava se encontrar em uma busca Jedi; ela já sabia quem era. Ela era uma rebelde.

Mas mesmo depois do curto tempo que Luke havia passado em Dagobah, ele voltou tão diferente de quando ela o conhecera. Uma paz corria por ele como um eixo inabalável de força. Ele ainda tinha dúvidas; ela o conhecia bem o bastante para perceber como isso ainda o assombrava. Mas como uma luz no escuro, ele podia enxergar além delas, enxergar diretamente no coração da certeza.

Enxergar a Força.

E ela não podia. Nem mesmo quando as vidas dela e de Han dependiam disso. Ela *não* conseguia conectar-se com o poder que Luke tinha.

— A questão é a seguinte — Han declarou lentamente, como se ainda estivesse pensando no que dizer. — Você diz que está no seu sangue e talvez você esteja certa. Mas Luke não é Vader.

— É claro que não — Leia disse imediatamente.

— Então isso significa que você não precisa ser Luke.

Leia piscou de perplexidade diante dele, a verdade de suas palavras caindo como neve em sua pele.

Han deixou um beijo frio em sua testa.

— Luke precisou mergulhar seu X-wing em um pântano para encontrar a Força. Você só precisa encontrar o seu pântano.

Leia riu — sem nenhum traço de amargura dessa vez.

— Acho que não vou achar um pântano nesta lua.

— E daí? — Han deu de ombros. — Só estou dizendo que você precisa ser você mesma. Encontre o *seu* caminho para a Força. Se é que você quer mesmo fazer isso.

— Eu não entendo você — Leia disse, deslizando sua mão sobre a dele e puxando-o para onde Zalma os esperava. — Você é sempre tão bom para falar exatamente as coisas erradas que eu já fico esperando isso, mas então as palavras perfeitas saem dos seus lábios.

— Eu só gosto de te deixar esperta — ele disse distraidamente, mas apertou a mão dela.

Quando alcançaram Zalma, eles perceberam que o Nautolano não estava apenas esperando pelos dois; ele também aguardava uma figura montada que se aproximava. Leia cerrou os olhos quando o enorme pralce chegou mais perto.

— Nah'hai! — ela exclamou.

Nah'hai saltou para fora das costas do pralce.

— Ainda bem que encontrei vocês!

— Ainda bem mesmo! — Leia disse, seus dentes batendo uns nos outros.

Nah'hai apanhou uma bolsa amarrada nas costas do animal, tirando capas térmicas de dentro e passando-as para Han e Leia.

— Desculpe, não tenho mais — ela disse a Zalma, que mostrou seu próprio colete com disco térmico. Um vapor subiu dos corpos de Han e Leia quando as capas térmicas foram ativadas, o calor passando de suas roupas molhadas até a pele.

— Como você nos encontrou? — Han perguntou.

— Você quer dizer, além de seguir a grande explosão no gelo? — Nah'hai riu. — O primeiro-ministro nos alertou.

— Beck vai saber onde estamos — Han disse imediatamente. — Se Yens contatou você com o comunicador, pode apostar que está sendo monitorado.

Nah'hai sacudiu a cabeça.

— Nós sabemos. Ele usou os pescadores.

— Os...? — Leia perguntou.

— Os pescadores. Quando os stormtroopers invadiram a plataforma, Yens passou a informação para os pescadores, que lançaram sinais de via única na água em vez de iscas. Os pescadores subaquáticos viram as luzes piscando e seguiram para a plataforma construída debaixo do palácio. Eles contaram ao capitão, o capitão enviou os condutores de pralce. Nenhuma comunicação para ser interceptada. Se os stormtroopers chegaram a ver as luzes piscando, eles certamente não saberiam o que os sinais significavam.

Han recuou um pouco, parecendo impressionado.

— Por que Yens não nos contou sobre esse elaborado sistema de comunicação?

Leia sacudiu a cabeça.

— Não é apenas comunicação. Vocês têm toda uma resistência em curso. — Ela franziu as sobrancelhas. — Por que não nos contou?

Nah'hai hesitou.

— Havia uma dúvida se deveríamos deixar vocês entrarem ou não — ela esclareceu.

— É claro que ajudaríamos! — Leia foi taxativa.

Nah'hai sacudiu a cabeça tristemente.

— Não, acontece que... se você fosse bem-sucedida, ótimo. Mas se fracassasse, a retaliação do Império contra nós seria... — Seu olhar se voltou para Han.

Leia entendia, principalmente agora que conhecia a profundidade da destruição que o Império havia causado naquela lua. Ela e Han eram apenas duas pessoas e Leia havia entrado em contato como embaixadora para conversar sobre política, não para oferecer apoio militar. Até a mensagem original do primeiro-ministro foi cuidadosamente roteirizada para que, se Beck a interceptasse, ela visse apenas uma conversa sobre arte, nada de política ou carnium. Trabalhar abertamente com Leia significaria que Beck aumentaria os disparos contra o núcleo da lua. Pior, ela poderia ter desviado o abuso do planeta contra seu povo.

Foi por isso que Yens estava tão arredio. Ele queria que Leia e Han descobrissem a verdade, mas não podia ser aberto sobre isso, não com Beck monitorando tudo que dizia, não com o risco para Madurs e seu povo.

— O primeiro-ministro iria presenteá-la com alguma obra de arte no fim de sua visita amanhã — Nah'hai continuou. — Essa peça teria uma mensagem pedindo para você enviar tropas ou algum outro tipo de ajuda. Todos votamos por essa opção, pois seria mais seguro. Acontece que vocês dois foram impacientes.

— Quem votou? — Leia perguntou. — Vocês têm um conselho ou um...

— Os sobreviventes — Nah'hai disse. — Todos votamos. — Ela olhou ao redor da planície inóspita. — Vamos, é melhor sairmos daqui.

Nah'hai não tinha um bloco de montaria, mas ela juntou as mãos, oferecendo para Leia usá-las para subir no pralce. Quando Leia pisou nas palmas da garota, Nah'hai praticamente lançou-a no ar. Leia se debateu para segurar no pelo do animal arredio, depois se virou para ajudar Han a montar atrás dela.

— Eu vou andando, obrigado — Zalma disse, encarando o pralce.

— Aquela comandante enviou tropas procurando em toda a parte.

— Eles não estão procurando por mim — Zalma disse, recuando um passo.

— Suba logo, Trinkris — Han rosnou. Relutantemente, Zalma montou no grande animal. Nah'hai bateu na perna da frente do pralce e o animal ergueu um joelho, dando a ela um apoio para também montar. Todos se juntaram para dar espaço e, apesar do aperto, as largas costas do pralce acomodavam todos sem problemas.

— Para onde vamos? — Leia perguntou para Nah'hai. Seguir para o palácio colocava incontáveis pessoas em risco. E Beck estaria monitorando o espaçoporto.

— Eu tenho um lugar — Nah'hai disse, chamando o pralce. Logo eles estavam cavalgando pela planície de gelo.

Han envolveu os braços ao redor de Leia e ela ficou feliz em se recostar em seu calor.

— A Comandante Beck não vai acreditar que estamos mortos até ver nossos corpos — Han disse em seu ouvido. — Ela é uma caçadora.

Leia não tinha dúvidas disso. A rede de resistência que o povo de Madurs já tinha construído havia lhes dado tempo, mas certamente a Comandante Beck havia enviado droides na água para escanear a superfície de gelo.

— Quantas pessoas estão a bordo da estação Imperial? — Leia perguntou a Nah'hai.

Ela se virou para ver Leia.

— Eles começaram a ir embora quase ao mesmo tempo em que a estação se estabeleceu no gelo. Agora sobrou só o pessoal essencial, a maior parte apenas aqueles necessários para a coleta e o envio de carnium.

Leia achou estranho, trocando um olhar de preocupação com seu marido. Não era assim que o Império operava — stormtroopers eram descartáveis e eles não se importariam com contingentes inteiros na superfície de uma lua conquistada que fornecia um recurso valioso, por mais pacífica e conquistada que parecesse. Considerando aquilo que descobriram com Yens, a estação estava ali por um ano ou menos, então a remoção das tropas se alinharia com...

*Com Luke treinando para se tornar um Cavaleiro Jedi*, Leia pensou. Algo que Vader deveria saber. Será que isso foi suficiente para o Imperador começar a mudar seu foco, alterando os locais de sua presença militar mais pesada, ou será que algo mais causou aquele movimento? Leia sacudiu a cabeça, tentando limpar sua mente. Aquela era uma estratégia que ela precisaria analisar no futuro para determinar como aconteceu. O Imperador vinha planejando seu jogo de holo-xadrez por um tempo muito maior do que ela pensava, preparando peças para serem movimentadas mesmo depois de sua queda, com um ano de antecedência.

O pralce se movia rapidamente, e ao longe Leia podia ver mais dos enormes animais espalhados sobre o gelo — uma distração para qualquer droide-sonda ou stormtroopers que estivessem procurando por eles. Logo, o destino de Nah'hai se tornou óbvio.

— Os rochedos — Leia disse.

Embora Leia torcesse para que a Comandante Beck não pensasse em inspecionar as moradias no rochedo onde os pescadores que trabalhavam debaixo da água viviam, uma parte dela ficou mais aliviada de ir até lá do que seguir para o luxo das residências de hóspedes. Leia podia ter crescido em um palácio, mas sabia melhor do que ninguém que os rebeldes mais fortes geralmente não eram aqueles que viviam no luxo. Yens se importava com seu povo e lamentava suas perdas, mas os trabalhadores daquele mundo? Eles não simplesmente lamentavam. Eles *queimavam*. Quente o bastante, Leia esperava, para extirpar a estação Imperial daquela lua frígida.

# CAPÍTULO 49
## HAN

Os moradores do rochedo receberam Leia e Han como se já soubessem que eles estavam vindo, o que, julgando pela rede de resistência clandestina, parecia muito provável que soubessem mesmo. Mas isso ainda o preocupava. Se os moradores dos rochedos sabiam que eles estavam vindo, Beck também descobriria. Ele só podia torcer para ela não ter se dado ao trabalho de investigar os pescadores, mas duvidava que uma oficial tão diligente e astuta fosse ignorar isso.

Leia adivinhou seus pensamentos olhando para sua expressão sombria.

— Talvez ela pense que nós nos afogamos — ela sussurrou, sem conseguir esconder a dúvida em sua voz baixa.

— Ela vai encontrar o buraco que Zalma explodiu — Han murmurou.

Não havia pegadas no gelo, entretanto, e com dezenas de pralces na planície, havia uma boa chance de que o pralce de Nah'hai tivesse escapado despercebido. Ao menos por ora.

As moradias do rochedo eram muito diferentes do palácio de gelo e das residências de hóspedes em forma de cubo, mas ainda havia algumas semelhanças em sua construção. Embora o palácio de gelo tivesse incorporado a rede de carnium para fornecer energia e calor aos edifícios, as moradias do rochedo usavam uma rede de tubos e fios para conectar cada um dos muitos níveis sem nenhuma tentativa de esconder o utilitarismo do carnium, que eles colhiam pessoalmente de um jeito mais seguro e gentil do que a broca a laser do Império. As moradias eram feitas de cavernas esculpidas à mão cortadas diretamente no gelo, mas mesmo ali havia alguns toques artísticos que eram a marca do povo de Madurs — escamas de peixe pressionadas no chão, arpões cruzados esculpidos sobre as portas, janelas redondas que lembravam os domos de vidro dos submersíveis, feitas de gelo destilado para uma transparência pura como cristal.

Os habitantes também eram diferentes daqueles do palácio de gelo. Enquanto as pessoas no palácio sabiam da frequência dos tremores, eles tentavam ignorá-los. Mas os pescadores praguejavam alto e claro, de um jeito que imediatamente acalmou Han. Isso, e as grandes quantidades de kistrozer, que ainda queimava quando Han bebia, mas ao menos dessa vez ele sentia frio suficiente para apreciar o fogo líquido descendo por sua garganta.

— É, nós sabíamos que os cretinos estavam aqui o tempo todo — um dos pescadores contou a Han depois de tomarem uma terceira rodada de kistrozer.

— E sabíamos que o acordo fedia e continuou fedendo. Todo mundo perdeu alguém na cidade original.

Han assentiu com empatia, mas ele também estava de olho no prato de peixe fatiado passando de mão em mão, cru, mas coberto com um molho verde. Quando chegou sua vez, ele apanhou um pedaço, engolindo vorazmente. Ele queria mais, porém hesitou.

— Pegue. — O pescador, que se chamava Janyn, Han agora se lembrava, entregou a ele outra caneca de kistrozer. Han tentou recusar, mas Janyn empurrou em sua mão. — Ajuda com a fome — ele disse gentilmente.

Han apanhou a caneca, mas ficou olhando para a bebida fumegante, franzindo a testa. Ele conhecia aquele truque.

— Você é um pescador. Eu vi o tamanho dos peixes que vocês estavam pescando. Por que você precisa de bebida para a fome?

Janyn riu.

— Metade do que pescamos tem um nível de toxina alto demais para consumo humano. Mas os pralces gostam.

— Toxinas?

— Você acha que o Império está descartando seu lixo em contêineres próprios para serem processados? Um peixe não consegue evitar as substâncias químicas quando elas são derramadas em sua moradia.

— E quanto às algas e outras plantas?

— Nós vamos cada vez mais longe, mas nossos submersíveis têm velocidade limitada.

— Acredite, eu entendo.

— Elas não crescem se as águas estiverem quentes demais. Elas prosperam no frio. E...

— Sei — Han disse. — Entendi. — Se o mundo não despedaçasse por causa da broca a laser, a estação Imperial deixaria para trás nada além de veneno e pragas. — Como vocês aguentam? — ele disse, incapaz de esconder a incredulidade em sua voz. — Como vocês conseguem ficar aqui parados, esperando que Yens negocie algum acordo para o Império ir embora?

— Ah, nós tentamos! Não é mesmo, Balangawa?

Uma mulher rústica, Balangawa se virou quando ouviu seu nome.

— É claro que tentamos — ela disse.

Leia, que estava de pé ao lado da porta, se aproximou.

— Por favor, me contem mais — ela disse, ansiosa.

Balangawa e Janyn animadamente começaram a conversar com Leia, detalhando suas tentativas de sabotagem da estação. Leia ouvia dedicando sua total atenção aos pescadores, sem pestanejar diante da linguagem chula e do sotaque forte. Han tomou um momento para apreciar sua esposa e a facilidade que ela tinha para falar tanto com senadores quanto com pescadores. Ela não tinha nenhum resquício de menosprezo por aquelas pessoas — por qualquer tipo de pessoa. Isso era uma raridade, Han sabia por experiência própria. Alguns dos mais brutais chefões do crime desdenhavam das elites por sua falta de esperteza das ruas; algumas das pessoas de maior prestígio do lado certo da lei menosprezavam qualquer um que tivesse um pouco de sujeira nas mãos. Leia nunca fez isso, com ninguém.

Han sentiu uma leve pressão em seu braço e se virou para ver Zalma assentindo na direção da porta. Ele seguiu o Nautolano para fora, entrando na saliência aberta que servia como um corredor que dava acesso à entrada frontal de cada uma das moradias. Havia poucas pessoas ali enquanto o sol se punha atrás do planeta que Madurs orbitava, lançando a lua sobre sombras e baixando a temperatura do ar. Ainda sem ter superado o frio de seu mergulho, Han manteve sua capa ao redor dos ombros, algo que agora ele agradecia.

— Alguma notícia da *Halcyon*? — Han perguntou a Zalma, presumindo que era por isso que o engenheiro o havia chamado até ali.

Zalma acionou seu comunicador.

— Eu criptografei minha mensagem para o Capitão Dicto, só para o caso de a estação Imperial estar vigiando.

— Esperto. Eles estariam.

Zalma respondeu ao elogio dando de ombros e Han percebeu que ele estava atrasando a entrega de notícias ruins.

— E então?

— O Capitão Dicto não pode ajudar.

Han rosnou, dando as costas ao bonito pôr do sol e se encostando na grade de proteção que impedia que alguém despencasse quase dez metros até o chão. Feita com redes de pesca reforçadas com fios de carbono, não era estável o bastante para confiar seu peso sobre ela, então Han começou a andar de um lado a outro.

— Por que não? — ele quis saber. — A *Halcyon* é grande o bastante.

— Tamanho não tem nada a ver com isso. É um cruzador estelar de luxo, não uma nave de guerra. O que você quer que o capitão faça, destrua a estação com os canhões defensivos atirando da órbita?

— Você não consegue incrementá-los? — Han perguntou.

Zalma sacudiu a cabeça, seus tentáculos movendo-se sobre os ombros.

— Você sabe que não podemos fazer isso. Sem falar que a im...

— Não ouse mencionar a "imagem" ou as "relações públicas" ou o que o noticiário vai dizer — Han rosnou.

— Você sabe que o capitão precisa considerar isso. Nós *acabamos* de nos libertar do controle do Império e a Linha Estelar de Chandrila sempre foi concebida para fazer viagens pacíficas e exploratórias.

Han olhou feio para o Nautolano.

— Essas pessoas precisam da nossa ajuda.

— Não posso criar uma arma para enfrentar uma estação Imperial só porque você precisa de uma — Zalma disse, frustrado. — Você não consegue contatar a Rebelião? Eles não podem vir?

— Leia vai entrar em contato com a liderança. — Han passou os dedos entre seus cabelos. Outro tremor começou. Ele não tinha certeza, mas parecia que estavam mais frequentes. — Então você acha que o núcleo deste mundo está instável?

Zalma confirmou sombriamente.

— Ouça, como eu já disse, não sou geólogo. Mas passei a maior parte da minha vida em diferentes mundos aquáticos. Eles têm uma natureza diferente. E se o núcleo é afetado...

— O que aconteceria depois de ser atingido múltiplas vezes ao dia por um ano inteiro — Han disse.

Zalma estremeceu.

— O gelo pode ser a única coisa que está mantendo este mundo inteiro. E você e eu sabemos como está ficando cada vez mais fino e quebradiço.

Madurs estava sendo destruída por dentro e por fora.

— Além disso, nós temos que encarar os fatos — Zalma continuou. — A água mais quente acabou criando uma mudança climática que pode ser irreversível. Acrescente a isso os poluentes na água, que afetam diretamente a única fonte de comida dos habitantes.

— Não precisa fazer rodeios — Han resmungou.

— A *Halcyon* pode e vai ajudar com as evacuações, se houver uma necessidade iminente — Zalma disse. Ele parecia confiante, mas Han não sabia se o Capitão Dicto havia confirmado aquilo.

Ao menos isso já era algo. E as vidas de milhares de pessoas não era um assunto sem importância.

Mas Han conhecia a maneira como Leia lidava com a dor. Havia uma diferença entre deixar seu lar e não ter um lar para voltar.

# CAPÍTULO 50
# LEIA

— A GENTE PASSOU ESSE TEMPO TODO LOUCO DA VIDA — BALANGAWA DISSE E todos os pescadores que a circulavam urraram concordando. Aquilo praticamente havia se transformado em um campeonato de bebedeira, com doses de kistrozer sendo viradas em um gole só sempre que alguém xingava o Império.

— Conte para ela sobre aquela vez que Ardyn entupiu os canos de esgoto! — alguém gritou lá atrás.

Balangawa riu, detalhando como um único adolescente invadiu o sistema de esgoto, entupindo tudo com banha fétida de edonte, uma ação simples, mas muito eficaz que interrompeu a mineração por três dias inteiros.

Leia riu junto com os outros, e mesmo com um certo tom de desespero na risada, também havia uma diversão real. Ela nunca havia se encontrado com aquelas pessoas antes, mas já as admirava. Elas nunca esperaram por uma salvação, mas estavam sempre dispostas a lutar.

Por toda a parte ao seu redor, os outros ainda estavam contando suas histórias de heroísmo, alguns dos mencionados já alcançando a condição de lendas de histórias épicas.

— Digam-me — Leia disse. — Onde vocês já atacaram?

Balangawa fez um gesto para abrir espaço onde algumas pessoas estavam sentadas sobre um tapete de pele. Ela apanhou o tapete e o virou de cabeça para baixo. A parte de baixo da pele branca e espessa revelou uma camurça suave decorada com grossas linhas pretas. Os olhos de Leia se arregalaram quando viu a planta da estação Imperial, cuidadosamente impressa com as linhas precisas que ela esperaria de um mundo conhecido por sua capacidade artística.

— O plano de Ardyn para o esgoto — Balangawa disse, apontando para um círculo com um X no meio. — Aqui foi o ataque contra a unidade de comunicação, da Blinna e suas garotas. — Outro círculo marcado com um X. — Tentamos chegar até o canhão principal, mas é impossível. Também tentamos algumas vezes prender os droides que colhem o carnium usando nossas redes.

— Não deu certo — uma voz na multidão disse e várias pessoas ao redor murmuraram concordando.

— E quanto a um ataque por cima? — Leia perguntou. — Eu entendo como é fácil para vocês, nos submersíveis, atacar debaixo d'água, mas...

Balangawa já estava sacudindo a cabeça.

— O gelo ao redor da estação é muito fino e instável. Não só ficaríamos expostos, mas é simplesmente perigoso demais.

Os olhos de Leia brilharam.

— O que significa que eles nunca esperariam. — Ela se levantou com um salto, apontando para as válvulas ao longo da lateral da estação. — Isso fica acima da água por alguma razão. Será que são válvulas de ar?

— Parece que sim — Balangawa confirmou.

Isso fazia sentido — geradores de oxigênio eram difíceis de operar, e uma vez que a estação aspirasse o ar, ela poderia redirecionar a energia para o canhão principal e simplesmente usar a atmosfera de Madurs.

— Então atacamos aqui. Se formos rápidos...

Balangawa riu com desdém.

— É impossível chegar até lá. — Antes que Leia pudesse protestar, Balangawa ergueu sua mão. — Tem guardas vigiando, droides-sonda. Eles nos veriam muito antes de chegarmos. *Se* conseguíssemos atravessar o gelo fino. E eles teriam a vantagem, atirando contra nós de dentro da estação protegida por escudos. Acredite, Leia. Nós também pensamos sobre isso. Não dá para se aproximar pela parte de cima.

— Espere um pouco. — Leia ergueu os olhos quando Zalma e Han entraram, uma camada de neve sobre seus ombros rapidamente se transformando em vapor dentro do calor da sala. O engenheiro da *Halcyon* franziu as sobrancelhas olhando para o desenho da estação. — A estação fica no mínimo a quarenta metros acima da superfície. Uma broca a laser como aquela... — Ele usou as mãos para imitar um funil na base da estação. — Se não estiver encrustada no gelo, como consegue se manter nessa posição?

Balangawa apontou com seu cajado para uma série de discos circulando o topo do canhão principal.

— Repulsores — ela disse.

Zalma se agachou, cuidadosamente examinando o desenho.

— Esse desenho está correto? — ele perguntou sem tirar os olhos.

— É o melhor que fizemos usando só nossa memória.

— Certo. Nunca vi um projeto como esse, mas claramente o Império sabia que minerar um mundo aquático é diferente de minerar um mundo terrestre. Eles foram espertos quanto a isso.

Ninguém comentou o elogio de Zalma ao Império, um claro sinal do quanto todos estavam atentos ao que ele dizia.

Sua mão baixou até o corpo do canhão principal.

— Aí é morte certa — Balangawa disse antes que Zalma pudesse falar. Ela contou as razões com os dedos. — Escudos. Patrulhas. Constante monitoramento. Além de radiação e o calor escaldante da broca em si.

— Certo. — Os olhos de Zalma subiram. — Onde ficam os...

— Todos os suportes de vida são internos, incluindo o gerador de energia — Balangawa disse com um tom derrotista que partia o coração de Leia. — Todas as funções principais são altamente protegidas.

— A estação está operando com uma equipe reduzida agora — Leia disse. — Não tem tantos stormtroopers e... — Sua voz sumiu diante do olhar de pura pena de Balangawa.

— Sim, imagino que tenha menos soldados — ela disse. — Mas ainda assim são muitos para enfrentarmos.

— Não. — Leia disse a palavra com intensidade, chamando atenção de quase todos os olhos sobre ela. Leia sentiu o poder naquele momento. Aquele era seu elemento. Uma sala de planejamento de guerra. Uma tropa de soldados. Não parecia como Endor ou Yavin ou Hoth, mas ainda era igual. Seu pai havia começado como senador e se tornou um rebelde, mas Leia sempre foi uma guerreira antes de tudo, mesmo antes de entender isso sobre si mesma. Salas de guerra eram seu lar agora. Ela fez uma pausa, olhando nos olhos de quase todos ao redor antes de olhar intensamente para Balangawa. — Não são muitos para enfrentarmos.

Foi Zalma quem deu a ideia, mas ela torceu para não estar errada quando se aproximou de seus ombros, apontando para os repulsores.

— Nós vamos atacar aqui — ela disse. — Vamos fazer eles pensarem que nosso alvo é o canhão principal, mas vai ser uma distração. Vamos atacar os repulsores.

Zalma começou a assentir, ficando cada vez mais animado enquanto Leia falava, entendendo sua visão. Um triunfo floresceu em seu peito. *Isso pode funcionar*, ela pensou.

— Quando os repulsores falharem, a estação inteira vai afundar na água — Leia disse. — O gelo não vai aguentar, como você disse. As válvulas de tomada de ar vão ser inundadas.

— Eles podem ter jatos de redirecionamento ou algum outro dispositivo de contingência — Zalma disse. Ele esfregou o queixo. — Mas podem não ter. Esse é o problema com uma estação que começou no espaço e acabou sendo funcional na superfície. Se tiverem jatos de redirecionamento, eles provavelmente foram projetados para ajustes orbitais, não para estabilidade no oceano. É uma grande diferença.

— Mas eles terão alguns escudos que... — Balangawa começou a falar.

— É claro que terão — Leia disse. — Vocês podem enviar alguém hoje à noite para fazer reconhecimento? O seu melhor artista, que poderá nos dar alguns detalhes?

Balangawa olhou para a multidão.

— Filli — ela disse, apontando para um garoto esbelto quase tão alto quanto Chewie.

Leia pediu para ele se aproximar.

— Zalma vai dizer em que você deve ficar de olho.

— Preciso saber exatamente quantos repulsores estão apoiando aquela coisa — o Nautolano disse. — E quero que você procure pelos geradores de escudo. Serão unidades separadas, protegidas com um revestimento que parece como... — Ele puxou o garoto de lado, explicando em mais detalhes.

Leia se virou para os outros.

— Amanhã — ela disse. Não havia motivo para esperar mais.

Ela adorava aquela sensação, o momento quando o planejamento passava para a ação, quando cada pessoa na sala sentia a euforia de enxergar além da fumaça da batalha e tinha um vislumbre das brilhantes possibilidades no horizonte.

# CAPÍTULO 51
# HAN

LEIA E HAN ESCAPARAM PARA O TOPO DO ROCHEDO EM BUSCA DE UM MOMENTO DE PAZ antes do ataque contra o Império no dia seguinte. Eles esperavam uma resposta do Capitão Dicto por meio de Zalma, sem poder prosseguir com os planos antes da confirmação da ajuda da *Halcyon*.

Um milhão de estrelas preenchiam o céu acima, outro milhão cintilava nas partes claras do gelo lá embaixo. Leia se acomodou em Han, suas costas contra o peito dele, os braços dele envolvendo seu corpo.

Na escuridão, Leia disse:

— Eu conheci Qi'ra.

Foi uma coisa tão estranha para ela dizer que Han precisou de um momento para registrar o significado.

— Qi'ra? Minha Qi'ra?

Leia virou a cabeça para ele, seus olhos penetrantes.

— A *sua* Qi'ra?

— Você sabe o que eu quis dizer.

— Foi quando você estava congelado — Leia disse, ajeitando-se outra vez em seus braços e encarando as estrelas. Han começou a perguntar o que havia acontecido, Qi'ra estava envolvida com o sindicado do crime Aurora Escarlate e ele não podia pensar em nenhuma boa razão para as duas cruzarem caminhos. Mas Leia continuou: — Ela me contou uma história sobre você.

— Ah, não — Han disse.

— Foi uma história boa.

— Duvido muito disso.

— Ela disse que você comprou uma briga para ajudar um garoto que você nem conhecia. Que os capangas iam matar você até que seu chefe do crime intercedeu.

Lady Proxima era tanto uma escravagista quanto chefe do crime, mas Han não se deu ao trabalho de corrigi-la.

— Qi'ra fez parecer que você foi um tolo por querer ajudar — Leia disse.

— Eu fui.

Agora que Leia havia desenterrado a lembrança, Han se recordou do evento — e da conversa que teve com Qi'ra depois, dois jovens idiotas tentando sobreviver. Lady Proxima não se importava com as crianças e adolescentes que ela forçava a trabalhar, ela se importava apenas com o trabalho que eles faziam.

Qi'ra se importava — ao menos um pouco — com ele, mas ela não levantou um dedo quando viu uma criança sendo devorada. Não era o ódio que fazia Corellia ser um lugar tão ruim. Era a maneira como ninguém se importava. *Isso* o esganava, tirava seu fôlego, tentando afogar o homem que ele queria ser.

Ele havia comprado aquela briga apenas para saber que conseguia sentir algo que não fosse apatia.

— Você fez a diferença para aquela criança que salvou — Leia disse.

Talvez ele tenha feito. Ao menos era bom pensar assim.

Leia se virou, mudando seu olhar das estrelas para os olhos dele.

— É preciso começar em algum lugar — ela sussurrou, tirando uma mecha de cabelo de seu rosto. Han fechou os olhos e sentiu o toque dela, tentando acreditar na mudança como Leia fazia.

Passos interromperam aquele momento. A aproximação de Zalma foi uma perturbação da quietude que Han gostaria de estender um pouco mais.

— Aí estão vocês — Zalma disse. Leia lançou um olhar relutante para Han quando ela desfez seu abraço e se virou para o Nautolano. — Temos muito para discutir.

— Precisamos conversar sobre a evacuação primeiro — Leia disse a Zalma. Han podia ver a tristeza nos ombros dela. Leia sabia, todos sabiam, que havia uma grande chance de que as pessoas de Madurs se tornassem refugiados quando sua lua se despedaçasse. O dano que o Império havia causado era irreversível.

— Entrei em contato com o Capitão Dicto. Criptografado, é claro — Zalma disse. — A *Halcyon* está totalmente preparada para receber o maior número de refugiados possível. Vai ser bem apertado, mas a atual população de Madurs está dentro de um limite aceitável para nós evacuarmos todo mundo.

Han podia imaginar que os passageiros de férias não ficariam muito contentes em saber que teriam que dividir suas cabines com pescadores, mas ao menos o capitão entendia a gravidade da situação.

— Existe alguma esperança? — Leia perguntou com uma voz que partiu o coração de Han.

Zalma não fingiu não ter entendido.

— Destruir a estação e fazê-la cair no mar vai eliminar a ameaça do Império, e eu acho *sim* que vai funcionar — Zalma disse. — Principalmente considerando a instabilidade da lua a essa altura. Esses tremores de gelo me preocupam. Eles parecem regulares agora, mas quando chegar o fim, será rápido e violento, os tremores saindo de controle à medida que o mundo racha no meio. Não temos o luxo de esperar.

Certamente o Império começaria a evacuar muito antes desse momento chegar — embora, Han entendia, talvez eles já tivessem feito isso. Nah'hai lhes dissera que havia apenas o pessoal essencial. Era bem provável que o Império já estivesse se preparando para abandonar o mundo, sabendo que estava condenado.

— Nós temos alguma ideia de quando a lua vai entrar em colapso? — Han perguntou. Se tivessem sucesso em destruir a estação, eles poderiam ganhar tempo para a lua, talvez o suficiente para descobrirem um jeito de salvar não apenas o povo, mas o mundo inteiro. Seria um mundo quebrado, poluído, para sempre marcado pela destruição do Império. Mas sobreviveria, apesar de tudo. Muitas coisas danificadas pelo Império encontravam um jeito de sobreviver.

— Eu conversei com os locais. Considerando a regularidade dos disparos, eu diria que algumas semanas. Um mês ou dois, no máximo. — Zalma suspirou profundamente. — Um ano de pesadas explosões regulares... esse tipo de dano não é possível reparar. É um milagre que a lua ainda esteja estável assim.

Leia estremeceu e suspirou.

— Destruir a estação é nossa melhor aposta para assegurar que todos terão tempo para evacuar, e isso vai nos permitir salvar o máximo possível — Zalma disse. — O projeto da estação me faz pensar que o Império esperava que o gelo fosse dar apoio, mas não calcularam o calor do canhão principal esquentando a água desse jeito. Isso faz dos repulsores um alvo ainda mais vulnerável a ataques.

Não era nenhum conforto. Eles poderiam derrubar o Império, mas não seria suficiente para salvar a lua. Uma vez desestabilizado, o núcleo estava condenado. Madurs era uma bomba-relógio. A única coisa que eles podiam torcer era por tempo suficiente para transformar os cidadãos em refugiados.

Leia endireitou seus ombros.

— Primeiro, evacuações — ela disse. — Vou começar a organizar isso.

Han observou sua esposa descendo os degraus esculpidos na neve. Ele sabia o quanto seria difícil para ela testemunhar a morte de outro mundo. Mesmo se conseguissem salvar todas as pessoas, eles não poderiam salvar a arte, os pralces, os edontes. Não sobraria nada de Madurs, apenas lembranças.

Zalma se voltou para Han.

— Certo, veja bem, sei que não vai gostar disso — ele disse apressadamente —, mas você sabe de quem realmente precisamos agora?

Han se virou lentamente para o Nautolano.

— Não — ele disse secamente.

— Ele é um *gênio*. Estive conversando com ele e...

— Ele tentou sequestrar minha esposa.

— Mas não conseguiu!

— Isso não ajuda com o seu argumento de que ele é um "gênio".

— Olha, ouça o que eu tenho a dizer — Zalma disse. — A especialidade dele são os raios tratores, lembra? Manipulação gravitacional. Igual aos repulsores. Ele poderia ajudar, Han.

Han o encarou, mas não enxergava o homem. Ele enxergava o franzino e choroso Kelad, o acadêmico transformado em mercenário, mas apenas por uma noite, quando surgiu uma oportunidade.

— Ele já trabalhou para o Império antes.

Zalma olhou feio de volta.

— Eu também. E eu não queria trabalhar. Mas também não queria morrer.

Han soltou o ar pelo nariz. Ele não queria seguir essa linha de pensamento de novo. Ele não queria pensar sobre o que já tinha feito para o Império para sobreviver. E definitivamente não queria considerar os homens e mulheres a bordo da estação Imperial agora mesmo que poderiam morrer amanhã, que estavam apenas fazendo um trabalho sem saber o que aquele trabalho causava. *A essa altura eles devem saber*, Han pensou. *A Estrela da Morte destruída, os segredos mais sombrios do Império expostos. Se ainda não tinham se dado ao trabalho de olhar aquilo que estavam fazendo...*

Han sacudiu a cabeça. Não. Ele não podia pensar sobre isso. Não quando uma lua inteira cheia de pessoas e vidas estava em jogo.

— Ele ficava falando sobre suas teorias. Foi a única razão para entrar clandestinamente na *Halcyon* em primeiro lugar — Zalma continuou. — Kelad conhece os manipuladores de gravidade, o que inclui repulsores, e essa é exatamente a experiência de que precisamos agora.

Se Han estivesse disposto a dar uma chance a ele.

— Que seja — ele disse. — Traga ele aqui também.

# CAPÍTULO 52
## LEIA

LEIA DESCEU OS DEGRAUS, ENVIOU UMA MENSAGEM PARA MON MOTHMA, PEDINDO NAVES para evacuar o povo de Madurs e caças para enfrentar o Império. Mon confirmou que a ajuda estava a caminho, mas levaria um dia ou mais para chegar até a lua.

Leia havia acabado de desligar o comunicador quando uma explosão iluminou a noite, um estrondo ecoando seguido do assustador som de gelo rachando. O caos imediatamente irrompeu quando os moradores do rochedo saíram de seus quartos, correndo pelas escadas, evacuando o rochedo para o caso de o tremor de gelo chegar até eles.

Mas Leia reconhecia os sons.

Aquilo não foi um tremor de gelo.

Em vez de abrir caminho pela multidão descendo os degraus, Leia correu para cima, de volta ao topo do rochedo onde estivera com Han antes. Ele e Zalma estavam perto da beirada, observando a nuvem de fumaça e vapor escurecer a noite estrelada.

— O que foi isso? — Leia perguntou, ofegando.

Han apontou.

— O espaçoporto.

Daquela altura, a fonte da explosão ficou evidente. Alguém havia explodido o gelo que apoiava o espaçoporto. Leia não tinha dúvida de que a culpada era a Comandante Sênior Beck. As plataformas de atracagem e todas as naves e transportes estavam agora afundando nas profundezas geladas do mar que cobria Madurs.

— Por que o Império faria isso? — Zalma perguntou, incrédulo. — Este mundo inteiro é coberto por uma planície de gelo espesso o bastante para suportar o peso de naves. Não precisamos de um espaçoporto para trazer os transportes da *Halcyon* até aqui. Nós ainda podemos evacuar todo mundo.

Leia olhou nos olhos de Han, um horror lhe ocorrendo.

— Espera — ela disse. O comunicador ainda estava em sua mão. Leia abriu um holo criptografado para Riyola.

— Como posso ajudar? — a mulher Pantorana disse imediatamente.

— Vocês já enviaram os transportes para Madurs? — Leia perguntou com urgência.

Riyola franziu as sobrancelhas.

— Zalma disse para enviarmos o clandestino. Ele está no transporte pessoal do Capitão Dicto, esperando a decolagem.

— Tire ele de lá — Leia ordenou. — Agora mesmo. O transporte não precisa de ninguém para voar, correto?

— Você quer que eu envie um transporte vazio para Madurs? — Riyola perguntou, claramente confusa.

— Sim. Imediatamente.

Riyola assentiu com firmeza.

— Considere feito.

Han, Leia e Zalma olharam para as estrelas. A *Halcyon* mal era um pontinho no céu escuro, e era impossível enxergar o transporte pessoal do Capitão Dicto decolando vazio. Mas, em pouco tempo, Leia avistou a nave, um ponto brilhante voando naquela direção. O transporte queimou através da atmosfera de Madurs, perto o bastante para ela enxergar o contorno arrojado da nave.

E então um tiro a laser foi disparado da estação Imperial, incinerando o transporte.

Abaixo, Leia podia ouvir os gritos de horror das pessoas que se reuniam na base do rochedo quando testemunharam outra explosão, embora não soubessem o que havia sido destruído.

O comunicador de Leia emitiu um bipe e ela ativou o holo de Riyola. A mulher tinha uma expressão muito séria.

— O transporte foi destruído — ela disse.

— Nós vimos.

Riyola tensionou o maxilar e então disse:

— Isso significa que qualquer transporte que entrar ou deixar Madurs também será destruído?

— Parece que sim — Han respondeu no lugar de Leia.

— O Império está se certificando que ninguém vai escapar — Leia disse.

— Por quê? — Zalma ficou claramente transtornado pelo ataque inicial ao espaçoporto e Kelad escapando no último minuto da morte certa. — O Império já destruiu esta lua, por que eles se importam se as pessoas vão fugir? Para não deixar testemunhas?

Han sacudiu a cabeça tristemente. Leia sabia o que ele estava pensando.

Era por causa deles.

Beck estava disposta a deixar o mundo inteiro se despedaçar e prender cada pessoa nele só para ter certeza de que havia matado Leia e Han. Era por isso que ela não os caçou. Em vez de tentar localizar Han e Leia, Beck plantou explosivos sob o espaçoporto e se preparou para disparar contra qualquer transporte adicional que viesse para ajudá-los. Sua intenção era clara: eles estavam presos. Todos, em uma lua condenada. Beck estava se assegurando de que nenhuma pessoa na lua que não fosse do Império pudesse escapar.

— Talvez possamos negociar com ela — Leia disse a Han. — Beck pode deixar os outros irem se nós...

— Ela não funciona assim — Han rosnou. — Eu a conheço. Ela não se importa em matar todo mundo se isso significar...

Se significasse a morte de Han e Leia.

# CAPÍTULO 53
# HAN

Na manhã seguinte, Han observou Leia colocar um capuz forrado de pele sobre sua cabeça, puxando-o para baixo sobre seu rosto coberto com um lenço. A única coisa boa de uma lua de gelo era que os disfarces eram mais fáceis. Todos os pescadores usavam camadas de roupas quentes em vez de discos térmicos. Os pescadores precisavam se manter flexíveis quando um peixe salna mordia a isca, e os apertados coletes restringiam muito o movimento. Os pescadores subaquáticos vestiam seus próprios trajes que tinham geradores de calor nas costas, junto com aparatos de respiração.

Han, Leia e Zalma ficaram bem juntos do grupo que seguiria para a plataforma flutuante dos submersíveis, misturando-se com os pescadores de um jeito que esperavam que os manteria escondidos dos droides obviamente posicionados ao redor da área de pesca. Yens estava certo — a estação Imperial definitivamente estava operando com uma equipe reduzida. O fato de que havia apenas meia dúzia de droides-sonda circulando o perímetro do domo da plataforma dizia muito sobre os poucos recursos que Beck tinha para utilizar.

Han estremeceu quando pensou no olhar frio de Beck tanto de seu olho biológico quanto do cibernético. Ele ficou surpreso por encontrá-la ali, em um mundo tão remoto. Mas Han já esteve em mundos mais pobres e mais reprimidos do que Madurs, e eles sofriam com muito mais tropas. Talvez a teoria de Leia estivesse certa: o Império estava disposto a extrair tudo daquele mundo, mas tinha direcionado sua força militar para outro lugar. E esse era um problema que eles teriam que resolver.

Dentro da plataforma, dois stormtroopers estavam posicionados de cada lado da porta, escaneando rostos. Han se abaixou no meio de um grupo de pescadores, segurando uma pesada rede em seus braços, escondendo o rosto. Como ensaiado, o grupo mudou de direção, movendo-se ao redor para manter Han escondido dentro da multidão. Simultaneamente, um dos pescadores mais jovens tropeçou de propósito em sua rede, colidindo com o stormtrooper mais próximo. Não foi uma distração muito grande, mas foi suficiente para Han passar despercebido. Uma vez lá dentro, ele ousou olhar para trás, vendo Leia passar pelos soldados de um jeito semelhante.

Fácil demais. Isso deixou Han com um frio no estômago, imaginando o que estaria por vir. Beck estava usando a destruição da lua para matar a todos só para conseguir eliminar Han e Leia, mas Han sabia que ela teria preparado outros planos, sem confiar em suas mortes se não pudesse pessoalmente tocar seus cadáveres frios.

Dentro da plataforma, a destruição de Beck estava clara. Marcas de carbono manchavam as paredes e a escotilha que ela havia danificado ainda estava selada por uma porta de metal trancada. Até mesmo o caixote quebrado e o arpão ainda estavam no chão onde Leia os havia deixado.

Enquanto os pescadores ficaram no topo, sobre o gelo, os mergulhadores trabalhavam debaixo da água com suas redes. A maioria seguiu nos submersíveis que Han e Leia haviam usado, mas os muitos pescadores experientes e de elite foram atualizados para arpoadores, vestindo seus trajes e mergulhando sozinhos na água.

Eram os homens e mulheres escolhidos para fazerem parte da força de ataque contra a estação, Han, Leia e Zalma entre eles. Os três ficaram perto dos arpoadores quando viraram na direção do corredor de mergulho, e os outros pescadores fizeram questão de erguerem suas redes na frente das câmeras de segurança. Uma vez dentro do estreito corredor que terminava na escotilha de mergulho, eles tiraram suas camadas de roupas e vestiram seus trajes de mergulho de synthpreno. Projetado para esticar e servir em vários tamanhos, os trajes de corpo inteiro não eram exatamente confortáveis, mas Han preferia vestir um a sair em outro daqueles submersíveis.

— Eu não tinha certeza se vocês três estariam mesmo na linha de frente — Balangawa disse enquanto ajudava Han a vestir o aparato de mergulho e conectar os cabos que permitiriam que ele respirasse e ficasse aquecido nas profundezas gélidas.

— Então você não nos conhece — Han disse. Ele cambaleou com o peso da unidade que Balangawa prendeu em suas costas.

— Não se preocupe, é mais leve dentro da água — ela disse.

Han esperava que sim. Balangawa mostrou a ele como ler os instrumentos — não apenas oxigênio e calor, mas também a potência do jato propulsor que permitiria que ele disparasse rapidamente pela água. Ela checou seu comunicador enquanto ele colocava as nadadeiras nos pés e ajustava suas luvas. Depois da aprovação de Balangawa, Han entrou na fila do mergulho entre Zalma e Leia.

Arpoadores eram mais caçadores do que pescadores passivos. Os pescadores esperavam em cima do gelo, lançando iscas presas a linhas na água. Os pescadores nos submersíveis usavam redes para apanhar cardumes distraídos. Os arpoadores rastreavam sua presa, se escondiam e esperavam, atacando as maiores criaturas marinhas diretamente, lançando-se na direção de carcarodontes-serra e krackles, golpeando com o arpão e coletando seus corpos para levá-los de volta até a plataforma. Carcarodontes-serra eram usados tanto por sua carne quanto por seu couro; o krackle era pescado para ser vendido — seu óleo era usado como um conservante natural em várias indústrias e era o segundo produto mais exportado de Madurs, atrás apenas de sua arte.

Todos os quinze arpoadores do turno daquele dia — todos iriam atacar a estação em vez das criaturas marinhas — atravessaram a primeira escotilha pressurizada. Vestindo seus trajes, era difícil distinguir um do outro, mas Han conhecia Leia, não só porque ela era a menor arpoadora na escotilha. Ele chegou mais perto dela quando o chão de metal se moveu e a água começou a subir.

Era uma sensação estranha, deixar a água subir cada vez mais na escotilha selada. Ele sabia, logicamente, que isso impediria que eles tivessem sintomas de despressurização e facilitaria a transição para o oceano gelado, mas precisou lutar contra a inclinação natural de seu corpo de resistir ao afogamento quando a água chegou até o peito, o pescoço, o queixo, até cobrir sua cabeça. Han respirava profundamente e o oxigênio fluía livremente do tanque em suas costas através do tubo em seu nariz.

— Você está bem? — Leia perguntou, sua voz estranhamente pequena no fone em seu ouvido. Ele ergueu o polegar, mas ela o conhecia bem demais. Ele odiava aquilo. Era diferente de ser congelado em carbonita, mas o traje não o isolava completamente e aquela mesma sensação de estar preso desceu por suas costas.

Mas não havia tempo para pânico.

A porta da escotilha se abriu e os arpoadores foram lançados no mar. Era possível distinguir apenas Zalma, com seus grandes olhos e tentáculos abertos na água enquanto nadava sem um respirador. Eles acionaram seus jatos propulsores e dispararam em meio a um fluxo de bolhas em direções diferentes em grupos de dois ou três, espalhando-se, mas todos seguindo para o mesmo alvo. Os submersíveis com domos em formato de bolha vinham atrás, diretamente na direção da estação Imperial.

Agora que chegaram na água, não havia mais motivo para esconder seu objetivo. A Comandante Sênior Beck estaria esperando um ataque e eles lhe dariam um. A primeira onda de pescadores — a maioria deles — estava sabotando os canos e aberturas de esgoto, uma repetição do ataque fracassado que acontecera da última vez, só que em maior escala. Todos sabiam que isso não derrubaria a estação, mas esse não era o objetivo. O objetivo era causar uma distração e caos enquanto uma dúzia de arpoadores, incluindo Leia e Han, atacavam os repulsores.

— Não é uma ciência exata — Zalma dissera à equipe de ataque na noite anterior, mostrando como operar as soldas hiperbáricas. Havia seis repulsores circulando a metade de baixo da estação. Equipes de duas pessoas atacariam cada repulsor, um para cortar o braço que segurava o repulsor, outro para servir de apoio e dar cobertura para seu parceiro caso a batalha piorasse. — Apenas cortem o mais fundo que puderem, depois enfiem a coisa dentro da unidade — Zalma dissera a eles. — Isso vai fritar tudo lá dentro.

Simples e eficiente, um plano que Han aprovava.

A equipe de ataque havia ficado atrás dos outros, e, quando chegaram, estava claro que o objetivo de causar um caos havia sido alcançado. A água já estava se agitando com submersíveis ativamente entupindo cada cano e abertura que encontravam enquanto arpoadores extras destruíam cada droide enviado. Assim que a equipe de ataque chegou, uma escotilha se abriu na estação e stormtroopers vestindo armadura subaquática entraram na água, seus blasters já disparando.

— Vamos — Zalma ordenou.

O Nautolano ficou para trás — não apenas ele seria um alvo óbvio por causa de seus tentáculos, mas ele era quem mais tinha experiência desativando repulsores, ficando ali para guiar qualquer um dos arpoadores que tivesse dificuldade com sua unidade ou para ajudar se algo desse errado. O restante da equipe de ataque seguiu para seus repulsores em pares. Apesar do caos de droides e stormtroopers atirando contra arpoadores e submersíveis, cada um dos doze atacantes seguiram diretamente para seus alvos.

Han e Leia se aproximaram de seu repulsor. Han apanhou a solda hiperbárica, mirando na base, atacando o ponto fraco do braço como Zalma havia sugerido.

Levaria cerca de dez minutos para desativar completamente o repulsor, com o maior tempo sendo gasto partindo a proteção de metal que abrigava os circuitos. Han nem olhou para Leia quando entrou em posição para dar cobertura, já empunhando seu blaster. Ele sabia que podia confiar nela para protegê-lo.

Dez minutos. Era tudo que precisavam.

Por toda a parte ao redor, a água se agitava, um mar revolto de tiros de blaster, bolhas, sangue e droides destruídos.

Nove minutes e meio.

A estação começou a tremer, as vibrações atrapalhando a mira de Han, o feixe da solda hiperbárica deslizando para fora da linha que ele fazia.

Eles só precisavam sobreviver por mais nove minutos.

Mas pelo brilho vermelho na ponta do canhão principal, ficou claro que a estação estava se preparando para disparar.

# CAPÍTULO 54

# LEIA

TIROS FERVIAM A ÁGUA QUANDO UM DOS SUBMERSÍVEIS RECUOU, PENDENDO FORTEMENTE para o lado. Arpoadores usavam seus propulsores para ziguezaguear na água e evitar os stormtroopers atirando contra eles. Era um caos completo, mas ao menos a equipe tinha diretivas claras.

— Cuidado! — Zalma chamou na rede de comunicadores. — Todos vocês foram avistados.

— O que faremos quando o canhão principal disparar? — Leia perguntou.

Houve uma pausa em seu fone de ouvido antes de Zalma responder.

— Se segurem.

Han praguejou, mas não tirou os olhos da solda hiperbárica enquanto cortava a base do repulsor. Leia arriscou uma rápida olhada e viu que pouco tempo havia se passado para ele causar qualquer dano real.

Leia manteve os olhos atentos e o blaster de prontidão. Mais droides de coleta do Império foram enviados — os mesmos que eles viram colhendo o carnium quando presenciaram o disparo do canhão pela primeira vez. Esses droides eram inofensivos, mas atrapalhavam sua visão, permitindo que os droides de ataque chegassem mais perto. Leia puxou o gatilho de seu blaster e um droide de ataque explodiu tão perto que pedaços se chocaram contra o metal da parede da estação, ricocheteando forte o bastante para fazer Han praguejar de novo.

— Temos uma baixa! — Zalma gritou. — Alguém pode ir até a unidade debaixo da Baia Quatro?

Leia sentiu uma pontada, mas afastou de sua mente os rostos amigáveis do par responsável por aquele repulsor. Era uma baixa, mas talvez estivessem apenas feridos. Ela podia acreditar nisso pelos dez minutos seguintes.

— Troque comigo — Han disse a Leia, segurando a solda hiperbárica para ela. Leia passou o blaster para ele. Han já tinha retirado um pedaço grande o bastante da proteção de metal para poder mirar um blaster diretamente nos componentes eletrônicos sensíveis lá dentro. Não seria tão eficiente, mas destruir dois repulsores lentamente era melhor do que apenas um.

Agora sem uma arma, Leia seguiu ao redor da estação, procurando o repulsor abandonado. Ela segurou uma barra de apoio, dando um impulso que a lançou pela água na direção de seu objetivo.

*Não está mais vibrando.*

Leia já tinha a solda hiperbárica acionada e derretendo o braço do repulsor quando o pensamento se formou em sua mente. O que tinha acontecido com as vibrações do canhão principal? Ela arriscou olhar para baixo — a ponta vermelha do feixe de plasma ainda brilhava, mas não tinha disparado.

*Não tinha vibrado igual antes.*

Quando ela e Han testemunharam o canhão principal da primeira vez, ele havia tremido, mas não tão intensamente. O caos da batalha havia distraído Leia dessa lógica, mas agora...

Houve um lampejo de luz perto de seu rosto e Leia instintivamente se mexeu para o lado. Os tiros estavam chegando cada vez mais perto. *Concentre-se.* Ela mirou a solda hiperbárica no metal, que brilhava vermelho com o calor. *Concentre-se.* Mais tiros de blaster. A água estava esquentando. Leia olhou rapidamente — tudo que viu foi o branco de stormtroopers e o preto dos droides. Não o amarelo dos submersíveis ou o verde-claro dos trajes dos arpoadores.

— Como estamos indo, Zalma? — Era a voz de Han no fone de ouvido e Leia soltou um suspiro. Ele ainda estava bem.

— Três já foram!

Logo que Zalma gritou as palavras em triunfo, Leia sentiu um tranco — a estação estava entrando em sobrecarga, tentando manter o equilíbrio. Ela pressionou a solda hiperbárica, queimando o metal com mais força.

— Precisamos de alguém na Baia Seis! — Zalma gritou.

— Deixa comigo! — Era Balangawa, Leia tinha quase certeza. Sua voz parecia tensa.

— Precisa de ajuda? — Leia olhou para cima quando Han apareceu, segurando uma barra de apoio e empunhando o blaster.

— Quase acabei — Leia murmurou.

— Perdi minha cobertura! — Balangawa gritou. — Estou completamente exposta!

— Continue — Zalma ordenou. — Só falta a sua e a Baia Quatro.

— A Quatro está quase pronta — Leia disse. — Estamos indo para você, Balangawa.

Havia um buraco grande o bastante para Leia enfiar a solda hiperbárica, a ponta quente como magma disparando diretamente nos componentes do repulsor. Quando teve certeza de que estava presa, ela se virou para Han, fazendo um gesto para ele a seguir.

Três submersíveis aceleraram na água, passando por droides e derrubando dois stormtroopers para longe. Os veículos descontrolados se esforçaram para dar meia-volta, mas os stormtroopers que não foram atingidos voltaram a disparar, seus tiros de plasma cortando através da água. Han e Leia alcançaram a Baia Cinco, parando para analisar a situação.

Havia uma longa mancha de carbono no metal e uma nuvem de sangue vermelho ainda pairando na água.

Mas o repulsor estava destruído.

— De nada! — Balangawa gritou no comunicador. — Está ficando quente aqui!

— Estamos quase lá — Han gritou. Ele aumentou seu jato propulsor e acelerou, mas Leia também disparou atrás dele, agarrou seu calcanhar e o girou, batendo seu corpo de volta momentos antes da explosão de um detonador sônico preso na estação no exato mesmo lugar onde ele quase ficou. Não era forte o bastante para danificar o casco de metal da estação, mas o detonador sônico seria mais do que suficiente para afetar todos os órgãos de Han. Mesmo na distância em que estavam, os resultados foram suficientes para fazer Leia sentir como se seu cérebro estivesse vibrando como um sino.

Atordoados, Han e Leia tentavam ganhar clareza no meio de suas mentes enevoadas.

— Balangawa foi atingida — Zalma informou.

— Não, eu posso...

*Ela não está morta*, Leia pensou com alívio quando ouviu a voz da mulher.

— Pode nada. Han, Leia, vocês podem seguir para a Baia Seis?

Eles podiam ver o último repulsor, esforçando-se para manter a estação equilibrada. O pior da ação estava ali, já que todas as forças Imperiais se reuniam naquele ponto, com os pescadores logo atrás. Um arpão estava fincado no meio de uma barra de apoio, um pedaço de armadura branca de stormtrooper e o braço dentro dele ainda preso na ponta.

Outro detonador sônico passou por perto, forçando os dois a recuarem ainda mais.

— Não vamos conseguir chegar lá — Han disse.

— Continuem tentando — Zalma ordenou. — Eles já enviaram droides para consertar os repulsores danificados.

— Não. — A palavra escapou dos lábios de Leia, mas foi sufocada sob os gritos que preenchiam o mar. Eles estavam *tão* perto. Tinham chegado tão longe. Ela tentou outra vez, mas os stormtroopers claramente haviam recebido ordens: *Protejam o último repulsor*. Leia girou na água, olhando de volta para o repulsor perto da Baia Cinco. Havia tantos droides negros reunidos ali que ficou claro que era apenas uma questão de tempo antes que o dano fosse reparado.

— Temos que destruir aquele repulsor antes que consertem os outros — Leia disse desesperadamente, mas não havia razão. Dizer o que precisava ser feito não tornava isso realidade. Os stormtroopers estavam lançando detonador atrás de detonador na água, sincronizando para que explodissem em um círculo protetor ao redor do repulsor. Não fazia nada além de enviar ondas de choque pela água — muito pouco para danificar a estação —, porém, era mais do que suficiente para assegurar que Han e Leia não conseguissem uma brecha para agir, não com seus frágeis trajes de synthpreno.

Uma estranha calma se derramou sobre Leia diante de uma derrota tão certa. Não havia nada que ela pudesse fazer agora, nada além de aceitar a verdade da situação. E aceitar a situação significava *ver* a situação. Leia estava muito acostumada a enxergar cada caminho possível, a pensar três passos adiante, a adivinhar o que o inimigo faria para que ela pudesse preparar uma armadilha ou impedir uma batalha ou vencer uma guerra.

Mas não havia caminho que ela conseguisse enxergar agora. Leia havia alcançado o fim.

No meio da agitação da água, no meio dos lampejos de tiros de blaster e das ondas dos detonadores sônicos, no meio da multidão de corpos que se contorciam em combate corpo a corpo, no meio dos corpos inertes que afundavam, afundavam, afundavam — Leia olhou para tudo.

E aceitou tudo.

Seus olhos foram além. As águas escuras pareciam se acalmar, mas ainda havia algo mais sombrio nelas. Os edontes estavam por perto, enormes feras aquáticas, flutuando entre as sombras.

A mente de Leia se acalmou.

Ela não tentou chamar as criaturas. Ela não ordenou que ajudassem. Ela não tentou controlar ou mesmo usar a Força.

Ela simplesmente existia dentro dela.

E no profundo silêncio, a Força respondeu a única palavra que Leia não conseguia afastar:

*Socorro.*

# CAPÍTULO 55
## HAN

HAN DISPARAVA TIRO APÓS TIRO. ELES PODIAM NÃO CONSEGUIR CHEGAR ATÉ O REPULSOR, mas ele faria de tudo para derrubar quantos stormtroopers pudesse enquanto pudesse. Presos com uma estação Imperial atrás deles, detonadores sônicos à direita e uma batalha ao redor, não havia muito mais que Han pudesse fazer além de atirar, então era isso que ele faria.

— Leia, você acha que consegue...

As palavras de Han morreram em seus lábios quando viu o rosto de sua esposa. Ela estava sempre *fazendo* coisas — fazendo tudo, na verdade —, então vê-la tão completamente parada, seus olhos sem piscar... isso o surpreendeu.

— Leia? — ele sussurrou.

Ela não respondeu, mas seus lábios formaram uma palavra que ele reconhecia:

— Socorro.

E então, os gritos começaram.

Não de Leia — Leia continuou concentrada naquilo que estava olhando, seja lá o que fosse. Mas o fone de ouvido de Han foi preenchido com gritos tão altos que ele imediatamente tentou retirar o comunicador do ouvido.

Na frente deles, a batalha cessou. Stormtroopers e arpoadores fugiam com igual urgência, abrindo espaço atrás deles.

Algo estava vindo.

Han não precisava ver o que era para saber que precisava sumir dali rapidamente, mas o que viu foi suficiente para provocar terror. Era algo enorme e escuro, movendo-se na água com longos filamentos finos serpenteando atrás. Agarrando o braço de Leia, Han sobrecarregou seu jato propulsor e disparou através da água na direção de Zalma, puxando Leia junto, desviando dos filamentos, sem saber o que fariam.

Han não havia desconectado completamente o fone de ouvido, então conseguiu ouvir a incredulidade e o espanto dos pescadores. Um edonte — um velho e excepcionalmente grande — havia aparecido na água.

Han e Leia apenas viram edontes ao longe, nas sombras. Ele sabia que eram enormes, mas não conseguia processar seus pensamentos para compreender aquele tamanho agora, de perto. O corpo do edonte tinha facilmente o dobro do tamanho da *Millennium Falcon*, mas suas dezenas de filamentos se estendiam três ou quatro vezes esse tamanho, e a maneira fluida como seu corpo inteiro se movia na água fazia parecer ainda maior do que era.

Com Han se afastando para uma distância segura, Leia puxou seu braço. Han ficou aliviado ao ver que ela não estava mais com aquele olhar perdido; ela deve ter ficado atordoada por causa de um detonador sônico ou foi atingida por algum destroço, mas conseguiu se recuperar.

O edonte se movia com uma mistura de graciosos impulsos fluidos e um movimento desajeitado quase cômico enquanto seu corpo se aproximava ainda mais. Sua parte traseira era sólida e curvada em formato de ovo, mas a metade frontal, a parte que visava a estação, fluía como lã gwendle debaixo d'água. Isso lembrou Han da capa de Leia, o jeito como ondulava sobre os degraus quando ela entrou no palácio de gelo. Assim como havia uma confiança em seus passos, havia uma confiança na maneira como aquele edonte se movia, sugando água através de uma mandíbula com um bico preto no centro de sua frente flácida e expelindo essa água por aberturas em suas costas sólidas, impulsionando-o para a frente.

— Olhe. — Leia apontou. Han estava certo em evitar os longos filamentos que se estendiam do corpo do edonte. Eles pareciam não ter direção, mas assim que tocavam os droides, os corpos mecânicos entravam em choque e afundavam. Alguns dos filamentos envolveram os stormtroopers restantes que ainda não tinham fugido e, apesar da armadura subaquática branca, os soldados gritaram de dor, debatendo-se assim que eram tocados pelos filamentos.

— Han! Leia! *Han!* — Mesmo com seu fone de ouvido pendurado embaixo do ouvido, preso perto do maxilar sob o capuz do traje de synthpreno, Han podia ouvir Zalma chamando por eles. Leia liderou o caminho, usando seu jato propulsor para seguir em direção ao grupo de arpoadores e submersíveis que restavam.

— Vocês conseguiram desativar o último repulsor? — Zalma perguntou urgentemente.

Han sacudiu a cabeça.

O rosto do Nautolano murchou, mas mesmo em sua decepção, ele manteve metade de sua atenção sobre o edonte, incapaz de desviar os olhos. Han entendia o sentimento. Aquele grupo improvisado de pescadores transformados em guerreiros era tudo o que restava da equipe de ataque e das tropas de distração. Vários estavam feridos, os braços caídos de um jeito estranho ao lado do corpo, pequenas nuvens vermelhas flutuando na água salgada, algumas pessoas presas em redes improvisadas como macas flutuantes para levar aqueles feridos demais para nadar. Havia bem menos gente do que antes e Han podia apenas torcer para que uma leva já tivesse recuado completamente de volta à base, e não que tivessem perdido tantas pessoas na luta.

Eles não estavam recuando agora. A chegada do edonte efetivamente acabou com a luta na água. Mas a enorme criatura não estava meramente passando por ali. O edonte se impulsionava cada vez mais perto da estação. Enquanto Han observava, o edonte sugou uma grande quantidade de água, achatando a pele solta e revelando um chifre espinhoso através de seu bico.

— Como ele sabe? — Han murmurou quando o edonte bateu com seu chifre no último repulsor, aquele que eles não haviam conseguido alcançar. Balangawa pode ter enfraquecido a estrutura, mas o edonte dizimou o restante, destruindo o braço e arrancando o repulsor inteiro do lugar.

A estação tombou, mas não afundou. A frente achatada do edonte se curvou e depois se expandiu, formando seis longos tentáculos que envolveram toda a base da estação. Não eram longos o bastante para circular completamente a base, mas era suficiente.

O edonte *puxou.*

A estação Imperial se moveu lentamente — sem o apoio dos repulsores, ela cairia, mas ainda era enorme e um tanto flutuante. O edonte apressou sua queda. Enquanto a parte de baixo se movia, eles todos puderam ver o brilho vermelho na base da estação. O canhão principal ainda estava carregado e preparado.

— Por que ainda não atirou? — Leia perguntou.

Zalma deu de ombros, sem saber a resposta. Não havia razão para o canhão principal não ter disparado — apesar da batalha na água, ainda haveria oficiais do Império a bordo. No mínimo, eles teriam se apressado para disparar o plasma, esperando que isso fosse afetar a luta, mesmo se o disparo também atingisse suas tropas.

Mas eles todos observaram o olho vermelho do canhão afundando cada vez mais, arrastado para baixo pelo edonte. Uma onda de bolhas emergiu — as aberturas de ar estavam sendo inundadas, o oxigênio dentro da estação substituído por água.

Era um jeito horrível de morrer, Han sabia.

— Eles têm paredes internas de contingência. Qualquer nave projetada para a água ou para o espaço teria medidas de segurança — Zalma disse.

— Yens vai querer nos enviar para ajudar os sobreviventes — disse Balangawa, com seu braço solto ao lado do corpo enquanto eles assistiam ao edonte afundando a estação, seus tentáculos brilhantes sendo a única coisa ainda visível. Vários minutos depois, uma explosão de areia branca nublou a água. Ao menos parte da estação havia tocado o fundo do mar.

— Vocês têm alguma coisa que vai tão fundo assim? — Leia perguntou.

— Não — Balangawa disse suavemente.

Era tão estranho, o jeito como o mar agora estava calmo. A batalha foi furiosa, a estação se avolumando sobre eles, o olho vermelho do canhão principal como constante ameaça.

E agora não havia mais nada além de água, as correntes levando embora qualquer resquício da batalha.

Longe, muito longe abaixo deles, uma explosão de luz vermelha foi vista nas profundezas escuras. A proteção do canhão principal deve ter se rompido, o raio de plasma entrando em colapso. A luz vermelha iluminou as partes mais fundas do oceano, queimando e brilhando lindamente em sua destruição, como um fogo florescendo debaixo d'água.

Han se virou para Leia. Seus olhos estavam focados nos últimos sussurros dos brilhantes filamentos do edonte enquanto a criatura se afastava, voltando para as sombras. Uma parte de seu cabelo havia escapado do traje de synthpreno e suas mechas castanhas gentilmente flutuavam na água pálida. Era a única coisa nela que se movia enquanto o edonte desaparecia de vista.

Han a observava quando ela piscou como se voltasse para aquele momento. Ela se virou para ele com um sorriso, mas ele não conseguiu forçar seu próprio rosto para mascarar a emoção que surgia dentro dele. Uma dúvida.

E um medo.

# CAPÍTULO 56
## LEIA

QUANDO O ÚLTIMO GRUPO RETORNOU PARA A PLATAFORMA FLUTUANTE E DEPOIS subiu para a superfície, as celebrações já tinham começado. Yens os recebeu pessoalmente, passando cálices quentes de kistrozer enquanto outros balançavam bastões soltando fagulhas que ainda queimavam mesmo quando atingiam o gelo.

Havia pralces por toda a parte, mantendo distância dos bastões que soltavam fagulhas e bufando nuvens de vapor. Eles não estavam presos em trenós, mas tinham selas de metal em suas costas e as pessoas perto deles carregavam lanças lindamente forjadas.

Acontece que Yens havia liderado um ataque em solo depois da destruição do espaçoporto, uma luta que rapidamente se moveu do palácio até a plataforma flutuante depois de seu sucesso inicial. Eles encontraram apenas droides-sonda e um punhado de stormtroopers na plataforma, mas outros haviam estado no palácio — a Comandante Beck claramente havia pensado que Han e Leia estavam se escondendo lá e ela esperava encurralá-los. As moradias no rochedo não eram um segredo, apenas naturalmente camufladas e ignoradas pela cidade, dando a Han e Leia um tempo precioso longe dos oficiais do Império que nunca se deram ao trabalho de descobrir onde os trabalhadores que buscavam a comida moravam.

O Primeiro-ministro Yens puxou Leia para o lado assim que pôde.

— Nós prendemos todos os soldados que atacaram no gelo e estamos vendo o que podemos fazer para os sobreviventes da estação. — Ele franziu as sobrancelhas. — Devo confessar que não sei o que fazer com eles.

— Prenda-os em algum lugar seguro — Leia disse. — Já entrei em contato com os líderes da Aliança e naves já estão a caminho. Eles vão assumir a partir daí.

O corpo do primeiro-ministro relaxou visivelmente.

— Essa experiência me deixou ao mesmo tempo mais desconfiado de envolver minha lua com a política galáctica e mais aberto à ideia.

Por um lado, o Império havia apenas fingido se importar com as negociações. Yens poderia ter assinado um acordo e recebido pagamentos, mas mesmo quando claramente recusou a presença do Império, eles simplesmente ignoraram a vontade do governo e do povo e fizeram o que queriam. Por outro lado, Leia o abordou sem nenhuma segunda intenção além da unificação e era ela, como representante da florescente nova república, que estava limpando a sujeira deixada pelo Império.

— Você não precisa decidir agora — Leia o assegurou. — Nós ajudaríamos mesmo se você não se juntasse a nós. Mas espero que você ao menos escute o que temos para oferecer.

Atrás deles, um urro tomou conta da multidão. Os droides-sonda do Império foram empilhados em um monte de metal negro retorcido que contrastava com o gelo branco, e apesar de não ser um bom combustível, os locais descobriram que a tinta de krackle os deixava inflamáveis. Então, uma fogueira foi acesa, a fumaça subindo aos céus.

— Não sei se isso é muito seguro — Leia murmurou, observando a pútrida fumaça cinza flutuando, mas era tarde demais para fazer alguma coisa a respeito.

Zalma correu até Han e Leia, puxando Yens para perto.

— Recebemos notícias do capitão — ele disse, mostrando seu comunicador. — Achei que tinha algo errado com a estação quando afundou. Estava difícil enxergar...

— É verdade que um edonte atacou a estação? — Yens interrompeu. — Ouvi os rumores, mas...

Leia confirmou, mas se virou para Zalma para ouvir a mensagem, que era mais urgente. Além de seu grupo, ela podia ver os pescadores animadamente discutindo o ataque. Até mesmo Balangawa, com seu braço ferido, tentava usar as mãos para mostrar o tamanho do edonte. Leia teve que rir. Não importava o mundo, os pescadores sempre aumentavam suas histórias.

— Ah, a vida selvagem sempre sabe! — Balangawa disse em voz alta.

— É verdade — outro acrescentou, concordando. — Os pralces sempre evitavam os pontos onde o gelo afinava antes mesmo de nós sabermos que era perigoso, não é?

— E aquele canhão gigante logo teria seu fim, aposto que o edonte já estava cansado daquilo. — Um dos arpoadores riu. — Ainda bem que ele decidiu agir hoje e não amanhã!

Uma risada tomou conta da multidão. Aquilo certamente seria fonte para muitas lendas. Mas o foco de Leia mudou e ela se lembrou do estranho silêncio quando olhou nas profundezas da água, tentando alcançar — algo —, chamando por ajuda.

E não... não ouvindo a resposta, mas *sentindo.*

Será que aquilo era a Força?

A fogueira continuava queimando, a multidão contando alegremente suas histórias, os pralces andando ao redor. Tudo aquilo foi suficiente para deixar Leia incerta do tremor sob seus pés. Mas uma a uma as vozes morriam à medida que o tremor crescia, um horror substituindo a alegria nos rostos de todo mundo.

A estação Imperial havia afundado, mas os tremores no gelo continuavam.

— Eu pensei que... — Yens disse, olhando de Han e Leia para Zalma.

Zalma sacudiu a cabeça.

— Esse sempre foi nosso temor. O dano já está feito.

O rosto de Yens se fechou quando as palavras de Zalma o atingiram.

— Não há nada que possamos...

Zalma ergueu a mão para impedi-lo de continuar.

— E tem mais. O que não sabíamos era que parte da estação Imperial podia se separar e servir como um transporte. Fazia parte de seu projeto. Aquela broca do canhão principal foi feita no espaço, poderia facilmente ser lançada no espaço onde ficaria em órbita. Mas uma vez encrustada em um planeta ou, nesse caso, em uma lua, aquele canhão nunca mais alcançaria o espaço com a gravidade. Eu deveria ter pensado nisso. Faz sentido. Mas...

Han o interrompeu.

— Você está dizendo que parte da estação se desprendeu?

— E decolou — Zalma disse sombriamente.

Leia olhou nos olhos de Han, os dois compreendendo o significado daquilo. Leia se lembrou das fortes vibrações da estação quando eles destruíram o primeiro repulsor. Ela havia achado que era o canhão principal carregando, porém com mais violência. E o canhão não disparou. Mas aquelas vibrações vieram do transporte se desprendendo da estação.

Beck e qualquer outro oficial haviam deixado a estação e os stormtroopers entregues a seu destino. Foi uma crueldade, a certeza de que aqueles que morreram no lado Imperial da batalha eram os que menos mereciam a punição. Isso explicava a falta de liderança, o caos na água, a facilidade com que os stormtroopers na superfície foram despachados.

— Beck não teria abandonado sua estação, principalmente tão cedo na batalha — Han murmurou. — Fiquei um pouco surpreso por ela não ter vestido uma armadura subaquática e mergulhado para lutar pessoalmente.

Leia concordou sombriamente. Beck não poderia ter recebido ordens do Imperador desde que Leia e Han haviam chegado em Madurs — Palpatine estava morto. Não, o fato de ela ter fugido em um transporte significava que recebeu ordens de *outra* pessoa. Alguém com a autoridade do Imperador.

Seria um fantoche, uma figura das sombras operando sob rumores da sobrevivência do Imperador? Possivelmente, mas se fosse mesmo isso, quem estava manipulando as cordas? Ou será que o Imperador havia nomeado um herdeiro, alguém que já estava no comando?

Zalma limpou a garganta.

— Felizmente, a *Halcyon* estava alerta, e quando aquela parte da estação se desprendeu, a *Halcyon* entrou em ação.

— Entrou em ação? — Leia ficou de queixo caído. — Eu achava que o Capitão Dicto não queria lutar.

— Aquele é um transporte hostil, não uma estação Imperial completamente armada — Zalma disse.

Han olhou para cima. Na luz do dia, era impossível saber o que acontecia em órbita ao redor de Madurs, mas ele queria muito estar lá agora.

— Eu tenho um transporte particular — o primeiro-ministro disse. — Consegue levar apenas algumas pessoas, mas eu o mantive no palácio, não no espaçoporto. É seu, se você precisar.

— Leve-me até lá em cima — Han disse imediatamente.

— Eu esperava que você fosse dizer isso. — Zalma se virou para Leia. — Você consegue organizar a evacuação? Não podemos arriscar os transportes em um espaço aéreo hostil, mas assim que a *Halcyon* derrubar o transporte Imperial, temos cápsulas a bordo que podemos usar.

— Pode deixar — Leia disse, entendendo o plano. O tempo era essencial já que os tremores de gelo continuavam mesmo sem a estação Imperial disparando contra o núcleo.

Leia observou quando Han e Zalma correram na direção do palácio de gelo e do transporte pessoal do primeiro-ministro. Ela apertou os olhos com as mãos, tentando afastar aquela sensação ruim. Aquilo não era Alderaan. Ela conseguiria salvar as pessoas, mesmo se não conseguisse salvar o mundo.

Isso teria que bastar.

# CAPÍTULO 57
# HAN

ZALMA DEU O COMANDO DO TRANSPORTE PARA HAN E ELE FICOU FELIZ POR ESTAR NO controle assim que entraram em órbita. Era mais do que um simples transporte que havia se desprendido da estação Imperial — parecia que quase metade da estação que ficava fora do gelo havia sido projetada para voltar ao espaço. E aquela era a metade com todo o poder de fogo.

A *Halcyon* tinha uma dúzia de canhões leves de defesa e uma dúzia de tubos de lançamento de torpedos de prótons, mas o transporte Imperial era menor e mais veloz e manobrável.

— Os Imperiais estão tentando saltar ao hiperespaço — Zalma disse —, mas o Capitão Dicto está bloqueando. Não sei por quanto mais tempo ele vai conseguir se segurar assim.

Han manobrou o transporte do primeiro-ministro entre tiros de plasma. Conhecendo Beck, não levaria muito mais tempo. O hangar na parte de baixo da *Halcyon* estava aberto e esperando por eles, e Han aterrissou com grande velocidade, ignorando a maneira como Zalma se segurava no assento. Antes de o transporte terminar sua descompressão, Han saltou e correu para a rampa, Zalma logo atrás.

Eles atravessaram o corredor de serviço até um elevador que levava diretamente para o andar da ponte, evitando qualquer passageiro.

— Ainda bem que você está aqui — o Capitão Dicto disse, apontando para Han. — Você pode operar um canhão de defesa?

— Com certeza.

— Lyx, você está dispensada — o capitão ordenou e Han tomou o assento da Cereana, assentindo para Lyx. — Vá para a Casa de Máquinas ajudar Wozzakk Grimkin — ele completou.

Han se ajeitou no assento, tocando os controles no console. Os escudos da *Halcyon* eram fortes, então, embora o transporte Imperial tivesse mais poder de fogo, a *Halcyon* conseguia aguentar. O problema era que o transporte desviava de tudo.

— Por que você não prendeu o transporte com o raio trator? — Zalma perguntou.

— Você acha que não tentei isso? — o capitão retrucou. — Vá com Lyx, veja o que pode fazer.

Zalma seguiu a mulher Cereana, falando rapidamente. Han entendeu que o transporte era rápido demais, fugindo do alcance do raio trator que seria seu fim. Fazia sentido. O raio trator não fazia parte do projeto original da *Halcyon*, foi acrescentado quando o Império tomou conta da nave. Beck conhecia sua capacidade e sabia como evitar a armadilha.

O que ela não sabia era que Leia havia chamado ajuda. Tudo que precisavam fazer era ganhar tempo, depois encurralar o transporte.

— Nós queremos desativá-lo, não o destruir completamente! — o Capitão Dicto gritou quando um dos canhoneiros disparou um torpedo de prótons na direção do transporte Imperial, perto o bastante para danificar o casco. Era uma boa ideia. Han sabia que Leia e Mon teriam algumas perguntas para Beck, mais precisamente, quem estava no controle de tudo.

— Todos os passageiros, protejam-se — o Capitão Dicto ordenou no comunicador, sua voz ecoando por toda a nave. Ainda bem que a maioria dos passageiros estava em Madurs, porém, não mais se eles não conseguissem evacuar todo mundo a tempo. O capitão usou o comunicador outra vez, acionando o canal da tripulação. — Grimkin! Por que você não consegue travar o raio trator?

Mas não foi a voz do Ugnaught que respondeu. Han revirou os olhos quando Kelad respondeu ao capitão.

— Nós precisamos redirecionar a eficiência dos motores diretamente para o gerador de manipulação gravitacional para podermos...

O capitão o interrompeu.

— *Você* não vai alterar minha nave.

— Um pouco mais — Han murmurou, as mãos no gatilho. Assim que o transporte Imperial dançou debaixo de seu sistema de mira, Han acionou o canhão defensivo, um disparo cortando o espaço vazio, apenas o suficiente para sacudir a nave, forçando-a a desviar seus propulsores e a se manter dentro do alcance.

— Aumentem a potência! — o Capitão Dicto gritou no sistema de comunicação.

Dessa vez, o engenheiro Ugnaught respondeu.

— Pronto-ronto — ele disse, e a *Halcyon* se lançou adiante, os propulsores queimando pelos motores traseiros.

— Agora, torpedos de próton, estibordo, mirem abaixo e acima do casco. Precisamos prender a nave no lugar!

— Não vai funcionar — Han disse, inclinando-se sobre o console. E, de fato, o transporte Imperial, sob o comando de Beck, recuou para trás, voando não para longe da *Halcyon*, mas por baixo dela. Em vez de ultrapassar o cruzador estelar, Beck iria descer, chegando mais perto da lua do que a *Halcyon* poderia ir com segurança, e então saltaria ao hiperespaço daquele ponto. Era uma estratégia inteligente. Exatamente o que Han teria feito.

— Precisamos descer — Han gritou, saltando de seu assento.

O Capitão Dicto fez uma pausa, hesitando e perdendo preciosos segundos. Han empurrou o capitão de lado, tomando o controle principal.

— Vai sacudir um pouco — ele disse, acionando o comunicador da engenharia e ordenando que Grimkin revertesse os propulsores.

— Quem é você? — o Ugnaught rosnou. — Não é permitido usar o comunicador do capitão!

O Capitão Dicto bateu com a mão sobre o comunicador, entendendo a intenção de Han.

— Faça o que ele disse! — ele gritou de volta.

Um momento depois, a *Halcyon* desceu como uma pedra afundando na água.

Canhões defensivos e torpedos de prótons eram uma coisa, mas uma colisão física da *Halcyon* contra o transporte Imperial era mais do que suficiente para atrapalhar sua prontidão para o salto. O impacto e a repentina mudança de direção também derrubaram a tripulação da *Halcyon*, que não estava preparada, e Han gostou da ideia da imaculada Beck caindo de bunda no chão.

— Esse truque não vai funcionar de novo — o Capitão Dicto alertou.

— Mas não vai precisar. — Han apontou para a janela quando uma dúzia de caças A-wing e uma nave de abordagem saíram do hiperespaço.

— Ouvi dizer que vocês precisam de um reforço! — uma voz feminina disse.

— Shara, é você? — Han perguntou. O Capitão Dicto não gostou, mas Han sabia que ele o perdoaria por tomar o controle agora que a ajuda havia chegado.

— Grupo Verde aqui para salvar a sua pele de novo — Shara respondeu.

— Por que você está... — Han achou melhor não continuar. Ele iria perguntar por que Shara estava liderando o Grupo Verde. Na Batalha de Endor, Arvel Crynyd foi o líder do Grupo Verde. Han se esqueceu por um momento que Arvel havia morrido, sacrificando a si mesmo e sua nave para destruir o Super Destróier Estelar. Crynyd estava entre os muitos que foram homenageados naquela primeira noite à medida que os relatos chegavam, a alegria da vitória sendo contrabalanceada pela lembrança dos sacrifícios.

Era terrível a maneira como a perda podia ser esquecida, mesmo que só por um momento.

Felizmente, Shara Bey não precisava jogar conversa fora. A ponte da *Halcyon* ouviu pelo canal aberto de comunicação suas ordens para cercar e deter a nave Imperial. Os A-wings eram menores do que o transporte Imperial, mas Han podia imaginar a raiva de Beck por ter sido superada. Com toda a unidade Verde disparando, foi apenas questão de momentos antes de o motor do transporte Imperial fritar.

— Estamos abordando a nave hostil agora — Shara informou a ponte.

— A *Halcyon* está de prontidão para ajudar se for necessário — o Capitão Dicto respondeu.

A tensão era grande enquanto todos na *Halcyon* esperavam a confirmação do sucesso do Grupo Verde. Um século pareceu se passar antes de Shara voltar ao comunicador.

— Os prisioneiros estão seguros, vamos rebocar a nave hostil de volta para a base para inspeção.

Todos na ponte comemoraram e Han se inclinou sobre o capitão, acionando o comunicador.

— Diga para Beck que fui eu que enviei vocês — ele disse.

— Acho que isso já foi mencionado. — Han percebeu a diversão de Shara em seu tom de voz.

— Como ela recebeu essa notícia? — Han não conseguia esconder seu sorriso.

— Ela é uma grande fã sua — Shara disse com uma risada. — Você sabe mesmo como fazer amigos.

— Sou um cara amigável — Han disse.

O Capitão Dicto olhou feio para ele, claramente cansado de compartilhar sua ponte.

— Boa viagem de volta — Han disse antes de recuar e deixar o capitão assumir o comando. Todos na ponte observaram quando os A-wings entraram em formação, rebocando o transporte Imperial para um salto no hiperespaço que levaria Beck diretamente para o quartel-general temporário para ser julgada. Talvez agora eles conseguissem as respostas de que precisavam.

Parte de Han só queria correr para a escotilha, saltar no transporte e seguir os caças de volta para a base. Ele podia até ter se juntado à Rebelião por causa de Leia, mas também foi por causa daquilo — o brilhantismo de uma manobra de voo que funcionou, a expectativa instigante de um combate aéreo. Era muito melhor do que transporte de carga, legal ou ilegal.

Han se recostou no assento na frente do canhão defensivo. Pelo menos ele teve o gostinho de controlar o luxuoso cruzador estelar, mesmo que por um breve momento.

Nada mal para uma lua de mel.

— Capitão! — a voz de Zalma interrompeu a conversa aliviada na ponte. Han se endireitou, olhando o Nautolano atravessando até o Capitão Dicto, com Kelad vindo logo atrás. Han se levantou e se dirigiu até o console central. Kelad visivelmente encolheu sob os olhos de Han, mas Zalma sacudiu a cabeça para ele.

— Capitão — o Nautolano disse. — Agora que cuidamos da nave do Império, precisamos conversar sobre Madurs.

— Com os inimigos neutralizados, vou mandar D3 enviar as cápsulas — o capitão disse.

— Isso é bom e necessário. Como eu lhe disse, o núcleo da lua não está estável. É uma situação altamente perigosa.

— Estamos fazendo o possível — o capitão respondeu. — Temos um número limitado de transportes.

— Não é isso — Kelad interveio. — Acho que podemos estabilizar o núcleo da lua.

— O quê? — Han disse, alto o bastante para atrair a atenção dos outros.

— A desestabilização da lua vem da perturbação do núcleo de magma, que sofreu danos significativos com a mineração, suficientes para quase causar um colapso. — Kelad mostrou os dedos separados em uma esfera, a forma criada pelas forças gravitacionais, depois juntou as palmas e torceu as mãos. — A gravidade é maior no centro do mundo, e com o Império perfurando e retirando o carnium denso, sobrou apenas um espaço vazio, fazendo o mundo desabar sobre si mesmo.

— Então, nós usamos o raio trator — Kelad concluiu, como se a resposta fosse óbvia.

O capitão ficou de queixo caído diante dele.

— O raio trator?

Kelad assentiu ansiosamente, mas foi Zalma quem explicou.

— Raios tratores funcionam manipulando a gravidade, igual aos repulsores da estação Imperial.

— Mas raios tratores podem empurrar assim como puxar — Kelad disse. — E nós poderíamos empurrar o núcleo da lua com o raio da *Halcyon*. Não funcionaria com um mundo terrestre, mas Madurs é aquático e a água flui mais fácil do que terra ou pedra.

— Isso é arriscado demais. Precisamos nos concentrar em salvar as pessoas — o Capitão Dicto disse.

— Essa lua pode ter semanas ou meses, mas não sabemos que danos adicionais a estação causou no núcleo quando colidiu com o fundo do oceano — Zalma protestou. — Pode se desestabilizar em questão de horas. Além disso, você mesmo disse: nós temos um número limitado de transportes. Não sobrou nenhum na superfície. Podemos trazer apenas uma fração da população por vez e, enquanto isso, se os tremores partirem a superfície de gelo, não teremos lugar para aterrissar...

— O núcleo pode entrar em colapso a qualquer momento — Han disse. Mon dissera a Leia que naves para a evacuação chegariam para ajudar, mas eram mais lentas do que os caças. E eles precisavam de uma solução *agora*.

— Isso vai funcionar? — o Capitão Dicto perguntou a Zalma. — Você acha mesmo que pode usar um raio trator para estabilizar o núcleo de uma lua?

— Ah, com certeza — Kelad disse alegremente. — Mas vou precisar desmontar algumas partes da *Halcyon* para isso.

# CAPÍTULO 58
# LEIA

— EXPLIQUE DE NOVO — O PRIMEIRO-MINISTRO YENS PERGUNTOU, INCLINANDO-SE sobre o holoprojetor. Uma luz azul iluminava Kelad enquanto ele falava animadamente a bordo da *Halcyon*, explicando o complexo equilíbrio entre gravidade e pressão no núcleo da lua.

Leia franziu as sobrancelhas, tentando acompanhar a linguagem técnica. Mas Han simplesmente empurrou Kelad de lado.

— Ele quer colocar uma trava gravitacional no núcleo da lua — Han disse.

— É muito mais complicado do que isso! — Kelad protestou, retomando sua posição no centro do holo. — É um oscilador térmico. Eu poderia criar e instalar diretamente no núcleo da lua. Eu precisaria das partes básicas do raio trator da *Halcyon* e Zalma disse que eles têm placas de carnium suficientes que eu poderia usar...

Yens assentiu ansiosamente.

— Carnium nós podemos arranjar, mesmo se precisarmos retirar de todo o palácio.

Isso fez os olhos de Kelad brilharem.

— Excelente — ele disse —, porque ainda não discutimos o pagamento.

Leia arregalou os olhos diante daquela audácia.

— Pagamento? — o primeiro-ministro disse.

Kelad sorriu como se tivesse uma mão vencedora e sabia disso.

— Eu fiz *todos* os testes. Meu oscilador térmico foi projetado para uma grande estação espacial, mas eu poderia adaptá-lo para um planeta ou lua, tenho certeza. O projeto é *meu*. — Ele fez uma pausa. — Eu tinha um comprador em Synjax.

— Nós precisamos estabilizar o núcleo de Madurs! — Yens disse.

— Ah, vocês definitivamente precisam — Kelad concordou. — E eu preciso ser pago por toda a pesquisa que fiz para o...

Ele parou bem a tempo, mas todos na sala de conferência do palácio de gelo e na ponte da *Halcyon* certamente sabiam o que ele estava prestes a dizer. Ele havia inicialmente projetado seu oscilador térmico para o Império. Quem mais iria querer uma tecnologia como aquela — quem mais precisaria? E com o colapso do Império, ele ficou sem os créditos prometidos. Leia se perguntou quem seria o comprador em Synjax e se havia alguma conexão com quem quer que estivesse dando ordens para Beck. Ela fez uma nota mental para contatar Mon para que ela pressionasse Beck a dar informações sobre isso.

— Felizmente, o raio trator da *Halcyon* foi feito pelo Império — Kelad disse, sem notar os olhares de desaprovação direcionados a ele.

— Felizmente. — Leia não conseguia ver o capitão, mas ficou surpresa por Kelad não notar a raiva por trás de sua voz.

— Os raios tratores do Império têm um aparato de mira sincronizada, e vamos precisar disso. Então, entre o raio trator da *Halcyon* e o carnium de Madurs, eu posso criar alguma coisa.

— "Criar alguma coisa"? — Yens disse, incrédulo. — Meu caro, estamos falando do meu mundo natal. Não quero nada improvisado que possa nos levar a uma situação ainda pior.

Alguém na *Halcyon* limpou a garganta, e então Zalma entrou no campo de visão.

— Sim, também estive considerando isso. Vocês vão precisar de ajuda para instalar um item tão grande no fundo do mar. — Zalma se virou, sua imagem holográfica provavelmente olhando para o capitão. — Eu gostaria de ficar em Madurs e ajudar com a instalação e monitorá-la depois para assegurar que tudo estará funcionando direito.

— Trinkris, você tem certeza? — A voz do capitão parecia triste, mas não surpresa.

— Você sabe que venho considerando retornar para Glee Anselm já faz algum tempo — Zalma disse. — Sinto falta da água, a única coisa que a *Halcyon* não consegue fornecer o bastante para mim.

— Eu estava preparando uma recomendação para você se transferir para uma das naves aquáticas — o Capitão Dicto disse. — Mas se você preferir essa...

— Excelente! — Kelad disse com animação. — Então eu tenho as partes, tenho uma equipe, agora preciso apenas de um contrato estipulando meu pagamento. — O sujeito pediu um número que fez Leia arregalar os olhos.

Yen sacudiu a cabeça tristemente. Ele tinha o método para salvar sua lua, mas não os meios. O Império vinha tirando tudo da lua, bloqueando seu comércio e limitando suas exportações regulares. Leia não sabia dos detalhes de quanto dinheiro Madurs tinha, mas podia imaginar que o pedido de Kelad era impossível de ser atendido.

— A nova república vai pagar assim que se formar — ela disse, chegando mais perto e tomando o lugar do primeiro-ministro no holo.

— Não posso entregar a liberdade do meu povo, não de novo — Yens disse com uma voz presa na garganta, claramente dividido. Como ele poderia escolher entre pagar uma dívida impossível e salvar o mundo onde vivia?

Leia sacudiu a cabeça.

— A nova república vai pagar — ela disse a ele. — Não como um empréstimo. Como gesto de boa vontade. — Ela tinha certeza de que Mon aprovaria os fundos, mas se não aprovasse, usaria todo o dinheiro de suas próprias contas. Leia não deixaria que outro mundo morresse nas mãos do Império, não se pudesse ajudar. — Com o tempo, espero que você aprenda que essa é a função de um bom governo: dar auxílio quando necessário ou se preparar para fazer isso.

Yens assentiu, seus lábios apertados como se não confiasse em si mesmo para falar naquele momento.

— E Capitão Dicto? — Leia acrescentou, voltando a olhar no holoprojetor. — Vamos negociar o custo do raio trator quando eu voltar a bordo da nave.

— Pode levar essa coisa odiosa — o capitão disse. — É coisa do Império. Não precisamos disso, nós temos nossos atracadores. É meu objetivo eliminar todo o vestígio do Império desta nave.

— Então talvez possamos chegar a um acordo diferente que agrade a todos. Com exceção da batalha contra o Império — Leia disse, rindo um pouco —, Madurs provou ser uma parada hospitaleira para o cruzeiro. Talvez possamos criar uma linha diferente para mostrar aos cidadãos de nossa democracia como o Império prejudicou mundos, mas também como nós tentamos repará-los.

O capitão concordou, pensando.

— Talvez.

— Então! — Kelad interrompeu. — Vou cobrar do governo?

Leia lançou um olhar de desaprovação através do holo. *Oportunista* era um rótulo muito gentil para aquele homem.

— O governo não vai lidar com um... indivíduo particular — ela disse, sem conseguir esconder seu desgosto. — Vou escrever um contrato com Yens e Zalma como representantes do empreendimento comercial. — Ela propôs uma nova quantia, muito mais razoável.

Kelad abriu a boca para protestar contra a quantia menor, mas Leia ouviu um rosnado que se parecia muito com o de um Wookiee. Os olhos de Kelad se arregalaram e Leia quase se arrependeu de não ouvir o tamanho da ameaça que seu marido fez contra o sujeito. Mas ele se virou de volta para o holo e assentiu.

— Que seja — ele disse. — Negócio fechado. Isso é mais do que o comprador em Synjax ofereceu, de qualquer maneira.

Leia agora entendia exatamente por que Han queria jogar o sujeito para fora de uma escotilha de ar.

# CAPÍTULO 59
# HAN

O ESPAÇO ACIMA DE MADURS ESTAVA LOTADO.

As naves para a evacuação que Mon havia prometido chegaram para levar as pessoas de Madurs até a órbita enquanto o núcleo estava sendo reparado. Vários dos pescadores subaquáticos, incluindo Balangawa, permaneceram na superfície — apesar do perigo — para ajudar na instalação do oscilador térmico.

Leia estava entre aqueles que ficaram, então Han se juntou aos engenheiros quando desceram até Madurs. O Capitão Dicto assegurou a Han que a *Halcyon* esperaria antes de partir para garantir a segurança das pessoas de Madurs. Kelad, enquanto isso, assegurou ao Capitão Dicto que estabilizaria a lua dentro de um dia, embora Han duvidasse que o sujeito pudesse mesmo cumprir esse prazo. Na melhor das hipóteses, ele esperava que a instalação inicial ficasse pronta em um dia, mas levaria muito tempo para realmente neutralizar os tremores de gelo.

— Não é uma beleza? — Kelad perguntou, passando as mãos sobre o raio trator desmontado da *Halcyon*.

— Não — Han disse secamente.

— Comporte-se — Zalma alertou.

— Você simplesmente não enxerga minha visão — Kelad disse. O transporte se endireitou quando eles se aproximaram da superfície de Madurs. Kelad apanhou seu datapad e o projeto de seu oscilador térmico iluminou a tela.

Kelad começou a tagarelar, apontando as partes do raio trator que já tinha alterado, quais outras seriam desmontadas e como ele montaria tudo de novo com as placas de carnium do palácio de gelo. O transporte aterrissou na planície inóspita perto de uma plataforma flutuante. A porta se abriu e Han passou na frente de Kelad, ignorando completamente o sujeito que reclamava de como Han obviamente não estava ouvindo.

Han saiu do transporte apressadamente, seus olhos vasculhando a superfície gelada de Madurs. Lá estava ela.

Leia conversava com alguém via holo, mas Han ignorou aquilo, envolvendo seus braços ao redor dela e silenciando seus protestos com um beijo. Assim que se separaram, Leia ergueu seu comunicador.

— Desculpe, Mon, mas Han não tem paciência nenhuma.

O holoprojetor mostrava uma Mon Mothma achando graça. A líder não estava com as naves da evacuação, permanecendo no quartel-general temporário.

— Entrarei em contato mais tarde — ela disse. — Não se esqueça de pedir que esse tal gênio que vocês descobriram ligue para mim. Se ele realmente for tão bom assim, eu tenho alguns engenheiros com projetos novos de naves que precisam atualizar sua tecnologia de raio trator.

O olhar de Leia se voltou para Han, cheio de um pesar que ele desejava fazer desaparecer. A guerra tinha acabado. Mas a necessidade de novas naves de guerra melhores e mais poderosas nunca acabaria.

— Leia, Han. Feliz lua de mel. — O holo desapareceu.

Antes que Han pudesse dizer alguma coisa, o olhar de Leia se voltou para Zalma.

— As fragatas Nebulon-B que Mon enviou são equipadas com raios tratores que já estão acionados para ajudar a estabilizar o núcleo enquanto vocês trabalham.

— Essa é uma boa solução temporária — Zalma disse.

— Fui eu que pensei nisso! — Kelad interveio.

Os olhos frios de Leia olharam diretamente sobre o sujeito como se ele nem estivesse ali. Ela, então, se voltou para Han.

— As fragatas obviamente não podem ficar em órbita para sempre. E ainda estamos sofrendo com os tremores de gelo. Menores do que antes, mas...

Han olhou para cima, mesmo sem poder enxergar as fragatas. Todos os habitantes de Madurs que foram evacuados estavam nas naves em órbita, certamente olhando para sua lua, torcendo para ela não despedaçar.

— Bom, vamos levar essa coisa para a água — Balangawa disse, seguindo em frente com sua equipe.

Eles carregaram o raio trator desmontado em carretas e seguiram para a plataforma. Com todos os pescadores evacuados ou ajudando na instalação, a plataforma flutuante estava praticamente vazia. Era estranho, Han pensou — eles tinham acabado de estar lá no meio da multidão de trabalhadores, as vozes preenchendo todo o lugar. Tudo agora estava quieto, mas não houve tempo suficiente para remover todos os traços das pessoas que estiveram lá. Embora parecesse que aquele mundo tinha sido abandonado, havia itens pessoais deixados nos armários, lanches abandonados sobre as mesas. A poeira não teve tempo de cobrir tudo. Baldes de iscas ao longo do anel do buraco de pesca ainda nem tinham começado a cheirar mal ou, no mínimo, não pior do que já cheiravam.

O mundo inteiro estava suspenso, esperando para ver se seria salvo.

— Então, o processo inicial é bastante simples — Kelad disse. — Se funcionar, a estabilização será suficiente para prosseguirmos com a instalação maior.

Apesar de Han ter menosprezado o projeto de Kelad antes, a equipe improvisada se reuniu ao redor, repassando o plano. O estágio inicial garantiria estabilidade suficiente para trazer os evacuados de volta para sua lua. O plano de longo prazo de Kelad, que levaria mais de um ano para ficar pronto, construiria uma unidade de proteção conectando o oscilador térmico por todo o caminho até a superfície para monitoramento e manutenção fácil e consistente.

— Enquanto isso — Balangawa disse —, a temperatura da água já está mais baixa do que antes. E nós instalamos isso enquanto esperávamos. — Balangawa mostrou a tela redonda de um sismógrafo.

Enquanto Kelad, Zalma e a equipe de Balangawa seguiram para o oceano debaixo do gelo com as peças necessárias para instalar os estágios iniciais do oscilador térmico, Han e Leia ficaram perto do sismógrafo. Pequenas linhas tremulavam em círculos na tela, indicando os minitremores que sacudiam o núcleo da lua.

— Você acha que temos alguma chance?

Han se virou para ver o Primeiro-ministro Yens. Ele assentiu com um olhar de agradecimento. Han inicialmente havia acreditado que o primeiro-ministro era fraco e cedia demais, mas agora enxergava a força da determinação daquele homem, a maneira como trabalhava junto com as pessoas, em vez de contra elas.

— Veja você mesmo — Leia disse. Uma explosão de energia tremeu na tela redonda do sismógrafo, e então as linhas voltaram ao normal. O oscilador térmico funcionava rapidamente.

O primeiro-ministro ficou visivelmente aliviado.

ELES PERMANECERAM NA SUPERFÍCIE DA LUA POR TEMPO SUFICIENTE PARA O PRIMEIRO transporte com moradores evacuados retornar. Se a celebração da derrota da estação Imperial foi cheia de alegria, a reunião dos cidadãos de Madurs em sua lua de gelo foi efervescente. Era a diferença, Han pensou, entre as fogueiras que queimaram em Endor, a dança e a música que aconteceram após a vitória, em comparação à admiração mais solene dos Rebeldes diante dos voa-flores que emergiram depois de seu casamento com Leia. Um foi o alívio da sobrevivência explodindo de um jeito caótico. O outro foi mais calmo, o reconhecimento daquilo que foi perdido, uma solene apreciação daquilo que ainda restava.

Han e Leia retornaram com o transporte para a *Halcyon* depois de se despedirem de Zalma e das pessoas em Madurs. Quando a nave apareceu nas pequenas janelas do transporte, Leia cutucou Han.

— Então, você conseguiu pilotar aquela nave luxuosa, afinal de contas?

Han abriu um sorriso convencido.

— Disparei alguns canhões no Império, foi legal.

Leia riu. Han havia gostado de pilotar a *Halcyon*, mesmo por um breve momento, mas, na verdade, isso só fez ele sentir mais falta da *Falcon*. Aquele era seu lar. Não era apenas pilotar uma nave; era a *Falcon*.

Ele mal podia esperar para voltar para a *sua* nave.

O transporte aterrissou na plataforma da *Halcyon* tão suavemente que quase não foi possível sentir. A porta se abriu e D3-O9 estava lá, pronta para receber a dupla de volta a bordo. Leia saiu primeiro, mas Han segurou seu punho e a girou de volta, tomando seus lábios em um beijo. Ele tinha um tipo de lar com a *Falcon*, mas já estava de olho em um diferente com Leia. Será que a vida seria sempre esse mesmo puxa-e-empurra, igual à gravidade trabalhando contra os raios tratores, enquanto ele oscilava entre nave e esposa, aventura e paz, um e outro lar?

Ele não sabia.

Mas, no meio de toda incerteza que os dias anteriores trouxeram, ela estava no centro, a clara visão da única coisa que ele realmente precisava. Han não sabia como colocar tudo isso em palavras e podia apenas torcer para que seu beijo fosse suficiente. Leia inclinou a cabeça para ele, seus braços envolvendo o pescoço de Han, seus lábios tomando a boca dele com a mesma urgência, o mesmo desejo, o mesmo amor. Não foi um beijo gentil, foi uma promessa mútua.

D3-O9 emitiu um som impaciente.

— Esta área é para embarque e desembarque — a droide os informou. Ela se segurou para não os espantar, mas por pouco.

Leia riu e o coração de Han deu um nó. Se soubesse que sua lua de mel se transformaria em uma missão de resgate e uma batalha contra remanescentes do Império, se soubesse que teria que enfrentar Beck e o frio outra vez, se tivesse previsto o destino daquela viagem... ele achava que não teria aceitado o convite.

Mas, se não tivesse aceitado, ele não teria aquele momento de pura alegria nos olhos de Leia quando ela perdeu o fôlego depois do beijo.

E isso seria uma pena.

# CAPÍTULO 60

# LEIA

HAN HAVIA INSISTIDO EM IR SOZINHO ATÉ O SALÃO DE JANTAR PARA ENCONTRAR UMA muito necessária refeição e levá-la de volta para a suíte para que eles pudessem jantar sozinhos, e Leia ficou mais do que satisfeita em concordar. Assim que a porta se fechou atrás dele, entretanto, D3-O9 chamou Leia no Painel de Conexão Droide.

— Riyola Keevan gostaria de conversar com você — a droide disse educadamente. — Devo agendar uma reunião?

— Não estou ocupada agora — Leia disse. — Devo encontrá-la em algum lugar?

— Ela disse que pode ir até seu quarto, se isso for aceitável.

Leia concordou, e alguns minutos depois, Riyola apareceu.

— Desculpe por incomodá-la — ela disse.

— Entre — Leia ofereceu.

Riyola sacudiu a cabeça.

— Eu só... queria dizer a você pessoalmente o quanto agradeço por tudo que fez. Não apenas por transformar sua lua de mel em uma chance de ajudar a fortalecer a galáxia depois da guerra, mas por tudo que fez em Madurs...

— Na verdade, eu estava mesmo pensando sobre isso — Leia disse. — Eu vi uma obra de arte em Madurs que realmente me fascinou. A artista não mora mais na lua, ela está estudando arte em Hosnian Prime agora, mas eu estava pensando se poderia contatá-la e talvez encomendar uma obra de arte para a *Halcyon*. Você acha que isso seria aceitável?

Riyola enrubesceu.

— Vou precisar confirmar com o capitão, mas não posso imaginar que seria um problema — ela disse. A Pantorana fez uma pausa. — Porém... não seria feito de gelo, seria?

Leia riu.

— De acordo com o guia da exposição, a artista viajou para estudar materiais que não derretem. — Ela teria que conversar com a artista, mas esperava que, com a queda do Império, com Madurs salva e o novo governo formado, a artista aceitaria algo mais permanente para refletir um governo unido. Se havia uma coisa que Madurs lhe ensinara era o poder da arte existir mesmo nos tempos mais sombrios, silenciosamente se opondo aos destruidores.

A arte era uma forma de rebelião.

Leia e Riyola conversaram mais um pouco, e depois de outro sincero agradecimento, Riyola partiu. Han ainda não havia voltado, então Leia enviou uma mensagem para Mon para atualizar a situação de Madurs e garantir uma promessa de mais engenheiros chegando para ajudar no desenvolvimento do oscilador térmico — e para garantir que Kelad poderia mesmo realizar o trabalho pelo qual havia cobrado tanto. Ela desligou o comunicador com um profundo suspiro. Leia estava acostumada ao trabalho invisível da política, os detalhes minuciosos, as camadas de negociações e os compromissos, todo o trabalho que não era glamoroso.

Mas aquilo foi diferente.

Ninguém — exceto, ela pensou, Han — a viu usando a Força. Já era uma lenda em Madurs, considerada uma coincidência ou ignorada como exagero, mas ela sabia que fora real, mesmo não tendo sido vista.

Todas aquelas outras vezes, ela havia *tentado* usar a Força. Ela havia chamado em sua privacidade, no simulador de clima. Havia gritado por ela debaixo d'água, quase se afogando e congelando. Mas dessa vez? Leia não estava tentando usar a Força. Ou, melhor dizendo, não estava tentando *controlar* a Força.

Leia soltou um forte suspiro. Ela deveria saber, mas talvez isso fosse o legado de seu pai biológico — um desejo de controlar. Afinal de contas, não era assim que Darth Vader sempre usava a Força? Como uma arma, um meio para — literalmente — forçar aqueles ao seu redor a se curvarem à sua vontade? Não era surpresa que a Força não tivesse funcionado quando ela o imitou; ela teria passado a odiá-la tanto quanto o odiava se tivesse conseguido.

*Ou eu teria me tornado igual a ele.*

Leia forçou a si mesma a encarar aquele pensamento, não fugir dele. Ela apenas arranhou a superfície com a Força em Madurs, mas mesmo agora, ela sentia o poder fluindo dentro dela, fazendo com que o desejasse ainda mais. Era inebriante e...

E ela queria mais.

— Preciso conversar com Luke — Leia disse em voz alta, depois repetiu isso. Ela não sabia se aquela necessidade, aquela fome pelo poder, significava que deveria aprender a controlar a Força, ou se significava que deveria negar a si mesma o uso dela.

Leia fechou as mãos em punhos. Agora que tinha provado o poder da Força, ela... não podia negar que queria mais.

Mas se aceitar a Força significasse seguir os passos de Vader...

Não. Isso nunca.

Quando experimentou o poder da Força em Madurs, não foi em uma tentativa de destruir, não como Vader fazia. Ela não pediu ao edonte para atacar, ela nem pretendia chamar o edonte.

Ela simplesmente queria socorro.

Hesitando, Leia se concentrou outra vez, simplesmente esperando sentir... *algo*. Ela fechou os olhos, tentando se lembrar da paz, do silêncio, da calma do oceano.

Não — ela não sentira a Força na água. Ela sentira dentro de si mesma.

Isso também fazia parte da diferença. Todas aquelas outras vezes, ela buscava no exterior, tentando alcançar algo no grande além, mas... estava incorporada dentro dela durante todo o tempo. A Força sentia Leia tanto quanto ela sentia a Força. E então, quando pediu ajuda em vez de tentar tomar o controle, a Força respondeu.

Como se o tempo todo estivesse esperando que ela simplesmente pedisse.

A porta do quarto se abriu e Han entrou carregando uma bandeja que ele colocou sobre a mesa no canto. Leia se levantou e Han a envolveu em um abraço, exigindo nada dela, apenas sua presença.

O amor era como a Força. Ela não pediu por isso. De muitas maneiras, ela sabia, o amor deles apenas complicaria as coisas.

Mas algo dentro dela havia chamado por Han, e algo dentro dele havia respondido.

# CAPÍTULO 61
# HAN

HAN BEIJOU O TOPO DA CABEÇA DE LEIA.

— Oi, minha querida — ele disse suavemente.

Ela olhou para ele com seus grandes olhos castanhos e Han sacudiu a cabeça. Era uma injustiça do universo dar olhos como aqueles para ela.

— O que foi? — Leia perguntou, rindo da expressão dele.

— Só estava pensando se, agora que derrotamos o Império *de novo*, salvamos o mundo *de novo*, e provamos sermos os heróis da nova república, se *agora*, finalmente, podemos celebrar nossa lua de mel. — Ele sorriu com o canto da boca. — Ou você tem algum comitê que precisa participar antes?

— Agora que você mencionou — Leia disse —, eu preciso mesmo enviar uma mensagem rápida para a chefe de Inusagi. — Ela deu meia-volta, seguindo para o sofá, onde havia deixado o comunicador.

Quando começou a andar, Han segurou seu punho, girando-a de volta para ele.

— Nem pensar — ele disse, um sorriso malandro curvando seus lábios.

Leia riu.

— Pelo resto da viagem, você, ou melhor *nós*, somos a prioridade. — As palavras dela foram uma solene promessa. — Se Mon precisar de mim para algo, ela vai ter que pilotar uma nave até Synjax e me arrancar da praia.

— Se ela tentar isso — Han disse, suas palavras também uma promessa —, eu vou atirar nela.

Han acariciou seus dedos e Leia olhou para a maneira como ele segurava sua mão. Virando a palma, Han revelou uma aliança.

Leia ficou de queixo caído. O metal dourado serviu perfeitamente em seu dedo quando Han o deslizou. Era uma aliança larga, com ouro serpenteando para destacar uma pedra púrpura redonda na base de seu dedo e depois se curvando para exibir uma segunda pedra após a articulação do meio. Era uma aliança que exigia ser notada.

Han a comprara quando saiu para apanhar o jantar, sendo a única razão para sair da suíte depois de conseguir ter sua esposa lá dentro.

— Você achou que eu não notei que a outra aliança se partiu? — Han perguntou suavemente.

Leia olhou para ele com um sorriso carregado de lágrimas.

— Sim.

— Bom — Han confessou. — Você estava certa. Eu não tinha notado. — Assim como também não havia notado que a sua própria aliança de vinha tinha se rompido, apesar de não ter se dado ao trabalho de comprar uma para si mesmo. — Mas notei que você estava triste. E entendi a razão.

Mais lágrimas se acumularam nos olhos de Leia. Ah, não. Ele não quis fazê-la *chorar*. Ele estava tentando armar um clima completamente diferente.

— Essa daí não vai se romper — ele disse, esperando que isso fosse assegurá-la.

Os dedos de Leia tracejaram a aliança de ouro, passando sobre as duas pedras. Não havia uma grande seleção de joias na loja e ele sabia que aquela aliança era grande e chamativa, mas Han gostou das duas pedras diferentes porque...

— Uma para mim e uma para você — Leia disse, ecoando seus pensamentos.

— E o ouro me lembrou das vinhas de âmbar.

— É perfeita.

Han tentou acreditar nela.

— Eu sei... — Ele fez uma pausa, tentando encontrar as palavras certas. — Sei que vamos precisar trocar esta nave — ele disse, fazendo um gesto para o luxo da suíte — pela *Falcon*. E que não é o que você está acostumada, mas...

— A *Falcon* tem sido mais o meu lar do que qualquer outro lugar... — Ela parou, redirecionando seus pensamentos. — Por mais de um ano — ela concluiu. — Eu amo a *Falcon*.

— Ótimo. Mas estou acrescentando algumas coisas para você, no mínimo, para deixá-la mais, não sei... caseira? — Ele estava estragando tudo.

— Caseira? — Leia perguntou.

— Chewie está fazendo algumas modificações. Para você. Nós. Você.

— Tipo o quê? — Ela parecia confusa.

— Bom... limpando um pouco.

— Isso vai ser bom.

— Não era tão ruim assim!

Leia não se deu ao trabalho de responder.

— E — Han continuou — acrescentando uma área de cozinha.

Leia explodiu em uma risada.

— Uma *cozinha*?

— O que foi? Achei que você fosse gostar de...

— Você acha que eu sei *cozinhar*? — Ela estava praticamente sem ar de tanto rir.

— Bom... sei lá! — Han disse. — Só achei que...

— Uma cozinha! — Leia tinha lágrimas nos olhos de novo, mas dessa vez de tanto rir.

— Achei que seria uma coisa *legal* para fazer!

— Ah, muito legal. — Leia ofegou. — Pode deixar que vou queimar uma boa torrada para você.

— Mas... bom, eu... — Han rosnou, jogando as mãos para cima. Tente transformar sua nave em um lar e tudo que você recebe em troca é zombaria.

— Foi uma coisa muito legal da sua parte — Leia disse enquanto ainda ria. — Se prometer nunca me pedir para cozinhar nada para você, eu prometo nunca acidentalmente envenenar você em qualquer cozinha que eu encontrar pela frente.

— Combinado — Han resmungou. Ainda bem que Chewie era um bom cozinheiro.

— Ah, vamos lá, não fique assim.

— Eu estava *tentando* fazer algo...

— Legal, eu sei. — Leia lançou um olhar provocador. — Acho que, apesar de algumas evidências do contrário, você é mesmo um cara legal.

A voz de Han baixou uma oitava.

— Por que você não admite que gosta igualmente de mim quando estou sendo um cafajeste?

Mas Leia não mordeu a isca. Em vez disso, ela o prendeu com aqueles grandes olhos outra vez e disse:

— Talvez eu goste.

Bom, aquele era um jogo que ele sabia jogar.

— Tem certeza disso? — ele perguntou. — Notei que tinha um show de mágica no salão de jantar. Um homem legal a levaria em um encontro de verdade, pagaria um drinque a você...

Leia se ergueu na ponta dos pés, seus lábios próximos aos dele.

— Tenho toda a mágica que preciso aqui mesmo — ela sussurrou.

— Estou começando a achar que a malandra aqui é você — Han murmurou.

Leia correu os dedos pelos cabelos de Han.

— Você está certo. Vamos ficar no quarto hoje. Afinal de contas, é nossa lua de mel.

— Espera um pouco — Han disse.

— Achei que o objetivo era não esperar mais.

— Só quero saborear o momento.

Leia ergueu uma sobrancelha.

— Que momento?

— O momento em que você disse que eu estava certo.

Leia gemeu.

— Não se acostume, sabichão.

Han ofereceu seu sorriso mais travesso.

— Nunca, minha querida. Mas, você sabe — ele disse, gentilmente correndo um dedo pelo rosto dela de um jeito que a fez suspirar. — Eu poderia me acostumar com isso.

Leia pareceu estar prestes a dar uma resposta espertinha, mas ela simplesmente disse:

— Eu também. — E o puxou para um beijo.

# AGRADECIMENTOS

EU SOUBE DESDE QUANDO LI MEU PRIMEIRO ROMANCE DE *STAR WARS* NOS FUNDOS DO ônibus da escola — *The Rise of the Shadow Academy*, de Kevin J. Anderson e Rebecca Moesta — que um dia eu gostaria de escrever para *Star Wars*. O que eu não sabia era que meu sonho não era apenas escrever os personagens, era trabalhar com as pessoas que amavam os personagens tanto quanto eu. Cada pessoa com quem tive o privilégio de trabalhar em todo o universo literário de *Star Wars* foi brilhante.

Um agradecimento especial para Elizabeth Schaefer por compartilhar um milhão de pontos de exclamação comigo no curso deste projeto, e Jen Heddle, que leu cada rascunho de olho onde seria possível acrescentar mais beijos e provocações. Matt Martin conhece cada detalhe da *Halcyon*, Tom Hoeler me ajudou a equilibrar as bravatas de Han, e Kelsey Sharpe e Pablo Hidalgo me ajudaram a manter tudo em ordem. Michael Siglain me procurou em um momento sombrio e encarnou aquilo que significa trazer a luz e a esperança. Eu sempre me surpreendo em ver o quanto as pessoas na Lucasfilm e Del Rey são realmente incríveis; são o tipo de pessoa com quem um autor sonha em trabalhar.

Agradecimentos adicionais para Jennifer Randolph, que trocou livros de *Star Wars* comigo no ônibus da escola; Merrilee Heifetz, que esteve comigo desde o início da minha jornada como escritora; e minha mãe, que não fazia ideia do que aconteceria quando gravou aquelas velhas fitas da televisão quando eu era criança e me deixou usar um cano de PVC como sabre de luz. Obrigada também ao Wordsmith Workshops e aos amigos que fizeram sessões on-line de escrita comigo e que não faziam ideia de que eu estava trabalhando nesse romance na época.

No fundo, esta é uma história de amor. É o meu tipo de romance, com uma lua se desfazendo, uma batalha espacial e beijos entre respostas espertinhas, mas é uma história de amor acima de tudo. Não sei se eu poderia escrever sobre amor sem tê-lo vivido, e para isso eu devo meu coração a Corwin Revis, e um agradecimento adicional para o doador de órgãos que literalmente deu seu coração a ele para que pudesse continuar nossa história juntos.

Meu filho de seis anos não ajudou tanto na criação deste romance, mas ele sempre foi rápido com seus conselhos para acrescentar mais explosões. Sei que não coloquei o bastante neste livro para saciar sua vontade, e ele acha que os beijos são nojentos. Foi mal, garoto.

Meu maior agradecimento vai para você, querido leitor. Obrigada por me deixar visitar sua galáxia.